人民共和國文化與文學叢書

三 編

李 怡 主編

第 **7** 冊

當代新詩的精神脈絡

蔣登科 著

花木蘭文化出版社

國家圖書館出版品預行編目資料

當代新詩的精神脈絡／蔣登科 著 — 初版 — 新北市：花木蘭
文化出版社，2016〔民 105〕

目 2+274 面；19×26 公分

（人民共和國文化與文學叢書 三編：第 7 冊）

ISBN 978-986-404-654-6（精裝）

1. 新詩 2. 詩評

820.8   105012609

特邀編委（以姓氏筆畫為序）：

吳義勤 孟繁華 張 檸
張志忠 張清華 陳思和
陳曉明 程光煒 劉福春
（臺灣）宋如珊
（日本）岩佐昌暲
（新西蘭）王一燕
（澳大利亞）鄭 怡

人民共和國文化與文學叢書
三 編 第 七 冊   ISBN：978-986-404-654-6

當代新詩的精神脈絡

作 者 蔣登科
主 編 李 怡
企 劃 北京師範大學民國歷史文化與文學研究中心
　　　 四川大學現代中國文化與文學研究中心
總 編 輯 杜潔祥
副總編輯 楊嘉樂
編 輯 許郁翎、王 筑 美術編輯 陳逸婷
印 刷 普羅文化出版廣告事業
出 版 花木蘭文化出版社
社 長 高小娟
聯絡地址 235 新北市中和區中安街七二號十三樓
　　　　 電話：02-2923-1455／傳眞：02-2923-1452
網 址 http://www.huamulan.tw 信箱 hml810518@gmail.com
初 版 2016 年 9 月
全書字數 238984 字
定 價 三編20冊（精裝）台幣36,000 元

當代新詩的精神脈絡

蔣登科　著

作者簡介

蔣登科，四川巴中人，1965 年生。文學博士，中國作家協會會員，西南師範大學出版社副社長，西南大學中國詩學研究中心副主任，博士生導師。曾任西南大學中國新詩研究所所長、期刊社副社長。在海內外報刊發表各類作品 300 餘萬字，出版新詩理論、評論著作《散文詩文體論》、《九葉詩派的合璧藝術》、《九葉詩人論稿》等 10 餘部。主持國家社科基金項目、教育部社科基金項目等 10 餘項。科研成果多次被《新華文摘》、人大複印報刊資料等轉載，多次獲得重慶市政府社科研究優秀成果獎和一些報刊的獎項。

提　　要

　　本書討論的主要是 1949 年以後中國大陸新詩的發展。當代新詩的發展經歷過一些複雜的歷史時代，其精神建構也與外在社會的發展一樣，經歷過諸多波瀾。全書通過對「十七年」和「文革」詩歌、「歸來者」詩歌、「朦朧詩」、「後朦朧詩」等詩歌時段及新時期以來詩歌中的消解傾向、網路詩歌等現象進行了較為全面的梳理，並對幾位在不同時期產生過影響的詩人進行了較為細緻的解讀，勾勒了當代詩歌發展的艱難歷程，我們可以從中感受到當代新詩從單一走向豐富、從政治走向藝術的演變軌跡，這對於我們從不同角度瞭解新詩發展歷史，具有一定的參考價值。

正在成為「知識」建構的中國現當代文學研究——「人民共和國文化與文學叢書」三輯引言

李　怡

一

　　回顧自所謂「新時期」以來的中國現當代文學研究的發展，我們會明顯發現一條由熱烈的思想啓蒙到冷靜的知識建構的演變軌跡：1980 年代的鋪天蓋地的思想啓蒙讓無數人爲之動容，1990 年代以來的日益冷靜的學科知識建構在當今已漸成氣候。前者是激情的，後者是理性的，前者是介入現實的，後者是克制的，與現實保持著清晰的距離，前者屬於社會進步、思想啓蒙這些巨大的工程的組成部分，後者常常與「學科建設」、「知識更新」等「分內之事」聯繫在一起。

　　當文學與文學研究都承載了過多的負荷而不堪重負，能夠回返我們學科自身，梳理與思索那些學科學術發展的相關內容，應當說是十分重要的。很明顯，正是在文學研究回返學科本位之後，我們才有了更多的機會與精力來認眞討論我們自己的「遊戲規則」問題——學術規範的意義，學術史的經驗，以及學科建設的細節等等。而且，只有當一個學科的課題能夠從巨大而籠統的社會命題中剝離出來，這個學科本身的發展才進入到一個穩定有序的狀態，只有當旁逸斜出的激情沉澱爲系統的知識加以傳播與承襲，這個學科的思想才穩健地融化爲文明體系的有機組成部分。從這個意義上說，正在成爲「知識」建構的中國現當代文學研究，是我們學科成熟的眞正標誌。

　　當然，任何一種成熟都同時可能是另外一些新的危機的開始，在今天，當我們需要進一步思考學科的發展與學術的深化之時，就不得不正視和面對這樣的危機。

一

　　當中國現當代文學研究在日益嚴密的「學術規範」當中成爲文明體系知識建設的基本形式，這是不是從另外一個方向上意味著它介入文明批判、關注當下人生的力量的某種減弱，或者至少是某些有意無意的遮蔽？

　　學術性的加強與人生力量的減弱的結果會不會導致學科發展後勁的暗中流失？例如，在 1980 年代，中國現當代文學研究的曾經輝煌在很大程度上得之於廣大青年學子的主動投入與深切關懷，在這種投入與關懷的背後，恰恰就是中國現當代文學研究的人生介入力量：中國現當代文學與廣大青年思考中、探索中的人生問題密切相關。在這個時候，中國現當代文學的存在主要不是作爲一種「學科知識」而是自我人生追求的有意義的組成部分。在那個時候，不會有人刻意挑剔出現在魯迅身上的「愛國問題」、「家庭婚姻問題」乃至「藝術才能問題」，因爲魯迅關於「立人」的設想，那些「任個人而排眾數，捨物質而張靈明」的論述已經足以成爲一個「重返人性」時代的正常的人生的理直氣壯的張揚。同樣，在「五四」作家的「問題小說」，在文學研究會「爲人生」，在創造社曾經標榜「爲藝術」，在郭沫若的善變，在胡適的溫厚，在蔡元培的包容，在巴金的眞誠，在徐志摩的多情，在蕭紅的坎坷當中，中國現當代文學不斷展示著它的「回答人生問題」的能力，而中國現當代文學研究則似乎就是對這些能力的細緻展開和深度說明。今天的人們可能會對這樣的提問方式及尋覓人生的方式感到幼稚和不切實際，然後，平心而論，正是來自廣大青年的這份幼稚在事實上強化了中國現當代文學的魅力，造就和鞏固了一個時代的「專業興趣」。今天的學術界，常常可以讀到關於 1980 年代的批判性反思，例如說它多麼的情緒化，多麼的喪失了學術的理性，多麼的「西化」，也許這些反思都有它自身的理由，然而，我們也不得不指出，正是這些看似情緒化的中國現當代文學研究方式，不斷呈現出某些對現實人生的傾情擁抱與主體投入，來自研究者的溫熱在很大的程度上煽動了青年學子的情感，形成了後來學術規範時代蔚爲大觀的學術生力軍。

　　從 1980 到 1990，從「人生問題」的求解到「專業知識」的完善，這樣的**轉換**包含了太多的社會文化因素，其中的委曲非這篇短文所能夠道盡。我這裏想提到的一點是，當眾所週知的國家政治的演變挫折了知識分子的政治熱情，是否也一併挫折了這份熱情背後的人生探險的激情？當知識分子經濟地位的提高日益明顯地與專業本位的守衛相互掛靠的時候，廣大的中國現當代

文學工作者的自我定位是否也因此已經就發生了根本性的改變？

而這些自我生存方式的改變是不是也會被我們自覺不自覺地轉化爲某種富有「學術」意味的冠冕堂皇的說明？

如果眞是這樣，那麼，作爲今天的文學研究者，我們不僅要保持一份對於非理性的「激情方式」的警惕，同樣也應該保持一份對於理性的「學術方式」的警惕。

三

在中國現當代文學研究日益成爲知識建構工程的今天，有一種流行的學術方式也值得我們加以注意和反思，這就是「知識社會學」的研究視野與方法。

知識社會學（sociology of knowledge）著力於知識與其它社會或文化存在的關係的研究。其思想淵源雖然可以追溯到歐洲啓蒙運動以來的懷疑論傳統和維科的《新科學》，首先使用這一詞彙的是 1924 年的馬克斯·舍勒，他創用了 Wissenssoziologie 一詞，從此，知識社會學作爲一門獨立的學科確立了起來。此後，經過卡爾·曼海姆、彼得·伯格和托馬斯·盧克曼的等人的工作，這一研究日趨成熟。1970 年代以後，知識社會學問題再次成爲西方社會科學研究中的焦點。據說，對知識的考察能夠從知識本身的邏輯關係中超越出來，轉而揭示它與各種社會文化的相互關係，乃是基於知識本身的確在一個充滿了文化衝突、價值紛爭的時代大有影響，而它所置身的複雜的社會文化力量從不同的方向上構成了對它的牽引。

同樣，文化的衝突與價值的紛爭不僅是 1990 年代以降中國知識界的普遍感受，它們更好像是中國近現當代社會發展過程的基本特徵。中國現當代文化的種種「知識」無不體現著各種文化傳統（西方的與古代的）、各種社會政治力量（政黨的、知識分子的與民間的、國家的）彼此角逐、爭奪、控制、妥協的繁複景象，中國現當代文化的許多基本概念，如眞、善、美、「爲人生」、「爲藝術」、現實主義、浪漫主義、現當代主義、古典主義、象徵主義、生活等等至今也沒有一個完全統一的解釋，這也一再證明純知識的邏輯探討往往不如更廣闊的社會文化的透視，此種情形聯繫到馬克思「社會存在決定社會意識」這一著名的而特別爲中國人耳熟能詳的觀點，當更能夠見出我們對「知識社會學」的強大的需要。事實是，在西方知識社會學的發生演變史上，馬

克思的確就是爲知識社會學給出了一條基本原理，即所有知識都是由社會決定的。正如知識社會學代表人物曼海姆所指出的那樣：「事實上，知識社會學是與馬克思同時出現：馬克思深奧的提示，直指問題的核心。」〔註1〕

今天的中國現當代文學研究，正需要從不同的角度揭示出精神的產品背後的複雜社會聯繫。這樣的揭示，將使我們的文化研究不再流於空疏與空洞，而是通過一系列複雜社會文化的挖掘呈現其內部的肌理與脈絡，而這樣的呈現無疑會更加的理性，也更加的富有實證性，它與過去的一些激情式的價值判斷式的研究拉開了距離。近年來，學術界比較盛行的關於現當代傳媒與現當代文學關係、現代社會體制與現當代文學關係、現代政治文化與現當代文學關係、現代經濟方式與現當代文學關係等等的探索都是如此。

當然，正如每一種研究方式都有它不可避免的局限一樣，知識社會學的視野與方法也有它的限度。具體到中國現當代文學的闡釋當中，在我看來，起碼有兩個方面的局限值得我們加以注意。

其一是「關係結構」與知識創造本身的能動性問題。知識社會學的長處在於分析一種知識現象與整個社會文化的「關係」，梳理它們彼此間的「結構」，這樣的研究，有可能將一切分析的對象都認定爲特定「結構」下「理所當然」的產物，從而有意無意地忽略了作爲知識創造者的各種能動性與主動性，正如韋伯認爲的那樣，把知識及其各種範疇歸併到一個以集體性爲基礎的潛在結構之中容易導致忽視觀念本身的能動作用，抹殺人作爲主體參與形成思想產品的實踐活動。關於中國現當代文學的研究也是如此，一方面，我們應該對各種社會文化「關係網絡」中的精神現象作出理性的分析，但是，在另一方面，卻又不能因此而陷入到「文化決定論」的泥沼之中，不能因此忽略現代中國知識分子面對種種文化關係之時的獨立思考與獨立選擇，更不能忽視廣大知識分子自身的生命體驗。在最近幾年的中國現當代文學與現當代文化研究當中，我以爲已經出現了這樣的危險，值得我們加以警惕。

其二便是知識社會學本身的難題，即它學科內部邏輯所呈現出來的相對主義問題。正如默頓指出的那樣，知識社會學誕生於如下假定，即認爲即使是真理也要從社會方面加以說明，也要與它產生於其中的社會聯繫起來，因爲不僅謬誤、幻覺或不可靠的信念，而且真理都受到社會（歷史）的影響，這種觀念始終存在於知識社會學的發展中。西方批評界幾乎都有這樣的共

〔註1〕曼海姆：《知識社會學導論》中譯本97頁，臺灣風雲論壇有限公司1998年。

識：知識社會學堅持其普遍有效性要求就意味著主張所有的知識都是相對的，所以說全部知識社會學都面臨著一個共同的相對主義問題，知識社會學止步於眞理之前，因爲這門學科本身即產生於用一種對稱的態度看待謬誤和眞理。應該說，中國現代文化的發展本身是一個「尙未完成」的過程，包括今天運用著知識社會學的我們，也依然置身於這樣的歷史進程，作爲一個時代的知識分子，並且必須爲這樣的過程做出自己的貢獻，因而，即便是學術研究，我們也沒有理由刻意以學術的所謂中立性去消解我們對眞理本身的追求和思考，我們不能因爲連續不斷的「關係結構」的分析而認爲所有的文化現象都沒有歷史價值的區別，在這裏，「公共知識分子」的精神應該構成對「專業知識分子」角色的調整甚至批判，當然，這首先是一種自我的反省與批判。

總之，知識社會學的視野與方法無疑有著它的意義，但是，同樣也有著它的限度，在通常的時候，其研究應該與更多的方法與形式結合在一起，成爲我們思想的延伸而不是束縛。

在中國現當代文學研究日益成爲「知識化」過程一部分的時候，我們能夠對我們所依賴的知識背景作多方面的追問，應當是一件富有意義的事情。

目次

第一章　緒論：詩歌精神建構的藝術向度

第一節　詩歌打量世界的幾種姿態

　　詩歌精神是一個不太容易界定的概念。但就新詩藝術的發展來考察，我們至少應該從兩個方面來把握，其一是詩的藝術精神，其二是詩的精神內涵。這兩個方面都可以從詩與世界的關係這一話題展開。

　　詩的精神主要來源於詩人的藝術姿態，也就是詩人觀照世界、表現世界的基本態度。就詩歌發展的歷史考察，詩人的藝術姿態主要包括對話、介入、逃避、消解等幾種情形。

　　對話方式是詩人與他所打量的對象處於平等的位置，通過對世界的平等觀照揭示詩人對世界的理解和認識，抒寫其人生態度。這種姿態在中國傳統詩中非常普遍。許多詩人通過對外在世界的打量來揭示人與世界的關係，並反觀人的地位與價值。在這樣的詩中，詩人並不比其它人高明，不是高高在上，而只是藝術的發現者、心靈的表現者，以平和、關愛、撫慰的心態表達自己的人生觀照。

　　在中國傳統詩中，山水詩是能夠較好體現這種姿態的詩歌類型之一。山水詩通過寄情山水，或者說是通過與山水的對話，抒寫詩人的性情、追求。由山水詩引發的對外在意象的大量使用，是不少其它題材的詩篇對這種姿態的一種延續。通過這種對話，詩人發現一些人生的哲理，甚至提升出具有普遍意義的人生哲學，比如蘇軾的《題西林石壁》：「橫看成嶺側成峰，遠近高低各不同。不識廬山眞面目，只緣身在此山中。」由自然景觀昇華出對人生

的理解，揭示出距離與美的關係，成爲千古名篇。陸游的《游山西村》：「莫笑農家臘酒渾，豐年留客足雞豚。山重水複疑無路，柳暗花明又一村。簫鼓追隨春社近，衣冠簡樸古風存。從今若許閒乘月，拄杖無時夜叩門。」其中的一些詩行，表面看似乎是在寫自然風光，如「山重水複疑無路，柳暗花明又一村」，但實際上已經昇華爲對於人生與世界的思考，達到了一種哲學式的開闊與包容。在詩人那裡，山水已不僅僅是普通意義上的自然「山水」，而是寄寓了詩人情感的對象，或者說，「山水」已經成爲詩人生命的一部分，主體與客體合爲一體，處於平等地位，因而，在農業文明異常發達的古代中國，山水詩往往與詩人的心態、情感能夠很好地達成一致。

在新詩中，這種姿態也是詩人切入歷史與現實、抒寫心靈的重要的方式之一。詩人不以先入爲主的姿態給對象定性，而是試圖通過深刻、廣泛的體驗，發現和提升對象所蘊含的詩意和人生啓迪。詩人的主體意識是通過對對象的精神蘊含的挖掘而揭示出來的。聞一多、臧克家、艾青、何其芳、綠原、魯藜等詩人對農民命運的關注、對民族災難的審視、對民族精神的把捉，都是通過具體場景、對象體現出來的。對於困境與迷茫，他們沒有怒髮衝冠，而是深入內裏，通過獨特的藝術手段表達出來，使讀者能夠從中體會到詩人所抒寫的現實與憂患。卞之琳、馮至、穆旦等詩人雖然借鑒了現代主義的表現手段，不過，他們對人生、現實的冷靜思考一方面體現出思想的深刻，另一方面也是與歷史、現實的對話，從中發現了具有普視意義的人生哲理，甚至生命哲學。

在詩歌創作中，對話不是簡單的語詞溝通，而是深度的心靈甚至生命交流，其間糾纏著矛盾、衝突，只是詩人在處理這些矛盾、衝突的方式是多角度、多側面的，有時甚至顯得冷靜、平和，其基本立足點是不把自己放在高於他人、高於世界的位置上。

介入姿態是揭示詩人與世界關係的另一種切入方式。其實，只要寫詩，詩人都需要介入，介入世界，介入內心，但這裡所謂的「介入」包含「干預」的內涵，就是詩人不但要揭示現實與生命的本質，而且要對其做出詩人自己的審美評價或審美判斷。這種姿態在過去主要是針對具有現實主義特色的詩歌而言的。在中國詩歌中，其最早的源頭在《詩經》。《詩經》中的「風」詩中有許多揭示現實苦難、官民衝突的作品，就是對生活的介入，如《碩鼠》、《伐檀》等。這種追求在中國詩歌發展中一值得到了很好的延續，在每一個

時代都出現過關注現實、以批判的姿態而為人讀者所喜愛的作品，杜甫的《茅屋為秋風所破歌》以及「三吏」、「三別」等作品在中國文學的發展中佔有非常重要的位置。在新詩史上，由於國家、民族的苦難一個接著一個，介入現實的詩也非常多，尤其是在 20 世紀 30、40 年代，幾乎所有詩人都創作過關注現實、關注民族命運的作品，體現出非常開闊的視野、非常明朗的情感向度。臧克家的《老馬》、《老哥哥》、艾青的《雪落在中國的土地上》、《北方》、《太陽》、田間的《假如我們不去打仗》等作品因為對現實與苦難的介入而成為新詩史上的經典。七月詩派和九葉詩派在詩歌觀念、藝術手法等方面存在差異，但它們以不同方式對歷史、現實的介入為它們在新詩發展史了贏得了巨大的聲譽。在「文革」期間，曾卓、牛漢、蔡其矯、流沙河等詩人的「潛在寫作」（或者稱為「地下寫作」）在現實思考方面具有特點，這些作品雖然是在後來才發表的，但它們記錄了一個特殊時代的精神火種。1976 年的「天安門詩歌」也是直接介入生活的，許多作品針對當時的社會現象進行了大膽的揭露與批判，成為中國詩歌在藝術上復活的重要標誌。20 世紀 70 年代末到80 年代初是新詩藝術在遭到重創之後重新復蘇的時期，也是新詩史上最輝煌的時期之一，「歸來者」詩人、「朦朧詩」詩人、「新來者」詩人〔註 1〕三路大軍會聚詩壇，因為思想解放的深入和改革開放的實施，許多詩人思想活躍起來，針對社會、精神領域的諸多禁錮進行深入思考，大膽抒寫他們的人生理想，如艾青的《光的讚歌》、《古羅馬大斗技場》、陳敬容的《山和海》、白樺的《陽光，誰也不能壟斷》、葉文福的《將軍，你不能這樣做》、趙愷的《第五十七個黎明》、北島的《回答》、駱耕野的《不滿》、梁小斌的《中國，我的鑰匙丟了》、雷抒雁的《小草在歌唱》、葉延濱的《乾媽》等等，都產生了廣泛的影響，對當時的精神解放和後來的詩歌精神的重建發揮了重要作用。

〔註 1〕　「歸來者」詩人是指在「文革」之前即開始詩歌創作且取得較大成就的詩人，他們在新時期重新開始了詩歌創作，很多人因此而形成了自己詩歌創作的第二個高峰，以艾青等為代表，這個稱謂也來自艾青 1980 年在四川人民出版社出版的詩集《歸來的歌》；「朦朧詩」詩人是指在「文革」中就開始詩歌創作，在 70 年代末期正式走上詩壇，在 70 年代末、80 年代初引發了詩壇上關於新詩潮（後稱為「朦朧詩」）的討論，以北島、舒婷、顧城、楊煉、江河等為代表，這個稱謂來源可能有多種，但最主要的恐怕應該是來自章明在《詩刊》1980 年第 8 期上發表的一篇批判文章《令人氣悶的「朦朧」》；「新來者」是呂進在論及葉延濱詩歌時使用的一個概念，主要是指在新時期開始詩歌創作的詩人，年齡和大多數「朦朧詩」詩人差不多，但他們沒有被列入「朦朧詩」群體，如雷抒雁、葉延濱、傅天琳、李鋼、李小雨等等。

　　還有一種情形就是，詩人在深入瞭解歷史、文化、現實的基礎上把握了社會、文化發展的大趨勢，但他們不直接揭示現實中存在的問題，而是抒寫自己對於現實、生命方向的追尋。郭沫若是這方面的具有代表性的詩人。他的作品使用大意象，追求宏大敘說，但這不是空洞的、沒有精神基礎的詩意追求，而是把握了生命與現實發展的方向，因而，他的作品實際上是對現實的另一個層面的揭示，其精神內涵是具有普視特徵和恒久價值的。《鳳凰涅槃》是對追求新變的五四時代精神的讚美，但作品所表達的不斷破壞舊我、重造新我的求新意識是具有普遍價值的。田間和七月詩派的一些詩人在面對民族災難時對民族精神的呼喚，也具有這樣的特點。看似缺乏獨創性、缺乏深度，但在那個特殊年代、特殊氛圍下，詩人所表達的使命意識是可以產生廣泛共鳴的，因而對其藝術價值尤其是精神價值，應該給予歷史的、客觀的定位。當然，這種介入方式，如果把握不好，沒有深厚的現實基礎，違背了歷史、文化、生命發展的規律，就可能成為空洞的說教，或者成為口號、政策的分行改寫，20 世紀 50 年代後期到「文革」期間的詩歌創作，雖然出現了聞捷、郭小川、賀敬之、李瑛等關注社會、現實的詩是可以載入歷史史冊，但在詩歌思潮方面相對單一，甚至出現過政治化、口號化、概念化等與詩的自由精神相去甚遠的情形，把詩歌推向了遠離藝術的歧路。

　　在以介入姿態關注現實的詩中，還有一種值得注意的特殊的詩歌樣式，就是諷刺詩。諷刺詩在中國歷史悠久，源於《詩經》，延續於其後的每一個時期。它通過歸謬、誇張等藝術方式揭示現實、生命中的負面現象，尤其是對象的非正常本質，抒寫詩人對於正常生活的期待。明代王磐的《朝天子·詠喇叭》就是為人稱道的優秀之作：「喇叭，嗩吶，曲兒小，腔兒大。來往官船亂如麻，全仗你抬身價。軍聽了軍愁，民聽了民怕，哪裏去辨什麼真共假？眼見得吹翻了這家，吹傷了那家，只吹得水盡鵝飛罷。」在時代轉型期，諷刺詩往往比較發達，20 世紀 40 年代袁水拍的「馬凡陀山歌」是現代諷刺詩的代表，詩人臧克家也寫過《寶貝兒》、《生命的零度》等不少為人稱讚的作品。杜運燮的「人物浮繪」其實也是諷刺詩的一種，是九葉詩派作品中的一道獨特的風景。20 世紀 80 年代以來，隨著思想解放的深入，諷刺詩一時成為熱潮，劉徵、余薇野、羅紹書、梁謝成、石河等詩人創作了大量諷刺詩。

　　作為一種影響廣泛的詩歌樣式，除了文人創作，諷刺詩還以民間歌謠的方式在坊間流傳，直接針對社會上的各種非正常現象進行諷刺、批判。這種

歌謠在每個時代都存在。與普通的抒情詩相比，諷刺詩語言比較尖利，情感比較直露，在一定程度上缺乏含蓄蘊藉的張力，因而具有較強的時效性。當諷刺的對象逐漸淡化甚至消失之後，這些作品可能就較少受到讀者關注。但諷刺詩對現實、生活的介入與干預是具有藝術價值的，一些詩人甚至因爲諷刺詩或具有諷刺特點的詩而陷入「文字獄」，流沙河就因爲 1957 年 1 月在《星星》詩刊創刊號發表總題爲《草木篇》的五章散文詩而被打爲右派，長期遭受磨難。

隨著詩歌「向內轉」傾向的出現，詩人介入的對象和方式也可能發生一些變化，由對外在世界的藝術打量轉向對內心世界、對生命的深度思考，而且是以批判的態度爲主。較早出現這種情形的是詩人李金髮，他借助象徵主義的藝術手法，抒寫個人內心世界，抒寫迷茫的生命體驗，受到詩界關注。雖然有不少批判、質疑的聲音，但模仿者也不少，說明這種探索是有價值的。戴望舒、施蟄存、廢名、卞之琳、馮至等詩人延續了這種傳統，在詩歌精神的建構上體現出了獨特的追求。20 世紀 40 年代後期的九葉詩人對這種方式推向了一個新的層面，穆旦的《詩八首》、鄭敏的《寂寞》等都屬於這種情形。到了 20 世紀後期，這種介入的姿態在許多詩人那裡都受到重視，一些女性詩人以藝術的方式反思女性的生命與價值，倡導女性意識，如唐亞平的《黑色沙漠》、伊蕾的《獨身女人的臥室》、翟永明的《女人》組詩等等，都以其鮮明的特色而受到關注。不過，由於這些作品的參照視野多以「個人」的體驗作爲核心，較少把「我」與「我們」，「個人」與「群體」較好地結合起來，因而在其出現後也受到了一些讀者和專家的批評和質疑。

逃避姿態是處理詩歌與社會關係的另一種方式，就是詩人迴避對社會現實的廣泛考察和觀照，而以他人的觀念或自己的個人化選擇來抒寫對於世界的看法。

在新詩史上，逃避姿態主要體現爲兩個極端。

其一是按照外在的政治、文藝政策的要求抒寫詩人對於現實的思考，而忽略對於現實的深刻、全面的打量。這種情形在 20 世紀 50～70 年代的詩歌中比較普遍。上面說什麼、政策說什麼，有些詩人就跟著說什麼，甚至出現了概念化、公式化、口號化、浮誇等現象，如田間的「土豆大如船」一類的歌唱等等。除了少數自覺接受這種創作姿態的詩人之外，造成這種結果的主要原因不在詩人，而在於外在壓力。一些詩人因爲不願意隨波逐流而放棄了

創作，比如九葉詩人中的杭約赫、唐祈等，一些詩人創作的作品不能（也不敢）拿出去發表，如唐湜的歷史題材長詩，牛漢、曾卓以及一些「地下詩人」在「文革」期間創作的作品。

其二是由於矯枉過正導致的個人化。詩的政治化、觀念化給新詩發展造成了巨大的傷害，後來的一些詩人就因此誤解了詩與現實的關係，認爲詩與政治、現實無關，只按照自己的個人視角來打量世界，忽視詩與世界的關係，也就是說不客觀、全面地把握世界，而只是抓住自己所感受、體驗到的一個或幾個側面來揭示自己對世界的認識。20 世紀 80 年代以來的中國發生了很大變化，雖然我們不應該迴避其中存在的一些問題，但總體上看，中國社會、文化的發展與進步是有目共睹的，但有些詩人卻不關注這種變化中的現實，而只是抓住他們所體驗的社會、文化的負面因素，就大肆書寫，揭示人的困頓、壓抑、陰暗，或者只書寫瑣屑的個人身世感。我們不是說，這些現象、感受不能在詩中表現，但應該把它們放置於變化、發展的進程中加以書寫，這樣才符合歷史、文化發展的規律，否則，詩歌所表現的世界就是片面的、失眞的。這實際上是對本眞現實的一種逃避，至少是人爲的遮蔽。

消解姿態，其基本含義是對既有思想、觀念、現象中的不合理元素的批判、否定，是一種批判性繼承，是推動文化、精神發展所必須的重要手段。但是，由於深受西方後現代文化思潮的影響，有些詩人把這種批判性的發展定位爲單一的「否定」，主要體現爲對既有的而且爲人們普遍接受的現象、觀念、思想進行否定、嘲弄，體現出摧毀崇高、理想的精神追求，而又沒有新的精神建構起來，最終導致思想、精神的迷茫。

在新詩史上，消解思潮較早可以追溯到新詩誕生的時候，人們對傳統的否定其實就是一種消解，但在當時，人們找到了另外一些可以建構詩歌藝術的元素，比如西方的文化、藝術觀念，也找到了白話作爲詩的語言媒介，因此沒有導致詩歌的最終失落。20 世紀 40 年代，一些詩人的消解傾向比較明顯。詩人穆旦的《詩八首》對愛情的消解就有這樣的特點。我們知道，從總體上看，愛情是美好的，是人類心靈的歸宿之地，是人類和諧、健康發展的條件，也是人類繁衍、發展的基礎。當然，世界上沒有絕對的事情，愛情也是如此。古代詩歌中就有閨怨詩。不過，歌唱愛情美好的作品一直是愛情詩的主流，包括思念、懷念、嚮往甚至憂鬱等等。如果把《詩八首》作爲純粹的愛情詩來看待，那麼，它們在沒有考慮愛情的全面特徵的情況下，卻抓住愛情的某

些陰暗的現象，不美好的一面，來消解人們心目中的美好愛情。這其實是把個人的身世和愛情的本質混同起來了。

下面是《詩八首》的第一和第四首：

1

你底眼睛看見這一場火災，

你看不見我，雖然我為你點燃；

唉，那燃燒著的不過是成熟的年代。

你底，我底。我們相隔如重山！

從這自然底蛻變底程序裏，

我卻愛了一個暫時的你。

即使我哭泣，變灰，變灰又新生，

姑娘，那只是上帝玩弄他自己。

4

靜靜地，我們擁抱在

用言語所能照明的世界裏，

而那未成形的黑暗是可怕的，

那可能和不可能的使我們沉迷。

那窒息著我們的

是甜蜜的未生即死的言語，

它底幽靈籠罩，使我們游離，

游進混亂的愛底自由和美麗。

這不是普遍的愛情，只是穆旦自己體驗到的愛情，是個人性的，是在自己的愛情受挫以後產生的一些體驗。這些作品並沒有從藝術的角度揭示愛情的本質，只是揭示了片面的真實，在一定程度上是對愛情的消解。如果我們面對的愛情都是這樣，那麼，可能我們都會對愛情持懷疑的態度，甚至玩弄愛情。這組作品的創造性體現在詩人發現了愛情的某些不同的內涵，變味的內涵，而且還揭示了人與人、人與社會之間的衝突。更重要的是，穆旦寫的愛情其實只是一種象徵，他的主要目的是揭示人與人、人與社會之間的複雜關係，揭示社會帶給詩人的思考。這樣一來，詩的內涵就擴大了，深沉了，因而能夠使人常讀不厭。

在「朦朧詩」時期,「我不滿」、「我──不──相──信」等聲音,其實是對「文革」踐踏人性、藝術等的反思和消解。北島的「卑鄙是卑鄙者的通行證／高尚是高尚者的墓誌銘」(《回答》),是對那個時代的準確而又深刻的揭示。

但是,80 年代中期以後,一些詩人對於歷史、現實的消解卻越來越普遍,他們可以質疑孔子的價值,把象徵中華文明的黃河世俗化,把人的精神肉體化,把美好的理想虛無化,把崇高的精神愚玩化,而他們又沒有發現或者建構一種具有導向作用的精神來支撐人與社會的發展,導致詩歌缺乏精神向度。我們所說的精神缺失,不是沒有精神,而是缺乏具有導向價值的精神,沒有大家共同接受的精神。這與消解思想的廣泛流行有著密切的關係。

詩歌精神的建構應該是從多方面展開的。具體說,就是應該全面打量歷史與現實,辯證地對待其中的一切,通過詩人自己的思考,張揚對人的發展具有意義的思想與精神,批判、解構對人與社會的發展具有阻滯作用的內容。詩人是時代精神的發現者與建構者,如果我們的詩人在精神境界上與普通人沒有什麼差別,甚至其視野、境界還不如普通人,所看到的、體驗到的還沒有普通人思考得全面,他們所抒寫的內涵不能為精神、文化的建設有所促進,那麼,詩歌的發展、詩人的地位與形象將會受到很大的影響。

第二節 詩的藝術本位與詩的個人性

20 世紀 80 年代中期以來,被一些論者給予好評的詩歌作品並不少,但詩的讀者卻越來越少,詩歌獲得的評價越來越低,詩歌產生的影響越來越小。許多人都在尋找、分析這方面的原因。有人認為是文化方式的多元導致了詩歌讀者的流失;有人認為是物質化的社會風氣消磨了讀者讀詩的情緒;有人認為,詩的存在方式增多了,詩意與流行元素結合,滲透到了歌詞、短信、廣告之類的大眾文化形態之中,所以不能以傳統的眼光看待詩歌;也有人認為,詩歌藝術自身存在的諸多問題使詩歌與讀者之間出現了嚴重的隔膜……以上這些都可能成為詩歌讀者減少的原因,但有些原因是我們無法控制的,我們無法改變因為科技的發展而帶來的社會文化的多元,我們無法改變經濟的發展而導致的社會物質化傾向,但我們可以對詩歌自身的問題進行一些反思,並通過理論倡導、創作實驗逐漸引導、調整、改變這種局面。

就文體來講，詩歌具有自身的獨立性。但這並不是說，詩歌就是自足的、自在的，與外在世界沒有任何關係。詩是心靈的藝術，精神的藝術，但離開現實，追求純粹，只能是一種不斷趨近但永遠無法實現的夢想。

關於詩歌與外在世界的關係問題，歷來眾說紛紜。此處不展開討論。我認為，詩與外在世界存在直接或間接的關係是不爭的事實。有人把那種不關注外在世界的詩稱為「純詩」，而且極力主張追求純粹的寫作，其實那是無法實現的夢想。有人認為，當下的詩歌脫離現實，對這個籠統的結論，我持保留意見。實際上，許多詩都與現實保持著密切關係，無論是「知識分子寫作」、「民間寫作」，還是「下半身」寫作、「垃圾派」寫作，無論是「敘事」的加入，還是抒情的強化，「現實」始終是詩歌的主要來源和表達對象，有些探索甚至由於過分依賴外在現實而出現了瑣屑化傾向。因此，我認為，我們面臨的主要問題不是詩是否和現實保持著聯繫，而是詩人們對待現實的態度問題，是詩歌的藝術出發點和精神歸宿問題。換句話說，就是詩的藝術本位以及由此而生的詩的格調、境界等問題。而這些問題不解決，我們評價詩歌就會失去一系列重要的角度。

在英語中，本位和標準、規範是同一個詞，即 standard。這個詞的詞根是 stand，包含立場之意。詩歌的本位問題，說到底就是詩人的藝術立場問題，是詩的立足點、出發點和落腳點問題。

簡而言之，詩歌的藝術本位主要有兩種：個人本位與群體本位。個人本位，就是從個人出發看待、評價這個世界；群體本位，就是從群體、社會出發打量、評價世界。這兩種本位的詩在藝術效果上是完全不同的。一般來說，以個人為本位的詩，最終獲得的是詩的個人性；以群體為本位的詩，最終獲得的是詩的普視性。

先談個人本位與個人性。

詩是詩人生命體驗的藝術表現，詩的發現是由個人完成的，詩的創作是個人的行為。從這個角度說，個人本位是詩的基本出發點，個人性是詩歌的基本屬性。個人性體現人生的豐富性和詩歌的多樣性。沒有「自我」，沒有個人的詩，就可能變成純粹的哲學，或者變成公式、口號，成為某些觀念的附庸。那不是真正的詩。對於這一點，我們只要讀讀 20 世紀 50 年代到 70 年代的一些詩歌作品就可以獲得證明。但這並不是說，詩歌只要表現了個人性就會成為好詩。

（1）**個人性具有私人性一面**。私人的東西是那些不宜公開的言語、行為、思想等等，尤其是那些與人的動物性有關的因素，比如人的自私、陰暗的一面，人的本能、欲望，人的殘酷、血腥等等，以及個人的不願意公開的因素，即所謂的隱私。在具體的個人那裡，有些私人性的東西也許是美好的，比如夫妻之愛，甚至情人之間的秘密，個人內心的一些隱秘的體驗，等等；但是如果以公眾方式表現出來，私人性的東西就可能不美、丑陋，甚至有違道德、法律，更不用說具有心靈的淨化作用了。現在的人們都在大力呼籲保護隱私，表現私人性自然不應該成為詩歌的主要藝術方向。比如，愛情（尤其是愛情引發的性愛）在很大程度上是屬於「私人」的事，主要應該以「私人」的方式來體現，而不應該以具有公眾性的藝術來揭示。日本學者浜田正秀說：「在密室裏所進行的那種情愛是快樂的，但它必須是只在兩人時所進行的秘密典禮。」〔註2〕愛情，尤其是性愛，在兩個人之間是一種美好的存在，除了愛情或性愛教科書，它是不宜以公開的方式展示的。在詩中，赤裸裸地描寫性行為，實在是對人性的誤解，也是對詩的藝術特徵的誤解。

但是，從上世紀90年代開始，有一種「下半身寫作」思潮卻不是這樣看的，他們主張詩歌由關注精神（上半身）轉向關注肉體，反對人與傳統、文化、知識、精神等的聯繫。他們宣稱：「下半身寫作，追求的是一種肉體的在場感。……只有肉體本身，只有下半身，才能給予詩歌乃至所有藝術以第一次的推動。這種推動是唯一的、最後的、永遠嶄新的、不會重複和成舊的。因為它乾脆回到了本質。」〔註3〕他們宣稱：「我們亮出了自己的下半身，男的亮出了自己的把柄，女的亮出了自己的漏洞。」〔註4〕「下半身寫作」是個人化寫作的極端化發展，「標誌著營造詩意時代的終結。」〔註5〕連詩意也反對，這樣的作品還是詩嗎？這種主張在很大程度是在消解人，消解作為藝術的詩。在他們的作品中，到處充斥著對性的玩味，甚至充斥著性愛的細緻描寫。

〔註2〕 （日）浜田正秀：《文藝學概論》，陳秋峰、楊國華譯，中國戲劇出版社1985
年8月出版，第70頁。

〔註3〕 沈浩波：《下本身寫作及反對上半身》，楊克主編《2000中國新詩年鑒》，廣州
出版社2001年7月出版，第546～547頁。

〔註4〕 沈浩波：《下半身寫作及反對上半身》，楊克主編《2000中國新詩年鑒》，第
547頁。

〔註5〕 李師江：《下半身的創造力》，《下半身》（民間詩刊）創刊號，2000年7月。

沈浩波在《38 條陽具》中寫道：

> 我要講的是一個女人 ／生活在北方某個小城 ／她的陰道寬闊通
> 暢 ／如同一家黑店 ／總是門面大敞 ／有一段時間 ／她有了特殊的癖
> 好 ／就像胖子愛吃肥肉 ／蒼蠅愛叮牛糞 ／她想搞搞男詩人 ／那些南
> 來北往的 ／那些略有名聲的 ／那些聰明睿智的 ／那些瘦削蒼白的 ／
> 那些有老有少的 ／只要來到此處 ／便被一把揪住 ／不拘粗細長短 ／
> 皆被視爲硬物 ／一律塞在身下 ／被搞的詩人興奮異常 ／在各個城市
> 奔走相告 ／「她就像一隻老母雞 ／騎在我身上咯咯亂叫」 ／另一個
> 則略顯羞怯 ／「我們只是隨便搞了搞」 ／倒是這女人陷入了絕望 ／
> 帶著肥短的雙腿罵娘 ／「一年下來詩人搞了不少 ／用過的陽具足有
> 38 條 ／那些狗屁不通的詩章 ／跟他媽廢紙有什麼兩樣」

尹麗川在一首詩中寫道：

> 爲什麼不舒服一些 ／哎，再往上一點，往下一點，再往左一點，
> 再往右一點 ／這不是做愛這是釘釘子 ／噢，再快一點，再慢一點，
> 再鬆一點，再緊一點 ／這不是做愛這是掃黃或繫鞋帶 ／喔，再深一
> 點，再淺一點，再輕一點，再重一點 ／這不是做愛這是按摩、寫詩、
> 洗頭或洗腳 ／爲什麼不再舒服一些呢？嗯，再舒服一些嘛 ／再溫柔
> 一點，再潑辣一點，再知識分子一點，再民間一點 ／爲什麼不再舒
> 服一些。

不少人對此詩給予了很高的評價，我們也承認其中抒寫了一些字面之外的蘊
含，但就文字層面看，在這樣的「詩」裏，除了欲望的發泄，自然無情可言，
無詩意可言。這些所謂的詩，所表現的，已是完完全全的「性的遊戲態度」
了，不是人們所說的愛情。如果這樣的詩也叫愛情詩，那便是對愛情的公然
褻瀆，也是對藝術的公然褻瀆。一位臺灣學者說：「肉麻當有趣，固俗不可耐，
強把下流的性趣混入詩中作情詩，除能赤裸地展露出作者的『A』片形象外，
別無可取。」〔註6〕這並不是針對沈浩波、尹麗川等詩人的創作而談的，但用
來評價他們作品的「藝術價值」，應該說是很恰當的。

（2）**個人性具有龐雜、瑣屑的特點**。個人的生活、思想、情感所涉及到
的內容很多，如果按照攝影、日記方式記錄流水帳，每一刻都可能有不同的

〔註 6〕 冬山客：《郎情妹意處處詩》，《臺灣詩學季刊》1996 年 9 月第 16 期，第 25
頁。

事件、感受，但這些事件與感受並不一定都包含詩意，並不一定都體現了行爲者的本質，並不一定都具有藝術的審美和啓迪價值。從另一方面看，這些瑣屑的事件、感受也不一定使他人感興趣，對他人有什麼啓發，因而也就很難爲讀者所接受。一般來說，一個人的所觀所思一切都入詩，最終可能就是無詩。優秀的詩是拒絕龐雜、拒絕瑣屑的。

對人生體驗的龐雜、瑣屑的重視與詩的「口語化」有密切關係。其實，詩的口語化並不可怕，任何語言都與口語有關，書面語言、文學語言、詩歌語言都是從口語發展、提煉而來的。艾青早就說過，他所追求的詩的散文美就是指口語美，發現日常口語中具有詩意的元素並把它們借用到創作中，可以使詩歌接近現實與生活，增加詩歌的親和力。但不是所有的口語都能入詩，那種只涉及表面的現象、看似親和的所謂口語詩，價值不大。只有那些既揭示詩人的情感體驗又具有詩家語獨特氣質的口語才具有詩意，而且需要經過詩人的選擇、加工以及詩篇結構的匠心建構，才能形成具有特色的詩篇。沒有選擇地使用口語，整個詩篇都採用口語，最多只是一種遊戲甚至模仿、抄襲而已，如果沒有很高的語言敏銳性和表達機智，詩的創造性是很難獲得的。

在中國，口語詩的傳統很悠久，《詩經》中的許多民歌就是當時的口傳的，是用當時的口語記載下來的。唐代有個張打油，名不見經傳，但有一首詠雪詩收在《全唐詩》裏：「江上（一說「山」）一籠統，井上黑窟窿。黃（一說「黑」）狗身上白，白狗身上腫。」這是比較典型的口語入詩，所以口語入詩並不新鮮。今天讀這樣的所謂詩，它獨特的俚俗味仍然值得我們思考，但作爲一首藝術的詩，其韻味確實存在問題。「打油詩」是一種遊戲詩，或者稱爲趣味詩，有時可以體現詩人的機智，但它不能成爲詩歌的主體。有人說：「從直到曲，是詩。從直到直，便是口水。」〔註7〕這話是有道理的。詩歌最忌諱的就是從直到直。而口語詩是最容易落入這個毛病的。

陳傻子是寫口語詩比較多的詩人，他的一組作品中有這樣幾首：

《在路上三次碰見一個陌生姑娘》：

她掃掃我 ／我也掃掃她 ／／走過去了 ／她瞧瞧我 ／我也瞧她 ／／走過去了 ／／她站住 ／我也站住 ／她咬住嘴唇 ／我也咬住嘴唇 ／她吐了口痰 ／我看著那口痰 ／／走過去了

〔註 7〕 眉山雪夫：《小議口語詩》，http://www.tianyablog.com/blogger/Post_Date.asp?BlogID=157032&idWriter=0&Key=0&day=5&month=7&year=2005(2006-07-12）

《真他媽快樂》：

　　我面前放著／一大杯紅酒／一大杯果汁／一大杯綠茶／我想喝哪杯／就喝哪杯／剛喝下去一點／馬上就有侍應生／上來斟滿／而且／不管我喝多少／吃多少／都不用擔心付賬問題／真爽啊／真他媽快樂

《三年下來》：

　　我住的這個小區／三年下來／共有十九戶人家結婚／生了十一個孩子／還有三個女人大了肚子／死掉六個人／一個是原先的副市長／兩個是原先的局長／還有一個是現任處長／還有一個是現任科長／還有一個是博士剛剛畢業／前面三個是死於心肌梗塞／後面三個是死於車禍／他們三人合乘一輛高級轎車／酒足飯飽以後／在高速公路上丟了性命／我住的這個小區／三年下來／多出來不少孩子的吵鬧／還多出來幾個／住著大房子的寡婦〔註8〕

在詩歌觀念上，我們不能成為狹隘的人。只要是寫得好的詩，能夠讓我們讀了反覆回味的詩，無論是什麼思潮、什麼流派，我們都可以應該予以關注。我們不懷疑這種寫法對於現實的關注和可能具有的新意，但這幾首詩的瑣屑、無聊和缺乏詩意，我們實在很難把它們列為好詩，甚至是不是可以稱為詩，都還值得懷疑。

　　現在的一些口語詩，流於直白，流於口水化。沒有詩意的提煉，也沒有令人回味的蘊含。詩人譚延桐曾寫過一篇專門談論口語詩的文章，其中有幾段很值得關注：

　　　　「口語詩」的泛濫，早就已經像決堤的洪水一樣了。這是 20世紀 80 年代中期繼「朦朧詩」之後出現的一股詩歌洪流。說它是濁流似乎更準確。這股濁流是在眾多的沒有腦子的人的真誠保祐或袖手旁觀下一直流到今天的。它們把珍貴的詩歌植被，沖毀的沖毀，淹死的淹死，帶來了滿目瘡痍。

　　　　不用太仔細地去看，就會發現，這些所謂的口語詩大多都像口水，說是「口水詩」似乎更貼切。稍好一點兒的，也只不過是抹了一點兒口紅像「口紅詩」，或者順暢了一點兒像「口訣詩」罷了。它

〔註 8〕　三首詩均選自《陳傻子最新詩作選》（三十首），http://my.clubhi.com/bbs/661424/25/18243.html(2006-07-12)。

們都讓人忍不住要去懷疑，懷疑它的反意象的動機，懷疑它的純以
俗語言的不檢點，懷疑它的散文化傾向，懷疑它的簡單的語言組織
手段，懷疑它的平鋪、平實、平淡甚至平庸，更懷疑有些「口語詩」
的媚俗、骯髒和下流。

　　……

　　企圖犧牲詩歌語言的節制和琅琅上口、堅實有力的節奏感和韻
律感，把蒙太奇式的意象和跳躍全部拿走，把未定點全部抹去，把
奇譎的語勢、語調、語感淡化爲零，徹底地排除陌生化，從而完完
全全地淪爲一種瑣瑣碎碎、絮絮叨叨、哼哼唧唧、嘟嘟囔囔、自說
自話、不疼不癢的東西，其實是一個誤區。這是一種偷懶的心態，
哄人的語態。它勢必導致最終的蒼白和無聊。口口聲聲地說它們是
「口語詩」，其實大多也只不過是一些分行的散文罷了，甚至連散文
都不是。一些好的散文如果分行排列的話，是一點兒也不比它們差
的。甚至比不上好的小說，好的小說無論情境、意境，都是許多的
口語詩所不能比的。如果詩歌眞的都是這副德性的話，那還要詩歌
幹什麼？詩歌又有什麼資格被稱爲「文學的皇冠」、「文學中的文
學」、「藝術中的藝術」呢？誰還會用心靈來尊重詩歌呢？〔註9〕

（3）個人性的另外一種表現，也是最主要的表現，就是只從個人的視角
來認識世界，不全面考慮傳統、文化，不關注詩的美學向度，也不全面打量、
思考現實，只是抓住現實、社會、傳統中的某一點就判斷一切，甚至否定一
切。只注重個人性的人，往往比較偏激，以自我爲中心，把自己看得高於一
切，而較少從他人的角度思考問題。他們的詩歌缺乏自我反思，缺乏自省意
識，他們通過自己的角度獲得的認識與多數人的認識不一定一致，甚至是相
衝突的，難以爲其它人所認同。他們缺乏歷史意識，缺乏換位思考，缺乏宏
觀的藝術視野。這種個人性在詩歌中的突出表現就是片面和消解。其實，消
解的本意就是通過對一些常識性認識中的不合理因素的解剖，促進人們對歷
史、文化、現實、人生的更全面瞭解、理解，重新思考人生，促進人與社會
的全面發展。但是，有些人卻以此消解一切，把人們都已經接受而且成爲文
化的東西進行嘲諷、貶斥甚至辱罵。上世紀80年代中期以來，詩歌界流行消

〔註9〕譚延桐：《是口語詩還是口水詩？》，http://cul.beelink.com.cn/20040729/1640516.
shtml（20060712）。

解崇高、消解理想、消解文化甚至消解語言等傾向，這樣做的結果是，我們失去了理想，失去了崇高，詩歌也失去了精神，但又沒有新的精神產生出來。作為心靈與精神的藝術，詩歌失去了精神的支撐。

　　到了 20 世紀 80 年代中後期，隨著人們思想的進一步解放，隨著改革開放的深入，西方的各種思潮開始引進中國，詩歌中的消解思想更是普遍出現。最有代表性的，而且對後來詩歌創作影響甚大的是韓東《有關大雁塔》：

　　　　有關大雁塔

　　　　我們又能知道些什麼

　　　　有很多人從遠方趕來

　　　　為了爬上去

　　　　做一次英雄

　　　　也有的還來做第二次

　　　　或者更多

　　　　那些不得意的人們

　　　　那些發福的人們

　　　　統統爬上去

　　　　做一做英雄

　　　　然後下來

　　　　走進這條大街

　　　　轉眼不見了

　　　　也有有種的往下跳

　　　　在臺階上開一朵紅花

　　　　那就真的成了英雄

　　　　當代英雄

　　　　有關大雁塔

　　　　我們又能知道什麼

　　　　我們爬上去

　　　　看看四周的風景

　　　　然後再下來

這首詩被認為是世紀之交口語化寫作的源頭。反崇高、反文化、反藝術傾向是很明顯的。

伊沙 1988 年創作的《車過黃河》：

> 列車正經過黃河
> 我正在廁所小便
> 我深知這不該
> 我應該坐在窗前
> 或站在車門旁邊
> 左手叉腰
> 右手作眉簷
> 眺望像個偉人
> 至少像個詩人
> 想點河上的事情
> 或歷史的陳賬
> 那時人們都在眺望
> 我在廁所裏
> 時間很長
> 現在這時間屬於我
> 我等了一天一夜
> 只一泡尿工夫
> 黃河已經流遠

黃河是承載中華文化的重要意象，但詩人並沒有把它看得很重，反而以一種調侃的口氣來加以書寫。作品在一定程度上打破了人們對詩歌特徵的理解，明顯地體現出對文化的消解，對詩歌意象、語言、境界的消解。

1990 年，伊沙又寫了《餓死詩人》一詩，在詩壇上引起了更大的討論：

> 那樣輕鬆的你們
> 開始復述農業
> 耕作的事宜以及
> 春來秋去
> 揮汗如雨收穫麥子
> 你們以為麥粒就是你們
> 為女人迸濺的淚滴嗎
> 麥芒就像你們貼在腮幫上的

豬鬃般柔軟嗎

你們擁擠在流浪之路的那一年

北方的麥子自個兒長大了

它們揮舞著一彎彎

陽光之鐮

割斷麥杆自己的脖子

割斷與土地最後的聯繫

成全了你們

詩人們已經吃飽了

一望無邊的麥田

在他們腹中香氣彌漫

城市中最偉大的懶漢

做了詩歌中光榮的農夫

麥子以陽光和雨水的名義

我呼籲：餓死他們

狗日的詩人

首先餓死我

一個用墨水污染土地的幫兇

一個藝術世界的雜種

作者意識到當下詩歌中的虛假，諷刺有些詩人追隨潮流但對某些潮流又瞭解不深，認識不夠，於是以詩的方式對其進行了消解。伊沙呼籲餓死這樣的詩人，倒是可以理解的。

也就是說，對於消解傾向，我們不能一概反對，而是要看這些作品所消解的是什麼，如果是那些對人、對社會、對藝術發展不利甚至有阻礙的元素，這樣的消解是可以接受的；如果消解一切，包括某些優秀的傳統、文化、崇高的精神，這樣的消解就沒有多少詩學意義，結果還可能使我們失去精神的依託與向度。

個人性的詩往往只是詩人自己的身世感的抒寫，缺乏與他人溝通的心靈基礎。詩歌感動人的不是詩人的身世感，而是詩的藝術美——包括美好的情思，美好的語言和藝術表現。

不少以個人為本位的詩歌中有許多虛假的因素。有些詩人目光短淺，視野狹隘。他們沒有看到社會的進步、人的發展的主潮，只是看到社會發展中的個別的、表面的現象，就大肆渲染，來消解我們本來具有的一些優秀的傳統，來貶低我們取得的成就；有些詩人表裏不一，心裏想的和口上說的不完全是一回事。這也許是一種人格上的障礙，簡單說，就是「酸葡萄心理」。比如，一些詩人以民間立場自居，甚至宣揚「體制外寫作」，他們把公開出版的刊物都稱為「官方媒體」，有意無意地批判、貶斥，嗤之以鼻，而事實上，他們又在想方設法在這些媒體上去發表作品——當然，有些人在發表以後，還到處宣稱，是某某主編、某某編輯向主動約稿的，自己本沒有打算在那裡發表什麼東西，以此顯示自己的地位。這種虛偽的現象在不少宣揚個人化寫作的詩人那裡不是個別的。

許多個人性、私人性的作品缺乏激情，缺乏血性，缺乏精神建設，缺乏藝術上的創造，缺乏美。這種作品的泛濫，不是詩歌的幸運，倒可能是詩歌的災難。它與當下社會流行表面化、浮躁的傾向有關，與有些詩人的慵懶和對詩的誤解、曲解、玩詩態度有關。個人性、私人性可以作為詩的基礎而存在，但不是詩歌的主體與走向。作為個人，一個詩人要做什麼、要寫什麼，我們沒有資格也沒有必要去說長道短。但是，如果這種個人性、私人性的東西以各種方式走向了公眾媒體，在個人之外傳播，我們就不得不去思考它的作用和影響了。它不但帶來了詩的沉悶，使人的精神受到傷害，而且可能敗壞讀者讀詩的興趣，敗壞詩的形象。

第三節　詩的普視性與其藝術價值

從藝術本位上講，個人性可以是詩歌寫作的基礎，但不能成為詩歌成敗的標誌。

這得要談談什麼是人，談談我們應該怎樣理解人的問題。

人具有動物性的一面，具有個人性、私人性的一面，但更具有社會性的一面。我們常常說的「人性」是「人的屬性」的簡稱，不是「人的本性」的簡稱。人的屬性包括自然屬性和社會屬性兩個方面。自然屬性是指人的動物性一面，是與生俱來的，與其它動物沒有什麼差別，比如人的本能、欲望等等；社會屬性是經過後天的修煉、學習等逐漸培養起來的，是人區別於其它

動物的本質之所在。有些人沒有把這兩種因素的關係辨析清楚，以為人性就是人的本性，就是人的自然屬性，就是人的動物性。這種誤解導致一些人在張揚人性的時候出現方向性、原則性失誤。他們以為，張揚了人的欲望、本能，就是張揚了人性；他們以為自由就是為所欲為。

個人性是人較少經過社會化歷練而具有的特徵，更多地屬於動物性的一面，而不是社會性的一面。古人講究「慎獨」，就是說獨處與群處的時候一樣能夠按照人的規則行事。

「慎獨」一詞，始見於《禮記・中庸》：「道也者，不可須臾離也，可離非道也。是故君子戒慎乎其所不睹，恐懼乎其所不聞。莫見乎隱，莫顯乎微，故君子慎其獨也。」意思是說，一個人不可須臾離開「道」，就是做人的規則、道理；可以離開的，就不是「道」，就不是做人的規則了。在最隱蔽的言行上能夠看出一個人的思想，在最細微的事情上能夠顯示一個人的品質。而品德高尚、有修養的人往往能夠嚴於律己、表裏如一，即使在一個人獨處時也能做到謹言慎行、不做壞事。

《四書集注・中庸注》說：「獨者，人所不知而己獨知之地也。言幽暗之中、細微之事，跡雖未形而幾則已動，人雖不知而己獨知之，則是天下之事，無有著見明顯而過於此者。是以君子既常戒慎，而於此尤加謹焉。所以，遏人欲於將萌，而不使其滋長於隱微之中，以至離道之遠也。」

「慎獨」的重要內容之一就是遏止「人欲」，使「人欲」不在隱蔽之處生長，從而避免「離道」，避免遠離人的規則，人的品行。

講這些，我們主要是想說，歷來有成就、有境界的人都有自己對人的看法，有自己的處事規則，也有自我的思想、行為的約束。他們的心中不只是有自己，而是有他人、有世界。他們不只是具有人的動物性的一面，而更多的是從人的社會性的一面體現出了自身的與眾不同處。我們過去說，詩人是時代的「代言人」，這並不是說，詩人沒有自然屬性、個人性的一面，而是說他們更多地考慮人的共通性，通過自己來認識社會、人生，來抒寫人的高境界，建構人生的理想、夢想，給那些需要這種修養的人提供啟發。也因此，我們才說，詩歌具有淨化的作用，它可以提升人的精神，淨化人的心靈，使人更像人，朝著屬於人的方向發展。當然，我們過去的理解中，把「代言人」理解為跟隨政治走，跟著口號走，是具有片面性的。政治與口號，不一定對社會的進步和人的發展具有真正的促進作用。

　　詩歌（和一切藝術）是表達人的心靈、情感的，當然不可能離開人的動物性、個人性的一面，比如愛情、性、自私、殘酷等等其實都是人的動物性的體現。但詩歌（和一切藝術）是人創造的，自然應該張揚人與一般動物的區別，也就是張揚人最終成為人的那些因素，在這方面，社會的、後天的教養應該佔有更大的分量。人性是複雜的，衣冠禽獸、小人與君子、聖人的人性是不同的。作為藝術的詩歌，應該張揚高境界的人性，是君子、聖人的情懷──那畢竟是人性的高境界，最能體現人與其它存在物的差異和人的發展的向度。但是，我們現在的有些詩人的所謂「作品」中，更多是似乎是表現了「衣冠禽獸」、「小人」的心態，虛假、片面、單一、低俗。這不是詩的正路。

　　作為藝術，詩歌具有公眾性。有人說，他們寫詩，只是為了表達自己，不是為了發表，也不是為了給別人閱讀。這話的前半句可能是對的，但後面的則有自欺欺人的味道。既然不是為了發表，為什麼最終又拿去發表了？既然不是為了給別人閱讀，使別人獲得思考，拿去發表又為了什麼？難道就是人們所說的去獲得詩外的「非詩」收穫（比如名利、虛榮、地位）？對於大多數詩歌作品，我們應該這樣表達：詩是詩人的心靈體驗，詩人們希望通過自己的藝術發現、藝術創造去影響、淨化更多的人，最終淨化我們的世界，給我們的生命以終極關懷。

　　寫出來的東西如果只是鎖在抽屜裏，無論怎麼寫也不會有人過問，因為它不會對讀者和社會產生什麼影響。既然是發表的東西，就要遵循一些人的規則、公眾的規則和藝術的原則，就要接受讀者（評論家也是讀者）批評、就要接受時間的檢閱。

　　既然人的社會性是人性的根本，那麼任何人都必須考慮個人與群體的關係，動物性與社會性的關係。一個詩人，在寫作的時候不一定考慮了個人與群體的關係，但他的修養裏應該有這種因子，他的觀念裏應該有這種因子。換句話說，詩的群體本位不是外力附加的，而是真正理解了人及人性的詩人在處理個人與社會、個人與群體的關繫時應該天然具有的。以群體為本位的詩，即使寫個人的體驗，也往往表現、隱含了能為讀者所接受、所理解的情感體驗，這就是詩的普視性。

　　普視性，就是詩歌在形式上、內容上都包含著對人生、現實的普遍觀照。也有人把普視性稱為「共鳴」或「共名」。詩所表達的內容具有揭示人性本質的內容，而不僅僅是個人的秘語。具有普視性的詩就是人人心中有，個個筆

下無的那種詩，就是別人想說但無法說出而被詩人說出的那種詩，是詩人個人的藝術發現與他們對群體的關注結合在一起的詩。在中國詩歌歷史上，有一些表面上看起來簡單但卻爲許多人傳誦、最終成爲名篇的詩歌作品，比如兒童都會背誦的李白的《靜夜思》：「床前明月光，疑是地上霜。舉頭望明月，低頭思故鄉。」李紳的《憫農》：「除禾日當午，汗滴禾下土。誰知盤中餐，粒粒皆辛苦。」王之渙的《登鸛鵲樓》：「白日依山盡，黃河入海流。欲窮千里目，更上一層樓。」賀知章的《回鄉偶書》：「少小離家老大回，鄉音無改鬢毛衰。兒童相見不相識，笑問客從何處來。」孟浩然的《春曉》：「春眠不覺曉，處處聞啼鳥。夜來風雨聲，花落知多少。」賈島《尋隱者不遇》：「松下問童子，言師採藥去。只在此山中，雲深不知處。」這些詩在語言上看起來很簡單，讀起來也不困難，但流傳卻很久遠，主要原因就是這些作品具有普視性，同時表達了詩人之外的許多人的體驗和感想，說出了別人想說但沒有說出的體驗。眞正的詩是不能重複的，哪怕看似簡單的詩。

　　詩的普視性主要有三個來源，或者說三個方面的藝術體現：

　　詩的普視性的第一個來源，或者說第一種藝術表現，就是通過對普遍人生的關注，在熟悉之中創造在藝術上具有陌生性的詩篇。這種詩所關注的往往是人們都比較熟悉的對象、感情，但詩人以特殊的方式表達，揭示了體驗的獨特性，這種體驗是大家都有的。80 年代後期形成的以席慕容、汪國眞、洛湃等爲代表的「熱潮詩」，大致就屬於這樣的情形。客觀地講，他們的藝術水準並不是很高，但是爲什麼受到歡迎，甚至形成一股熱潮？這是值得思考的。當時的詩壇，從「朦朧詩」逐漸過渡到「後朦朧詩」，個人化傾向十分明顯，讀者想讀詩但又讀不懂詩，難以從作品中獲得自己希望的感情、體驗，於是，在閱讀「空缺」時期，「熱潮詩」作品就佔據了他們的閱讀視野。「熱潮詩」用比較通俗的語言，抒寫了普遍的人生哲理、社會思考，具有一定的普視性，容易爲讀者所接受，當然，因爲藝術水準不是很高，模式化傾向比較嚴重，所以，「熱潮詩」的持續時間並不長。

　　曾卓的《懸崖邊的樹》，題材很簡單，在現在看來，手法也並不新鮮，但詩人寫的是「文革」期間保持自身獨立的那種人格精神，那種身處逆境、志存高遠的人生追求，在那個特殊的時代，那種人格精神與追求是許多人所渴望但不能言說的，因而作品具有普視性，所以受到讀者歡迎，成爲「文革」期間「潛在寫作」的重要代表。

不知道是什麼奇異的風
將一棵樹吹到了那邊——
平原的盡頭
臨近深谷的懸崖上
它傾聽遠處森林的喧嘩
和深谷中小溪的歌唱
它孤獨地站在那裡
顯得寂寞而又倔強
它的彎曲的身體
留下了風的形狀
它似乎即將傾跌進深谷裏
卻又像是要展翅飛翔……

1970 年

詩歌關注普遍的人生、社會，並不是說就放棄自我，使詩成為傳聲筒，成為標語、口號。艾青在這方面是做得非常突出的。他的詩在語言上追求口語化，所用的意象、手法都是可以在傳統詩歌中找到的，甚至在散文中找到，但他的詩是對現實、人生的獨特思考，有自己獨特的體驗，而他更是以一個中國人的身份打量現實，詩中所抒寫的是他個人的體驗，也是中國人的感情。在他的詩中，個人與群體得到了很好的結合。這樣的詩，具有普視性，不是個人性的，而是個性化的詩。我們以為，在中國現代詩人中，艾青的詩在整體水準上是相當平均的詩人，他的好作品很多，尤其是短詩，如《雪落在中國的土地上》、《手推車》、《乞丐》、《樹》、《橋》等等。

他的《乞丐》：

在北方
乞丐徘徊在黃河的兩岸
徘徊在鐵道的兩旁
在北方
乞丐用最使人厭煩的聲音
吶喊著痛苦
說他們來自災區
來自戰地

飢餓是可怕的

它使年老的失去仁慈

年幼的學會憎恨

在北方

乞丐用固執的眼

凝視著你

看你在吃任何食物

和你用指甲剔牙齒的樣子

在北方

乞丐伸著永不縮回的手

烏黑的手

要求施捨一個銅子

向任何人

甚至那掏不出一個銅子的兵士

艾青不愧是中國新詩史上的大詩人。他的詩，既包含個人體驗，又抒寫了一個民族的共同體驗。個人的藝術發現、藝術創造與群體意識的完美結合造就了艾青。

詩的普視性的第二個來源，或者說第二種藝術表現，就是對個人體驗的**提升、超越，使個人體驗成為群體體驗，形成詩的普視性**。作為一種藝術，詩歌的本位應該是個人與公眾的結合。以個人性來豐富公眾性，以公眾性來制約和要求個人性。個人要獲得准確定位，僅憑個人是不行的，是盲目的，只有在與他人、世界的交流、比較中才能獲得。優秀的詩歌往往是從個人體驗中獲得、表現普遍的人生哲學。由個人性昇華為普視性，詩人具有重要作用。有些個人性的詩歌，本身包含著公眾性特徵。詩人對社會、人生都有自己的體驗和看法，有些是個人的，有些可以為公眾所接受。但有些不能轉化為推動人生與社會發展的力量，也就是難以形成普視性。

呂進說：

> 詩的生命在詩中，而不在詩人的身世中。詩人發現自己心靈的秘密的同時，也披露了他人的生命體驗。他的詩不只有個人的身世感，也富有社會感與時代感。這樣的詩人就不會被社會和時代視為「他者」。對於讀者，詩人是唱出「人所難言，我易言之」的具有親

和力與表現力的朋友與同時代人。難怪朱光潛要說:「普視是不朽者
的本領。」〔註10〕

詩的普視性就是詩與讀者、與社會、與時代的溝通,它的獲得,要求詩人有
開闊的視野,有關懷世界和他人的心態,不能單純以「我」為中心,不能「一
葉障目,不見泰山」,而應該以小而見大,從我而知人。詩歌的高境界應該是
「忘我」甚至「無我」的境界。

　　九葉詩人陳敬容早期的詩充滿個人哀怨,她甚至孤獨到沒有對話的人,
她的對話對象都是自然的動物、植物和黑夜、星空等等。換句話說,陳敬容
早期的詩在很大程度上是以個人為本位的。但是,她1944年在蘭州寫下了一
首《水和海》,開始思索個體與群體的關係,詩中有這樣的詩行:

　　不息的流泉啊,可憐的心,

　　你尋找什麼樣的歸依?

　　海,洶湧的大海,

　　我聽到你召喚的濤聲——

　　一切江河,一切溪流,

　　莫不向著你奔騰;

　　但它們仍然是水,

　　是水!它們屬於

　　你,也屬於自身。

這是詩人具有飛躍意義的轉變。在過去,她似乎只意識到「水」與「自身」
的存在,而如今,她開始把「自身」與涵括「自身」的更大的世界組合納入
到詩的審視視野,並且在保持「自身」獨立的前提之下從後者之中獲取某些
更大的精神支撐。正是這種心態與審視角度的調整,詩人開始尋找穿越的力
量。而且穿越的對象也十分明確,那便是人世間的一切「風暴」,「啊,潔白
的海鳥 / 從不倦於雲彩和波濤。 / 讓生命,那獨自 / 在暗角飲泣的生命——
// 也附上你們任一輕快的羽毛, / 去多多地承受陽光, / 也用無比的歡樂,
/ 迎接一切美麗的風暴。」(《風暴》)在這裡,面對「風暴」的詩人已改變了
形態,不再像以前那樣無可奈何:「安息、安息、安息! / 垂折的羽翅, / 下
落的船帆, / 風,風啊, / 和你的暴亂……」(《安息》),而是「永係著對於

〔註10〕 呂進:《二次革命:新詩,三大重建與再次復興》,《西南師範大學學報》(人
　　　　文社會科學版) 2005 年第 1 期。

無數的／陌生事物的焦渴的懷念。」(《風暴》)在許多詩中，詩人更交織著這種沉思與反省，交織著生命的困頓與渴望，並且越到後來，這種渴望與變革的意識越加強烈，從而使詩篇呈現出強大的人格精神的輝耀。僅從《展望》、《旗手和閃電》、《飛鳥》等詩題之中，我們就可以看到詩人情緒的變化。她不再是那個憂鬱的小姑娘，因爲對自我，她不再是孤獨地迷戀，而是呈現出一種自我突破的意願，敢於將自我在更大的範圍之中進行調整，使之昇華。也就是說，陳敬容的作品開始具有了普視性。

　　個人體驗經過超越而昇華爲普視性的作品很多。我們想在這裡引用兩首大家都很熟悉的詩。一是聞一多的《忘掉她》：

　　忘掉她，像一朵忘掉的花——

　　　那朝霞在花瓣上，

　　　那花心的一縷香——

　　忘掉她，像一朵忘掉的花！

　　忘掉她，像一朵忘掉的花！

　　　像春風裏一出夢，

　　　像夢裏的一聲鐘，

　　忘掉她，像一朵忘掉的花！

　　忘掉她，像一朵忘掉的花！

　　　聽蟋蟀唱得多好，

　　　看墓草長得多高；

　　忘掉她，像一朵忘掉的花！

　　忘掉她，像一朵忘掉的花！

　　　她已經忘記了你，

　　　她什麼都記不起；

　　忘掉她，像一朵忘掉的花！

　　忘掉她，像一朵忘掉的花！

　　　年華那朋友眞好，

　　　他明天就教你老；

　　忘掉她，像一朵忘掉的花！

　　忘掉她，像一朵忘掉的花！

　　　　如果是有人要問，

　　　　　就說沒那個人；

　　　忘掉她，像一朵忘掉的花！

　　　忘掉她，像一朵忘掉的花！

　　　　像春風裏一出夢，

　　　　像夢裏的一聲鐘，

　　　忘掉她，像一朵忘掉的花！

　　二是何其芳的《花環（放在一個小墳上）》：

　　　開落在幽谷裏的花最香。

　　　無人記憶的朝露最有光。

　　　我說你是幸福的，小玲玲，

　　　沒有照過影子的小溪最清亮。

　　　你夢過綠藤緣進你窗裏，

　　　金色的小花墜落到髮上。

　　　你為詹雨說出的故事感動，

　　　你愛寂寞，寂寞的星光。

　　　你有珍珠似的少女的淚，

　　　常流著沒有名字的悲傷。

　　　你有美麗得使你憂愁的日子，

　　　你有更美麗的夭亡。

這兩首詩所涉及的題材都是很個人性的。但是，即使不談這兩首詩在藝術表現上的獨特性，就從詩人把個人融合在群體之中，從個人性之中發現、表達了超越個人性的內涵，帶給我們人性的溫暖，就可以說，它們是具有特色的詩。

　　詩的普視性的第三個來源，或者說第三種藝術表現，就是詩歌應該有向度、有境界，能夠在一定程度上帶領讀者走出生命的黑暗，走向生命的純淨、完美之境。這樣的詩所具有的普視性能夠最終超越普通讀者的感受，才能為人仰止，才能為多數讀者所喜愛，甚至在不同的時代都產生影響。

　　過去，詩人的地位很高，受人尊敬，在中國古代，甚至有「以詩取仕」的制度，那是因為詩人們在關注個人的同時，也比較關注時代，關注群體，追求詩的普視性。但是，當人們過度走向自我，打量個人的時候，詩歌中可

以為更多人接受的因素就會逐漸減少，也就是普視性逐漸降低，於是讀者也跟著減少，詩人地位逐漸降低。早在上世紀 90 年代初期，就有人說過：「詩人從傲居於文明金字塔尖上慢慢失落下來。如今在大眾文化、通俗小說、流行歌曲以及『肥皂影視』的衝擊下，有的告別繆斯而皈依新的神祉，有的操持舊業而活得很累，更有的安貧樂道去處境尷尬。一位獻身於詩歌的青年詩人不幸離世時，『只剩下兩毛錢，胃裏好幾天只吃了兩隻橘子』。」〔註 11〕在 90 年代初的文化語境中，我們也許可以接受這種說法，是其它文化樣式的發展制約了詩的發展。但是，在今天，把一切責任推給其它藝術樣式、推給別人是片面的。我們的詩歌、我們的詩人、我們的詩壇都應該進行反思。

　　20 世紀 90 年代以來，我們面對的的名詩人不少，但缺乏大詩人。中國詩壇上缺乏具有博大胸懷的詩人，缺乏關懷人類命運的詩人，缺乏能夠為迷茫中的人們的心靈指路、領航的詩人。有學者認為：

> 當人們在現實中感到迷惘時，詩讚頌著民族乃至人類的精神命運，啟迪和拯救人的靈魂。當人們需要賴以立足的基石時，詩鐫刻著思想的潮汐漲落和情感的風雲流變，使石頭有恒久的堅實。當人們因生活的喧囂而產生心靈的躁動時，詩提供著調適奔忙的血液的聖潔藝術。當人們面臨從深層浮到表層的價值紊亂時，詩噴湧著岩漿般的熾烈光芒。即使是在商品大潮漫過的沙灘上，詩歌依然為人們清晰辨認的豐沛的激情。幾多困惑，幾多苦思，我們因此而沒有理由為詩悲哀。正如里爾克的一句名詩所言：「有何勝利可言？挺住意味著一切。」〔註 12〕

詩歌需要關注民族與世界，啟迪人的心靈，拯救人的靈魂，表達深刻的思想，充滿生命的激情。因此，我們不應該對詩歌產生悲哀，但是，要矯正當下詩壇、尋找新詩出路的問題，我們應該在詩的普視性、詩的境界等方面做出努力。在詩歌面臨困難的時候，我們不應該放棄，而是要尋找根源，尋找詩歌藝術創造的新路，尋找詩歌精神建設的向度，尋找詩歌走向讀者的突破口。

〔註 11〕 楊匡漢、劉福春：《1990～1992 三年詩選‧序》，人民文學出版社 1994 年 3 月出版。

〔註 12〕 楊匡漢、劉福春：《1990～1992 三年詩選‧序》，人民文學出版社 1994 年 3 月出版。

詩是需要向度的。詩不是敘述，不是白描，而應該有詩人情感、體驗的加入。敘述與白描很容易使詩歌落入個人身世的描寫中，那樣就難以打動他人。在關注現實的時候，有些詩人只揭示現象，或者只思考根源，把人生與現實抒寫得血淋淋的，使讀者在讀到詩歌以後依然覺得茫然，甚至對人生與現實產生恐懼心理，難以做出自己的選擇和判斷。這不是詩歌作為藝術的目的。因此，我們以為，詩歌不但應該深入全面地揭示人生與現實，而且應該通過詩人的體驗為眾多的讀者思考人生、選擇人生提供啓迪，提供向度。理想光輝是詩歌和一切藝術所不應該缺少的藝術品格。詩歌應該把人引向生命的崇高與完美，引向純淨與豐富，引向充實與富足。

詩是需要境界的。所謂境界，簡單地說，就是詩歌應該具有高尚的文格與人格。就是盡可能地張揚詩歌藝術所具有的獨特之美，張揚人與其它動物不同的因素，在開闊的視野中張揚人的屬性，實現人在精神上的超越與圓滿。詩歌的境界來自「眞」，來自對眞性情的抒寫，來自對社會人生的眞實體驗的抒寫。詩人不是社會現象的記錄者，不是個人身世的敍說者，詩人應該是社會的良知，是生命路向的發現者，是黑暗世界的引路人，是把人生引向自由與光明的使者。詩歌應該敢於直面現實，關注眾生，追求眞理，提倡博愛，拯救人的靈魂。因此，詩人應該明白自己的位置，他不是世界的一切，他的心目中不能只有自己，應該把自己放在整個社會歷史的長河中，放在群體之中，通過個人打量群體，通過歷史打量和思考現在與未來，把他人、社會甚至整個人類作為關懷的對象，給他們以安慰、啓迪，使自己成為芸芸眾生中的寂寞的清醒者。只有這樣，詩人的創造才有價值，詩人的生命才有價值，詩人才能眞正成為人們心靈的明燈，也才能受到讀者和社會的敬重。

李建軍對文壇現狀很是不滿，從上世紀 90 年代初期開始，他就撰寫了許多揭示文壇弊端，倡導文壇風氣的文章，被人們稱為「文壇清道夫」。他曾寫文把當下文壇的寫作概括為「消極寫作」，並進行了批評，他說：

> 消極寫作是一種在我們這個時代頗為流行的、具有主宰性的寫作模式。它有這樣一些特點：缺乏現實感、眞實性和批判的勇氣；缺乏積極的精神建構力量；缺乏美好的道德感和豐富的詩意感；把寫作變成一種消極的習慣，是一種在藝術上粗製濫造的偽寫作。不僅如此，事實上，消極的寫作通常還是缺乏他者意識和紀律感的寫作，是反文化的私有形態的寫作。它追求一種消極的體驗快感：哂

摸著頹廢的滋味，陶醉於殘忍的想像，滿足於無聊的調侃。它靠大
膽的粗俗來吸引讀者，這樣，又帶給讀者的就不是美感，不是心靈
的淨化和昇華，而是讓人習焉不察的道德破壞和精神傷害。〔註13〕
他對文壇缺陷的揭示的準確而深刻的。詩歌其實也是如此。為此，他提出了
「文學因何而偉大」的命題，他有一篇短文就叫《文學因何而偉大》，其中有
些觀點是值得注意的：

　　　　無視真理、博愛、苦難和拯救等重大的問題，僅僅追求「文學」
　　價值的文學，是不可能成為偉大的文學的。事實上，文學沒落和破
　　敗的顯著標誌，就是作家把全部的注意力放在「文學」上，只追求
　　技巧的新奇和形式的完美，或者，都放在自己身上，只滿足於肉體
　　快感的敘寫和陰暗情緒的宣泄。在那些褊狹、平庸的作家看來，文
　　學與他人是沒有關係的，與政治是沒有關係的，與道德是沒有關係
　　的，與苦難的歷史、沉重的現實、茫遠的未來，都是沒有關係的，
　　總之，文學只為「文學」本身而存在。

　　　　不錯，文學應該首先是文學，但是，文學的價值並不只是由文
　　學本身構成，而且，還決定於文學之外的事物。……可以肯定地講，
　　文學倘若不根植於文學之外的問題，也注定是要「腐爛」和「消亡」
　　的。

　　　　文學必須面對的「迫切問題」，是人的生存境況。真正的作家把
　　文學當成討論生活的一種方式。他關心、同情弱者和不幸的人們。
　　他把寫作當做幫助人們擺脫苦難、獲得拯救的偉大的倫理行為。他
　　大膽地抨擊罪惡，無畏地追求真理，執著地探尋生活的意義。……
〔註14〕
他還多次在不同的場合談到「文學」的偉大問題。在一次採訪中，他說：

　　　　你知道，從八十年代中期以來，以「純文學」等名頭為旗號，
　　形成了逃避現實的文學思潮和寫作傾向。他們要麼把文學變成了形
　　式主義的小擺設，要麼把它當做宣泄個人的力比多壓抑的秘密通

〔註13〕李建軍：《消極的寫作和力量的文學》，《時代及其文學的敵人》，中國工人出
　　　　版社2004年8月出版，第299頁。
〔註14〕李建軍：《文學因何而偉大》，《時代及其文學的敵人》，中國工人出版社2004
　　　　年8月出版，第297～298頁。

道。這樣，我們時代的文學便聰明地遠離了無處不在的苦難和血淚，繞過了令人觸目驚心的罪惡和問題，日漸喪失了構成其靈魂和核心價值的人道主義精神和批判現實的勇氣。正是由於對這一現象的憂慮和不滿，我才重新提出「文學因何而偉大」這一問題。在我看來，追求真理，直面現實，同情弱者，乃是偉大文學的基本品質，因為你找不到一部偉大的作品是虛假的、自私的、殘忍的和冷酷的。所以，我才說文學沒落和破敗的顯著標誌，就是作家把全部的注意力都放在「文學」上，只追求技巧的新奇和形式的完美，或者，都放在自己身上，只滿足於對肉體快感的敘寫和陰暗情緒的宣泄；才認為文學的價值不僅由文學本身構成，而且，還決定於文學之外的事物。波普爾在寫於 1952 年的《猜想與反駁》中說：「真正的哲學問題總是根植於哲學之外的迫切問題，如果這些根基腐爛，它們也就消亡。」可以肯定地講，文學倘若不根植於文學之外的問題，也注定是要「腐爛」和「消亡」的。〔註15〕

普視性是詩歌的基本表徵：從關注對象到藝術本位，從藝術手段到情感內容，都應該考慮詩歌帶給社會的影響。詩歌具有精神淨化功能，甚至具有教化、引導功能。有些私人的內容不應該在具有公眾性的詩歌中出現。比如下半身寫作，欲望化寫作，個人的私密體驗等等。有些東西在個人那裡是美好的，但在公眾那裡就變得不美甚至醜陋。

鑒於以上的分析，我們認為，總結新詩在精神建設方面所取得的成就，對於梳理新詩藝術的傳統、引導新詩藝術的健康發展，是具有重要意義的。本書的寫作目的，主要是將新詩發展分為幾個時段，對其中已經積澱為我們這個民族的精神文化的詩歌精神進行歷史的總結，由於選題的原因，我們不可能對所有詩人進行個案分析，而是在探討新詩精神演變歷程的同時，盡可能找出每個時代具有代表性的詩人來加以考察，這些詩人在詩歌精神的建構方面都體現出了自己的特殊價值。

〔註15〕 《當代作家談藝錄·李建軍卷》，http://www.tao518.com/dv_rss.asp?s=xhtml& boarded=33&id=1195&page=74，〔2005－5－28〕，〔2008－08－18〕。

第二章　詩歌新語境：「十七年」詩歌 與「文革」詩歌〔註1〕

第一節　詩歌新語境的生成與確立

　　新中國成立前後，文藝界幾乎成了整合意識形態的重要領域。作爲文藝作品的詩歌自然也受到了很大的影響，這首先要從處於過渡階段的「十七年」詩歌說起。「十七年」詩歌從時間概念上來界定，一般認爲是從新中國成立的1949年到文化大革命爆發前的1965年這17年的詩歌創作。在這一特定歷史時期，由於革命工作的重點及文藝方向有所不同，學術界還以1956年毛澤東「雙百方針」的提出爲分界線把其分爲前後兩個時期。分期的不同主要是針對詩體及詩風的一些改變而言的，但在詩歌新語境的生成及詩歌精神的建構方面，前後兩個時期並沒有本質的區別。總的來說，「十七年」詩歌的本體是退化了的，詩歌在很大程度上成爲政治口號和政治標語的傳聲筒、留聲機。

　　一時代有一時代之文學，詩歌也是如此。「十七年」詩歌語境的生成、確立及泛化自然有其存在的原因。而最重要的一條卻離不開中國新政權這一重大社會事件的確立及全國人民對其存在的合法性的認同。合法性是指「政治系統使人們產生和堅持現存政治制度是社會的最適宜制度之信仰的能力。」〔註

〔註 1〕　本章第第一、二、三、五、六節由赫學穎先生執筆；第四節由姚洪偉先生執筆。
〔註 2〕　西摩·馬丁·李普塞特著，張紹宗譯：《政治人──政治的社會基礎》，上海：上海人民出版社，1997 年版，第 55 頁。

₂﹚1949 年新中國成立後，爲了鞏固新興的政權，國家意志通過自上而下的強力推行，激發了民眾積極參與社會文化建設的政治熱誠，推動和鞏固了無產階級政治文化。這種政治文化將社會成員緊緊裹縛其中，文藝由此成爲紅色政權官方權威話語的有力支撐，詩歌的意識形態化由此而逐漸加劇。說其加劇，主要是爲了說明「十七年」詩歌的這種語境有其歷史根源，「『十七年詩歌』是解放區文學傳統流脈的當代延伸，它的風格資源雖然呈多元態勢，百花齊放；但在時代崇尚的情緒流行色影響下，和大家向帶有革命味道、同綿軟調式截然對立的『陽剛』趨攏，使其仍以崇高剛健爲主旋律，這一點在『大躍進』後尤爲明顯。」〔註 3〕民眾廣泛的認同讓敏感的詩人們把這一萬人矚目、舉國歡慶的大事件用詩歌的方式記錄下來，並自覺地通過詩歌運動來配合政治任務，詩歌的時代性、功利性特徵非常鮮明，那就是通過歌頌新中國、歌頌勞動和建設、歌頌黨和領袖、歌頌勝利、歌頌新生活來承認社會主義制度確立的合法性，從而形成了一種政治文化語境。「對合法性的主要檢驗，是看特定國家形成一種共同的『長期政治文化』的程度。」〔註 4〕爽朗而熱烈的詩風在喜悅的政治氣候下成了詩歌的一種新風尚，詩人的職能也悄悄地發生著變化。正如朱棟霖在《革命文學運動與思潮》一文中談到：「倡導者把無產階級政治實踐活動作爲文學反映現實的唯一角度與內容，把文學的功能、作用歸結爲對實際革命運動的直接實踐作用，政治宣傳作用代替了文學的自身價值。他們樂意於把文學作爲政治傳聲筒，甚至認爲無產階級的文學形式是不可避免地要接近口號標語。」

　　詩歌新語境生成的另一個原因是文藝思潮的影響。建國後，詩歌創作所依賴的文化環境發生了重大的變化，這種變化主要體現在：新中國的文藝政策的行政化使詩歌創作觀念和創作活動一元化、衡量文藝標準的一體化導致詩歌創作價值觀的單一化等方面。而不同階段對文藝思潮的不斷行政化干預又使「十七年」詩歌經歷了頌歌、戰歌、新民歌三個階段。雖然這三個階段詩歌反映的側重點不同，但是其語境卻是相同的。1942 年 5 月 23 日，毛澤東《在延安文藝座談會上的講話》明確指出了文藝爲人民大眾、首先爲工農兵

〔註 3〕 羅振亞：《是與非：對立二元的共在──「十七年詩歌」反思》，《江漢論壇》，2002 年第 3 期，第 88 頁。

〔註 4〕 西摩‧馬丁‧李普塞特著，張紹宗譯：《政治人──政治的社會基礎》，上海：上海人民出版社 1997 年版，第 58 頁。

服務的方向；同時，根據文學藝術的規律和特點，提出了「作爲觀念形態的文藝作品，都是一定的社會生活在人類頭腦中的反映的產物」的著名論斷。此後，崇拜大眾、否定自我的「延安文學」模式在解放區文藝界已經形成一項文藝政策，在作家隊伍中貫徹實施。這種文藝思潮由於政策的慣性以及時間比較接近的原因一直沿襲影響到建國後的詩歌創作。1949 年 7 月 2 日，第一次文代會將毛澤東文藝思想作爲文學的方向，延安解放區文學作爲毛澤東文藝思想的實踐成果，成爲建國後文學創作的榜樣。50 年代文學的主流就是延安解放區文學精神的延續、調整和發展。50 年代以後的詩歌創作，作爲那個時代文學的構成部分，充分地體現著這種文學精神。詩人們嚴格遵循第一次文代會確立的新中國文藝創作總方針，滿懷虔誠與熱誠傾情寫作，力圖爲新中國文學盡一份綿薄之力。於是，頌歌開始湧現。1956 年「雙百方針」的提出讓詩歌走向了短暫的輝煌，但隨之而來的大躍進運動，又讓詩歌從頌歌的狂歡走向了新民歌運動。

　　1958 年 3 月，毛澤東在一次中央工作會議上談到我國詩歌的發展退路，提出「革命現實主義和革命浪漫主義相結合」的創作方法，並倡議在全國範圍內搜集民歌，認爲民歌是中國新詩的一條出路。根據這一倡議，《人民日報》於 4 月 14 日發表了《大規模搜集全國民歌》的社論，強調這是「一項極有價值的工作，它對於我國文學藝術的發展（首先是詩歌和歌曲的發展）有重大的意義」，號召「需要用鑽探機深入地挖掘詩歌的大地，使民謠、山歌、民間敘事詩等等像原油一樣噴射出來」。此後，毛澤東在鄭州會議和中共八屆二中全會上，又兩次談到搜集民歌問題，並談到搜集的方法。《人民日報》於 7 月 3 日和 8 月 2 日，又相繼發表了《要抓緊領導群眾文藝工作》和《加強民間文藝工作》的社論，對民歌創作、搜集運動進行政治領導。從 4 月開始，全國文聯以及各省、市、自治區和各地、縣黨委，都紛紛發出相應的通知，要求成立「采風」的組織和編選機構，開展規模浩大的「社會主義采風運動」，並強調「這是一項政治任務」。5 月，當時分管文藝工作的中宣部副部長周揚，在中共八屆二中全會上以《新民歌開拓了詩歌的新道路》爲題發言，把「新民歌」作爲毛澤東提出的「革命現實主義和革命浪漫主義相結合」的創作方法的範例，對「新民歌」的思想藝術價值、新詩發展意義，都做了極高評價，稱它「開拓了民歌發展的新紀元，同時也開拓了我國詩歌的新道路」。在毛澤東的倡議和各級黨委的領導下，新民歌創作成爲了由領導部門發動、組織的一個自上而下的群眾運動。

在 1962 年 9 月的八屆十中全會上，毛澤東提出「千萬不要忘記階級鬥爭」的口號，這後來也成為文化大革命最流行的口號之一。毛澤東警告說，被推翻的反動階級「還企圖復辟」，「在社會主義社會，還會產生新的資產階級分子」。他要求階級鬥爭要年年講、月月講。表現階級鬥爭的複雜性和長期性的詩歌開始湧現。

正如謝冕所說，「『頌歌』作為一個時代的詩歌現象，它突出了這個時代的基本精神，不能說沒有貢獻，至少在新詩表現空間的開拓方面，它做了前人未能做出的成績。但詩歌的功能被限定無論如何是一個弊端。這個弊端由於社會的向前發展，它的內在矛盾的顯露而逐漸表現出來。一個時代的詩歌會有自己的主調，但一個時代的詩歌若只剩下或僅僅允許主調的存在，那就是畸斜。」〔註 5〕

第二節 「十七年」詩歌精神的建構

伴隨著新的歷史文化語境的形成，「十七年」詩歌的精神也發生了轉向。「建國初，在詩歌理論方面，大力提倡的是對詩歌社會效用的關注，反覆強調詩歌作者立場、感情的本質規定，詩歌被視為階級鬥爭的輕武器、感知社會的敏銳神經。詩人們被要求深入到生活中去，自覺地充當階級的代言人，真實地反映工農兵生活，為時代歌唱，替人民謳歌。詩歌要全方位地為大眾服務、為人民群眾喜聞樂見。」〔註 6〕在這種詩歌創作理論的指導和規範下，詩歌告別了 20 世紀 30、40 年代現代主義詩歌對個體本位、個體生存的關注，走向對人民大眾的注目。詩人們徹底擺脫了「小我」的喜怒哀樂，不以物喜，不以己悲，以天下憂而憂，以天下樂而樂。在新詩發展的幾十年歷程中，詩歌走向了「大我」的狂歡中。這在 1956 年周揚所作的報告中有所體現，他在報告中說：「我們需要的是人民的詩歌。我們的抒情詩，不是單純地表現個人情感的，個人情感總是要和時代的、人民的、階級的情感相一致。詩人是時代的號角……抒情是抒人民之情。」「十七年詩歌」這種對群體和力的張揚，

〔註 5〕 謝冕：《中國新文學大系（1949～1976）‧詩卷‧序言》，上海：上海文藝出版社，1997 年版。
〔註 6〕 徐潤潤：《十七年新詩創作概觀》，《西南師範大學學報（人文社會科學版）》，2006 年第 4 期，第 18 頁。

使詩突破了一己個人化的情思藩籬，達成了詩和時代的合流〔註7〕。這一時期的詩歌最為明顯的特徵是：「大我」抒情主體的確立、政治話語的語言表達、內容題材的單一僵化。

一、抒情主體的轉向：大我與集體抒情

文學作品尤其是詩歌創作都要有一個顯性或隱性的抒情主體。傳統詩歌有嚴格的格律，入詩的主題也多是寫景、抒情，記事的成分較少，加上文言文字簡意繁的特徵，這些特徵往往使詩歌中的抒情主體隱而不露，但讀者往往能從詩意的表達中去猜測或揣摩出潛藏在詩歌文本中的抒情主體。新詩確立以來，白話文相對寬鬆的語言表達使「我」、「我們」、「它」、「你」等人稱在詩歌中較為普遍。「五四」新文化運動到建國前的詩歌文本中，詩人為了表達和書寫的需要，往往自由選取符合自己寫作目的的抒情主體，因此這一歷史時期的詩歌的抒情主體是多元共存的。而「十七年」詩歌特殊的歷史背景也導致了詩歌創作抒情主體的「專制」，詩歌文本確立了以「我們」為主的集體語氣。在這種語氣下，「我」要麼淹沒在歷史的洪流中，要麼被推向歷史的邊緣。「我」到「我們」的轉變，是新詩歷史上的一個重要現象。如果說1942年的延安文藝是新規範、新標準標準下的產物，那麼隨著建國初期軍事上的全面勝利，新規範也實現了全國化。具有權威性的新規範指導同時也限制了所有作家的創作。雖然活躍於三四十年代的一批著名詩人如郭沫若、何其芳、艾青等在建國初期仍然在歌唱，但在新時代面前尤其是新規範制約下，其歌聲再也沒有以往那麼真情和響亮，詩歌情感的空洞和內容的蒼白無力與他們前期的成績相比相差甚遠。而在新語境中新成長起來的一批詩人，從小就接受過革命文化的薰陶，未受過資產階級的侵蝕，他們很快就能適應這一時代政治詩歌的要求，於是50年代選擇了屬於它自己的詩人。代表人物有郭小川、賀敬之等。這批詩人基本上是在適應政治的需要和吸引讀者的夾縫中進行詩歌創作的，在新風格之下，他們的詩歌既滿足了時代的需求，同時還有一定的藝術成就，這就要歸功於詩人們對政治話語的技巧轉化，如把冷冰冰的政治概念轉化為活生生的藝術形象、把政治議論抒情化，以情來打動讀者，等等。雖然這時期的每個詩人的詩歌都有他們自身的特點和偏好，但在抒情主

〔註 7〕 羅振亞：《是與非：對立二元的共在——「十七年詩歌」反思》，《江漢論壇》，
　　　　2002 年第 3 期，第 89 頁。

體上卻是一致的，都不約而同地把私人化的「我」潛隱在「大我」的抒情語境中。他們的詩歌歡呼新中國的誕生、描繪社會主義建設欣欣向榮的大好局面，詩歌中洋溢著真摯的革命激情，具有鮮明的時代色彩。

二、詩歌與政治的聯姻

提到「十七年」詩歌，給人印象最深的莫過於其富有激情地對新中國、新社會、人民當家作主等社會主義新氣象的高歌和讚揚。所以後來很多研究者就把這一時期的詩歌直接叫做頌歌或讚歌。詩歌與頌歌、戰歌，雖然只有一字之差，卻有著本質的區別。詩歌可以讚揚也可以批判，但它必須具有其作為詩歌這一文體所必備的各種元素。而頌歌或戰歌說到底卻不一定或大多數不是詩，最多也許就是帶有某種詩意的讚歌，所以有些學者把其定位於頌歌。其實，這從某種意義上是對這一時期詩歌的藝術價值和精神價值的否定，是直接把它排斥於詩歌之外的。而對於造成這一時期詩歌不入詩的主要原因，很多研究者都把矛頭直指詩歌與政治的聯姻。

詩歌與政治的關係自古以來就很微妙，中國古代魏晉南北朝以前的詩歌最初的功能是被統治階級作為「經夫婦、成孝敬、厚人倫、美教化、移風俗」（《毛詩序》）的工具。魏晉以後，詩學逐漸擺脫了經學教化功能的束縛而走向了自覺，開始關注自身的特點和規律以及自身獨立存在的意義。前蘇聯的流亡詩人、諾貝爾文學獎獲得者布羅茨基曾認真地探討過詩歌與政治的關係，他認為任何一種社會制度、各種意識形態都懷有敵視詩歌的本能，因為詩歌構成競爭和提出疑問；他主張詩歌應該干涉政治，直到政治停止干涉詩歌；他指出詩歌以注重個性、自由、革新、創造反抗政治的服從、穩定、複製、重複。他也敏感地反對張貼意識形態的標籤，他所謂的政治常常不是指向某一制度或政府組織，而是更多地指向凌駕於個性和自由之上的、柏拉圖所講的「專制」〔註 8〕。他留給思考詩歌與政治關係的人的名言是：「詩與帝國對立」。於是他在一首詩中寫道：「我是二流時代的公民，我驕傲地／承認，我最好的思想全是二流的，／我把它們呈獻給未來的歲月，／作為與窒息進行鬥爭的經驗。／我坐在黑暗中。這室內的黑暗／並不比室外的黑暗更糟。」（汪劍釗譯）隨著社會文明的發展和文學觀念的變革，詩歌與政治漸行漸遠，

〔註 8〕 弗·阿格洛索夫：《俄羅斯僑民文學史》，北京：人民文學出版社，2004 年版，第 706～707 頁。

但永遠也沒有脫離關係。在某一歷史時段，它會突然來一轉變，迅速與政治聯盟。「五四」以來，詩體大解放不僅從形式上打開了束縛詩歌幾千年的鐐銬，也從思想上爲其注入了新鮮的血液。啓蒙之後的 20 世紀 30 年代，救亡詩歌就與政治走得比較近，40 年代現代主義與現實主義在中國的盛行使這一時期的詩歌遠離政治而關注個體、關注生存，使詩歌走向了一個短暫的輝煌。1949年新中國成立後，舉國歡慶，詩人們也按捺不住內心的激動和喜悅紛紛寫出了大量詩歌來迎接這一新時代的到來，這是完全可以理解的。但對政治的泛濫的頌揚與新詩初期對自我泛濫的感傷一樣，都使詩歌走向了一個不成爲詩歌的陷阱。這也許是後人對這一時期詩歌的詩藝批評多於欣賞的原因。其實，詩歌題材與其它文學作品一樣，是來源於生活、反映生活的，政治作爲社會形態領域的一大主題，是完全可以入詩的，詩歌不能也不該與其脫離關係。它可以在符合其美學原則的基礎上對政治進行藝術地歌頌或批判，猶如任何其它題材一樣。但是它決不能與政治話語合謀或淪陷於政治話語的霸權之下，放棄其爲詩歌的美學原則，以政治話語入詩，從而成爲政治的傳聲筒。

　　毛澤東在《在延安文藝座談會上的講話》中曾要求政治與藝術的統一，「我們的要求則是政治和藝術的統一，內容和形式的統一，革命的政治內容和盡可能完美的藝術形式的統一，缺乏藝術的作品，無論政治上怎樣進步，也是沒有力量的。」但也正是在這篇講話中，他又從「革命政治」的功利目的出發，具體明確闡述了政治和藝術的地位，「任何階級社會中的任何階級，總是以政治標準放在第一位，以藝術標準放在第二位」〔註 9〕。「十七年」詩歌美學在政治與藝術的夾縫中很難找到平衡甚至進行正常的對話，在大氣候的壓力下，政治幾乎總是凌駕於詩歌美學特徵之上。詩歌的藝術性被政治性擠到邊緣地帶。

　　新中國成立後，國內外矛盾錯綜複雜，整個社會被一種高度的政治化情緒籠罩。政治在人民生活中所佔的位置越來越重要，而詩歌隨著社會生活中政治色彩的加重也產生了變化。對階級鬥爭嚴重性的強調，使政治鬥爭成爲新詩創作的重要題材。同時，強調文藝對政治運動的服從和配合，強調詩歌的宣傳和鼓動，強調重大題材的表現，這些都使得政治抒情詩成爲當時最重要最受寵的詩體，並以其強烈的政論色彩、重大的政治命題和熱烈昂揚的戰

〔註 9〕 毛澤東：《毛澤東論文藝》，北京：人民文學出版社，1983 年版，第 66、67頁。

鬥旋律佔據了詩壇的主導地位，有較強的政治性和宣傳鼓動作用，如賀敬之的《放聲歌唱》、《雷鋒之歌》、郭小川的《秋歌》等。

詩歌與政治聯姻並不可怕，可怕的是淪為政治話語的工具。「在建國之初，『人』的觀念中的個性與自我卻因時代性和階級性而不同程度地泯滅，這自然有社會、文化、階級、信仰等等諸多緣由，但是我們看到，正是建國初期主流作品中『人』的個性價值的缺失而帶來了文學創作空泛、浮躁以及內涵單一的毛病，它可以顯現時代性、民族性、階級性意義，卻沒有長久的生命價值。建國後『十七年』文學粉飾現實、作政治傳聲筒等現象的出現與當時作品中流行的以『大我』代替『小我』、以集體代替個人的創作傾向密切相關。」〔註10〕

三、頌歌狂歡背後的孤寂：詩歌的單調與精神的萎靡

「十七年」詩歌在熱火朝天的背後是詩歌藝術精神的單一和人文精神的萎靡。雖然在「雙百方針」提出後有瞬間輝煌，但詩歌的確沉淪到了一個孤寂的年代。在頌歌、民歌、戰歌的輪番轟炸中，活躍於30、40年代的大多數優秀詩人經歷著雙重的煎熬。他們一方面要順應政治文化的要求，寫出歌功頌德的反映新時代的術語式的讚歌，另一方面他們的作品要接受詩歌受眾——廣大人民的政治評判的檢閱。這雙重的壓力使這些詩人在當時幾乎都沒有什麼新作出現。建國後，詩歌作者群與文學作者群一樣發生了較大的更迭。洪子誠說：「與『五四』及以後的作家多出身於江浙福建（魯迅、周作人、冰心、葉聖陶、朱自清、郁達夫、茅盾、徐志摩、夏衍、艾青、戴望舒、錢鍾書、穆旦、路翎等）和四川、湖南（郭沫若、巴金、丁玲、周立波、何其芳、沙汀、艾蕪）不同，五六十年代『中心作家』的出身以及他們寫作前後的主要活動區域大都集中於山西、陝西、河北、山東一帶。『地理』上的這一轉移與文學方向的選擇有關。它表現了文學觀念的從比較重視學識、才情、文人傳統，到重視政治意識、社會政治生活經驗的傾斜，從較多注意市民、知識分子到重視農民生活的變化。」〔註11〕不僅如此，詩歌讀者群也以人民大眾

〔註10〕 余紅：《重釋「大我」與「人」的觀念——從郭沫若、賀敬之詩中的「大我」形象談起》，《社會科學輯刊》，2004年第5期，第164頁。

〔註11〕 洪子誠：《中國當代文學史》，北京：北京大學出版社，1999年版，第30～31頁。

爲主。從這一點來說，「十七年」詩歌創作主體與接收主體的轉變補充了現代詩歌歷史中被忽略的領域，創造了新的審美情調，開拓了更多地從農民的生活、心理、欲望來觀察中國現代化進程中的矛盾的視域，使詩歌運動更加廣泛。「十七年」的現代化建設有成就、有輝煌，但不可忽視的是其間的矛盾也不少。社會矛盾的陰暗、經濟建設的膨脹、文化建設的片面都比較明顯，而詩人們只抓住欣欣向榮的表面現象來歌頌，這不僅背離了詩歌創作的美學原則而且抹殺了生活的眞實。詩歌的一路高歌，忽略或者是逃避了詩歌的批判功能，在粉飾太平的格調下助長了社會矛盾的衝突，而詩歌視角的單一和主題的單調則大大縮小了詩歌的詩意。「尤其是隨著左傾權力話語和拒外心理的日趨膨脹，它出現了嚴重的非詩化、非藝術化畸變」〔註 12〕。爲了迎接新中國的成立，郭沫若寫下了《新華頌》，何其芳寫了《我們偉大的節日》，胡風寫下了《時間開始了》作爲對新中國誕生的賀禮，也奠定了「十七年」詩歌創作的主基調。但詩歌詩意的流失讓一些詩人自己事後也有所反省，何其芳就說：「我自己是不滿意的。它情緒不飽滿，形象性不強，有些片段又寫得不精練。」〔註 13〕第一次文代會後，文藝界的政治運動便開始了，理論界的批判運動愈演愈烈，創作界的公式化、概念化傾向也越來越嚴重。郭沫若就宣稱自己高興做一個「標語人」「口號人」，而不必要一定要做「詩人」。

　　1957 年政治上的反右鬥爭把一大批富有才情的詩人劃入了「右派」，剝奪了他們繼續創作的自由，「它給文壇留下一個迫切的課題：填充空白，再造文藝繁榮之景。而文藝大躍進正是以鋪天蓋地之勢迅速填補了反右派運動給文壇留下的空白，並象徵性地宣告：即使沒有那些自以爲是的知識分子，文學藝術照樣可以繁榮。」〔註 14〕沒有了中流砥柱的詩人，文藝如何繁榮？順應政治背景和大躍進浮誇的新民歌應運而生。隨著全民建設的偉大工程的開始，大躍進運動的逐步開展，很多詩人出沒於工人工作的第一戰線，體驗和記錄當時工人們建設社會主義新中國的豪情壯志。此外，詩歌創作的主體也由於民歌運動的廣泛開展而壯大，廣大人民群眾也彙集詩人群體中，加快了

〔註 12〕　羅振亞：《是與非：對立二元的共在──「十七年詩歌」反思》，《江漢論壇》
　　　　　2002 年第 3 期，第 87 頁。
〔註 13〕　何其芳：《何其芳全集》（第 4 卷），石家莊：河北人民出版社，2000 年版，第
　　　　　340 頁。
〔註 14〕　張保華：《1958 年的新民歌運動現象思考》，《內蒙古電大學刊》，2004 年第 2
　　　　　期，第 9 頁。

頌歌向新民歌的變奏。詩歌不僅歌頌黨、歌頌偉大的領袖、歌頌新生活,還歌頌勞動人民的社會主義建設。從此,詩歌歌頌主題由上到下統一起來。當人人都是詩人的時候,也就沒有什麼詩人了。詩歌向民歌的轉變使真正的詩歌所追求的意象、意境、音樂、節奏等一系列詩歌元素消失殆盡,詩歌創作的體系近乎癱瘓。詩歌成了家喻戶曉、婦孺皆能的消費品。更危險的是,不少詩歌也染上了大躍進的浮誇病,不著邊際地吹捧嚴重脫離了現實生活。如:「農業生產躍進中,積肥好像打衝鋒,田間工作真細緻,一串禾穗八錢重。早造歌唱大豐收,晚造還要增產多,社社都有積肥隊,上山下海把肥鑼。五更吹起東南風,積肥放聲齊響亮,鐘聲歌聲齊響亮,割了綠肥天才紅。」「稻堆堆得圓又圓,社員堆稻上了天,撕片白雲擦擦汗,湊上太陽吸袋煙。」「月宮裝上電話機,嫦娥悄聲問織女:聽說人間大躍進,你可有心下凡去」。「天上沒有玉皇,地上沒有龍王,我就是玉皇,我就是龍王,喝令三山五嶺開道:我來了。」「天不怕,地不怕,哪管在鐵鏈子下面淌血花。拼著一個死,敢把皇帝拉下馬。殺人不過頭落地,砍掉腦袋只有碗大個疤。老虎凳,絞刑架,我泥(們)咬緊鋼牙。陰溝裏石頭要翻身,革命的種子發了芽。折下骨,當武器,不勝利,不放下。」在這些民歌中,民眾話語極度膨脹,改天換地、創造新歷史的激情難以抑制。但這些詩歌的過分誇張卻暴露出詩歌藝術思維的淺薄,缺乏理性的思考,更多的是一種情緒的宣泄或叫囂。

> 　　主席走遍全國,　／山也樂來水也樂,　／峨嵋舉手獻寶,　／黃河搖尾唱歌。／／主席走遍全國,　／工也樂來農也樂,　／糧山棉山衝天,　／鋼水鐵水成河。年過六十能勞動,　／做起活來也輕鬆,　／不是誇我骨頭硬,　／我心裏有個毛澤東。
>
> 　　　　　　　　　　　　　　　——《我心裏有個毛澤東》,陝西

> 　　天有把,　／我們舉得起,　／地有環,　／我們提得起。　／毛主席叫我們做的事體,　／你看哪項不勝利?
>
> 　　　　　　　　　　　　　　　——《舉得起天提得起地》,湖南〔註15〕

民歌中對偉大領袖毛主席的神話崇拜也反映出廣大人民過度個人崇拜的社會政治文化心理幾乎已經達到了一種集體無意識。為了建設社會主義新中國,民眾自覺地把「小我」消融在「大我」的集體主義話語和價值觀中,個體的

〔註15〕郭沫若、周揚編選:《紅旗歌謠》,北京:紅旗雜誌社出版,1959 年 9 月第 1版。

人格幾乎消失殆盡，而這種無意識的膨脹也已經爲以後文化大革命的爆發埋下了伏筆。「在 50 至 70 年代的中國，作家的文學活動，包括作家自身，被高度組織化。而外部力量所實施的調節、控制，又逐漸轉化爲那些想繼續寫作者的『自我調節』和『自我控制』。」〔註 16〕「在這一時期，在詩歌理論和實踐上，詩歌界最關心的不是詩的『本體』問題，不是詩的語言問題——在這方面，沒有出現值得重視的理論成果。被反覆闡述和強調的，是詩的社會『功能』，以及詩的寫作者的『立場』和思想情感的性質的規定。詩服務於政治，詩與現實生活、與『人民群眾』相結合，是當代詩歌觀念的核心。馬雅可夫斯基的『無論是詩，還是歌都是炸彈和旗幟』被經常引用。合乎規格的創作主體（當時使用的最爲普遍的概念是『抒情主人公』），應該作爲階級的、人民集體的代表出現。」〔註 17〕

第三節　「文革」詩歌精神的反思

　　「文革」詩歌作爲一個概念與那個時代一樣是比較混亂的。從時間上來界定，指的是 1966 年到 1976 年「文化大革命」期間詩歌的總稱。但從本質上來說，其中既有符合意識形態的可以公開發表的詩歌，也有與當時政治話語相違背而暫時不能公開的詩歌，「公開」與「地下」並存是這一時代詩歌的最好概括，兩類詩歌所折射的精神自然也就大不相同。

　　「文革」詩歌把「十七年」的全民頌歌狂歡演變爲一場「紅衛兵」的叫囂的紅色書寫狂歡。「文革主流詩歌的創作空間是廣場、街道、學校等，依據流通渠道、傳播方式的差別，文革主流詩壇包括了『紅衛兵小報詩歌』和『國家出版物詩歌』兩部分。然而，文革時期的詩歌創作還在知青點、牛棚、幹校、監獄等特殊空間裏秘密或半秘密地進行著，這是與主流詩歌有著重大差異的地下詩歌世界，它包括了在文學青年沙龍、知青點裏展開的『知青詩歌』和由一批被權力話語放逐到幹校、牛棚、監獄的詩人寫的『流放者詩歌』兩部分。」〔註 18〕

〔註 16〕 洪子誠：《中國當代文學史》，北京：北京大學出版社，2005 年版，第 23 頁。
〔註 17〕 洪子誠：《中國當代文學史》，北京：北京大學出版社，2005 年版，第 57 頁。
〔註 18〕 王家平：《文化大革命時期詩歌研究》，開封：河南大學出版社，2004 年版，第 2 頁。

一、紅色書寫下「人」的湮滅與詩的寂滅

在「造反有理」、「打倒帝修反」、「打倒牛鬼蛇神」的精神氣候下，文革詩歌處於「全國山河一片紅」的文學表象下，抒情主體從政治的謳歌者、政治話語的傳達者變成政治話語的實際參與者或執行者。如果說「十七年」詩歌的抒情主體還有創作的理性，那麼這個時代爲主流所承認的抒情主體——紅衛兵——就非常情緒化甚至行爲接近瘋狂了。在這裡我們不妨把其定義爲「紅色書寫」，「紅色書寫」包含了三層涵義：首先，他們這群人有一個集體的命名是「紅衛兵」；其次，他們的口號是保衛「紅色」政權；再次，他們的詩歌中流露出「血」性。由於政治的困圍導致了詩人視野的偏狹，致使紅衛兵詩歌「表層的喧嘩掩飾不住內裏的荒涼單調，那裡流行的是被顯性政治俘獲後圖解政治的詩藝；程序化、規則化的外在『樣板』醞釀成了非詩傾向。」〔註 19〕「文革主流詩歌把前此的文學一體化追求推向極端，建立起排他性極強的美學規範：詩歌創作的題材只能局限在表現工農兵生活，或反映革命派同『走資派』兩條路線的鬥爭上；詩人必須遵循『主題先行』的原則，從既定的政治路線和方針出發，而不是從具體的生活感受出發進行創作；詩歌應該向『樣板戲』學習，把塑造無產階級英雄形象作爲『根本任務』，在人物塑造中，必須嚴格遵守『樣板戲』的『三突出』原則；詩人必須遵循毛澤東倡導的『革命現實主義和革命浪漫主義』兩結合的創作方法進行創作；在藝術技巧上，新詩只能向民歌和中國古典詩詞吸取營養；在藝術風格上，規定只能用『東風萬里』、『彩旗飄飄』式的光明語式來抒發豪情、表現生活，不准表現現實生活的缺陷、不准流露出一絲『悲情』……」〔註 20〕

文革紅衛兵詩歌影響比較大的除了家喻戶曉並在口頭廣泛流傳的革命語錄之外，還有幾本公開出版收集的詩選，如由中國人民解放軍戰士出版社出版的《毛主席萬歲——戰士詩歌一百首》，此詩集是本部隊讀物，內容主要有對毛主席的歌頌、對毛主席著作的讚揚、描寫部隊生活，主要是政治生活的作品；《寫在火紅的戰旗上——紅衛兵詩選》是當時影響最大的一本詩選，主要收錄了全國範圍內的紅衛兵詩作，內容由抒寫對毛澤東的無限熱愛到頗具

〔註 19〕陳愛中：《表層的與潛隱的——「文革」中兩種形態詩透析》，《佳木斯大學社會科學學報》，2000 年第 2 期。

〔註 20〕王家平：《文化大革命時期詩歌研究》，開封：河南大學出版社，2004 年版，第 3 頁。

「文化大革命」色彩的紅衛兵歌謠以及紅衛兵運動及情感的紀錄,詩選中的
謾罵、血腥泛濫成災;賀敬之再版的《放歌集》;有飽滿革命激情和鮮明政治
傾向的讚揚「五‧七」幹校戰士欣欣向榮、蒸蒸日上的紅衛兵組織詩選《戰
地黃花》,這部詩集有著「史無前例的無產階級文化大革命的戰士的硝煙」,
其核心是「忠」,「她根本沒有什麼『風花雪月』她根本沒有纏綿悱惻的兒女
情,有的只是雄偉的無產階級文化大革命的戰場,有的是無限忠於毛主席、
無限忠於毛澤東思想、無限忠於毛主席無產階級革命路線的深厚的無產階級
感情」〔註21〕;《我是延安人》是一本由人民文學出版社出版的由北京等地下
鄉插隊到延安地區的知識青年的詩歌選集,是一本知青詩歌,但它不同於以
後我們要談到的以食指及「白洋淀詩群」為代表的富有叛逆性的知青詩歌,
這本詩選「青年們熱情洋溢地歌頌了毛主席的革命路線和永放光芒的延安精
神,批判了劉少奇、林彪一類騙子對知識青年上山下鄉的污蔑,讚頌了延安
人民的高貴品質,表現了知識青年在延安的土地上鍛鍊成長的火熱生活和戰
鬥歷程,抒發了 代新人紮根農村,永遠和工農相結合,繼承光榮革命傳統,
為建設延安貢獻青春的豪情壯志。」〔註22〕另外還有反映各民族農民在學大
寨的新高潮中產生的詩歌《山歌高唱學大寨》以及反映西沙自衛反擊戰的《西
沙之戰》等。

在這類作品中,詩歌的意象是單一的,但其色調卻是明朗的。「紅日當頭
照,一條大道金光灑;/滿天彩雲飄,猶如戰旗呼啦啦;/萬里東風壓陣,
駿馬把翅插。」(牛廣進《戰馬奔馳》)「紅日」、「金光大道」、「彩雲」、「萬里
東風」、「駿馬」這些意象群就是那個時代語言狂歡的典型寫照,恢宏而崇高。
有專家對此進行過這樣的概括:「文革是一場充滿道德主義色彩的政治運動,
生活在那個時代的人們恪守著清教倫理,肩負著救世使命,過著極其緊張、
嚴肅的生活。然而,這只是那個時代生活的一個方面;事實上,『文革』還是
一場褻瀆神聖權威、摧毀權力秩序的政治狂歡。紅衛兵是『文革』『慶典』的
主角,他們發表於各類『小報』的詩歌文本藝術地呈現了狂歡時代的精神氛
圍。」〔註23〕

〔註21〕 劉福春:《尋詩散錄》,桂林:廣西師範大學出版社,2008 年版,第 88～89
頁。
〔註22〕 劉福春:《尋詩散錄》,桂林:廣西師範大學出版社,2008 年版,第 90 頁。
〔註23〕 王家平:《節日慶典與廣場狂歡──紅衛兵詩歌的精神特質之一》,《中國現代
文學研究叢刊》,2001 年第 1 期,第 203 頁。

　　「文革」時期的造反派詩歌和紅衛兵詩歌是「文革」文學特有的一種文化現象，1967 年 2 月 3 日，毛澤東在同外賓談話時指出：「過去我們搞了農村的鬥爭，工廠的鬥爭，文化界的鬥爭，進行了社會主義教育運動，但不能解決問題，因爲沒有找到一種形式，一種方式，公開地、全面地、由下而上地發動廣大群眾來揭發我們的黑暗面。」〔註24〕在此精神號召下，紅衛兵小報成爲能夠進入政治話語體系的出版物而公開地滿天飛，刊登在小報上的詩歌多是迎合官方的意識形態、藝術政策以及審美趣味的作品。「文革」初期的紅衛兵詩歌還保留有「大躍進」時期民歌的某些特徵，如創作的地點、主體更多是在民間和大眾這種群體中，詩歌的藝術性不高，有點像順口溜或者打油詩，不同的是詩歌的語言逐漸貧乏和蒼白，裏面流露著對他們所指向的「反動勢力」的野蠻謾罵和暴力武裝，如「誰要敢說不愛黨，馬上叫他見閻王」（《造反歌》），「反帝必反修，砸爛蘇修狗頭」（《謝飯歌》），「劉少奇算老幾，老子今天要揪你！抽你的筋，剝你的皮，把你的腦殼當球踢！誓死保衛黨中央！誓死保衛毛主席！」（《劉少奇算老幾》，湖北）。《寫在火紅的戰旗上——紅衛兵詩選》編者的序云：

　　　　這不是一冊普通的詩選。

　　　　收集在這裡的詩章，幾乎都寫自年輕的中國紅衛兵戰士之手。

　　　　它們使用碧血丹心寫成的。

　　　　它們是紅衛兵戰士在毛主席和中央文革的帶領下搗毀劉鄧王朝勝利前進的戰歌。

　　　　它們有著和國際歌同樣的內容和旋律。

　　　　它們寫在文化大革命戰火紛飛的日子裏，寫在紅衛兵火紅的戰旗上。

與此相反的就是對偉大領袖毛主席的擁護和誓死保衛新政權的決心。「紅旗飄揚，／人海歌浪，／千萬雙手臂高舉，／億萬人同聲歡唱：／萬歲萬歲毛主席，偉大舵手指方向〔註25〕好哇！好哇！／就是好！／臨時革命委員會，／讓我們一千遍、／一萬遍地大聲爲您大聲叫好〔註26〕我向著山城高呼，／四

〔註24〕　中央黨史研究室編：《中共黨史大事年表》，北京：人民出版社，1987 年版，第 358 頁。

〔註25〕　楊東明：《永遠跟著毛主席》，載北京大學新北大公社《新北大》第 12 期（1966年 9 月 30 日）。

〔註26〕　《我們大聲爲您叫好——獻給成都工學院臨時革命委員會》，載紅衛兵成都部隊政治部《紅衛兵》第 19 期（1967 年 3 月 26 日）。

百萬革命群眾；／我向著山城呼嘯，／革命的工農兵同胞。／……啊，四百萬革命群眾！／啊，革命的工農弟兄！／在毛澤東旗幟下團結起來，／殺！殺！殺！／殺向黑線頭子罪惡的黑宮」〔註27〕，詩中的喜劇色彩和誇張手法，流露出濃厚的政治情緒。解放後登上詩壇的年輕詩人，主要承續了新詩中的政治抒情詩傳統；那些見諸報刊、真正代表「文革」主流詩歌的工農兵「詩人」創作的政治標語詩歌，苦大仇深和革命意志是他們創作的思想動力，政治口號成為詩歌的流行語彙，對美好現實和未來的歌頌，政治情緒的抒發成為詩歌的主要情感內涵〔註28〕。「這些英雄的豪言壯語，集中了那個時代的思想精華，由於整個社會對典型的宣傳和解釋是片面性的扭曲的，帶有浮誇傾向，為整個文革時代塗上了狂熱、空想的色彩。對民族文化的虛無主義態度，代之以極左的公式化、概念化、雷同化的語言，使『文化』『語言』脫離了人民，脫離了現實生活的土壤。充滿了砸爛、打倒以及八股文的大字報和兩報一刊社論，在人民的生活中開始失去了地位，逐步腐朽、死亡。在民間人民群眾開始獨立自主地創造自己的新語言、新文學、新文化，首當其衝的就是『紅衛兵文藝』和『紅衛兵文學』的發起。」〔註29〕

紅衛兵詩歌中充斥著青年人青春的激情，在愛憎分明的背後體現著狂熱盲目、個人崇拜和濃鬱的火藥味的暴力傾向。這些詩歌對暴力的歌頌有反文明、反人性的傾向。人類文明的主流是健康的，但這些詩歌對生命的不尊重、對革命洪流的盲目追從，對人生價值的錯誤認同，不但忽略了作為個體的自由和獨立，更談不上生命的尊嚴和權利；對戰爭的盼望，對「英雄」的歌唱，極端地顯示出一種恐怖的「美」。我們很難懷疑這些詩歌中的真誠情感，但卻不能否認這些感染了歷史毒瘤的作品，見證著那個時代的狂熱和盲目。曾經流行一時的《放開我，媽媽》：

> 再見吧，媽媽！
> 我們的最高統帥毛主席催令我整裝速發，
> 階級鬥爭的疆場，任我馳騁，

〔註27〕 李亮：《血之歌——致全市革命群眾》，載重慶紅衛兵革命造反司令部《山城紅衛兵》第 7 期（1966 年 12 月 23 日）。

〔註28〕 劉志華：《不可馴服的詩情——「文革」地下詩歌的另一種理解》，《涪陵師範學院學報》，2007 年第 1 期，第 35 頁。

〔註29〕 楊健：《文化大革命中的地下文學》，北京：朝華出版社，1993 年版，第 19 頁。

> 門庭梨院怎能橫槍躍馬？
> 等著我們勝利的捷報吧！
> 讓我們歡聚在毛澤東思想的紅旗下，
> 不奪取文化大革命的徹底勝利，
> 兒誓做千秋雄鬼永不還家！

離別詩歌自古都帶有感傷的氣氛，母子離別的場面更是在濃濃的親情中流露著不捨。而在此詩中，兒子告別母親，不是去遠遊，也不是去參加仕途考試，而是去與「百萬雄師」進行堅決的鬥爭。這是一場隨時都有可能丟掉性命的武力格鬥，面對「母親」的阻攔，「兒子」卻以勸誡和訣別的口吻命令母親放開自己，其視死如歸、大無畏的革命樂觀主義精神很是讓人佩服。

二、「潛在寫作」的藝術價值

文革詩歌中的「潛在寫作」也叫「文革地下詩歌」，「『文革』地下詩歌」是指在「文化大革命」（1966～1976）中未公開發表（出版）的，與公開發表的主流詩歌相對峙的、共時性存在、非共時性地進入文學史，並產生文學影響的「另類」文學創作。這些詩歌是因為其詩歌創作者迫於某種政治原因而被迫轉入「地下」、「潛在」寫作，並在詩歌的創作觀念、創作特徵、審美旨趣、審美接受等方面表現出了與當時的主流詩歌迥異的藝術特色，所以在當時甚至相當長的一段時期處於被湮沒、被遺忘的潛流狀態〔註30〕。囊括其間的詩人既有曾經活躍於詩壇的著名詩人，如艾青以及「七月派詩人」綠原、牛漢、曾卓等，「九葉詩人」穆旦、唐湜等，也有 50、60年代成名的郭小川、蔡其矯、流沙河等，他們衝破政治話語和文學專制的禁錮，以反政治意識形態規約、堅守詩性特徵的姿態在詩歌中自發地言說和抒發人性。他們的詩歌富有隱喻的色彩和智慧的表達。如牛漢詩歌中的「鷹」、「樹」、「根」、「虎」等形象，任誰也不會只從它們的原始意象上去評價，它們哪一個不代表詩人強烈的內心訴求和期盼？現實的世界對詩人來說，已充滿太多的無奈與痛楚，作為祖國的歌者，他不能放聲歌唱，作為同中國一起成長起來的詩人，他又無權表達一點自己的看法。與其心無旁依，不如去夢中尋找暫時的寧靜：

〔註30〕李潤霞：《被湮沒的輝煌——論「『文革』地下詩歌」》，《江漢論壇》，2001 年第 6 期，第 6 頁。

> 心臟彷彿是胸腔裏埋沒很久的雷管
>
> 體軀的岩壁爆裂的粉碎
>
> 連同裏面蠢蠢而動的一群靈夢
>
> 和暫時安歇的人生

詩人感到，「失去生命的軀殼」頓然感到異常的輕鬆。」因爲「壓在胸口的那塊龐大而猙獰的岩石／被我摔得很遠很遠」。就是這塊「鎮心石／幾十年來／它把我的肺葉／壓成了血紅的片葉岩／把吶喊把歌把笑把歎息把哭訴／從胸腔裏／一滴不留地統統擠壓淨光」。沒有了吶喊、沒有了歌、沒有了笑、沒有了歎息、沒有了哭訴，被現實迫壓如同「植物人」的詩人，在「夢遊」中，也只有在「夢遊」中，才「不再懼怕墜落／不再懼怕摔倒／不再懼怕撞擊／不再懼怕焚燒」。才能由「蛹變成了蝴蝶」而自由飛翔，由「岩石變成了火焰」而熊熊燃燒，「凋謝的花」才「放射出濃濃的香氣」。這也正回應了魯迅先生幾十年前的期待：「世上如果還有眞要活下去的人們，就應該敢說、敢笑、敢哭、敢怒、敢罵、敢打，在這可詛咒的地方擊退了可詛咒的時代。」（魯迅《華蓋集・忽然想到・五》）

這是一幅多麼自由、放鬆的畫面！詩人眞的回到了能哭、能喊、能笑、能歎的生活中嗎？詩人「確是一個機敏而且有經驗的越獄者」嗎？

> 我是一個出殼的靈魂

靈魂，逸出了軀殼，「靈魂」竟變成了「我」，或者說，「我」是一個「靈魂」了。自從柏拉圖學說產生以來，靈魂就被歸於超感性的領域內，倘若靈魂出現在感性領域，那他只不過是往那兒墮落了。顯然，這裡的「我」與「靈魂」是極大分裂的。但詩人沒灰心，「靈魂」不是「我」，「靈魂」是「光」：

> 哪來的這熠熠的光
>
> 是我的靈魂

正如唐曉渡所分析的，「這束光在《夢遊》中出現得確實十分突兀，無端而無理」〔註31〕。在那個「黑夜沉沉／天地間一片混沌」，「無聲無息」，「沒有呼吸沒有心跳沒有路燈沒有紀念碑的夜」中，以及面對那「惶惶地逃走」，「還咻咻地回轉頭向破裂的我陰笑」的「陰影」和「比黑夜還黑」，「刺透了我的軀體」的「獸」，詩人爲什麼會在不合理中選擇了「光」？並且是「一束雪白的亮光」？沒有「光」又將如何呢？

〔註31〕唐曉渡：《唐曉渡詩學論集》，北京：中國社會科學出版社，2004 年版，第 310 頁。

如果沒有這束光

人世間決不會有夢遊的人

真的是這樣嗎？恰恰相反！這連詩人自己也不得不進行第二次確證，「我不相信路／陷阱都埋在路上。」「路」又何止不是「光」？「光線凝鑄的梯子」就是「路」。在這裡有「光」，「但總摸不到抓不到」；有「路」，但卻布滿「陷阱」，「從來沒有走到過盡頭」的巨大悖論中，詩人「以非常方式抵達另一個世界」的「象徵性的越獄行為」只能是無功而返，其「精神流亡」也注定不可避免。

不知道是什麼奇異的風

將一棵樹吹到了那一邊

平原的盡頭

臨近深谷的懸崖上

它傾聽遠處森林的喧嘩

和深谷中小溪的歌唱

它孤獨地站在那裡

顯得寂寞而又倔強

它的彎曲的身體

留下了風的形狀

它似乎即將傾跌進深谷裏

卻又像是要展翅飛翔……

——曾卓《懸崖邊的樹》

詩人曾卓在經歷著肉體和靈魂的雙重壓迫下，對生活得真實的思考和對自己真實的感受，面對厄運時對信念的追求和堅守。詩人以一棵孤獨寂寞卻非常堅強樂觀的樹喻人，它受「奇異的風」的捉弄，被吹到懸崖邊上，面對進退維谷的窘境，思考著時事的喧鬧和寂寞，歷經滄桑的身軀彎曲成「風的形狀」，但卻抑制不住那顆嚮往自由的心「展翅飛翔」。在詩中，我們又看到了那久違的「人」以及對「人」的濃濃的關懷。對人生苦難的傾訴及對現實的質疑和抗爭。呼喚迷失的人性，維護人的尊嚴，肯定人的價值。

在 40 年代曾經名噪一時的「九葉派」詩人穆旦，1958 年以後被逐下講臺，「文革」期間又遭受了批鬥、抄家、下放的不公平待遇。在經歷了痛苦得的沉默後，詩人終於鼓起勇氣，在晚年又迸發出詩的激情，寫下了《詩》、《追問》、《友誼》、《秋》、《冬》等藝術價值較高的詩篇。「詩人們將個人命運的滄

桑化爲沉痛的詩性覺悟，將現實的黑暗轉化、提升爲對命運的思考和對未來生活的信念，因而，其詩作常常閃耀著人性的光輝。」〔註32〕

「詩人的悲哀早已汗牛充棟，你可會從這裡更登高一層？／多少人的痛苦都隨身而沒，／從未開花結實變爲詩歌……設想這火熱的熔岩的苦痛袱在灰塵下變得冷而又冷，／又何必追求破紙上的永生，沉默是痛苦的最高見證。」（《詩》）「你看窗外的夜空／黑暗而且寒冷，／那是高懸著星星，／像孤零的眼睛，燃燒在蒼穹。／它全身的物質／是易燃的天體，／即使只是一粒沙／也有因果和目的：／它的愛憎和神經／都要求放出光明。因此它要化成灰，／因此它悒鬱不寧，／固執著自己的軌道／把生命耗盡。」（《理智與情感》）均是在靜穆中對生命的反思，對個體人生的生命體驗。在「老年的夢囈」（《老年的夢囈》，1976 年）中，完成了他的一次「精神流亡」活動。在那個連氣息都「焦灼」（「焦灼的氣息」是楊克《1967 年的自畫像》中的一句話）的年代，雖然詩人渴望「請把幻想之舟浮來，／稍許分擔我心上的重載」，甚至絕望地大叫「什麼天空能把我拯救出『現在』」？（《沉沒》，1976 年）「心呵，你竟要浪跡何方」？（《問》，1976 年）但他只能把自己「汗流浹背地躲進冥想中」，（《夏》，1976 年 6 月）在「夢遊」中，在「焦灼」中，直到死：

　　　呵，永遠的流亡者，在你面前：
　　　又是厭色的天空，厭色的霧
　　　　　　　　　　　　　　——穆旦《秋》（斷章），1976 年

對「春」「夏」與「秋」的描寫似乎還不能滿足詩人表達的欲望，他又寫了《冬》，一年四季只是人生旅程中的一個站點，但就是在這個特殊時代的一年裏，閱歷豐富的詩人已經逐步邁向老年，詩人卻在這個時期嘗遍了足夠他一生經歷的酸甜苦辣、人情冷暖，流亡的內心造成的精神上的煎熬大大超過了肉體上的疼痛，大喜大悲的詩人只有把這些歷練成他一生鍾愛的詩歌創作，以知性的詩句表達自己的不滿和無奈。「穆旦對於『冬』的感受當然包涵著他對自己幾十年坎坷、屈辱人生經歷的痛徹體驗，然而他的詩篇又總能超越具體的觀照對象，超越一般的抱怨、感傷和現實指控，而轉化爲現代主義式的對命運的冷峻入思，轉化爲心靈搏鬥後的平靜。因此，智性抒情可被視爲穆旦詩歌最顯著的特色。詩人不滿足於表象化地復現抒情

〔註32〕　李志元：《從放聲歌唱到潛在寫作——簡論 20 世紀 50 年代初到 70 年代中期的詩歌創作》，《延安大學學報》（社會科學版），2005 年第 4 期，第 95 頁。

客體，他筆下的意象多半是心智活動的客觀對應物，具備雙關與象徵意義。」
〔註33〕

　　還有因「毛澤東詩詞案」而入獄的陳遠明，在昏迷狀態，能明確地感到連「積壓在岩頭皺紋之間的」「汗珠」都是「焦慮重重的」；（《大海》）自稱「好像夢遊人」（《玉華洞》1975 年）的蔡其矯，夢醒以後還不知道「明天／將有怎樣一個異樣的天空」。（《夢》，1970 年）

　　「夢遊」擺脫不了「流亡」，夢醒後還只能去「流亡」。

　　「一切生滅者，皆是一象徵」。（《浮士德》）牛漢及其一批文學家們，在「夢遊」中，經歷了人生的全過程。正是這些堅持眞理、追求藝術良知的詩人在這一黑暗時期寫下了這些作品，「記載了那個時代個人悲劇命運和自我心靈的跳動，反映人的覺醒，成爲十年動亂中最有思想價值和美學價值的作品。」
〔註34〕

　　「地下詩歌」的另一支隊伍是以郭路生（筆名食指）、黃翔、啞默、北島、顧城、舒婷、芒克、陳建華、錢玉林等爲代表的散佈在各地的知青詩人群，他們多是城市青年在「上山下鄉」號召下插隊的知青，他們以不同的插隊地域自發形成了一些詩歌群體，其中影響較大的有「白洋淀詩群」、「貴州詩人群」、「北大荒」詩人群等。這批年輕的詩人大多經歷了「文革」期間的精神浩劫，「這一代青年詩人的教育背景、文化背景基本相同，他們『生在新中國，長在紅旗下』，接受過紅色革命的理想教育，是念著『千萬不要忘記階級鬥爭』的政治戒律長大的一代。他們曾經滿懷著拯救全人類，誓死捍衛毛主席的偉大理想，曾經堅信自己是共和國光榮的接班人，代表著新中國的希望。他們曾經充當過無產階級文化大革命的先遣隊，在知識青年上山下鄉運動中，他們從革命中心的城市轉移到了天地廣闊但相對邊緣的農村。」〔註35〕正是這群年輕人在艱苦的知青生活中，開始理性地反思他們的過去以及給他們帶來命運變革的這場革命，於是他們拿起筆背叛了他們曾經熱衷的年代，記錄了他們痛苦的精神歷程和內心體驗。他們擺脫了空泛的政治激情和效忠革命的

〔註33〕 李志元：《從放聲歌唱到潛在寫作——簡論 20 世紀 50 年代初到 70 年代中期的詩歌創作》，《延安大學學報》（社會科學版），2005 年第 4 期，第 98 頁。

〔註34〕 郭瑤琴：《詩論中國當代政治抒情詩的兩次浪潮》，《殷都學刊》，1988 年第 4 期，第 55 頁。

〔註35〕 李潤霞：《被湮沒的輝煌——論「『文革』地下詩歌」》，《江漢論壇》，2001 年第 6 期，第 10 頁。

豪情壯志，以詩歌思維而不是以單一、片面的政治思維以及理想主義口吻來抒發青春期的明朗、感傷、憂鬱、叛逆，「文革」初期欽定的「革命者」終於成了「革命」的異己者。這樣一種精神歷程落實到寫作中，使他們的詩歌在總體上呈現出一些共同特徵：對政治（命題）的關注，普遍徹底的懷疑精神，被逐之後的疏離感，對語言表達個體經驗的追求，風格上思辨與感性的繁複混雜，等等〔註36〕。

> 醒來 / 是你孤零零的腦袋 / 夜深了 / 風還在街上 / 像個迷路的
> 孩子一樣 / 東奔西撞 / 街 / 被折磨得軟弱無力地躺著 / 那流著唾液
> 的大黑貓 / 飢餓地哭叫〔註37〕

「地下詩歌」的特徵在這首詩中表現的尤其突出。詩人用「腦袋」、「孩子」、「街」、「大黑貓」等隱喻性名詞，並且用「孤零零的」、「迷路的」、「軟弱無力地」、「流著唾液的」及「飢餓地」等灰色性形容詞來修飾，以「迷路的孩子」在「街」上的「東奔西撞」，隱喻詩歌的踉蹌正是詩人內心的踉蹌。沒有了前期詩歌的狂歡，卻多了幾分理性和詩意。

多多評價芒克的詩說：「他詩中的『我』是從不穿衣服的、肉感的、野性的，他所要表達的不是結論而是迷失。迷惘的效應是最經久的。」〔註38〕在文化領域的「專政」導致了十年的文化專制。在「文革」主流意識形態之外的任何思想都已經失去合法性，靈魂深處的「革命」其實是扼殺思想自由的一種方式，而思想自由與獨立精神是互動的〔註39〕。

「文革地下詩歌」的老少兩個陣營在「地下」掀起了一場詩歌重建的革命，他們以具有個性的寫作方式，來表達自我生存的狀況和悲劇性生存的體驗，他們反思現實，又超越了現實，構築了一座地下詩歌的精神殿堂，也為那個火紅年代的詩歌抹上了一縷人性的光輝。「真正的詩人，都是把痛苦作為終極體驗，而將精神的花木遺留人間，用真善美的靈光照耀人類傷痕累累的

〔註36〕　賈鑒：《試論「文化大革命」中的地下詩歌──以「白洋淀詩歌」為例》，《當代作家評論》，2001 年第 1 期，第 76 頁。

〔註37〕　芒克（姜世偉）《城市》（1972 年）。

〔註38〕　多多：《被埋葬的中國詩人（1972～1978）》，見廖亦武主編《沉淪的聖殿──中國 20 世紀 70 年代地下詩歌遺照》，烏魯木齊：新疆青少年出版社，1999 年版，第 199 頁。

〔註39〕　王堯：《「文革」對「五四」及「現代文藝」的敘述與闡釋》，《當代作家評論》，2002 年第 1 期，第 64 頁。

心靈世界。」〔註40〕他們在詩歌中不僅寫了自己的體驗，也概括了一代知識分子的理想破滅、靈魂放逐、蘇醒的歷史。可以說，他們是那個動亂年代的真正的詩壇驕子。

第四節　聞捷：以獨特的方式建構詩歌精神

在「十七年」的文學創作中，聞捷的詩歌創作可以說是獨樹一幟的，他一出現就用一種柔和、清新、明快的牧歌風格打動了所有的讀者，給當時充斥著頌歌格調的詩壇帶來了一股濃烈樸實的生活氣息，形成了一種被稱爲「聞捷體」的詩歌風格。尤其是在其詩歌作品中對愛情的大膽抒寫，不但豐富了當時單調乏味的詩歌內容，而且還突破了當時詩歌創作題材的藩籬，表現出了詩人獨特的審美追求，在政治化語境下以一種獨特的方式建構了有異於當時的詩歌精神。

愛情作爲人類情感中最美好的情愫，一直以來都是詩人們抒寫和表達的對象。然而，由於20世紀50年代的特殊政治氛圍，「大我」、「集體」等極具政治色彩的意識形態空前高漲，「集體意識」完全取代了「個人意志」，那些個人的情感和個性完全被壓抑在「集體主義」的巨大浪潮中，極端地強調集體的力量，導致個人的情感空間被嚴重排擠出精神領域，一些人性的本能需求被嚴重的扭曲甚至慘遭扼殺。因爲政治環境的特殊，愛情作爲我們每一個人都應該擁有的美好情感，在當時被斥之爲小資產階級的低級庸俗情調，遭到了主流意識形態的排擠和討伐。

在這一時期，愛情在文學寫作中被列入禁區，使得大多數詩人在詩歌題材的選擇上，擁有的空間非常狹窄，愛情這一人類所共有的美好情感不得不被詩人們「漠視」。作爲一個健全詩歌世界裏不可或缺的愛情，突然從所有的詩歌作品中消失，愛情詩寫作在這一時期幾乎是一片空白。然而，在聞捷出版於1956年的《天山牧歌》裏，出現了大量表現少數民族愛情生活的詩篇，這些詩篇突破了當時的這一寫作禁區，打破了一些非詩的承載，將愛情這一普遍性的情感融入詩中，開拓了當時詩歌寫作內容的一條新途徑，在二十世紀五十年代的特別環境中呈現出了一種難能可貴的愛情美。在這些詩篇裏詩人立足於當時我國對少數民族的特殊政策，以及少數民族特有的風土人情，

〔註40〕 李曉偉：《流放大西北》，北京：中國工人出版社，2002年版，第40頁。

站在他者的立場，以見證人的身份，結合頌歌的內容、形式融入愛情，有效而巧妙地將愛情和勞動，以及少數民族特有的生活場景結合起來，形成了聞捷所特有的詩歌風格。

《天山牧歌》是聞捷的第一本詩集，同時也是新中國成立後出版的第一部反映新疆少數民族新生活的抒情詩集，其中膾炙人口的《吐魯番情歌》、《果子溝山謠》等詩篇，題材新穎、語言暢朗，給人以清新明麗的感覺，沒有一般情詩所慣有的矯情、造作之態。在這部詩集裏，聞捷以火一般的熱情和富於民歌的格調，把勞動和愛情緊密地結合在一起，抒寫了我國邊疆少數民族生活的美好場景。同時，在極度政治化語境的條件下，他非常成功地刻畫出了少男少女們健康、純潔、高尚的美好愛情。這些詩歌在當時就以一種細膩、柔巧、清新、明麗的感覺贏得了廣大讀者的喜愛，就被譽為「新生活的讚歌」和「激情的讚歌」。

下面我將對聞捷的詩集《天山牧歌》進行具體的分析，通過對不同方面的分析或闡釋來論述聞捷以獨特的方式所建構的詩歌精神。

一、詩中鮮明的地域特色和濃鬱的少數民族色彩與愛情的有機結合

聞捷《天山牧歌》的一個非常重要的美學特徵就是富於鮮明的地域特色和濃鬱的少數民族色彩，這一特點與聞捷的詩作主要描寫的少數民族愛情生活又是密切相關的。無論是天山南北迷人的自然風光，還是新疆各少數民族的風俗民情、勞動生活場景，在詩中都有充分的詩意呈現，帶給讀者一種別樣的審美體驗。這對於當時的詩歌創作，可以說應該是聞捷詩歌的一種創見。早在《吐魯番情歌》發表不久就有論者注意到了它「帶有濃厚的邊疆少數民族的生活特色。」〔註41〕詩人公木在一次發言中也肯定的說：「他以新穎的富有民歌情調的風格、優美樸實的藝術形象的語言，反映了新疆哈薩克族、蒙古族人民的新生活和新的精神面貌，具有濃鬱的生活氣息，流露著詩人對祖國對邊疆的深情熱愛。」〔註42〕正是因為聞捷所表現的是「對祖國對邊疆的深情熱愛」，他詩裏的愛情作為反映這種情感的基礎在當時的詩歌夾縫裏才得

〔註41〕藍藍：《一組優美的情歌》，《文藝報》，1955 年 16 期。
〔註42〕公木：《關於青年詩歌創作問題的發言》，見《全國青年文學創作者會議報告、發言集》，北京：中國青年出版社，1956 年版。

以存在。在詩集《天山牧歌》中，我們隨時都可以感受到詩人在愛情生活中為我們描繪出的一幅幅明麗、優美的邊疆各民族生活的風情圖，古爾邦節上的愛情盟約，賽馬會上的示愛遊戲，瓜田裏的愛情願望，婚禮中的相知相守等等，都無一不表現出獨特的民族風情和這樣一種傳達方式。

在《葡萄成熟了》這首詩裏，詩人通過寫新疆最具有代表性的特產葡萄來寫青年男女之間的愛情，有機的將愛情和自然風物相結合，不僅完整的體現了當時的時代特色，還表現了當時青年男女的愛情觀。這種獨特的表達方式，規避了當時時代語境對愛情的羈絆。「馬奶子葡萄成熟了，／墜在碧綠的枝葉間，／小夥子們從田裏回來了，／姑娘們還勞作在葡萄園。∥小夥子們並排站在路邊，／三弦琴挑逗姑娘心弦，／嘴唇都唱得發干了，連顆葡萄子也沒嘗到。∥小夥子們傷心又生氣，／扭轉身又捨不得離去：／『慳吝的姑娘啊！／你們的葡萄準是酸的。』∥姑娘們會心的笑了，／摘下幾串沒有熟的葡萄，／放在那排伸長的手掌裏，／看看小夥子們怎樣挑剔……∥小夥子們咬著酸葡萄，／心眼裏頭笑眯眯：『多情的葡萄！／她比什麼糖果都甜蜜。』」詩中充滿了濃鬱的生活情趣和美妙的愛情描寫：馬奶子葡萄熟了，掛在碧綠的枝葉間，小夥子們從田間回來並排站在路邊，彈響三弦琴挑逗姑娘，姑娘們卻還勞作在葡萄園裏，小夥子們的嘴唇都唱幹了，姑娘還是不予理睬，也不給一顆葡萄給他們嘗嘗，弄得小夥子們又氣又惱，可是誰也捨不得離開。姑娘們最後只好摘下幾串沒有成熟的葡萄，放在小夥子們伸長的手掌裏，小夥子們咬著酸葡萄，心裏卻像流著蜜一樣的香甜。這是一幅非常生動、活潑的少數民族的勞作晚歸圖，寫得非常傳神，在幸福的愛情生活中把年輕人的天真、浪漫間雜著一種頑皮的性格描寫得繪聲繪色，極具邊疆少數民族的生活氣息。同時，詩中還展現了當時的民族風貌，讓人讀來回味無窮美妙無比。詩人曾說：「寫愛情，也能反映時代的色彩。」〔註43〕從詩人的詩句中，我們可以深切地感受到邊疆人民在愛情生活裏的那種特別的生活情狀和那個時代的特別印象。正是詩人利用這種寫愛情來反映時代的色彩，愛情詩披上勞動的外衣並對少數民族的幸福生活進行歌唱，才得以在當時的政治化語境中生存下來，建構起了屬於詩人聞捷自己的表達方式，樹立起一種有別於當時的詩歌精神，突破了舊有的寫作窠臼，獲得了一種全新的審美視角。

再看看《種瓜姑娘》裏對邊疆少數民族女孩的描寫：「東湖瓜田百里長，

〔註43〕聞捷：《紅裝素裹》，《人民日報》1961年4月20日。

／東湖瓜名揚全疆,那裡有個種瓜的姑娘,姑娘的名字比瓜香。∥棗爾汗眼珠像黑瓜子,／棗爾汗臉蛋像紅瓜瓢,／兩根辮子長又長,好像瓜蔓蔓拖地上。∥年輕人走過她瓜田,／都央求她摘個瓜嘗嘗,／瓜子吐在手心上,帶回家去種在心坎上。∥年輕人走過她身旁,／都用甜蜜的嗓子來歌唱,／把胸中燃燒的愛情,／傾吐給親愛的姑娘。∥充滿愛情的歌誰不會唱?／歌聲在天山南北飛翔,／棗爾汗唱出一首短歌,／年輕人聽了臉紅脖子脹——∥『棗爾汗願意滿足你的願望,／感謝你火樣激情的歌唱;／可是,要我嫁給你嗎?』／你衣襟上少著一枚獎章。」詩中對少數民族姑娘棗爾汗的外貌和性格進行了生動的刻畫,像黑瓜子一樣的眼睛,紅瓜瓢一樣的臉蛋,長長的辮子,短短幾句詩行就把棗爾汗的外貌描繪得惟妙惟肖,不僅寫出了少數民族姑娘的美貌,我們還看到了一位聰明、活潑、開朗的少數民族姑娘的良好精神風貌,以及他們對朦朧美好的愛情的追求,充滿了奇異的地域色彩和民族特色。東湖揚名全疆不只是瓜的香甜,那裡的姑娘比瓜香,年輕人們走過她的瓜田,都央求她摘個瓜嘗嘗,年輕人們走過她的身旁,都用甜蜜的嗓子來歌唱,這是因為胸中燃燒的愛情,傾吐給親愛的姑娘。少數民族人民的生活場景被詩人刻畫得如此美滿,就跟放電影一樣,一幅幅圖景構成了一個個生活片段,讓我們感受到邊疆人民的愛情生活是多麼的幸福美滿。這樣的描寫即使在當時特定的政治語境中,不僅不會讓人產生厭倦和不滿,反而會贏得大眾對美好生活的嚮往和追求;不僅符合了當時的主流意識,而且還得到了上層政治意識階層的認可,當然愛情生活在詩作中也就名正言順了。取得如此良好的效果,應該歸功於聞捷所採用的寫作策略,在勞動和讚美中書寫愛情,建構起一種特殊表達方式,讓愛情在當時的政治狹縫裏求得一塊生存的土壤,為匱乏愛情的十七年文學留下了非常珍貴的一頁。

　　另外,我們在《信》、《婚禮》等愛情詩中也同樣能夠感受到鮮明的異域色彩和特有的少數民族生活氣息。「對面山坳的草坪上,／有一個牧羊姑娘,／她抱著雪白的羊羔,／坐在青色的石頭上。」(《信》);「春風吹過了玉門關,／緩緩地來到吐魯番;／杏花、桃花都綻放了,／蘋果的花苞半揚起臉。∥……地毯上圍坐那麼多姑娘,／就像鮮花開滿小花園。」(《婚禮》)這些葡萄園、蘋果園、瓜田、羊群、草坪等具體的事物都帶有獨特的地域色彩,它們組接成一幅幅完整的邊疆風情畫,再加上青年男女們讓人羨慕的美好愛情,更是鮮明獨特,讓人產生無限的遐想。這種獨特的表達方式和書寫視角,為聞捷

的詩歌找到了一條通向政治化語境中的有力而穩妥的途徑，實現了詩人表達愛情的「企圖」，爲聞捷的詩歌建構起一個非凡的詩歌精神世界。

通過對以上幾首詩的分析可以看出，聞捷爲了建構起屬於自己的詩歌精神，在愛情詩裏運用了大量的對少數民族地區的各種特異風習的描寫，在表現他們美好快樂的新生活的同時將愛情滲透其中，使得愛情在各種生活場景中得到呈現，並且讓位於勞動。這種獨特的方式，讓愛情詩躲過了當時各種嚴格的政治審查並得到主流意識的默許，符合當時的政治意識形態標準。

二、獨特的抒情方式：抒情和敘事有機結合，加入簡單的情節描寫

詩歌是主情的一種文學樣式，尤其是在抒情短詩裏，抒情的成分往往大過敘事，這是詩歌這一文體本身的性質所決定的。然而，在聞捷的詩歌中，「抒情詩帶有濃厚的敘事色彩，有明顯的『敘事』因素。也就是說，向敘事的方面靠攏，抒情在敘事的基礎上進行。」〔註44〕在一個相對完整的故事裏，詩人往往是通過敘事和抒情相結合來抒發自己的感情。正因爲如此，聞捷的詩歌形成了一種單純、明朗、優美的詩歌形象，人物思想感情的流露都是在一個簡單的故事背景下發生的。這樣一種敘述方式的運用，更加有效地吸引了讀者的目光，不僅擴大了作品的影響範圍，還恰到好處地將愛情引入到了詩歌的情節裏，使得愛情這一在當時被逐出詩歌領地的情感得以回歸。

我們看看聞捷的名篇《蘋果樹下》：

> 蘋果樹下那個小夥子，／你不要、不要再歌唱：／姑娘沿著水渠走來了，／年輕的心在胸中跳著。／她的心爲什麼跳呵？／爲什麼跳得失去節拍？……／／春天，姑娘在果園勞作，／歌聲輕輕從她耳邊飄過，／枝頭的花苞還沒有開放，／小夥子就盼望它早結果。／奇怪的念頭姑娘不懂得，／她說：別用歌聲打擾我。／／小夥子夏天在果園度過，／一邊勞動一邊把姑娘盯著，／果子才結得葡萄那麼大，／小夥子就唱著趕快去採摘。／滿腔的心思姑娘猜不著，／她說，別像影子一樣纏著我。／／淡紅的果子壓彎綠枝，／秋天是一個成熟季節，／姑娘整夜整夜地睡不著，／是不是掛念那樹好蘋果？

〔註44〕洪子誠：《當代中國文學的藝術問題》，北京：北京大學出版社，1986年版，第185頁。

／這些事小夥子應該明白，／她說：有句話你怎麼不說？∥……蘋果樹下那個小夥子，／你不要、不要再唱歌；／姑娘踏著草坪過來了，／她的笑容裏藏著什麼？……／說出那句真心的話吧！／種下的愛情已經收穫。

詩中以果園為場景，寫出了青年男女從春到夏的勞動過程和蘋果從開花到成熟的生長過程，有機地將愛情的成長歷程與蘋果的生長過程結合在一起，有效地避免了只表達愛意所帶來的不便和空洞。我們在詩中看到的只是對蘋果生長過程的幾個階段性的簡單描寫，然而，詩人在這當中卻融入了青年男女的內心活動，巧妙地把蘋果的成長與愛情的發展過程融合在了一起。通過對蘋果的描寫抒發了愛情，在勞動場景中建構起一種嶄新的愛情書寫模式。詩中只對小夥子和姑娘的一些動作作了簡要的描述，通過小夥子在歌唱，姑娘踏著水渠走來等簡單的動作寫出了人物鮮活的形象。這種效果的取得主要在於有一個清晰的背景，果園裏的勞動，蘋果樹的開花、結果、成熟這樣一個簡單而完整的過程，這個過程本身又關涉到了小夥子和姑娘的愛情成長過程。詩人在描寫人物和事件的時候對不同時間內人物的心理變化也作了說明。這樣一來，簡單的人物描寫和粗略的故事梗概就勾畫出了一個完整的事件，人物內心和行動的結合以及情節的發生發展共同構成了詩意的戀愛情景，給人留下了非常深刻的印象。

背景清晰、情節簡單、敘述簡潔形成了聞捷詩歌的又一審美特色。在聞捷的愛情詩中，我們或多或少的都可以找到一些背景、情節以及敘述的因素，它們使得聞捷的詩具有了一種可讀性和真實性。我們看看《舞會結束以後》：

深夜，舞會結束以後，／忙壞年輕的琴師和鼓手，／他們伴送吐爾地汗回家，／一個在左，一個在右……∥琴師踩得落葉沙沙響，／他說：「葡萄弔在藤架上，／我這顆忠誠的心呵，／弔在哪位姑娘辮子上？」∥鼓手碰得樹枝嘩嘩響，／他說：「多少聰明的姑娘！／她們一生的幸福呵，／就決定在古爾邦節晚上。」∥姑娘心裏想著什麼？／她為什麼一聲不響？／琴師和鼓手閃在姑娘背後，／嘀咕了一陣又慌忙追上──∥「你心裏千萬不必為難，／三弦琴和手鼓由你挑選……」／「你愛聽我敲一敲手鼓？」／「還是愛聽我撥動琴弦？」∥「你的鼓敲得真好，／年輕人聽見就想盡情地跳；／你的琴彈得真好，／連夜鶯都羞得不敢高聲叫。」∥琴師和鼓手困惑

地笑了，／姑娘的心難以捉摸到：／「你到底愛琴還是愛鼓？／你難道沒有做過比較？」／／「去年的今天我就做了比較，／我的幸福也在那天決定了，／阿西爾已把我的心帶走，／帶到烏魯木齊發電廠去了。」

詩中描寫了在古爾邦節晚上，舞會結束後，兩個小夥子向一位姑娘求愛，一個是年輕優秀的琴師，他的琴聲連夜鶯都羞得不敢高聲叫；一個是優秀年輕的鼓手，年輕人聽到他敲鼓都想盡情的歡跳。然而，姑娘並沒有喜歡上他們，因為在去年她就已經對她的幸福作了決定：阿西爾已把她的心帶到烏魯木齊發電廠去了。整首詩有一個清晰的背景，情節也非常簡單，敘述的語言也相當的簡潔。然而，詩人在這幾個層面上往深裏開掘，通過對話或旁白的方式，形象生動地表現了吐魯番姑娘對愛情的堅定不移，對友情和愛情非常恰當的分寸把握，把他們的心理和個性都充分的展現了出來。

通過分析，我們可以知道聞捷在詩歌中通過運用敘事這一手段達到了抒情的效果。儘管詩歌是主情的，但在當時的特殊語境，詩人不能直接抒發自己對愛情的真切感受，他只有將愛情放到一個他者的立場，通過一個完整的勞動場景來若隱若現地表現，以勞動隱蔽愛情，但又不遮蔽愛情，置愛情於邊緣的位置來暗傳愛情的真諦。這就是聞捷的愛情詩在當時得以廣為流傳和公開發表的秘密之所在。

三、在描寫愛情時有效地採用了奇巧的結構和出人意料的戲劇性效果

在 50 年代的愛情詩寫作中，那種「革命＋愛情」或者「獎章＋愛情」的模式是非常突出的，當時就有詩歌編輯說：「我們收到不少愛情詩稿，可惜大多是題材不夠廣泛多樣，反映面較狹窄，其中尤以『姑娘和獎章』的愛情詩特別多，雖然出自不同作者之手，但構思寫法相互雷同，就像一幅塗抹得不好的油畫一樣，色彩是單調的。」〔註45〕然而，雖然聞捷的愛情詩也有「勞動＋愛情」的模式，但是由於詩人的描寫是通過具體生活圖景，甚至是對細節上的關注來表現人們的新生活和新的愛情觀，使得他的詩歌沒有落入俗套或雷同的窠臼。另外，聞捷在詩中還運用了奇巧的結構和出人意料的戲劇性效果，使得他的詩歌對當時「勞動＋愛情」的主流意識形態進行了有力的消

〔註45〕 蕭犁：《愛情詩的「框子」──讀稿隨談》，《文藝學習》，1956 年第 11 期。

解，形成了他自己的詩歌特色，在頌歌和讚歌時代以獨特的方式創建了屬於
自己的詩歌精神。

　　在《夜鶯飛去了》一詩中，詩人寫一位年輕人懷著理想離開了心愛的人
去了石油城，最後因想念姑娘像夜鶯一樣飛了回來，詩人不是寫飛回來與心
愛的人幽會，想到的卻是他成為一個真正的礦工，讀來意味深長。詩中這樣
寫道：

> 夜鶯懷念吐魯番，
>
> 這裡的葡萄甜，泉水清；
>
> 年輕人熱愛故鄉，
>
> 故鄉的姑娘美麗又多情。
>
> 夜鶯還會飛來的，
>
> 那時候春天第二次降臨；
>
> 年輕人也要回來的，
>
> 當他成為一個真正礦工。

在《金色的麥田》一詩裏，我們也能感受到這種構思的奇巧以及它所帶來的
戲劇性效果：

> 巴拉汗拿起鐮刀去幫忙，
>
> 熱依木笑著掰開一個饢；
>
> 他說：「咱們一人吃一半，
>
> 包管越吃味道越香。」
>
> 巴拉汗羞得臉發燙，
>
> 她說：「那得明年麥穗黃，
>
> 等我成了共青團員，
>
> 等你成了生產隊長。」

此詩構思新穎別致，單純明朗的生活情節的提煉，使頌歌具有真切樸實的生
活氣息。前面的細節描述給人真誠樸實之感，到最後筆鋒一轉，「等我成了共
青團員，等你成了生產隊長。」一句，既體現了當時青年男女的愛情觀，又
迎合了當時的政治語境。通過這種雙重意義的描寫，詩人突出了一種戲劇性
效果，再加上細緻深入的心理刻畫，使詩的格調顯得清新明快，有一種柔和、
輕快、明朗的牧歌風格。另外，《種瓜姑娘》一詩的結尾同樣使用了這種「突

轉」的筆鋒，「『棄爾汗願意滿足你的願望， ╱感謝你火樣激情的歌唱； ╱可是，要我嫁給你嗎？』╱你衣襟上少著一枚獎章。」前面的愛情鋪墊不是為了讓愛情得到最後的美滿，而是為了尋求一枚獎章。在這裡，我們似乎覺察到，人類純潔的愛情被賦予了物質的要求，愛好像沒有那麼純粹和聖潔。但是，我們也應該考慮到「獎章，是對在戰鬥和勞動中建立了功勳的人的一種讚賞，這是榮譽；姑娘愛掛獎章的人，正表現了我們年輕一代新的感情。由於人們在選擇和寄託愛情態度的轉變，正反映著他們在生活中所追求的目標在改變，這是在一個嶄新的社會制度基礎上人與人之間的關係所產生的感情。作者的意圖是不錯的。」〔註46〕在這裡，獎章其實是優秀的代表，是先進的典型。在詩中，我們感受到了在新中國成立後的青年男女們的新感情、新道德和新的人際關係。他們對愛情的純潔忠貞，對祖國的熱愛和對人民的忠誠合而為一了。詩人相信讀者都會為他們愛情的幸福和「實在」而感動，引導讀者能夠去熱愛生活，熱愛自己的祖國和人民。這是社會主義新的道德觀的要求。在聞捷的愛情詩中，不僅展示了兄弟民族青年們在新時代中，積極建設社會主義和追求新的美好幸福生活的畫面，而且還反映了代表年青而富有活力的新中國青年男女們的新的道德觀念和開朗寬闊的胸懷。

聞捷在他的愛情詩中通過這些獨特的表述方式，巧妙而恰當地融入了社會主義的道德觀念和當時的政治道德訴求，建構起了屬於自己理想中的詩歌精神。因為當時的詩歌，大多數都是一種典型的憑藉某種道德優勢來掩蓋詩歌自身的作品，在結構和表達效果上，聞捷遵循並弱化了這一時代要求，使得在讀他的愛情詩時，我們有一種超越同時代其它詩人作品的感覺。聞捷能夠自出機杼，建構起自己的詩歌精神，實在難能可貴。

《天山牧歌》之所以在當時能夠取得成功，聞捷詩歌獨特的表述方式和開拓創新精神是非常重要的。詩集中這些表現愛情的詩篇雖然源於歌唱但它高於歌頌。當時的愛情詩創作處於相當薄弱的時期，特別是抒寫真摯熱烈的愛情的詩篇非常少見。聞捷的愛情詩能夠在勞動和歌頌主題的掩蓋下，傳達出大眾對愛情的無限嚮往這一普遍性的人類情感，具有「普適性」意義，滿足了當時人們對愛情的熱切渴望，也承擔起了特殊年代大眾特別的審美需求。同時，這樣的書寫也是對當時被壓抑人性的一種反拔和釋放。詩集中影響最大、反響最強烈、讓人感受最深刻的是描寫愛情的篇章，其中名篇有《蘋果樹下》、《夜鶯飛

〔註46〕 蕭犁：《愛情詩的「框子」——讀稿隨談》，《文藝學習》1956 年第 11 期。

去了》、《葡萄成熟了》、《種瓜姑娘》、《舞會結束以後》、《賽馬》、《姑娘》、《信》、《婚禮》等。這些柔和清新的愛情詩篇，生動傳神地描繪了一個頗具新疆少數民族特色的求愛場景，富於奇異的地域情調和濃鬱的生活氣息，讚美了新疆各少數民族青年男女在愛情上的崇高品質和高尚情操，刻畫了他們豐富而微妙的內心世界，從少數民族男女的愛情生活這一特殊視角來反映出了新時期人們的新生活、新思想，開創了當代愛情詩的新領域。

第五節　郭小川、賀敬之詩歌的精神解讀

　　從新中國建立到「文革」結束的近三十年時間裏，許多詩人在不違背政治觀念、意識形態要求的前提下，以自己獨特的方式抒寫著對於時代、人生等的感悟與思考，展開詩體探索，在政治話語統治下的詩壇上奉獻了不少在藝術上具有個性、產生了廣泛影響的作品。在這個詩人群中，除了關注民族色彩、地域特徵的聞捷之外，尤其值得關注的就是郭小川和賀敬之。

一、郭小川：政治抒情下的詩藝之思

　　郭小川是共和國第一代傑出詩人的代表之一。1955 年秋，郭小川從中共中央宣傳部調任中國作家協會黨組副書記、書記處書記兼秘書長、其後又擔任《詩刊》編委。轉到文藝戰線以後，詩人立即以強烈的革命責任感和火一般的戰鬥激情，為新中國剛剛開始的社會主義事業高唱頌歌和戰歌。他的第一首政治抒情詩就是獻給全國青年社會主義建設積極分子大會的《投入火熱的鬥爭》。這首詩以他過去的詩歌中所沒有的磅礴氣勢，唱出時代的強音：

公民們！

這就是

　　　我們偉大的祖國。

它的每一秒種

　　　都過得

　　　　　極不平靜，

它的土地上的

　　　每一塊沙石

　　　　　都在躍動，

> 它每時每刻
> 都在召喚你們
>   投入
>   火熱的鬥爭，
> 鬥爭
>   這就是
>   生命，
>   這就是
>   富有的
>   人生。

隨之，詩人的熾熱詩情便一發而不可收，於 1955、1956 年兩年期間，陸續寫下《向困難進軍》、《在社會主義高潮中》、《閃耀吧，青春的火光》等以《致青年公民》為總題的組詩，其詩作進入了爆發期。詩人在回憶這個時期的創作時這樣說過：「當我因為走上文藝崗位而重新寫作的時候……社會主義建設和社會主義革命的偉大號召已經響徹雲霄，我情不自禁地以一個宣傳鼓動員的姿態，寫下一行行政治性的句子，簡直就像抗日戰爭時期在鄉村的土牆書寫動員標語一樣……我願意讓這支筆蘸滿了戰鬥的熱情，幫助我們的讀者，首先是青年讀者生長革命的意志，勇敢地『投入火熱的鬥爭』。」〔註47〕詩人達到了目的。他的詩歌像戰鼓像號角催動人們前進，在青年讀者中產生了熱烈的反響。

然而，雖然郭小川在政治上是個不斷革命的戰士，在藝術上卻更是一個勇於探索勇於實踐的詩人。1957 至 1959 年間，他在自己的創作中努力克服議論多於描繪的缺點，並從題村的開拓上、思想內容的深化上以及藝術形式的創造上，進行了富有成效的探索。他這個階段的詩作，最引人注目的是 1957 年的三首敘事詩《白雪的讚歌》、《深深的山谷》、《一個和八個》和 1959 年的長篇敘事詩《將軍三部曲》、敘事詩《嚴厲的愛》以及抒情詩《望星空》。這些詩作表明詩人已經不滿足於用鼓動性的政治語言去激動讀者，而力圖發掘我們偉大人民和革命戰士的心靈美，從人民生活中去提煉那種「不同凡響的、光燦燦的晶體」，並通過巧妙而奇異的構思表現出來，使讀者讀了不止發生短暫的激動，而且能引起長久的深思。

〔註47〕郭小川：《郭小川全集》，桂林：廣西師範大學出版社，2000 年版，第 3 頁。

更爲難得的是，在那樣一個全民都在歌唱的年代，郭小川卻對詩藝進行了一系列有益的探索。他在 60、70 年代給詩作者、親友、詩歌愛好者等寫了大量私人信箋，共 37 封，討論詩歌的創作問題。上海文藝出版社 1983 年把這些談詩信箋收入他的《談詩》修訂本中，並列輯爲《談詩書簡》。

現摘錄幾則：

1.「不過，我們這一代對民族的東西瞭解太少，只有深入地掌握它，才能創造性地運用它，這方面，實在需要下極大的工夫。」書簡（一）

2.「我覺得，在文學這個領域裏，要能站得住腳，就是說，要贏得廣大的讀者，必須開闢一個新的天地，既是思想上的，也是藝術上的。根本的問題是走現實主義的路，從生活出發，從描寫人的心靈世界出發，走前人沒有走過的，又十分艱難的路。」書簡（三）

3.怎樣才能寫得更好些？或許最重要的是：多多觀察生活，多多思考生活，從生活中慢慢悟出一些新穎、深刻的哲理來，並給予它詩意的表現。新穎的東西，還需要深挖，切不可淺嘗即止。」書簡（五）

4.「詩這東西泌須是晶體，每一句都要寫到讀者的心上，使人們記憶，又要十分流暢，有如奔騰的小河。」書簡（七）

5.「詩，是首先訴諸感覺，同時上升爲理性的東西，不能使人感到隔」。書簡（十一）

三十七封書信，從 1961 年至 1976 年，時間跨越十五年之久。如果把這些文本放回到當時的政治現實語境中，我們就會完全被他的膽識和對詩歌至死不渝的探索所震撼和驚異。他在極爲有限的思想空間裏，廣泛而認眞地思考著詩歌的民族性、思想性、藝術性，詩與生活詩意的內在關聯，詩與廣大人民群眾（讀者）的接受關係，詩的音樂性等問題。「詩必須是美的」是他的詩歌理想。遍佈這些信件中的具體例證，更是郭小川對新詩美學的點滴而完美的追求，諸如「還有那些多少有點『流氣』的語言——最好不要入詩。」「有些詩句太淡，不美；」對當時就存在的詩人交叉感染的現象有了明確的認識：「我覺得，你現在的習作，受了那些不三不四的『詩人』的影響，還是多了一些。」這些對詩歌有見地的言論都說明在那個年代，郭小川的詩歌從思想到藝術都更成熟了。

　　1960 到 1962 年，我國的社會主義建設遭遇到嚴重的困難，人民在黨的領導下萬眾一心，面對著複雜的國際環境，爲建設祖國和保衛祖國，進行了艱苦卓絕的鬥爭，詩人努力反映了這個嚴峻而風發的時代，寫有《廈門風姿》、《鄉村大道》、《甘蔗林──青紗帳》和《秋歌》等充滿革命英雄主義和強烈戰鬥氣息的詩篇。1962 年 10 月，詩人調任《人民日報》特約記者，直到「文化大革命」開始。這三年多，他西出陽關，東泛大海，鑽森林，踏沙漠，足跡遍佈全國。詩人根據自己對戰鬥在各個不同崗位上的我國人民的火熱鬥爭生活的觀察體驗，以深切的感受，寫下了《林區三唱》、《西出陽關》、《崑崙行》和《春歌》等膾炙人口的詩篇。50 年代末，詩人對作家的獨特風格問題談了極其精湛的看法，他說，一個作家，「他的精神狀態一定是非常崇高，他永遠和生活聯繫在一起，而且用共產主義的銳利的目光去觀察和理解一切；然而，他卻有他自己的獨特見解。這樣作家的作品一定是服務於人民的，忠實於社會主義現實主義的原則的；然而他有的是自己的風格，自己的特色，即使他的作品不署名，你也可以大致猜中是他的。」〔註48〕

　　在十年動亂期間，郭小川經受了階級鬥爭的嚴峻考驗。林彪、「四人幫」對他進行了反反覆覆的圍攻、誣陷、迫害，但他始終不屈服，不苟安。在歌喉被緊緊扼住的時候，他還握著自己的筆，以剛直不阿的氣概表達了革命戰士不畏權勢、不畏強暴的信念與誓言：

　　　　是戰士，決不能放下武器，哪怕是一分鐘；

　　　　要革命，決不能止步不前，哪怕是面對刀叢。

　　　　　　　　　　　　　　　　　　　　　　──《秋歌》

郭小川不愧爲忠於無產階級革命事業的眞正的戰士。不幸的是，由於林彪、「四人幫」的長期摧殘，正當盛年的詩人在剛剛看到 1976 年 10 月的勝利就溘然長逝了。他的詩人兼戰士的高大形象和對詩藝的思考與探索，在我國當代文學史上放射著耀眼的光輝！

二、賀敬之：「開一代詩風」的歌者

　　賀敬之是 20 世紀中國文學史上一位著名的詩人。他在 50、60 年代創作的大量政治抒情詩一舉奠定了他在中國新詩史上令人矚目的位置，被譽爲「開一代詩風」的詩人。他的詩作，重視以社會生活重大問題爲題材，善於把握

<hr>

〔註48〕郭小川：《月下集·權當序言》人民文學出版社，1959 年出版。

和表現重大的主題；歌頌黨、歌頌新社會，歌頌人民的戰鬥精神是他詩作的主調；追求雄壯氣勢，貫注磅礡激情，極富時代色彩。在詩歌形式上，追求民族氣派和民族風格。詩人能夠以其敏銳的目光去抓住這一時代發生的最重大的歷史事件、最重要的生活內容，最與人民相關的題材，譜寫了《回延安》、《西去列車的窗口》、《三門峽歌》、《桂林山水歌》、《放聲歌唱》、《十年頌歌》、《雷鋒之歌》等一首首政治抒情詩。而正是這些政治抒情詩，後來的研究者認為在同時代的詩人中，賀敬之是最善於表現重大的政治題材和抒寫重大的政治主題的一位詩人。

1、歌頌與反對——賀敬之詩歌的兩個關鍵詞

賀敬之放聲歌唱的時代，是一個革命的政治激情高漲的時代。這一時期，賀敬之的政治抒情詩主要指向兩個方面：歌頌與反對，歌頌進步的、積極的革命陣營，反對、批判消極的、退步的發動陣營。由此也形成了他政治抒情詩的兩個對立的主題：歌頌與否定。在革命陣營中，詩人關注「沸騰起來」的「地中海」，關注阿拉伯兄弟的民族解放的鬥爭，關注抗擊帝國主義侵略的「親愛的越南兄弟」，並堅定地表明了自己對當時兩大陣營發展趨勢的認識：「光明——在擴大，陰影——在縮小。」「風向：東風壓倒西風！」「敵人必敗！我們必勝！」其中，詩人更關注的是自己的祖國，那從血與火的革命中新生的祖國。詩人用他那雙被新時代薰陶得發亮的眼睛，在祖國的土地上尋覓著詩句，在億萬勞動者中尋找著靈感，在共和國的基礎上獲取光明的象徵和力量的源泉。「——從雅魯藏布江邊的『林卡』，到蘿北草原的荒地」，「在祖國的！每寸土地上」，「在社會主義的！每條戰線上」。「看不完的！麥山稻海，望不盡的！鐵水鋼花……四時春風！吹萬里江河！冰消雪化，中秋明月！照進多少！幸福人家？！」在詩人的眼中，祖國的每一個地方都洋溢著詩的美麗。並且，祖國的一切都是那麼令人神往。「五月——麥浪。八月——海浪。桃花——南方。雪花——北方」。「看啊，在我們！九百六十萬平方公里的！土地上！啊，浪在湧，潮在漲；旗在飄啊，帆在揚！」詩人唱出了那個時代的心聲，勾畫出了那個時代我們民族蓬勃的精神。在放聲歌唱中，詩人最虔誠地歌頌的是偉大的中國共產黨。因為，在詩人看來，祖國有今天，人民有今天，都是黨領導的結果。

　　啊，我們共和國的！

　　　　每一個形象裏，

每時每刻！
　　都在顯現著——
　　　　黨的
　　　　　　歷史，
　　　　　　　　黨的
　　　　　　　　　　光榮，
　　都在活躍著——
　　　　黨的
　　　　　　思想，
　　　　　　　　黨的
　　　　　　　　　　力量。

這種概括和認識，是詩人樸素的思想與生命體驗的反映，是激情點燃的對祖國、對黨的歌頌。

在賀敬之的政治抒情詩中，也極力表現出對對立陣營的否定。

呵！讓帝國主義！
　　反動派！
　　　　痛心疾首吧！
讓他們！
　　頓足捶胸！
　　　　去咒罵……
他們
　　罵啊
因為他們
　　怕！
他們的時光！
　　不久了，
歷史的畫廊！
　　就要扯下——
他們那幅
　　破爛的
　　　　圖畫。

對值得歌頌的盡情歌頌，對需要批判的毫不留情，這正是一個戰士所具有的
情懷和個性。

2、政治之「虛」與形象之「實」的統一

很多人都寫政治抒情詩，但是有的人寫作的這類詩歌使人感覺只有空洞
的、乾巴巴的政治說教，而沒有詩的意味。而有的政治抒情詩詩人卻能很好
地把政治性與詩歌性很好地結合，賀敬之就是這樣一位詩人。賀敬之的政治
抒情詩所以有著巨大藝術感染力，是因為他能夠賦予抽象的政治性命題以具
體生動的形象，以政治的「虛」來貫串、帶動形象的「實」，又以形象的「實」
使政治的「虛」變成可觀可感的東西，從而造成了既動人心弦又給人美感的
詩的境界。例如，在《放聲歌唱》一詩中，當詩人寫到祖國從黑暗的過去到
光明的今天的巨大變化時，他說：

> 而你呵，
>
> 「命運」姑娘，
>
> 你對我們
>
> 曾是那樣的殘酷無情，
>
> 但是，今天
>
> 你突然
>
> 目光一轉，
>
> 就這樣熱烈地
>
> 愛上了我們，
>
> 而我們
>
> 也愛上了你！
>
> 而你呵，
>
> 「歷史」同志，
>
> 您曾是
>
> 滿身傷痕、
>
> 淚水、
>
> 血跡……
>
> 今天，我們使你
>
> 這樣地驕傲！
>
> 我們給你披上了

繡滿鮮花、

掛滿獎章的

新衣！

像這樣把政治思考化爲審美詩情之筆，在賀敬之的作品裏比比皆是，而且大
多貼切自然，意象飛動，情感強烈。

　　由於賀敬之的詩作常常從重大政治命題中去尋覓和表現詩情，因而其視
野寬廣，結構呈現出大開大闔、波瀾壯闊之勢。在宏大的視野和結構裏，詩
人駕起想像的翅膀，縱橫馳騁，上天入地，古今中外，山南海北，充分調動
時空的張力創造意境。詩人在《雷鋒之歌》中說：「面對整個世界，我在注視。
從過去，到未來，我在傾聽……」「我心靈的門窗向四方洞開……」「我胸中
的層樓呵有八面來風！……」應該說，賀敬之的長篇政治抒情詩都有這一特
點。正是這一特點使他以自己特有的藝術氣質在我國當代詩壇上成爲令人矚
目的「這一個」。

3、「我」的嵌入

　　考察中外比較經典的抒情詩，我們會發現，經典的抒情詩一般創造的就
是抒情主人公形象，賀敬之也不例外，他的抒情主人公在詩中往往以字面上
的「我」爲藝術符號。這也是他的抒情方式和藝術風格的獨特之處。以「我」
的身份和眼光來感受生活和抒寫激情，無疑更便於坦露自己的個性，因而爲
古今中外的詩人們所常用；然而賀敬之的「我」與郭小川的「我」一樣，是
個「大我」，或者準確一點說，是「小我」與「大我」的統一體。詩人在《放
聲歌唱》中這樣寫道：

　　呵，我

永遠屬於

「我們」：

這偉大的

革命集體！

這是黨

爲我們創造的

不朽的

生命，

是祖國大地的

　　　　　　無敵的

　　　　　　　　　　威力！

呵！

未來的世界，

　　　　就在

　　　　　　我的

　　　　　　　　手裏！

在

我——們——的

　　　　　　　手裏！

把「小我」溶入「大我」之中，是賀敬之抒情主人公的內在結構，也是詩人執著的藝術追求。他說：「詩裏不可能沒有『我』，浪漫主義不可能沒有『我』……問題在於，是個人主義的『我』，還是集體主義的『我』、社會主義的『我』、忘我的『我』？革命的浪漫主義就是考慮何者為我，我為何者的最好試題。『我』不能隱藏，不能吞吞吐吐、躲躲閃閃。」〔註49〕由於他筆下的「我」總是同時代同人民緊密地聯繫在一起，因而讀他的詩能夠感受到一個獨特的認識、獨特的心靈，同時在這種認識和心靈之中詩人具現了人民的高大形象和強烈的時代精神，產生群體感與自豪感。

三、郭小川、賀敬之詩歌的藝術缺位

　　郭小川、賀敬之是中國當代政治抒情詩寫作的主要代表。他們的詩作把當時的重大時事、政治事件納入廣闊的國際政治鬥爭的風雲中，從時代的高度去觀察和思考，並把歷史和現實結合起來，強調對革命傳統的發揚、革命精神的繼承，感情豪放、激昂，富有鼓動性和戰鬥性，即使寫具體的人和事，也與激蕩的時代風雲相呼應，藝術概括從具體走向抽象；即使是自然意象，即使是一沙一石，一草一木，也要努力挖掘出政治意義和革命性的情感內涵。但由於過分強烈的政治性介入，詩的功利目的過於明顯，他們的不少作品缺少讓讀者回味和咀嚼的藝術魅力，甚至產生了一些粗製濫造的作品。

　　「文章合為時而著，歌詩合為事而作。」唐朝著名詩人白居易在《與元

〔註49〕賀敬之：《漫談詩的革命浪漫主義》，《文藝報》1958 年第 9 期。

九書》中曾提出了這一現實主義文學主張，白居易的意思很明顯，就是作為
詩人，他一定要有敢於面對現實、諷諭時事的勇氣，而不能一味地粉飾太平、
高唱頌歌。而以賀敬之為代表的一批政治抒情詩人卻忽略當時的社會現實，
這不能不說是一種遺憾。

最為典型的代表性詩就是賀敬之的《桂林山水歌》：

> 雲中的神呵，霧中的仙，
> 神姿仙態桂林的山！
>
> 情一樣深呵，夢一樣美，
> 如情似夢灕江的水！
>
> 水幾重呵，山幾重？
> 水繞山環桂林城……
>
> 是山城呵，是水城？
> 都在青山綠水中……
>
> 呵！此山此水入胸懷，
> 此時此身何處來？
>
> ……黃河的浪濤塞外的風。
> 此來關山千萬重。
>
> 馬鞍上夢見沙盤上畫：
> 「桂林山水甲天下」……
>
> 呵！是夢境呵，是仙境？
> 此時身在獨秀峰！
>
> 心是醉呵，還是醒？
> 水迎山接入畫屏！
>
> 畫中畫──灕江照我身千影，
> 歌中歌──山山應我響回聲……
>
> 招手相問老人山，
> 雲罩江山幾萬年？

——伏波山下還珠洞，
室珠久等叩門聲……

雞籠山一唱屏風開，
綠水白帆紅旗來！

大地的愁容春雨洗，
請看穿山明鏡裏——

呵！桂林的山來灕江的水——
祖國的笑容這樣美！

桂林山水入襟，
此景此情戰士的心——

江山多嬌人多情，
使我白髮永不生！

對此江山人自豪，
使我青春永不老！

七星岩去赴神仙會，
招呼劉三姐呵打從天上回……

人間天上大路開，
要唱新歌隨我來！

三姐的山歌十萬八千籮，
戰士呵，指點江山唱祖國……

紅旗萬梭織錦繡，
海北天南一望收！

塞外的風沙呵黃河的浪，
春光萬里到故鄉。

紅旗下：少年英雄遍地生——
望不盡：千姿萬態「獨秀峰」！

——意滿懷呵，情滿胸，

恰似灕江春水濃！

呵！汗雨揮灑彩筆畫：

桂林山水——滿天下！……

——1959 年 7 月，舊稿

1961 年 8 月，整理

在我們傳統的學習和認知中，《桂林山水歌》獲得了很高的評價：它既是一首山水詩，又是一曲深情的祖國頌。僅僅從文本來看，這樣的判斷也許是有道理的。然而作為對當代生活、情感的抒寫，熟悉歷史的人也許會從歷史事實和藝術真實的層面上追問：當時祖國的山和水到底怎麼樣呢？作者是否在大唱讚歌的同時忽視了社會現實呢？

這首寫於 1959 年，1961 年又重新整理的詩歌，在高唱「桂林的山來灕江的水—— ／祖國的笑容這樣美！」的時候其實正逢新中國天災人禍，連續三年大饑荒。然而，以抒情詩擅長的賀敬之卻忽略祖國的現實，忽略人民的實際處境，有「如此的好興致」去寫山水不說，還寫了「祖國的笑容這樣美」，詩人的職責其實在那個年代缺位了。

郭小川也有類似的作品問世。

1955～1956 年是郭小川詩歌的爆發期，也是他的詩歌最具政治鼓動性的時期。那個時候的詩歌，幾乎成了政治的鼓動機與宣傳品。他以一個「宣傳鼓動員的身份」，寫下了一批以《致青年公民》為總題的詩歌。在《投入火熱的鬥爭》一詩中，他召喚青年公民投入「火熱的鬥爭」：

鬥爭

　這就是

　　　　生命，

　這就是

　　　最富有的

　　　　　人生。

在《向困難進軍》詩歌中，他又鼓動青年：

讓我們

　　以百倍的勇氣和毅力

　　　　　向困難進軍！

不僅用言詞

　　　　而且用行動

　　　　　　說明我們是真正的公民！

在我們的祖國中

　　　　困難減一分

　　　　　　幸福就要長幾寸。

困難的背後

　　　　偉大的社會主義世界

　　　　　　正向我們飛奔。

在寫下這些頌歌之後不久，郭小川就進行了反思，認為它們是「浮光掠影」，甚至「粗製濫造的產品」。為了做一個「自覺的詩人」，表達「作者的創見」，他認為這些詩「是以一個鼓動宣傳員的身份」寫下的「一行行政治性句子。」〔註50〕由此可以看出，詩人對於什麼是真正的詩其實是很清醒的。

　　1975 年，郭小川受到「四人幫」及其餘黨的殘酷迫害，被非法關押在天津市郊靜海縣團泊窪幹校隔離審查。但這一切並未動搖詩人久經戰鬥考驗的堅強意志。他以「是戰士，決不能放下武器，哪怕是一分鐘；要革命，決不能止步不前，哪怕面對刀叢」的無產階級英雄氣概，在毛澤東關於《創業》批示的鼓舞下，寫出了《團泊窪的秋天》、《秋歌》等投槍匕首式的詩篇。雖然這兩首詩是詩人在高壓下進行英勇鬥爭的真實記錄，是充滿革命戰士豪情與革命樂觀主義精神的響亮詩歌，但對於真正的詩歌來說，它的鼓動性依然消解了詩歌的藝術性。在《團泊窪的秋天》中，詩人寫道：

這裡的《共產黨宣言》，並沒有掩蓋在塵埃之下，

毛主席的偉大號召，在這裡照樣有最真摯的回答。

無產階級專政的理論，在戰士的心頭放射光華；

反對修正主義的浪潮，正驚退了賊頭賊腦的魚蝦。

解放軍兵營門口的跑道上，隨時都有馬蹄踏踏；

五·七幹校的校舍裏，熒光屏上不時出現《創業》和《海霞》。

在明朗的陽光下，隨時都有對修正主義的口誅筆伐；

在一排排紅房之間，常常聽見同志式溫存的夜話。

〔註50〕郭小川：《月下集·權當序言》，人民文學出版社 1959 年出版。

在這首詩中，「無產階級」、「專政」、「修正主義」等帶有鮮明階級特色、政治意味的詞彙不斷出現，在很大程度上影響了詩歌詩藝的表達和創造。

當然，處於當時那種複雜的社會、政治環境中，人的思想觀念不可能完全不受到社會思潮的影響，即使是智者也是如此，因此，當時的詩人常常在保持某些清醒的思想認識的同時，也保留著時代產生的思想陰翳：有理性的閃光，也有迷霧的遮蔽，有優美的歌吟，也有晦澀的囈語。這種時代思潮的擦痕，正是特殊社會環境中人的思想的真實展現。

第六節　食指詩歌的歷史解讀

食指，原名郭路生，食指是其「文革」結束後所用的筆名，意為別人背後的指點絕對損傷不了一個人格健全的詩人。他是「文革」時期卓有成就的代表詩人之一。他的一少部分詩作有迎合時代潮流的味道，但隨著詩人閱歷的豐富和身份的轉變，其詩藝和詩境都達到了一個新的高度。他是當時「知青」詩人中的佼佼者，也是供後來詩人仰慕的一座高峰。有人說他是中國當代新詩第一人，有人說他是中國朦朧體詩歌的創始人。由於當時嚴酷的社會現實，他的詩作不能公開發表，但卻被朋友和插隊知青以手抄本的形式秘密流傳，在知青群體中廣為傳誦，最後影響到全國。在「文革」之前的「十七年」詩歌寫作中，以政治話語入詩的寫作模式不僅使詩歌形式單一、格調趨同，而且個體話語淹沒在集體話語霸權的洪流中導致了詩歌精神的荒蕪。在「大我」狂舞的年代，「小我」已被擠到瀕臨絕望的邊緣。年輕的詩人食指則拿起自己的筆，以知識分子的良知書寫了個體真實的精神歷程。詩質的蛻變如星星之火，引領了詩歌界的一次秘密「起義」，給空白的「文革」文學塗染上一抹亮色。

一、釋放與救贖：自我形象的確立

食指創作的黃金期是 1968 年，代表作有《相信未來》、《海洋三部曲》、《這是四點零八分的北京》等。這一時期正值「文革」的瘋狂期，面對著政治的高壓和文學觀念的專制，詩人以其「直面人生」的詩作而觸動了他那一代的內心，如一把鑰匙打開了他們為之瘋狂、失望又迷惑不解的夢境。「所以有人說我的詩歌的版本是最多的，抄出各種各樣的來。當時人們覺得那個社會沉悶得不得了，但那時也還是有希望有歡樂，有憂愁有哀傷，有愛情，我把這

些東西寫出來了。我現在想想，是這些打動了年輕人的心。爲什麼大家那麼傳抄我的東西，是因爲那個時候社會上有些人朦朦朧朧有感覺，但不敢露出來。我把它寫出來了。」〔註51〕他把被摒棄或壓抑的希望、歡樂、憂愁、哀傷、愛情這些人本性所有的「七情六欲」又借助詩歌表達了出來，說出了那代人的心聲，也觸犯或違背了當時的觀念。因此也帶來了他以後人生的痛苦歷程，同樣這種特有的人生體驗又豐富了他的詩歌。「痛苦對於詩人是一種財富。而詩歌是釋放和治療。我內心的痛苦變爲詩了，我就特別的高興，特別的滿足。詩人有兩個特點，一個是敏感，別人沒有感覺到的地方，他敏感到了。一個景物，一件事物，在別人心裏沒有留下痕跡，在詩人那兒就有痕跡；第二點就是，痕跡積累多了，不把它表達出來，這個痕跡還積在我心裏，非得把它寫出來」〔註52〕「從紅衛兵的發起到沉落，這場青春的遊戲由激情與狂熱的心態而突然墜人了沮喪與無奈。繼而是一代青年的反抗與覺醒。如何把握自己的人生與命運，如何認識五六十年代的社會教育與『革命理想』，如何面對廣大知識青年上山下鄉這一規模宏大的放逐，成爲了一代青年最爲關注的心靈命題。」〔註53〕

　　與「十七年」詩歌的大我語境不同，食指在詩歌中確立了自我的抒情主體。縱觀他的詩歌作品，幾乎每首詩歌中都有一個抒情主體「我」，而不是「我們」。建國後的詩歌在相當長的一段時期裏，籠罩在「我們」這一集體抒情的話語氛圍中，對於「我們」這一主體的高揚致使詩歌失去了個性，詩歌與其它藝術作品一樣成爲頌揚「高、大、全」精神風貌的工具，而少了人性的關懷。食指詩歌的這種寫作策略的轉變顯然與當時的創作主流相違背的，但也正是這種違背，使脫離了軌道很遠的詩歌又開始回歸本體。從直接經驗出發，把錯位的人生體驗用鮮活的是個意象表達出來，所以他的詩歌中少有冷冰冰的政治術語，少有空洞無物的說教，而多了一分生活的鮮活和眞實。「平心而論，使我們感到如此蕩氣迴腸的，不是他詩歌的形式，而是他詩歌的內容。就內容而言，他主要表現的是青春、幻滅、抗爭和固執的希望。這正是當時知青們共同的思想感情。」〔註54〕

　　他的詩歌的意義在於釋放，也在於救贖。悲傷中有一股力量，淒涼中流

〔註51〕 揚子：《食指：將痛苦變成詩篇》，《南方周末》，2001年5月25日。
〔註52〕 揚子：《食指：將痛苦變成詩篇》，《南方周末》2001年5月25日。
〔註53〕 林苿：《食指論》，《詩探索》1998年第1期，第55頁。
〔註54〕 宋海泉：《白洋淀瑣憶》，《詩探索》，1994年第4期，第4頁。

露著幾分悲壯。當周圍的人都在隨波逐流的時候，該做出怎樣的自己的獨立判斷？以直擊人心的力量來表達他的矛盾和掙扎，質疑和反抗。「食指是一位悲劇性的理想主義者，統一又分裂的多重矛盾始終交融在其人生及詩歌創作中。理想主義時代賦予了他難以泯滅的與時代共鳴的印記，致使他執著於「紅色革命」信念，沉浸於群體意識，用革命話語樂觀、堅韌地理想世界。而天然的敏感、善良、傷感又使他親近於來自心靈深處的召喚，真實面對心靈，清醒地用個人話語抒寫青春的追求、困惑、痛苦、失落以及不悔，堅持個人性詩歌創作。兩者不可調和的矛盾，使他在實踐理想時，精神沉於痛苦終被撕裂而走入悲劇之中。」〔註55〕在肯定與嚮往中帶有理性和懷疑的成分。宋海泉在《白洋淀瑣憶》中這樣評價食指：「是他使詩歌開始了一個回歸：一個以階級性、黨性為主體的詩歌開始轉變為一個以個體為主體的詩歌，恢復了個體人的尊嚴，恢復了詩的尊嚴。」〔註56〕

　　1968年12月20日，詩人跟隨大批北京插隊知青坐上開往山西杏花村的列車，車窗外擁擠的送別人群和列車內混亂不堪的場面觸發了詩人的靈感，即興寫詩一首《這是四點零八分的北京》：

> 這是四點零八分的北京
> 一片手的海浪翻動
> 這是四點零八分的北京
> 一聲尖屬的汽笛長鳴。北京車站高大的建築
> 突然一陣劇烈地抖動
> 我吃驚地望著窗外
> 不知發生了什麼事情我的心驟然一陣疼痛，一定是
> 媽媽綴扣子的針線穿透了心胸
> 這時，我的心變成了一隻風箏
> 風箏的線繩就在媽媽的手中線繩繃得太緊了，就要扯斷了
> 我不得不把頭探出車廂的窗欞
> 直到這時，直到這個時候
> 我才明白發生了什麼事情……

〔註55〕周丹：《「變格」與「不變」：食指「文革」詩論》，《內蒙古農業大學學報（社會科學版）》，2007年第1期，第48頁。
〔註56〕宋海泉：《白洋淀瑣憶》，《詩探索》，1994年第4期。

北京的四點零八分也許和任何時段並沒有什麼區別，但是詩人卻以紀事的手法精確地交待了事件發生的時間和地點，可見這一個時間點對詩人來說是多麼意味深長和刻骨銘心。當時的北京，是政治話語的中心，也是知青們出發的地點，在這一時刻，詩人要離開自己生活多年的「北京」，離開故土，離開親人，奔赴到一個陌生的農村，去開始一段一個不可知的命運，自然會懵懵懂懂又感慨萬千。「一片手的海浪翻動」說明了離別人數目之多，感情之不捨，而火車汽笛的長鳴「能使北京車站高大的建築」「一陣劇烈地抖動」則在誇張中宣告了這一離別時刻的到來及詩人內心的痛苦體驗。詩人把內心的驟然疼痛歸結於「媽媽綴扣子的針線穿透了心胸」自然讓人聯想到「慈母手中線，游子身上衣，臨行密密縫，意恐遲遲歸」的母子離別的經典場面。在感傷的氛圍中，又讓詩意、詩歌的境界昇華到了一種唯美的狀態。詩歌結尾「因為這是我的北京／這是我的最後的北京」更能折射出作者對能否再次回到「北京」的懷疑，這種離別似乎不是奉命，更像一種流放或驅逐，內心的不安和哀怨躍然紙上。正如北島所說：「郭路生的出現所具有的正是這樣一種象徵意義，這就是：一種自由體新詩正在中國出現，它對1949年之後的文學構成一種挑戰，或者可以說，這種新詩就是中國的前現代主義詩歌，雖然留有過去時代的痕跡，但是這種詩歌在精神上卻是一反傳統的」〔註57〕

　　《相信未來》看其主調是樂觀向上的，但詩歌卻借助許多衰敗的意象，如「蜘蛛網」、「灰燼」、「凝霜的枯藤」、「淒涼的大地」來襯托時代的「冬季」。詩人把希望寄託於「未來」而不是「現在」，可見對「現在」是持有懷疑甚至否定態度的。因為「現在」布滿了歷史的風塵，生活在其中的人們有失望、痛苦和迷茫。詩人與其說是「相信未來人們的眼睛」，不如說堅信在歷史的輪迴中，這段歷史自有塵埃落定的那一刻，後來的人自會在冷靜中理智地反思這段歷史，給其一個客觀的評價。從這點來看，食指的思想是超前的。這是一曲在苦難中對生命意識無限的謳歌，也是隨波逐流的集體話語中孤獨者的呼喊。「相信未來、熱愛生命」，是一種堅忍，更是一種無聲的反抗。幾十年後，歷史證明了這首詩歌的真正價值。巧合的事，在時隔十年後的1978年創作的《熱愛生命》中，詩人對歷經挫敗、決不輕從、頑強地活到現在的「自我」進行了肯定和謳歌後，又以「相信未來、熱愛生命」作為結語，可見詩人對這種信念自始至終的堅持。詩歌中彌漫著對自我的體驗及尊重，具有感

〔註57〕趙振開：未完成的《今天》（手稿）。

人肺腑的藝術魅力。「他從社會狂潮中分離出來的個人情緒準確地概括出了一個時代的悲劇性質。這種以平民的視角去審視世事萬象的詩歌品質後來遺傳到了朦朧詩人身上，帶來了抒情主體和詩歌本體的雙重覺醒。」〔註58〕

創作於 1967 年的《命運》，詩人以存在主義的立場對命運這個神秘莫測的命題進行了知性的思考：人的命運就像名聲一樣，好的永遠「找不開」，壞的永遠「掙不脫」而詩人寧可「在單調的海洋上終生摸索漂泊」，他如此辛勞地堅持不懈，意欲何為？「人死了，精神永不沉默！」「他的詩的體制和藝術方法與五六十年代的當代抒情詩並無很大差別……但是，拒絕按照統一的意識形態指令寫作，而回到真實的情感和體驗，表達在腳下土地發生漂移時的困惑、驚恐、抗爭的情緒和心理，這在『文革』初始的詩歌寫作中，無疑具有強烈的叛逆性質。」〔註59〕

二、轉向

由知識分子到知青的身份轉變也許對一個在城市生活中長大的青年來說是比較困難的，但是當這種轉變成為了一種有意識的集體行動、或者說一種時尚之後，集體的狂歡往往會淹沒個人的不安與焦慮，身份轉變的歷程也就直接而迅速了。詩人食指來到山西杏花村插隊後，並沒有先前預料中的不安與恐慌，知青們熱火朝天的勞動氣氛及農村相對單調的生活抹掉了物質生活的不足，精神生活的相對寬鬆與自由讓詩人對這種生活有所新奇並有逐漸短暫的適應。在向貧下中農學習的革命熱情中，他開始著手於適應這一時期和地域的民歌創作。「他的詩歌一方面努力擺脫『文革』文學虛假浮誇的標語口號模式，使詩歌不再是政治的附庸，而力爭實現其獨立性；另一方面，他對於傳統的因襲又無法像後繼者那樣決絕地背叛和反抗。」〔註60〕正是這種對傳統的因襲再加上當時知青農村勞務生活的薰陶，作為一個獨立的個體，怎樣也難以徹底割斷與具體歷史語境的關係，因此，詩人也寫了一些適應當時潮流的應景之作。如帶有民歌性質的反應知青生活的作品：

〔註58〕 李志元：《從放聲歌唱到潛在寫作——簡論 20 世紀 50 年代初到 70 年代中期的詩歌創作》，《延安大學學報（社會科學版）》，2005 年第 4 期，第 99 頁。
〔註59〕 洪子誠：《中國當代文學史》，北京：北京大學出版社，2005 年版，第 213 頁。
〔註60〕 周丹：《「變格」與「不變」：食指「文革」詩論》，《內蒙古農業大學學報（社會科學版）》，2007 年第 1 期，第 49 頁。

男：桃花開罷李花開／妹妹精心細安排／哥哥心中春常在／妹妹可
　　肯來剪裁

女：一脈綠水一隻笛／糊塗牛郎糊塗曲／莫是老牛引錯路／錯把村
　　姑當織女

男：五個手指有短長／妹妹要比織女強／有心上前問一句／織女可
　　肯嫁牛郎

女：紅花綠葉穀穗揚／萬里錦繡作嫁妝／待到織出豐收景／妹妹才
　　肯嫁牛郎〔註61〕

這首詩明顯帶有民歌的性質，通過一對農村男女青年的對唱，表達他們在山清水秀的鄉村風光中產生的愛慕之情。表達愛情的詩歌在「文革」期間比較少見，所以本詩在此意義上還是有所突破的，但整篇詩歌的詩風並沒有脫離那個時代的具體風氣。

除此之外，他還在那個年代留下了《農村「十一」抒情》、《楊家川》、《我們這一代》、《南京長江大橋》、《給朋友》、《架設兵之歌》、《紅旗渠組歌》等這樣一些應時之作。在《我們這一代》（1970年）中詩人這樣寫道：「從農村，把我們鍛鍊成鋼鐵的勞動／到前線，使用我們這批鋼材的戰爭／啊，我們這一身響錚錚的鋼筋鐵骨／正是在這革命的熔爐中高溫煉成」，「毛澤東的旗幟／正在標誌著／共產主義道路／第三個里程刀啊，肩負沉重——我們都還年青／因為我們這一代／必將驕傲地看到——毛澤東的旗幟／高高飄揚在／共產主義大廈／更高的一層刀」，「讓我們在人民的手中／小一些／小一些／再小一些吧／用我們全身的筋骨和皮肉／鑄造一顆不生銹的螺絲釘／連結起通向勝利的鋼軌／讓時代的列車一路通行」。在詩中，與以往單純明朗的詩歌意象不同，「鋼筋鐵骨」、「毛澤東旗幟」、「共產主義大廈」、「螺絲釘」等一系列富有時代和政治色彩的意象噴湧而出，下放（或流放）到邊遠農村的知青似乎告別了以往的低迷與傷感並找到了生活的期盼和理想，全詩充滿著年輕人駐紮邊疆、勇於奉獻的革命浪漫主義和豪情壯志。「我們這一代」似乎沒有了紅衛兵時期的浮躁和喧囂，也沒有了《四點零八分的北京》時期的迷茫和無助，一代人的形象在政治色彩的包裝下堅定而樂觀。

在《勝利者的詩章》中，詩人描繪了祖國青年建設新中國的決心和凌雲壯志：「當我們高舉起緊握的右手／目光撕扯著夜空中烏黑的雲網／仰望著烏

〔註61〕食指：《食指的詩》，北京：人民文學出版社，2000年版，第32頁。

雲間閃輝閃爍的北斗／尋找著毛主席親手指點的向」,「在由勝利者書寫的歷史上／要留下我們那不朽光輝的詩章」並堅信「只要革命的火種永遠不熄／溫暖將時刻留在火熱的胸膛」。

這兩首詩與食指以前創作的詩歌相比,不僅意象群和詩歌基調發生了轉變,其抒情主體也發生了明顯的變化。詩歌中再不是前期作品中富有濃鬱私人化色彩的「小我」,取而代之的是與「文革」主流話語所認同並支持的顯性的「我們」。在與主權話語反抗和疏離了一段時間後,詩人自覺(或被迫)地逐漸向其靠攏,其中的原因是多重和複雜的,但大時代的氣候是生育斯長於斯的詩人所無法迴避也不能迴避的,「當時代的統一聲音與個人的低吟產生衝突,詩人將會面對兩種結局:要麼消失自己的聲音,在迷沌中彙入一種聲音的大潮,要麼保存自己的聲音,在同一種聲音的背景下唱出雖然微弱卻獨到的心靈之曲。很明顯,食指在這兩難的抉擇中既超越了時代但又受制於時代。」〔註62〕

在歌頌工人階級的《南京長江大橋》(1970年)中,詩人自豪地宣稱:「天上沒有玉皇／水底沒有龍王／我就是玉皇／我就是龍王／喝令三山五嶽開道／我來了」,「我用我的／閃光的鉚釘／更牢地加固／人們心中／無產階級／革命的陣營／我用我的／預應力梁／更高地築起／人們心中／反帝反修的／萬里長城。」抒情主體表面上看是「我」,但其實也是一個與「十七年」詩歌中類似的消隱「小我」的「大我」,意義層面上指向工人階級,誇張的比喻消解了天上的玉皇大帝與水中龍王的威力,否定了人們幾千年崇拜的「神」的尊嚴,是爲了肯定和神化人,尤其是工人階級的力量,人定勝天、眞理一定戰勝邪惡的思想洋溢其中。這種充滿大無畏的樂觀主義精神、激情四射的詩篇和食指前期的充滿憂鬱的詩歌基調很難看出有什麼關聯。當然,詩人創作的演變軌跡不是一成不變的,但細心的讀者都能或多或少地從其詩歌中看出前後轉變的內在軌跡,但詩人在這一時期的詩風轉變無疑具有徹底性和顛覆性。這內在的原因也許有詩人難以言說的苦衷,但從理性的角度分析,主流文化的強勢蔓延這一重要因素是不可避免的。「在社會功利推動下,主流文化理所當然地要拋棄甚至扼殺這種以抒寫個人情懷爲主的個人化寫作。雖然當時食指的詩擁有大量讀者,但它只能在民間以『潛在』的形式創作和流傳,

〔註62〕黃燈:《撕裂與統一──食指的精神世界》,《雲夢學刊》,2007年第2期,第105頁。

還受到權力機關的壓制。這種異類空間給詩人帶來極大的壓抑感和焦慮感。一方面，他渴望能自由地表達個性理想；另一方面角色意識所要求的『為政治服務』的現行準則已成為作家無法迴避的價值判斷，生存的自我保護本能也促使作家努力融入社會主潮，渴望被主流文化認可。」〔註63〕食指詩歌的轉向及變化也許能從這段話中找到些許答案。

時過境遷，我們站在自由的文化氛圍中回頭去評點那些在火熱年代中經過精神歷練的詩人和其詩作，也許有所欠妥或誤讀。但在詩歌日益邊緣化的今天，我們只有對其傾心關注才能傳承那些過往的精神財富。新時期的食指在與病魔抗爭的精神病院再次煥發出詩歌創造力，寫出了許多優秀的詩篇，從而展開了他詩歌創作的又一個轉向。在1993年5月份出版的《食指黑大春現代抒情詩合集》中，他拒絕了朋友們的好意，保留了自己第一次轉向的部分詩歌作品，在一次採訪中，記者讓他談談社會上對他的議論和看法，他說：「我把自己定位為瘋子。我戴著一頂瘋子的帽子，在思想上和精神上可以天馬行空獨往獨來，愛怎麼想怎麼想，因為我是瘋子。」〔註64〕熟悉他的人生經歷的人都不會忘記他的樂觀和坦誠，從而對其所取得詩歌的成就除了震撼，更多的是感動，因為他的詩歌裏充滿了他的記憶和生命。

〔註63〕 黎歡：《冰層下的潛流——詩人食指的文革文本解讀》，《韶關學院學報（社會科學版）》，2003年第11期，第71頁。
〔註64〕 揚子：《食指：將痛苦變成詩篇》，《南方周末》，2001年5月25日。

第三章　新時期詩壇的歸來詩人 [註1]

第一節　歸來詩人的界定

　　1980 年 5 月，艾青把他復出後收錄有新作的第一部詩集取名爲《歸來的歌》，卻不曾想到，他的取名成爲對一個特殊時代一群作家和詩人的命名。詩評家吳思敬認爲，「正是先有了艾青的詩集《歸來的歌》，後來才形成了文學史上對一群有特殊經歷與特殊成就的重要詩人和作家的稱謂：『歸來詩人』與『歸來作家』」。[註2] 詩評家王光明也說，「被當代詩歌批評界稱爲『歸來的詩群』，其命名可能緣於艾青 1980 年 5 月出版的詩集《歸來的歌》。」[註3] 新時期詩人們的「歸來」，是一個普遍現象，眾多的詩人直接寫有以「歸來」爲題的詩作[註4]。艾青等詩人的歸來，曾經引起過很多人的感動和振奮，——「我們找你找了二十年，我們等你等了二十年……」[註5]——一些年青人

[註1]　本章由李勝勇先生執筆。

[註2]　吳思敬：《歸來的艾青與新時期的詩歌倫理》，《廊坊師範學院學報（社會科學版）》，2010 年第 1 期。

[註3]　王光明：《「歸來」詩群與穆旦、昌耀等人的詩》，《南開學報（哲學社會科學版）》2007 年第 3 期。

[註4]　如洪子誠在《中國當代新詩史》中所言：「艾青把他復出後出版的收錄新作的第一部詩集命名爲《歸來的歌》，流沙河有詩《歸來》，梁南也寫了《歸來的時刻》。幾乎所有復出的詩人，都有『歸來』主題的歌唱。」洪子誠、劉登翰：《中國當代新詩史》，人民文學出版社，1993 年版，第 269 頁。

[註5]　艾青在《艾青詩選》「自序」中說：「上面引的都是讀者來信中的話，這樣的話幾乎每封信裏都有。這是今年四月底，我發表了第一首詩之後，讀者對我的關切。」艾青：《在汽笛的長鳴聲中——〈艾青詩選〉自序》，《艾青全集》第三卷，花山文藝出版社，1991 年版，第 387 頁。

紛紛給他寫信，表達對他歸來的欣喜與渴盼之情。《歸來的歌》也得到眾多的
評論，呂進、季紅眞、駱寒超、張永健等分別在第一時間撰寫了評論，呂進
更是以《令人欣喜的歸來》、季紅眞以《歸來：失去的與得到的》爲題作了評
論〔註6〕，應該說，這些評論在「歸來」二字的深入人心上，都作出過或多或
少的貢獻。這些從寒流中走來的歸來詩人，在新的歷史條件下，帶著苦難的
濃重的陰影，重新拾起擱置多年的筆。他們紛紛把筆觸重新投向現實，或者
過去的歲月，他們在政治形勢的帶動下，控訴極左政治給國家和個人帶來的
災難，批判「四人幫」的罪惡；他們從個人的悲慘遭遇出發，反思歷史；他
們重新以熱情的歌聲，眞誠地爲祖國重獲新生的興興向榮而讚美……一時之
間，他們的書寫，帶著剛剛走出黑暗歷史的濃重的悲欣交集之情。「歸來意
緒」，成爲這一段時間裏的「典型心態和詩情核心。」〔註7〕

　　在通常的文學史的敘述中，歸來詩人是指一批「文革」結束後重獲寫作
權利重新登上詩壇的詩人，他們在上世紀五六十年代的政治運動中蒙塵罹
難，直到二十多年之後才重新出現；這是一個有著「不同背景、不同創作心
態以及不同審美情趣」〔註8〕的群體，在相同的歷史背景下經歷了相似的「被
逐」的人生命運。歸來後，他們重新拿起詩筆，追趕失去了的時間，老當益
壯，成爲詩壇上一股重要的創作力量甚至是主導力量。詩壇因他們的到來而
重新恢復活力，新詩的傳統因他們重新拾回自我的書寫和自我超越的精進努
力而重新得到接續；他們中的優秀者，與同時代幾乎一起登場的朦朧詩人，
織就了新時期詩壇的璀璨錦繡。

　　歸來詩人是對一個詩人群體的概括，它描述了當代中國文學的一個獨特
而重要的現象。洪子誠在其出版於 1993 年的《中國當代新詩史》一書中把範
圍限定爲「由於政治及其相關的原因，從五十年代以來就被迫完全中止創作

〔註6〕　呂進：《令人欣喜的歸來——讀〈歸來的歌〉》，《呂進文存》第一卷，西南師
　　　　範大學出版社，2009 年版，第 425、428 頁。季紅眞：《歸來：失去的與得到
　　　　的》，《詩探索》1982 年第 4 期；駱寒超：《評艾青〈歸來的歌〉》，《詩刊》1983
　　　　年第 4 期；張永健：《詩情‧畫意‧哲理——論艾青的詩集〈歸來的歌〉》，《華
　　　　中師院學報（哲學社會科學版）》，1983 年第 3 期。呂進的文章寫於 1980 年
　　　　10 月。

〔註7〕　洪子誠、劉登翰：《中國當代新詩史》，人民文學出版社，1993 年版，第 269
　　　　頁。

〔註8〕　董健、丁帆、王彬彬：《中國當代文學史新稿》，人民文學出版社，2005 年版，
　　　　第 393 頁。

或根本不能公開發表作品的詩人」，而不包括「五、六十年代還一直活躍在詩壇，到『文革』期間才被迫輟筆的詩人」。據此，他把人員限定爲下面三種：一、1957 年反「右派」鬥爭中被錯誤地定爲「右派分子」而逐出詩壇的詩人。其中有在三、四十年代成名的艾青、公木、穆旦、呂劍、唐湜、蘇金傘，也有在五十年代初嶄露頭角的年輕詩人，如公劉、白樺、邵燕祥、高平、流沙河、周良沛、孫靜軒、胡昭、梁南、昌耀、林希等。二、在 1955 年所謂「胡風反革命集團」案件中罹難或受到牽連的詩人綠原、牛漢、曾卓、冀汸、彭燕郊、魯藜、羅洛等。三、因爲與政治有關的褊狹的藝術觀念和藝術氛圍，在五、六十年代從詩壇上消失的詩人辛笛、陳敬容、鄭敏、杜運燮、穆旦等。〔註9〕在 2005 年的《中國當代新詩史》修訂版中，洪子誠進一步明確了「歸來」詩人的身份認定：

> 對「復出」（或「歸來」）詩人的身份存在不同的認定。廣義的理解是，指當代不同時期（包括「文革」期間）寫作、發表權利受到限制／剝奪的詩人。不過，詩界在使用「復出」這一概念時，大多認可下面的這種説法：指在「文革」發生以前（特別是 50 年代）就受到各種打擊而停止寫作和發表作品的那一部分；這也是本書所使用的「復出」概念的含義。〔註10〕

洪子誠在他的《中國當代文學史》中，採用了「歸來者」名稱，所指範圍與他如上的狹義的認定相同。不同點是詩人的名單有調整（增加了蔡其矯），並「指出」了歸來詩人的命名來源：

> 1980 年，艾青把他恢復創作之後的第一本詩集名爲《歸來的歌》，與此同時，流沙河、梁南也寫了題爲《歸來》、《歸來的時刻》的作品。這個期間，「歸來」是一種詩人現象，也是一個有眾多詩人涉及的詩歌主題。被稱爲「歸來」（或「復出」）的詩人，主要有：50 年代的「右派」詩人（艾青、公木、呂劍、唐祈、唐湜、蘇金傘、公劉、白樺、邵燕祥、流沙河、昌耀、周良沛、孫靜軒、高平、胡昭、梁南、林希等），1955 年「胡風集團」事件中罹難者（牛漢、綠原、曾卓、冀汸、魯藜、彭燕郊、羅洛、胡徵等），因與政治有關

〔註9〕 洪子誠、劉登翰：《中國當代新詩史》，人民文學出版社，1993 年版，第 267～268 頁。

〔註10〕 洪子誠、劉登翰：《中國當代新詩史（修訂版）》，北京大學出版社，2005 年版，第 129 頁。

的藝術觀念，在五六十年代陸續從詩界「消失」的詩人（辛笛、陳敬容、鄭敏、杜運燮、蔡其矯）。〔註11〕

洪子誠對「歸來」詩人的限定為廣大學者所採用。只不過根據文學史研究的進一步發展在歸納與命名上更進一步細化，或者從另一個角度排列這些詩人，並有所取捨，如程光煒的《中國當代詩歌史》：

先後從 10 年浩劫的廢墟上「歸來」的，是新詩史上的兩代詩人。一代是以艾青為代表，包括「七月派」的魯藜、冀汸、彭燕郊、羅洛、綠原、牛漢、曾卓、胡徵，「九葉」的辛笛、杜運燮、陳敬容、鄭敏、唐祈、唐湜、袁可嘉、穆旦以及呂劍、蘇金傘、青勃等詩人。他們成名於三四十年代，50 年代因所謂「胡風反革命集團」或其它案件牽累而蒙難。有的被錯劃成右派，有的雖未被羅織罪名，實際被打入了「冷宮」，失去了寫作權利和人的尊嚴。另一代是 50 年代走上詩壇的詩人，他們是公劉、流沙河、邵燕祥、白樺、孫靜軒、高平、周良沛、胡昭、梁南、林希、王遼生等。這批詩人曾經與共和國一同成長，謳歌過解放初期的建設生活，因堅持獨立見解在「反右」鬥爭中被砍斷了藝術的翅膀。

程光煒在劃分時把穆旦從中「剔除」出來，他認為穆旦 1977 年 2 月去世，故難說是「復出」詩壇。〔註12〕相比於洪子誠與程光煒，王光明的界定則顯得「粗疏」，不夠嚴謹。他在《現代漢詩的百年演變》中說：

對於「歸來詩人」這個概念所指稱的對象，無法以某種風格流派簡單地進行整合。它包括「七月詩派」詩人群（如艾青、牛漢、彭燕郊、曾卓、綠原、魯藜等）、「九葉」詩人群（穆旦、辛笛、鄭敏、杜運燮、唐湜、陳敬容、唐祈等），以及 50 年代初嶄露頭角的詩人（如公劉、邵燕祥、白樺、流沙河、趙愷、林希、梁南等）。他們先後在 1957 年「反右」鬥爭和後來的「文化大革命」等各次政治運動中「消失」（被剝奪創作和發表作品的權利，甚至生存的權利）。

〔註13〕

〔註11〕 洪子誠：《中國當代文學史（修訂版）》，1999 年版（2009 年 4 月第 8 次印刷），第 219 頁。

〔註12〕 程光煒：《中國當代詩歌史》，中國人民大學出版社，2003 年版，第 210～211 頁。

〔註13〕 王光明：《現代漢詩的百年演變》，河北人民出版社，2003 年版，第 563 頁。

也許是不小心，王光明在表述中出現一個失誤：「七月」詩人群因受胡風案件的牽連，罹難時間在 1957 年的「反右」擴大化之前的 1955 年。王對歸來詩人的界定採取的是前述洪子誠的「廣義的理解」，即「指當代不同時期（包括『文革』期間）寫作、發表權利受到限制／剝奪的詩人」，但從他列出的詩人名單來看，又只是洪子誠「狹義」定義中的詩人，而並沒有「文革」中罹難的一大批詩人，他還需添列出更長的詩人名單。

以上學者們的界說爲本文研究對象的界定確立了參考依據和出發點。本文研究的歸來詩人，依據洪子誠對歸來詩人狹義範圍的界定，即「『文革』發生以前（特別是 50 年代）就受到各種打擊而停止寫作和發表作品的那一部分」詩人，同時又參考程光煒的界定確立研究對象。爲了敘述的方便，筆者採用文學史上通用的名稱，把蘇金傘、呂劍、公劉、流沙河、邵燕祥、白樺、孫靜軒、高平、周良沛、胡昭、王遼生、趙愷、林希、梁南等統稱爲右派詩人，以與七月詩人（艾青、牛漢、彭燕郊、曾卓、綠原、魯藜等）和九葉詩人（鄭敏、杜運燮、陳敬容、唐祈、唐湜、辛笛等）相對應。顯而易見，群體構成的多元性，注定了他們寫作的多元面貌，然而由於他們經歷了相同的政治文化背景和幾乎相同的人生命運，這又使得他們的寫作在「歸來」時段在主題、文化心理、思維向度上呈現出強烈的趨同性。隨著「文革」的結束，五十年代至七十年代的歷史環境中被凍結壓抑的文化能量逐步解禁，彙成多種文化思潮交融碰撞的局面，展現出一派生機勃勃的氣象，塑造了新時期特別的文學形象。歸來詩人以他們飽經滄桑的有方向有價值的寫作，參與了這一時段文學形象的建構，他們自身也因參與了這種建構而發出光彩。

需要指出的是，歸來詩人這一概念，有人也拿來指上世紀 80 年代末 90年代初，因市場經濟的興起和政治震動所帶來的衝擊，一批詩人紛紛放棄或停止詩歌寫作而轉行和「下海」，如有人說的，「到了 1990 年前後，一些曾經參加過現代詩運動的青年詩人忽然暗啞：他們或下海，或去國，很快停止『戾叫』，藏入了暗裏窠巢。到了新世紀，他們中的孑遺者，也重新拿起了詩筆。他們亦被稱爲歸來者。」〔註 14〕這一在新世紀返回詩歌現場的詩人，囊括了朦朧詩、第三代、中間代以及 80 年代校園詩人等，如洪燭、沙克、邱華棟、小海、李少君、周瑟瑟、潘洗塵、馬蕭蕭、唐朝暉、周占林、湯松波、姜紅

〔註 14〕 胡亮：《被拋棄的自由──讀沈奇〈天生麗質〉》，《星星（下半月）》2012 年第 7 期。

偉、江雪、雷默、雪豐谷等等〔註15〕。但在通常的文學史敘述中，這一「歸來」現象往往嵌入更大範圍的歷史敘述，或一筆帶過，或乾脆略而不論。這一批詩人無論從影響還是規模，都無法與新時期的歸來詩人相比。

歸來詩人與其它詩人群相比較，一個特殊的情況即是：他們因政治而受難，同時又因政治而出現。他們與共和國的歷史一同成長，命運與共和國的歷史一樣經歷了大起大落。他們深受政治的傷害，特別是極左政治的傷害。這種極左政治影響了中國文學的繁榮發展，直接把歸來詩人的寫作和人生命運逼入絕境，如蘇金傘所言，「這種『左』的東西，一九五七年以前也已存在，棍子已經有人在那裡掄起來。這種棍子我都親身經受過，並沒有把我打傷，而『反右』和『文化大革命』，倒是真正把我送到絕境了。」〔註16〕新時期國家秩序恢復正軌，他們始才能重新發表作品。由於他們的人生經歷與歷史同步，因而個人的命運轉機也就是歸來詩人群體的命運轉機，「要不是粉碎了『四人幫』，黨召開了十一屆三中全會，撥亂反正，平反冤假錯案，落實了政策，我這一生也就徹底完結了，還發表什麼作品！三中全會不僅挽救了中國的命運，也挽救了我和跟我具有同樣命運的人。」〔註17〕——蘇金傘的被挽救也是所有歸來詩人的被挽救。正因為與政治的關係如此緊密，歸來詩人的寫作也最多地體現了與政治的聯繫。20 世紀是一個革命的世紀，政治革命的目標是把烏托邦的藍圖在人間實現，這種烏托邦激情必然體現於中國詩人的寫作中，它必然深刻地影響中國詩人的寫作，也塑造了他們的寫作，使他們的寫作中充滿了過量的激情，但是也深刻傷害了中國詩人的寫作。考察 20 世紀政治與詩歌的複雜糾葛，歸來詩人是一個繞不過去的案例。

第二節　歸來詩人的受難

由上面我們知道，歸來詩人是受難的一群。事實確實如此，談論歸來詩人，避不開他們遭受的苦難。對歸來詩人來說，受難在他們的人生中佔有巨大的比重，占去了他們生命中近四分之一個世紀的長度，如果從受難的人數之眾和經歷時間之長來看，歸來詩人在歷史上可能都是前無古人的。事實上，

〔註15〕 愚木：《詩歌歸來者現象探微》，《南京理工大學學報（社會科學版）》2012 年第 1 期。
〔註16〕 蘇金傘：《蘇金傘詩選·序》，《蘇金傘詩選》，人民文學出版社，1983 年版。
〔註17〕 蘇金傘：《蘇金傘詩選·序》，《蘇金傘詩選》，人民文學出版社，1983 年版。

受難生涯已是歸來詩人寫作的出發點和資源背景，當我們說歸來詩人筆下的意象凝聚著他們幾十年被放逐的命運與血淚時，我們已經點出了受難生涯對他們產生的影響以及塑造。因此，討論歸來詩人，他們的受難是一個繞不過去的堅實「存在」。需要說明的是，由於這一受難現象並非歸來詩人所獨有，而是中國廣大知識分子在那一特殊歷史時期的普遍遭遇，因此，在論述過程中的舉例就不僅限于歸來詩人，而隨需要偶而會蕩開一下，涉及其它知識分子。但願這不至於被當成跑題。

對詩人的迫害由來已久，猶如柏拉圖要把詩人趕出理想國是一個很古老的話題一樣。在柏拉圖看來，詩歌有三重罪：它不真實，是一種欺騙，因為它是對模仿的模仿，與真實隔了兩層；詩歌不敬神，它把神寫得像人，有大大小小的欲望，有種種邪念；詩歌可以煽動起難以駕馭的情感，使一個男人像女人一樣哭哭啼啼，迎合了人類心靈中最低賤（按照柏拉圖的說法）的部分：善感、愁緒、憤怒。而這正是需要理性去克服的所在。柏拉圖說：

> 像畫家一樣，詩人的創作是真實性很低的：因為像畫家一樣，他的創作是和心靈的低賤部分打交道的。因此我們完全有理由拒絕讓詩人進入治理良好的城邦。因為他的作用在於激勵、培育和加強心靈的低賤部分毀壞理性部分，就像在一個城邦裏把政治權力交給壞人，讓他們去危害好人一樣。〔註18〕

柏拉圖害怕詩歌的審美功能，他認為人類應當讓欲念，包括愛情和憤怒這些情感乾枯而死時詩歌卻給它們澆水施肥。柏拉圖只認為誦神詩和讚美名人的頌歌可以在理想國裏存在，因為頌歌蘊含了建造烏托邦所需要的意識形態功能，是意識形態的稱手工具，其餘詩歌對於世道人心不但沒有益處，反而有大害。而抒情詩中充滿了「激勵」我們身上的「低賤部分」的情感，史詩中又多有關於各種欲好的神的描寫，損害了神應該具有的「高大全」形象，因此這兩類詩要逐出理想國。它們無益於建設理想王國和人通往真理之路的修煉，也會影響到建設烏托邦的統一的步伐。

柏拉圖對詩歌的指控成為西方文學理論的起點，如馬克‧愛德蒙森在其著作《文學對抗哲學——從柏拉圖到德里達》中所指出的那樣，「它是最偉大的哲學家以堅信的語氣表達出來的，正是他，像弗洛伊德發明心理分析學一

〔註18〕 〔古希臘〕柏拉圖：《理想國》，郭斌和、張竹明譯，商務印書館，1986 年版（2012 年 3 月第 13 次印刷），第 404 頁。

樣，發明了哲學。他說詩歌是一種有害的消遣，最好全盤否定，逐出國門。自此以後，有效的文學批評都試圖捍衛詩歌，以抵擋柏拉圖這番暴雨般的凌辱。」〔註19〕

朱光潛認為柏拉圖的錯誤在於把詩和藝術完全看成了「模仿」，完全沒有顧到藝術家的創造，忘記畫家和詩人所模仿的並不是事物的本來面目，而是他們自己眼中所見到和心中所覺到的事物。柏拉圖的藝術觀是一個「極端的寫實主義」，而極端的寫實主義是反藝術的。而且，他沒有把文藝和道德的界限分清，硬拉道德的標準來判斷文藝的標準。柏拉圖的極端的理性主義也與心理學的證據大相衝突。情感是與生俱來的，本身不是一種壞東西。情感本來需要發洩，忌諱鬱積，文藝的功用也就在給情感一個自由發洩的機會。「這個道理亞理斯多德就看得很清楚，所以他下悲劇定義時，特別著重它發散哀憐恐懼等情緒的功用。藝術的影響實在有益於心理健康。」〔註20〕

毫無疑問，柏拉圖的理想國是很多人不願進入的。別爾嘉耶夫指出，「所有重大的歷史建構，人們在社會建設方面的所有意圖都遭到了最大的失敗。雅典的民主失敗了，亞歷山大大帝的世界帝國失敗了，羅馬帝國失敗了，基督教神權社會失敗了，宗教改革失敗了，法國大革命失敗了，共產主義失敗了。……這一切意味著，任何創造熱情和創造意圖的結果不能真正地體現在這個客體的現象世界裏」〔註21〕。在柏拉圖的理想國，由於烏托邦的狂熱與極端的理性主義不僅掃除了詩歌的存在，而且禁止人類軟弱情感的存在，那麼，它必然導致瘋狂的專制與暴力，那裡面的生活也必然無趣而且恐怖。著名歷史學家楊奎松說：「20世紀的研究者，從R.H.格羅斯曼到卡爾‧波普爾，很多人都意識到柏拉圖那個由『哲學家——王』統治的『理想國』的設想，按照今人的標準來看，不僅極端專制主義，而且既不『公正』也不『正義』。」〔註22〕

〔註19〕〔美〕馬克‧愛德蒙森：《文學對抗哲學——從柏拉圖到德里達》，王柏華譯，中央編譯出版社，2000年版，第7頁。

〔註20〕朱光潛：《柏拉圖的詩人罪狀》，《我與文學及其它》，廣西師範大學出版社，2004年版，第59～60頁。

〔註21〕〔俄〕別爾嘉耶夫：《末世論形而上學：創造與客體化》，張百春譯，中國城市出版社，2003年版，第196～197頁。

〔註22〕楊奎松：《忍不住的「關懷」：1949年前後的書生與政治（增訂版）》，廣西師範大學出版社，2013年版（2014年8月重印），第395頁。

　　柏拉圖對詩歌的堅定指控彷彿一個不祥的預兆，如有人所說的，「這是第一次紛爭，也是一個不祥的開端，因為它在歷史中一再地重現。那些攻擊詩歌的人，總是與柏拉圖共享相同的論據。詩與教育的緊張從未因亞里士多德、錫德尼和雪萊的『為詩辯護』而終止，相反，它在現代性的世界圖景中再一次突顯出來。」〔註23〕馬克‧愛德蒙森也指出，「文學批評在西方誕生之時就希望文學消失。柏拉圖對荷馬的最大不滿就是荷馬的存在。」〔註24〕

　　在現代性的世界圖景中，人們身受各種有形無形的奴役，而審美感性的不可缺少，正在於對這些奴役的解放和打開上面。當人們面對一首詩，或是一幅藝術作品，它可以把人從被奴役的狀態中「解救」出來，作家在創作時也可以體驗到這種被徹底解放和打開的快感，身心都處於和諧而美好的自由狀態。正因為如此，創作被作家、詩人所珍視，被當作與生命同等重要的事；也正是在那一刻，藝術教人認識到自我的個性的存在，審美感性打開了束縛在人身上的層層枷鎖。正是在這個意義上，布羅茨基在諾貝爾獎受獎演說中強調，「如果藝術能教授些什麼（首先是教給藝術家），那便是人之存在的個性。」而歷史上的統治者總是不喜歡個性，他們喜歡人民整齊劃一，沒有個性的人民是對革命、對統治有利的。布羅茨基認為，「藝術作品，尤其是文學作品，其中包括一首詩，是單獨地面向一個人的，與他發生直接的、沒有中間人的聯繫。正由於此，那些公共利益的捍衛者、大眾的統治者、歷史需要的代言人們大都不太喜歡一般的藝術，尤其是文學，其中包括詩歌。因為，在藝術走過的地方，在詩被閱讀過的地方，他們便會在所期待的贊同與一致之處發現冷漠和異議，會在果敢行動之處發現怠慢和厭惡。」〔註25〕布羅茨基在此強調的是藝術具有的冒犯作用。真正的寫作，它的裏面一定含有真理性的內容，而那些真理性的內容往往對統治者的謊言構成挑戰，這是他們所不高興的理由。專制和強權無法統治人的感性，那麼，它就以取消詩人的存在來取消詩歌，取消詩歌的審美感性對政治強權所構成的挑戰。一旦詩人被取消發言的權利，則世界只剩下政治所需要的口號和標語，即便有詩歌，那也是「假、大、空」的組合，其存在的目的和功能直接服務於政治強權。

〔註23〕　一行：《論詩教》，北京師範大學出版社，2010年版，第62頁。
〔註24〕　〔美〕馬克‧愛德蒙森：《文學對抗哲學——從柏拉圖到德里達》，王柏華譯，中央編譯出版社，2000年版，第1頁。
〔註25〕　〔美〕布羅茨基：《諾貝爾獎受獎演說》，《文明的孩子》，劉文飛譯，中央編譯出版社，2007年版，第30頁。

　　詩人在創作時往往處於一種極端自由的狀態，不願接受任何枷鎖的桎梏，如愛默生所言，「詩人是言者，是命名者，他代表美。他是一位君王，身居中心。世界並沒有被刻意粉飾，而是從一開始就是美的；上帝也沒有刻意製造美麗的事物，而美本身就是宇宙的創造者。因此詩人不是什麼仰人鼻息的傀儡君主，而是一位獨立自主、名副其實的皇帝。」〔註 26〕正是在這個意義上，有人說詩人是天生的民主派。這也是詩人喜歡民主政治的原因，因為民主政治能夠保證他們有創作的自由，不會對他們的創作橫加干涉。

　　20 世紀是一個革命的世紀，革命理想主義及其烏托邦激情、激進主義思潮在這個世紀風起雲湧，呈裹挾一切之勢，一代又一代的中國作家以他們巨大的誠摯和高漲的熱情為革命及其建設做出了巨大貢獻，但也付出了慘痛的代價。在革命理想主義要求下，「文學僅僅是革命機器之中的齒輪和螺絲釘」〔註 27〕成為最具權威性的表述。文學最重要的任務是完全服務於意識形態，服務於革命的目的，成為革命的文藝：「座談會的目的：研究文藝工作和一般革命工作的關係，求得革命文藝的正確發展，求得革命文藝對其它革命工作的更好的協助，藉以打倒我們民族的敵人，完成民族解放的任務。」文藝的功能就在於『『團結人民、教育人民、打擊敵人、消滅敵人』』。〔註 28〕毋庸置疑，當整個中國陷入血戰，文學服務於挽救這一歷史悲劇的戰鬥者與生產者的農民，它的正確性無可懷疑。但是，在戰爭結束以後，我們依然把以前特定時代、特定地域的文學指導方針當成了永恒的和普遍的文藝範式。「這一範式對所有文藝形態都予以『削足適履』式的改造。改造作家和作家自我改造形成的自我否定和對已有一切文藝形態的懷疑，使所有的巨匠與大師都失去了智慧。」〔註 29〕在激進思潮的推動下，不僅自絕於與世界文學的聯繫，而且斬斷了五四文學的光輝傳統，在極端的時期，文學被直接取消。文學的落難從另一方面說明了對它的作用的高估，如謝冕所說，我們總是高估文學的作用，「利用小說反黨」堪稱我們荒誕的發明，「小說儘管不乏其精神感化的

〔註26〕〔美〕愛默生：《愛默生隨筆全集》，蒲隆譯，國際文化出版公司，2006 年版，第 186 頁。

〔註27〕毛澤東：《在延安文藝座談會上的講話》，《毛澤東選集》第三卷，人民出版社，1991 年版，第 866 頁。

〔註28〕毛澤東：《在延安文藝座談會上的講話》，《毛澤東選集》第三卷，人民出版社，1991 年版，第 847～848 頁。

〔註29〕謝冕：《論二十世紀中國文學》，中國人民大學出版社，2009 年版，第 82 頁。

力量，但也不足以搖撼國家的基石。超限度地誇大文學的實用價值是荒唐的；而無限膨脹地危言警告文藝對社會的破壞性，在許多場合更成了對文藝實行虐待的藉口。它成了無數悲劇的策源地。」〔註30〕

　　歸來詩人經歷了建國以來的歷次重大政治運動，經受了長達二十多年以及更長時間的煉獄生涯，他們的苦難是史無前例的。簡略而言，他們經受的痛苦有被監禁的痛苦、被戴帽的痛苦、被流放、刑罰的痛苦，曠日持久的痛苦使他們在歸來後都是一身的外傷內傷。

　　先說監禁的痛苦。

　　一位學者在一篇文章中說：「就個人獨自所能承受傷害程度而言，我覺得，無論是緊隨其後的『反右』，還是十年後的『文革』浩劫，都似乎無法與一九五五年的『胡風冤案』相匹儔」。〔註31〕這話也說得過去，因為無論從受難時間之長還是罪名定性之重，以及遭難的突然性上，相比於其它歸來詩人，七月詩人的遭遇可謂最為酷烈；他們也是最先罹難、受牢獄之災的一群。當然，這只是相對而言。各個苦難有其不同的呈現面目，因此傷害的酷烈程度不一樣。也許相比於監禁，「文革」中的批鬥更其酷烈。這一點綠原也承認，他在一篇談到路翎的文章中說，「從1955年起，路翎告別了文藝界。十年以後，他帶著精神分裂症回到了人間。接著十年動亂，他有幸『二進宮』，躲脫了高牆外面更近乎非刑的批鬥。」〔註32〕高牆內的監禁之苦也許在一定程度上強過於蕭乾的連上廁所也總勘察在哪裏上弔牢靠的處境之悲。綠原曾這樣說到自己的監禁之苦：「從1955年5月17日到1962年6月5日，我一共被隔離了七年之久，其中五年多是單身監禁。這七年來，每年365天，每天24小時，每小時60分，每分60秒，我一直扮演著希臘神話裏兩個著名的角色：在接受審訊期間，總希望自己的交待早日通過，卻像科林斯國王西緒弗斯一樣，被懲罰在地獄裏推巨石上山，推上去又滾下來，再推上去又再滾下來，一推再推，永遠推不上去；在等待處理期間，總希望早日結束隔離和家人團聚，卻又像利底雅國王坦特勒斯一樣，被懲罰在地獄裏忍受永恒饑渴的折磨——或者置身在齊頸的水坑裏，張口想喝一口水，水一下子退落下去；或者站在鮮果累累的樹下，伸手想摘一

〔註30〕　謝冕：《論二十世紀中國文學》，中國人民大學出版社，2009年版，第80頁。
〔註31〕　李振聲：《存在的勇氣或拒絕遺忘》，《讀書》1998年第12期。
〔註32〕　綠原：《路翎這個名字》，《中國知識分子悲歡錄》，沈展雲、梁以墀、李行遠編，花城出版社，1993年版，第180頁。

枚，果子又一齊高升到夠不著。」〔註33〕7 年之久的監禁，希望的反覆失落，分分秒秒的煎熬，綠原的痛苦在其表述中仿如眼前浮現。然未經歷者的我們到底體驗不深。這裡我們說一個與綠原相仿的例子，也許能夠加深我們對這種痛苦的理解。在上世紀 20 年代，曾有一本感動過中國無數知識分子的書，那是十九世紀七十年代的俄國革命者薇拉・妃格念爾的一本關於獄中生活的回憶錄，巴金曾發願要把它翻譯成中文。薇拉・妃格念爾在書中曾說她被關在著名的席呂塞爾堡的日子中「可怕的」並不是「使神經休息的靜寂」，以及那種思念親人的「巨大而難克制」的「嚴酷的痛苦」。這一點與綠原的體驗完全相同，都是分分秒秒的不是使神經休息的靜寂，都是對家人的思念。薇拉・妃格念爾說，她的年輕的朋友在監禁中因受不了這種痛苦，「在頭幾年裏面，就死了十五個」，還有的精神失常，有的發狂而死，有的割喉管自殺，甚至出獄以後也不能正常生活下去而用手槍結束自己的生活，因為「席呂塞爾堡的經歷使他們的生活力完全乾涸；他們抗拒生活裏的災禍與不幸的能力全都耗盡了；他們再沒有餘力繼續生活。」阻攔薇拉・妃格念爾走向死亡的乃是對於發瘋的恐懼，「我怕發瘋，我怕個人的墮落，我怕精神的與肉體的崩潰。」〔註34〕綠原與薇拉・妃格念爾入獄的原因自不相同，但是監禁中的體驗和遭遇的精神危機是相似的，路翎的發瘋就是例子。

　　同為七月詩人的曾卓也寫到監禁的痛苦：「突然地我失去了一切，單人住在一間小房裏。一方面是痛苦的煎熬，不知道這是為什麼，因而找不到可以支持自己的力量；對自己的前景只能從最壞的方面著想，對自己的親人充滿了懷念和擔憂。另一方面，是孤獨的折磨，沒有自由，……對於我這樣一向無羈的性格，這比死亡更可怕得多。」曾卓這樣描述監禁中的痛苦：「我發覺痛苦像漲潮一樣，它一清早就在心中沟湧，我用任何辦法：用理智，用勞動……都無法阻擋它，而到中午就達到了它的高潮，中午的寂靜在我是最可怕的。下午我就平靜一些，而漸漸地能夠自持了。」〔註35〕在另一篇文章中，曾卓也談到這種監禁之苦：「僅僅兩年，就幾乎耗盡了我的力量。」〔註36〕

〔註33〕綠原：《胡風和我》，《未燒書》，時代文藝出版社，1999 年版，第 134 頁。

〔註34〕〔俄〕薇拉・妃格念爾：《獄中二十年》，巴金譯，生活・讀書・新知三聯書店，2007 年版，第 17～21 頁。

〔註35〕曾卓：《從詩想起的……》，《懸崖邊的樹》，四川人民出版社，1981 年版，第 115、116 頁。

〔註36〕曾卓：《重讀〈獄中二十年〉》，《當代作家》1995 年第 1 期。

下面我們來看一下歸來詩人被戴帽的痛苦。

在 1957 年「反右」擴大化中，廣大的知識分子被戴上了一頂「右派」的帽子。不僅帽子相同，感受也驚人的一致，蕭乾和梁南就是一例（為避免扯遠，本文例舉歸來詩人之外的中國知識分子，僅限蕭乾、路翎二人）。蕭乾在談及摘帽一事時說：

> 在我的心板上，最難拭去的要算這件事了。政治身份下跌後的那番炎涼，要比家道中衰可怕多了。六一年回到北京，我住的那個大雜院裏，有個曾因破鞋案被拘留過的女人。一天，她在南屋拍打孩子，聲音卻衝進我住的東屋裏來：「小兔崽子，長大了你當什麼都可以，可就別當右派！」我沒得到過麻風病，但那段日子裏，我充分體會到了那種人下人或等外人的味道。〔註37〕

右派詩人梁南曾在多篇文章中談及戴帽後的寒涼蝕骨的感受：

> 此帽一戴，就很難從時風世態裏安然走過去。不但十目所視，十手所指，令人不寒而慄，而且，親故驚散，夫妻反目，把你拋到十丈紅塵之外，一日百寒百驚，使你在國人共誅之共討之的空間裏，肢骨由硬化軟，神志由清變濁，個頭由高降低，淪為自賤自穢的小人，而後，人跡沸踵，流徙到遙遠而又遙遠的邊地。〔註38〕

在另一篇文章中，梁南曾描述罪名加身前後的境況：「給我正式戴忤逆冠前後，我已在文字上被人勾畫成青面獠牙怪物，貶入惡流，毀盡聲譽；若干莫須有的條子，貼滿臉皮；隨之自然體不沾祿，名不及身；到處是冷遇熱罵，小人臉色。」戴帽後，梁南曾懇請放還老家為民，但不被理會，在悲憤之中，多次想到自殺，「最後，將耗子藥及一瓶白酒握之在手，畢竟文人習氣未化，猶疑不決。」〔註39〕對於「思想往外透紅，玉壺冰心」的〔註40〕知識分子來說，戴帽是一道難以逾越的心理難關，因此而自殺者不在少數。非人的年月，一個知識分子想要活著難而又難，他們很難不看到死神的影子，有的還主動

〔註37〕蕭乾：《改正之後——一個老知識分子的心境素描》，《中國知識分子悲歡錄》，沈展雲、梁以墀、李行遠編，花城出版社，1993 年版，第 654 頁。
〔註38〕梁南：《草帽之謎》，《寸人豆馬隨筆》，作家出版社，1997 年版，第 3 頁。
〔註39〕梁南：《換土栽根》，《寸人豆馬隨筆》，人民文學出版社，1997 年版，第 14～15 頁。
〔註40〕梁南：《外傷內傷》，《寸人豆馬隨筆》，人民文學出版社，1997 年版，第 34 頁。

去接近那個影子。曾經吞服安眠藥自殺後被搶救過來的蕭乾說,「那陣子,對不少人來說,死比活著美麗多了,有吸引力多了。我也幾乎加入了那個行列。當我看到我的家被砸得稀巴爛,多年辛辛苦苦搜集的歐洲版畫被扯個粉碎,當我看到『三門幹部』文潔若被戴上高帽,拉到院裏大車上挨鬥的時候,我對身邊這個世界失去了興趣。」他以無比沉痛的語氣說:

> 一個知識分子在新中國得個善終可真不易。那是因為我聽到看到那麼多科學家、教育家和作家,有跳樓摔死的,也有活活被打死的。那陣子我成天都在琢磨著自己怎麼死法。關牛棚時,每上廁所總勘察在哪裏上吊牢靠。〔註41〕

沉重的政治傷害,使每一個歸來詩人都傷痕累累。歸來詩人從這個國家政權的一位激情的戰士、詩人,到幾乎是一夜之間成為它的「囚徒」,對那些處於青春熱血賁張期的、性格剛強的人來說,他們所承受的冤屈和憤懣可想而知。路翎是通過一種含蓄著無限悲憤的、乍聽令人心驚膽顫,聽久了則讓人幾乎變成石頭的「一直不停的、頻率不變的長嚎」〔註42〕表達對被施加的冤屈的憤懣,昌耀則是通過一種負氣似的不惜自殘的方式來表達:「他先是堅決不服地以文字材料申辯,繼而是委屈憤懣得幾乎要爆炸了的抗爭。就在每天抬著上百斤重的條石修築水渠期間,有一天,他因體力不支、更因心緒極度的惡劣和暴躁,而致使失衡的石料砸向踝骨,當場便昏死了過去。待醒過來後見管教人員正吆喝著抬他去急救,遂嗷嗷吼叫著寧願一死而不從。這種負氣式的以不惜自殘表示抗議的悲憤,直欲讓人想到共工怒觸不周山的情狀。」〔註43〕到後來,他們接受了強加的災難命運,流徙於邊地,從一個地方換到另一個地方,他們對於人生和世界的看法已有了改變,但內心的傷痛是長久的。綠原說自己淪落到人生的底層,「默然承受被認為應得的懲罰」,「自慚形穢」〔註44〕變成了條件反射。梁南被流放邊地,一身外傷內傷,二十餘年在野外從事重體力勞動,從頭到腳,都有外傷,「裝石料砸傷腳趾,擺枕木砸破手指之類不計其數」;一次被火車撞出去七米,休克兩個多小時,顱頂劃破一條大

〔註41〕 蕭乾:《改正之後——一個老知識分子的心境素描》,《中國知識分子悲歡錄》,沈展雲、梁以墀、李行遠編,花城出版社,1993年版,第658、672頁。
〔註42〕 綠原:《路翎走了》,《未燒書》,時代文藝出版社,1999年版,第219頁。
〔註43〕 燎原:《高地上的奴隸與聖者(代序)》,昌耀:《昌耀詩文總集》,青海人民出版社,2000年版。
〔註44〕 綠原:《人之詩·自序》,《人之詩》,人民文學出版社,1983年版。

口子，縫了七針，肩背多處粉碎性骨折，眞正是走到死亡線上又把命撿回。除此之外，是一身內傷，內傷傷在一個「寃」字，「說不是病，卻形毀骨銷，精神掃地，一副沉屙病態。」〔註45〕

　　各種政治運動對知識分子身體與心靈造成的深重傷害，爲肉身所不能承擔，即使他們在災難中活了下來，有的精神已然殘損衰頹，了無生氣，更莫說當初罹難前的奮發了。曾經的天才作家路翎即是一個殘酷的例證，他從一顆眾人矚目的文學新星，最後卻無情地殞落。想當初，二十一歲的路翎曾在《財主的兒女們》的題記中說：「一切生命和藝術，都是達到未來的橋梁。」幾十年後，蒼老的路翎卻只能歎息著說：「若干年作家的道路，卻通向了監獄。」〔註46〕正是因爲信仰得那麼眞誠，追求得那麼熱烈，就愈是難以接受強加於自己的罪名，因而，也就找不到可以支撐自己的力量。路翎從申訴、反抗、長嚎、發狂，到終於變得馴順，該經歷了怎樣的精神痙攣。與路翎同期入牢的彭燕郊把這種強加的寃屈施加給人的覆蓋性的恥辱感和尊嚴被粗暴踐踏的無力反抗感，比喻爲拭之不去的螞蝗在身體上的黏附、吮吸，他在《恥辱》一文中形象地描述了這種讓人心驚肉跳的精神痙攣：

　　　　恥辱的螞蝗吸附在我身上，黏乎乎軟膩膩的身體緊貼著我的外衣、內衣，很快就吃空了它們，接著就緊貼在我赤裸的身上，不斷地用分泌出來的黏液塗滿我的皮膚，使之鬆弛，以便用柔而善鑽的嘴進行吮吸，於是我有想嘔吐的噁心，手抓不到的奇癢。恥辱的螞蝗就是能給你這樣一種頑強極了的感覺，滋生著厭惡但又擺脫不了的與正常的精神狀態極不相稱的狀態，因爲眼下你只能忍受，只能讓這些貪饞的螞蝗盡情地黏附、吮吸，似乎並不知道它的作用幾乎無法衡量，是會引發人的本眞所固有的尊嚴被踐踏時爆炸性的反應，強烈，持久，時刻增強又時刻減弱，一時以深淵使你受困於羞愧，一時以洪流將你沖向除了羞愧別無一物的荒原。因爲你只能忍受，恥辱的螞蝗乃能怡然、怡然地保持其黏附、吮吸。

　　　　而且全無忌憚地用它們那無腳的腳爬向腋窩、肚臍這些部位，最難堪的是，它們竟然異常熟練地爬過胸部，沿頸項而上，成群結

〔註45〕　梁南：《外傷內傷》，《寸人豆馬隨筆》，作家出版社，1997 年版，第 33～36 頁。
〔註46〕　曾卓：《路翎的悲劇》，《文學自由談》1998 年第 3 期。

> 隊地佔領了整個面部，心安理得地擁擠著，在搶到的位置上開始黏
> 附、吮吸。由於它們的擁擠甚至堆垛，你已失去本來面目，就像平
> 常說的那樣「無臉見人」了。〔註47〕

因爲幾十年的苦難施之於人身而留下太過於殘酷的傷痕，使得他們竟然不敢把歸來後的重逢化爲筆下的文字表述出來，因爲那裡面除了沉重，實在沒有讓人喜悅之處。牛漢說：「六七年來，我一直沒有觸動這個難題：重逢。我沒有力氣撼動這些因久久鬱積而石化了的人生體驗；它們成塊成塊地堆在心靈裏，構成了墳的形狀。必須先得融解了它們，才能把它們從心靈裏傾吐出來。」〔註48〕1978 年初冬，牛漢決定去探望「傳說」中精神失常，成天在家裏大喊大叫，用頭顱撞牆壁和門窗的路翎。儘管牛漢在心裏告誡自己絕不能只想他過去年輕時的面孔與神情，得學會用想像「老化」人的面孔與神情的本領去面對故人，但與路翎的「重逢」仍然讓他不能「承受」，以前活潑有趣、話最多也最吸引人、喜歡談他的作品、談他遇到的有趣的事、講故事的能手的路翎，現在成了「一座冷卻已久的火山。」而且，他的「家」中沒有一本書。與此同時，他的身體也深受摧殘，直到兩年之後，路翎的身體健康恢復一些，「他勉強會笑了」，「又過了兩年，他的妻女才讓他一個人出去走訪朋友，之前他上街常常找不到家門。他的眼睛也顯得大點亮點。」〔註 49〕幾十年的非人遭遇摧毀了大部分歸來詩人的健康，使他們在老年過得愈加艱困。彭燕郊在一篇評論陳敬容的文章中語氣沉痛地說：

> 創新，非凡難度的精神勞動，需要「物質基礎」。古話說，「留得
> 青山在，不怕無柴燒」，看來並不完全如此，留得的已經不是青山，而
> 是被砍伐殆盡的荒山，怎麼辦？最嚴重的問題是健康，「力不從心」，
> 這四個字飽含多少辛酸！多年的清苦生活正無情地消耗著她生命的剩
> 餘，最後這十年（正如人們常說的：這日子來得太遲了！）本該可以
> 多做些事的，她卻每年都得住進醫院一兩次。每次看見她，總是發現
> 除了依然閃著清澈的光的眼睛以外，只有明顯的健康下降徵象。〔註50〕

〔註47〕 彭燕郊：《恥辱》，《野史無文》，武漢出版社，2006 年版，第 26 頁。
〔註48〕 牛漢：《重逢第一篇：路翎》，《牛漢作品精選集》，南海出版公司，2013 年版，第 191 頁。
〔註49〕 牛漢：《重逢第一篇：路翎》，《牛漢作品精選集》，南海出版公司，2013 年版，第 194～195 頁。
〔註50〕 彭燕郊：《記陳敬容》，《那代人：彭燕郊回憶錄》，花城出版社，2010 年版，第 249 頁。

曾卓也深深的歎息：「我如今迫近老年，健康狀況也不大好。二十年來，正是我能夠做一點事的時候，卻在一種深深寂寞的心情中荒廢了。」〔註51〕

　　非常年月，很多詩人沒有「歸來」，他們紛紛命殞於過往歷次運動及「文革」之中。歸來後的綠原不無沉重地提醒，「柏拉圖把詩人攆出了他的『理想國』，因爲他認爲，詩人歡喜撒謊，混淆眞僞，容易軟化人們的性格。對於社會主義中國的詩人們，這個古老的西方典故未必不是一個耐人尋味的啓示。」〔註52〕邵燕祥在回顧上世紀五十年代作家詩人們「干預生活」的寫作時，只能沉痛的感慨：「除了個別的投機者，也除去個別的先覺者，我想絕大多數都是書生氣十足，眞誠地『爲政治服務』的一派。這是不諳中國國情，昧於歷史又昧於現實，以致被實際政治嘲笑、玩弄和迫害的悲劇。」〔註53〕他指出魯迅的兩篇文章《隔膜》、《文藝與政治的歧途》，是解讀這一悲劇的鑰匙。

　　人們在分析中國知識分子屢遭厄運的社會原因時，在多種原因之中，傾向於這麼認爲，「對知識分子的厭惡之情和在知識文化問題上的反智色彩，一直是農民革命中屢有驗證的深層意識。」〔註54〕2014 年 11 月 2 日，鄧曉芒在《對知青 50 週年的歷史與哲學反思》的講稿中提到，「中國革命的實質是在新的歷史條件下的一次農民起義，而農民意識裏面浸透著的是皇權意識。」「上山下鄉是在一個由底層農民革命奪取政權之後，由於『革命尚未成功』而始終保持底層那種『泥腿子』的革命精神，蔑視精神文明和文化教養的特殊時代，所誕生出來的一個極左意識形態的畸形怪胎。」〔註55〕在缺乏民主、自由觀念的農民革命中，知識分子被視爲高於他們也是壓在他們身上的階層，所以是天經地義地應該被「革命」的一群，一些口號與理論，不過是借用來施行「革命」的藉口而已。這些觸及到了社會文化深層的反思有利於我們看清事件的眞實面目，站在一個更高的層面來看待歸來詩人等中國知識分子在那一個歷史時期、在不同的歷史時期的受難，從而更好地認識歷史。

〔註51〕　曾卓：《從詩想起的……》，《懸崖邊的樹》，四川人民出版社，1981 年版，第125 頁。

〔註52〕　綠原：《人之詩‧自序》，人民文學出版社，1983 年版，第 11 頁。

〔註53〕　邵燕祥：《我與詩與政治——詩與政治關係的一段個案》，《西湖》2007 年第 1期。

〔註54〕　《中國知識分子悲歡錄‧前言》，《中國知識分子悲歡錄》，花城出版社，1993年版。

〔註55〕　鄧曉芒：《對知青 50 週年的歷史與哲學反思》，愛思想 http://www.aisixiang.com/data/80711-2.html。

　　本質上說，詩人從事的寫作是一種創造行為，真正的詩人很少對自己的成果滿意，為此，他總是處在不停歇的探索中，以求得更真實、深入地反映這個世界，或者讓這個世界在他的作品中更全面更本質地現身，這樣，就注定在那些作品中有關於這個世界的某種先知的東西，而這，正是詩人受難的淵藪。別爾嘉耶夫說，「在創造裏，在創造的天才裏有某種先知的東西。然而，再沒有什麼比先知的命運更痛苦和更悲劇性的了。上帝的聲音就是通過先知而被聽見的，這聲音引起仇恨，被看作是不合適宜和令人不愉快的提醒。先知們遭到石頭的毒打。」〔註 56〕在時代車轍下，個人渺小如痱粉。作為在時代巨輪碾壓下僥倖活過來的歸來詩人，他們的苦難讓我們震驚，也讓我們心痛，更讓我們深思。「歷史表明，知識分子政策，是與國家和民族的命運緊密相關的，知識分子得到正確的對待，國家就走向繁榮富強的道路；當廣大的知識分子的命運受到挫折甚至付出了生命的代價，國家和民族也就同時落入災難的深淵。」〔註 57〕歸來詩人的受難，更普遍體現於他們的詩作中，鑒於後面我們將會談到和有所分析，這裡就沒有舉例，本節所述只是總體概括的印象。對歸來詩人受難的理解，有助於我們更深入地讀懂他們置身的那一段歷史，有助於我們理解歸來詩人的寫作，理解下面將談到的他們的自我拯救。

第三節　歸來詩人的自我拯救

一、用寫作自我拯救

　　對詩人來說，詩歌向來是安放靈魂的所在，自我拯救的所在。歸來詩人在二十多年的漫長生涯中，手中的筆基本被剝奪了書寫的權利，但是他們卻從未停止對於詩歌的熱愛，相反還愛得更深，把它當作心靈的守護神，當作自我拯救的依靠。他們在思想全面宵禁的時代，在不允許個體私我精神空間存在的時代，用詩歌小心地呵護著內心小小的希望的火苗，守護著一方被恣肆掃蕩的心靈空間，抵擋和化解監禁中的思想的痛苦和煎熬，抵擋那一陣陣撲來的精神痙攣，泅度漫漫長夜和無盡的孤獨。在最沒有詩意的時代，在失

〔註 56〕　〔俄〕別爾嘉耶夫：《末世論形而上學：創造與客體化》，張百春譯，中國城市出版社，2003 年版，第 195 頁。

〔註 57〕　《中國知識分子悲歡錄·前言》，《中國知識分子悲歡錄》，花城出版社，1993年版。

去人生自由不允許寫詩的時代，他們「創造」了多種多樣的詩寫方法。他們的靈魂悸動與掙扎因詩而得以緩解，也因詩而得以保藏，那些在不可能環境中「完成」的作品，真實地記錄了一個時代知識分子所蒙受的羞辱和苦難，記錄了他們在掙扎與反抗中迸發出來的不曾湮滅的精神力量，他們用反抗大時代的充滿悲劇色彩的個體精神書寫，保存了中國文學的火種。

　　罹難之初，特別是不如七月詩人的罹難那麼突然的右派詩人，因為對宣傳的輕信，不免仍抱有知識分子的天真的幻念，抱持一種道家出世的精神來看待、設計自己未來的絕境。比如以為可以全身而退解甲還民，允許自己一心做詩文塗鴉終老餘生。典型如梁南，他原打算當「右派」後，洗手不當這個一命小吏，只讀書品文，秉筆塗鴉，做點學問。這種想法緣於「當時的各種政治報告裏曾再三宣佈：『批判從嚴，處理從寬』，我被『寬』字誘惑，乃生出無根無底之夢幻」。為此梁南花費了十個月批他期間的星期日，汗跑琉璃廠古裏古怪的舊書店舊書攤，搜羅稀罕雜駁的圖書兩大柳條箱，卻不料這些東西「反成牽累」，被當作進一步批判他的藉口，這樣的結果不由使梁南喟然長歎：「立身處世的斗方之地都難覓得，遑論再做千字文秀才。」〔註58〕這裡我們自不必責怪梁南的天真，這種天真有時就是人性「純潔」的另一說法。我們看到，正是在政治的虛假面前，中國知識分子以他們堪稱感天動地的天真而掉進了政治為他們早已設置好的罪惡深淵。政治的罪惡就體現在此，它直接以非人性非正義的手段製造了歷史的殘酷，製造了無數的冤魂和白骨，讓人永遠難以釋懷。路易·博洛爾在《政治的罪惡》一書中說，「政治因為使用罪惡的權宜之計和奉行不道德的信條而信譽掃地。為了恢復政治的信譽和名聲，就必須在政治生活中按照道德的要求行事。在長期依靠狡詐、虛偽、陰謀和暴力之後，政治如果要成為一種新事物，具有一種新形象，就必須努力做到公平、寬容、正義和道德。……最偉大的治國之術是合乎道德的治國之術。詭計和暴力可能會獲得短暫的成功，但是絕不能保證國家的偉大的繁榮。以不道德的政策獲得的成功不會長久，國家就像個人一樣、政治家就像老百姓一樣，遲早會因其所作之惡而被懲罰，也會因其所行之善而獲報償。」〔註59〕作為災難的承受者，中國知識分子最難以對此釋懷，一片青天可鑒的

〔註58〕　梁南：《換土栽根》，《寸人豆馬隨筆》，人民文學出版社，1997 年版，第 15頁。

〔註59〕　〔法〕路易·博洛爾：《政治的罪惡》，蔣慶等譯，譯林出版社，2014 年版，第 259～260 頁。

無限眞摯、忠誠和熱忱卻換來被批判、打倒的口實，更有無數人因此而成爲永遠的冤魂。綠原在《胡風和我》一文中以無比沉痛又不無反省的語氣說：「讀著胡風當年的那些悲劇獨白，我經常這樣想，如果當權者眞想按照黨的政策解決『胡風問題』，眞想把馬克思主義原理和中國的文藝實際相結合，眞想維護黨在知識分子中間的威信，就決不應當一而再地採用並推廣『舒蕪方式』。恐怕這是中國歷代講究正義感的知識分子都接受不了的，看來到 1955 年運用雷霆的力量，只能證明這個方式的徹底失敗。但是，也不能不指出，在千百年來知識分子沒有獨立人格的封建社會的土地上，『舒蕪方式』的出現又是有其必然性的。」〔註 60〕政治的罪惡不僅在於利用了人性之惡，而且推廣了這種人性之惡，它對世道人心不但不具有正面建設作用，反而起到全面推波助瀾式的摧毀作用。由此它造成的傷害不但是毀滅性、災難性的，而且是長期的，無論對於國家還是個人，無論對於社會經濟還是文化。極左路線在「文革」中發展到了極致，由它所帶來的傷害也達到了一種極致。鄭敏在談到「文革」中的傷害時，以這樣一種語氣說：「這是一次歷史上最大規模的兇殺案。至今仍有多少野鬼孤魂在大地上游蕩，沒有找到自己的靈位。那是死亡不再有數字來記載的日子。想起令人不寒而慄。」〔註 61〕「反右」和「文革」帶給我們的教訓已足夠刻骨，對之保持反省和批判永遠必要，我們要警惕它再次抬頭危害國家和人民，警惕它再次損害黨和國家的利益。非常的年月，極左路線通過把詩人全部打倒的方式全面摧毀、取消了眞正意義上的詩歌的存在，然而，正是詩歌本身具足的昇華和超越力量，拯救了詩人被囚的身體和靈魂。周良沛說，「人身的凌辱，殘暴的酷刑，當時眼前的黑暗，彷彿只有絕望的前景，是詩，給了我生的勇氣。」〔註62〕牛漢說：「詩成爲我反抗命運的救星，企望能在創作的夢境中解脫苦難，心靈得到撫慰。」〔註63〕鄭敏說：「但我幸運地活下來了，在我的小女孩的保護之下。」〔註 64〕那個「小女孩」是

〔註 60〕 綠原：《胡風和我》，《未燒書》，時代文藝出版社，1999 年版，第 114～115
頁。
〔註 61〕 鄭敏：《我的愛麗絲》，《詩歌與哲學是近鄰》，北京大學出版社，1998 年版，
第 414 頁。
〔註 62〕 周良沛：《追求（之二）──〈挑燈集〉自序》，《詩探索》1981 年第 4 期。
〔註 63〕 牛漢：《詩與我相依爲命一生》，《夢遊人說詩》，華文出版社，2001 年版，第
6 頁。
〔註 64〕 鄭敏：《我的愛麗絲》，《詩歌與哲學是近鄰》，北京大學出版社，1998 年版，
第 414 頁。

鄭敏心中的詩神〔註65〕。在人生得意的勝境之中，詩人們紛紛以詩言志，表達讚美和喜悅；在人生失意的絕境之中，詩人們紛紛指向詩歌對自己的拯救，詩歌彷彿上帝的仁愛之手，拂去了他們的憂傷，撫慰了他們的心靈，讓他們超越了現實的受難處境。

　　同為置身囚室，周良沛的遭遇應該算得上「幸運」。這裡的幸運只相對而言。置身囚室，何來幸運？但也有差別，差別即在看守囚室的人，如果看守人性未滅，對被囚者來說則為幸運。周良沛曾在一篇文章中，說自己不知道先「認罪」等摘了帽子再堅持申訴，而是直去直來，因此跟單人囚室結下不解之緣，常在牢中之牢，被視為「危險分子」而配專人看守。看守不時地要從囚室的洞口望兩眼或叫幾聲，以防「意外」。一個周「只聽到過他的聲音，沒看過他的面孔，更不知道他的名字」的看守，每晚他接了班，夜深人靜之時，即問周一天生活得怎樣，想了些什麼，鼓勵周要有勇氣活下去：「只要活著，相信問題總是鬧得清的。」周靠著牆，與他隔牆娓娓談心。周良沛以無比感恩的心情寫道：

〔註65〕　對鄭敏來說，「愛麗絲」是她的詩歌靈魂的化身。在《我的愛麗絲》的文章中，鄭敏如此寫道：「1986 年我在美國明尼蘇達大學訪問，一天我去聽詩人羅伯特‧布萊的一次講演。他在課堂上讓每位聽眾在毫無思想準備的情況之下看入自己內心深處，尋找那曾經是自己童年的象徵的小女孩或小男孩。他深信這個童年如今雖然已深埋在無意識中，但仍對今後的道路有著深刻的影響。我突然看見一個小女孩，她非常寧靜、安謐，好像有一層保護膜罩在她的身上，任何風雨也不能傷害她，她就是我的愛麗絲。這保護罩是什麼？我回答不出。也許是詩，是哲學，是我的先祖在我的血液裏留給我的文化。從此我知道她就是我的生命的化身。」在此文章中鄭敏還說：「回想起在文化大革命最黑暗、瘋狂、盲目而粗暴殘酷的歲月裏，一次一位兩放凶光的紅衛兵指著我咬牙切齒地說要把我送上西天。當時好像就是我心中的這個寧靜的小女孩領我從空中瞭望這個瘋狂的下界和受難的人民，我就是這樣將自己的軀殼留在地上，受那些可憐而又野蠻愚蠢的紅衛兵的侮辱，而自己卻有一個內心寧靜的世界。我和我的小女孩像但丁參觀地獄一下，走過這個史無前例的大屠殺的歷史階段。這是一次歷史上最大規模的兇殺案。至今仍有多少野鬼孤魂在大地上游蕩，沒有找到自己的靈位。那是死亡不再有數字來記載的日子。想起令人不寒而慄。但我幸運地活下來了，在我的小女孩的保護之下。從 1979 年以後她又給我很多詩。」「1979 年我的小道被太多來自批評家、理論家的警告所干擾，我將很多原是極美的果子變成笨拙的造形，在那最富萌動的年月裏，我破壞了我的愛麗絲的寧靜，我幹了很多破壞果實高貴品種的蠢事。1985 年我在美國那個充滿年輕人的活力的國家的短暫訪問，提醒我，我的愛麗絲被我裝扮成一個沒有色彩沒有光亮的女性，我必須解放她。這之後，我寫了不少無拘束的詩。」鄭敏：《我的愛麗絲》，《詩歌與哲學是近鄰》，北京大學出版社，1998 年版，第 413～415 頁。

這樣，在那度日如年的牢裏，我不再感到寂寞無望，反而感到多年沒得到的人情、溫暖。平日人多不敢提筆的危險，反在小籠裏得到絕對的安全。我向他要了紙墨，除了維持我們經常性的話題，就把構思，以至語言都想好的長短詩以最快的速度記在紙上。……囚室寫作的安全是這樣得到保證：一是利用他值勤時寫，一是每次突然襲擊的搜查之前，他都通風，稿子得以轉出或藏好。先後我過了三年多這樣的日子，是在不見陽光的黑牢裏的日子。那是人世最黑暗的地方，我卻從這個人的心靈看到人世最燦爛的光輝。〔註66〕

這種「人世最燦爛的光輝」就是愛，就是未泯的人性。愛能夠克服痛苦，別爾嘉耶夫說，同情之愛、憐憫之愛能夠克服痛苦。〔註67〕看守的行爲是一種善，是當時黑暗時代中人性的閃光，它進入周良沛生活的深處，幫助周良沛戰勝被監禁的痛苦。別爾嘉耶夫還說，「痛苦也能被人的創造所克服，儘管創造有自己的痛苦。」〔註68〕這也正是詩人們不能離開寫作的原因。寫作是一種創造，是對生存的超越，在寫作中，詩人擺脫了種種外在的奴役，走向對意義的尋找之路。人生需要一種意義上的提升，特別是對倍感冤屈、落身爲囚徒的詩人來說，這種意義尤其重要，它可以平衡詩人們由於心靈天平的傾斜而帶來的失衡，撫慰他們的悲憤，幫助他們對付漫長的孤獨及巨大虛無感對生命的一點一點地吞噬。「意義追尋是人類精神活動的本質。人正是通過精神的建構活動來超越給定的現實，修正無目的的世界，確立自身在歷史中的生存意義。」〔註69〕苦難把詩人逼到人生的絕境，詩歌成爲他們拯救自我的繩索，成爲這種拯救可以依靠的唯一憑籍。在監牢裏沒有紙和筆，他們就用「默念」來「寫作」。這種「默念」的寫作方式，在七月詩人中是一個普遍現象。曾卓在一篇文章中如是描述：

我口中默念著，進行著創作，大多時間，我一無所獲，但在近兩年的時間中，我終於寫出了三十多首。說「寫」，是有一些語病的，因爲沒有紙筆，大都是口念，後來有機會時才寫下的。

〔註66〕 周良沛：《追求（之二）——〈挑燈集〉自序》，《詩探索》1981 年第 4 期。

〔註67〕 〔俄〕別爾嘉耶夫：《論人的使命：神與人的生存辯證法》，張百春譯，上海人民出版社，2007 年版，第 359 頁。

〔註68〕 〔俄〕別爾嘉耶夫：《論人的使命：神與人的生存辯證法》，張百春譯，上海人民出版社，2007 年版，第 360 頁。

〔註69〕 劉小楓：《拯救與逍遙》，華東師範大學出版社，2007 年版，第 11 頁。

> 每一首詩的寫成在我都是極大的快樂，反覆地修改，無數次地
> 默念著，這樣幫助我度過了許多寂寞、單調的白日、黃昏和黑夜。
> 如果沒有它們，我的生活將要痛苦、暗淡得多。我甚至不能想像怎
> 樣能夠沒有它們。〔註70〕

寫詩，不僅是寂寞時苦難中的慰藉和工作，用曾卓本人的話來說，更是「意味著意志的勝利」。詩幫助詩人戰勝了精神的萎頓，給他們提供了活下去的動力，提供了意義的支撐，提供了戰勝時間的意志。詩是他們可以傾訴的夥伴，是一隻巨大的溫暖的容器，接納他們的迷惘、不解、悲憤、失望、憂鬱、哭泣，甚至詛咒，因此，這些「作品」在我們看來，更多的是「痛苦的碎片」。原因在於他們的遭遇帶給他們的痛苦實在太過巨大，他們必須要把這些痛苦傾吐出來，才能達成一種心理的平衡。他們罹難之時，正是人生的大好年景，如果不攤上牢獄之災，他們本有無限的對於未來的美麗遐想，有無數的正準備去實現的美麗的人生規劃。彭燕郊說，正是人們豔稱的風華正茂之年，於他人大概是充滿甜美體驗、多彩憧憬和無羈遐想的幸福歲月，「在我卻只有一直跟在身邊揮不去擺不脫的痛苦。痛苦代替幸福，寫的這些習作，就不能不是苦味的」。〔註71〕儘管明白就是因為「寫作」而罹難，且寫作時不能「筆之於書，只能默默地在肚子裏『寫』」〔註72〕，然而還是不停地寫，「寫日記似地不間斷地寫，越是痛苦越是想寫，越是沒有條件越是要寫」。〔註73〕他們的冤屈實在是太大，由此而生的痛苦實在磅礴無解，便只能訴之於不可能的寫作。受難的處境，使詩歌在他們的心中「擺脫」了種種束縛，他們可以不必再去擔心意識形態的規約，考慮這也不能寫那也不能寫，也不必擔心由於發表而帶來的種種惡果，因為沒有發表的可能也就斷絕了想要發表的念頭，詩歌此時只是純粹的一種用以心靈寄託的形式，它只是詩人內心的需要，與世俗的功利離得遠了。也正因如此，他們在監禁中完成的作品遠離時風，別具一種獨特的氣質與價值。綠原在談到它們時說，「單身囚禁期間和『牛棚』期間所寫的幾首，記不得在什麼偶然情況下留存在練習簿上，看來並沒有真正

〔註70〕 曾卓：《從詩想起的……》，《春泥裏的白色花》，武漢出版社，2006 年版，第
　　　　 158、159 頁。
〔註71〕 彭燕郊：《〈野史無文〉題記》，《野史無文》，武漢出版社，2006 年版。
〔註72〕 彭燕郊：《野史無文·後記》，《野史無文》，武漢出版社，2006 年版，第 125
　　　　 頁。
〔註73〕 彭燕郊：《〈野史無文〉題記》，《野史無文》，武漢出版社，2006 年版。

作爲詩來寫。唯其如此，它們作爲心跡來說，便更顯得眞實了。也就是說，它們純然是稍縱即逝的悲憤感喟的凝聚，而不是長久冷靜思考的可以修改補充的結論。至於形式，我已毫無成見：自由體，可以；格律體，也可以；不論是什麼，只要容我的心靈自由流動，並因此留得下一點哪怕淩亂、扭曲的軌跡就行。」〔註74〕高牆的阻隔反而隔斷了世俗之音對詩歌的干擾，獄中的寫作因「擺脫」了過多禁錮而獲得一種被打開的自由，它只合於詩人心靈的律動和悲哭的需要，因此它們才如此鮮明、如此生動地保存了其時詩人的心靈驚怖、掙扎、痛呼、痙攣，保存了詩人如同地火一樣默默湧動的頑強的生命力量催開的精神之花。這些詩歌讓我們驚駭，長久地震憾著我們的靈魂。儘管它們的形式顯得不那麼規矩甚至是非常奇怪的，但是它們的存在，卻起到了歷史證詞的作用，見證了詩人個體的傷悲，見證了歷史的傷悲。正如學者李振聲在談論彭燕郊的獄中寫作時所說的：

> 也許單純著眼於詩的角度（散文詩本質上屬於詩），這些文字中有些並不算好，甚至還相當粗糙。但就是這些茅茨不修的文字，卻將知識分子所蒙受過的羞辱和苦難，他們爲「宏大」時代的轟然喧囂所遮蔽的人格信念的堅持和選擇，或諸如此類的生命印跡，以最爲原始的方式存留了下來。〔註75〕

歷史往往這樣，當一個優秀的詩人，他在一個時代中好好地記錄了個人，其實也就記錄了整個時代。眞正的文學，從來是以個人的方式完成而存在的，它必須飽含個體的體溫與體驗，正是個體的創造性保證了它的獨特性及其價值所在，蒂博代說，「文學作品的系列，是一系列天才的爆炸」〔註76〕，天才的標誌即是其突出於時代的鮮明的獨創性與個人性，取消個人性和獨創性的一體化的時代，是文學極端糟糕以至於覆滅的時代。歸來詩人在獄中的「寫作」，還體現出詩人主體性的復活與復蘇，這種復活是隨著詩人身心的煎熬及其精神上的反省和自我突圍而發生的，主體性復蘇的過程也是精神凝聚的過程。歸來詩人在絕境中暴發出來的精神力量與反抗意志，使他們的精神脈動與被人爲中斷了的五四精神遺產——一種由魯迅等所開創的現代性的反抗精神——接續起來。這一點很好的體現在綠原的獄中寫作之中，只要讀一讀那

〔註74〕綠原：《綠原自選詩》，人民文學出版社，1998年版，第212頁。
〔註75〕李振聲：《存在的勇氣或拒絕遺忘》，《讀書》1998年第12期。
〔註76〕〔法〕蒂博代：《六說文學批評》，趙堅譯，郭宏安校，生活·讀書·新知三聯書店，2002年版，第93頁。

些融鑄著作者巨大悲憤與反抗意志的激情滾燙的詩作，那種強大的個人性與不屈服的精神力量會撲面而來。別爾嘉耶夫說，「體驗痛苦最多的人不是最壞的人，而是最好的人。痛苦的力量可以成為巨大深度的標誌。思想的發展和靈魂的精緻化都伴隨著痛苦的加強，以及對苦難的更大的敏感性，這裡不但包括心理的苦難，而且還有肉體上的苦難。不幸、痛苦、惡不是人身上力量的覺醒和精神復興的直接標誌，但它們能夠促進內在力量的覺醒。」〔註77〕事實正是如此，正是外在的壓迫與不幸，促使了詩人們內在精神力量的覺醒。歸來詩人正是以精神力量覺醒了的寫作，改變、糾正了一個時代在審美上「假、大、空」的風氣。精神覺醒也賦予了他們在獄中的寫作以鮮明的現代性，賦予他們一種現代反抗精神，這一點在不同的歸來詩人的「地下寫作」〔註78〕中都有所體現。這算得上苦難對歸來詩人特殊的「饋贈」，雖然我們並不贊成這種苦難。

　　「地下寫作」現象並非中國獨有，它在蘇聯、東歐、德國都出現過，其實質是權力對寫作者的迫害，這種現象在政治不開明的時代，可以說是一種常態，如林賢治在《迫害與寫作——寫作史小考》文章中說的，「迫害與寫作之間，形成一種張力，兩者的博弈一直在進行。」〔註79〕這樣的例子表現在「為真理而憂心如焚」的俄國知識分子身上，則更加可歌可泣。比如索爾仁

〔註77〕〔俄〕別爾嘉耶夫：《論人的使命：神與人的生存辯證法》，張百春譯，上海人民出版社，2007年版，第353頁。
〔註78〕有的學者又稱其為「潛在寫作」，但筆者更中意「地下寫作」一說，一些學者在考察朦朧詩人的早期寫作時也稱其為「地下寫作」。此外，索爾仁尼琴在其回憶錄中也有「地下作家」專節，指的也是與綠原們相同的獄中依靠背誦留存下來的寫作（參看〔俄〕亞歷山大·索爾仁尼琴：《牛犢頂橡樹》，陳淑賢等譯，中國文聯出版社，2010年版，第2～14頁）。「潛在寫作」最先是陳思和提出的，它是指20世紀50年代以來，不斷的政治運動和其它各種原因，使許多作家失去了公開發表作品的可能性，但他們並沒有放棄寫作的努力，在各種艱難的生活條件下依然用筆來表達自己的內心渴望，寫下許多彌足珍貴的文字，並開拓出一個豐富的潛在寫作的空間。「文革」結束以後，這些作品大多數都已經公開發表，但是由於這些作品屬於過去時代的文本，放到時過境遷的新的環境下，很難顯現出它們原有的魅力，新時代有新的情緒與感情需要表達，所以，這些作品很快被更具有時代敏感性的話題所掩蓋。但是，如果還原到這些作品醞釀和形成的年代的背景下來閱讀和理解它們，並將之與同時期公開發表的文學作品相比較，其熱辣辣的藝術感染力就馬上凸現出來。參見陳思和：《試論當代文學史（1949～1976）的「潛在寫作」》，《文學評論》1999年第6期。
〔註79〕林賢治：《迫害與寫作——寫作史小考》，《隨筆》2013年第1期。

尼琴在其回憶錄中，在「地下作家」一節中專門記敘了自己受難中的寫作。索爾仁尼琴的寫作有明確的目的，用作家自己的話來說就是，「我沒有遲疑、沒有矛盾地領略到了為真理而憂心如焚的現代俄國作家的命運：寫作的目的只是在於不忘懷這一切，指望有朝一日為後代人知曉。」索爾仁尼琴說，「於是，我擺脫了無謂的幻想，代之而來的是一種信念：我的工作不會是徒勞的，我的作品矛頭所向的那些人終將會垮下去；我的作品如肉眼見不到的潛流奉獻給另一些人，而這些人終將會覺醒。我以一種永世的沉默屈從於命運的擺佈，我永遠不可能讓雙腿擺脫地球引力。我寫完了一部又一部作品，有的寫於勞改營、有的寫於流放中、有的又是在恢復名譽之後創作的；開始寫詩、後來寫劇本、最後又寫散文作品。我只有一個希望：怎樣珍藏這些作品不被發現，與此同時也就保全了我自己。為了做到這一點，在勞改營裏我不得不把詩背誦下來——有幾萬行之多。為此我想像著詩的格律，在押解途中把火柴棍折斷弄碎練習著擺來擺去。勞改期滿時，我相信記憶的力量，開始寫下小說中的對話並把它們背熟，後來竟能寫下並記住整篇作品。記憶力還真不壞！進展順利。我花費越來越多的時間把每個月背誦下的東西重複一遍，一周可以記住一個月的東西。」〔註80〕索爾仁尼琴的地下寫作與綠原他們一樣，在不可能的環境中，用記憶「寫」下了文學史不可抹除的詩篇，充當了歷史的證詞。

以詩文修養身心一直是中國知識分子的傳統，特別是當人生處於低谷時，更是他們獨善其身所不可或缺的憑籍，是他們在苦難中用以自我拯救的常用方式。受難使歸來詩人淪於身份與自由被褫奪的境地，曾經的精神生產者或成為階下囚，或成為發配邊地從事重體力活的有罪之人。出於自我拯救的需要，在史無前例的最沒有詩的年代，他們「創造」了種種寫詩的方法；他們在保存了內心精神的火種的同時，也為時代保存了文學的火種。

二、拯救中創造的獨特的意象群

一時代有一時代的文學，一時代有一時代的意象。在時代大背景下的文學書寫，總要體現出其時代獨有的氣象。我們現在常說的漢唐氣象，漢魏風骨，即是對文學與時代之間某種隱秘的對應和聯接關係的一種概括。由於個人無可

〔註80〕〔俄〕亞歷山大·索爾仁尼琴：《牛犢頂橡樹》，陳淑賢等譯，中國文聯出版社，2010年版，第3頁。

選擇地生活於「時代」之中，時代的精神風習就會像血液一樣潛在於置身其內的藝術家身上，他們的動姿也表達、體現著這個時代的精神風習，不管是從正面或是反面。錢鍾書說，「一個藝術家總在某些社會條件下創作，也總在某種文藝風氣裏創作。這個風氣影響到他對題材、體裁、風格的去取，給予他以機會，同時也限制了他的範圍。就是抗拒或背棄這個風氣的人也受到它負面的支配，因為他不得不另出手眼來逃避或矯正他所厭惡的風氣。」〔註81〕人是各種社會關係的總和，一個作家不能脫離時代而存在。作家、詩人的寫作與時代之間往往呈現一種互相印證的關係。比如，五四時期的反叛氣質、啟蒙姿態與郭沫若詩歌創作的對應，抗日戰爭的艱難歲月與艾青的深沉而憂鬱的詩歌寫作的對應等，都是很鮮明很生動的例子。在整個新詩史上，我們不難發現這種對應，每一個時期總有一大批詩人，這些詩人也總有一系列作品；也正是那些有著強烈時代氣息的作品，組成了一個時代獨特的發聲，繪織出新詩歷史的輝煌。「文藝創作大多憑空構象，意象成為人們創造和感知文藝作品最直接和最首要的因素。」〔註82〕表現在詩歌中更是如此。人們記住歸來詩人的，正是他們創造了獨一無二的讓我們的靈魂產生顫慄的凝刻有他們深沉苦難的意象，那些獨特的意象顯示了他們的存在，也透射出一個時代的特徵。

意象是詩歌藝術的基本單位和審美形態，無論是古代詩學還是現代詩學，意象都是一個重要的詩學概念。新詩受西方意象派詩歌影響巨大，但是又並不完全模仿，把意象看作詩歌的本質和本體範疇，而更多是當作一種藝術方法和審美形態，屬技巧範疇。對歸來詩人而言，他們已形成一種寫作自覺，將意象當作一種最重要的詩歌審美特性，把它看著構成和增強詩歌藝術形象性的重要的形式。艾青更多是將「意象」當著詩歌形象化的一個重要手段，他對意象的重視主要體現於對詩歌「形象性」的闡發。譬如他在《詩論》中如是說：「形象是文學藝術的開始」，「詩人必須比一般人更具體地把握事物的外形與本質」，「詩人一面形象地理解世界，一面又借助於形象向人解說世界；詩人理解世界的深度，就表現在他所創造的形象的明確度上」，「形象孵育了一切的藝術手法：意象、象徵、想像、聯想……使宇宙萬物在詩人的眼前互相呼應」。〔註83〕鄭敏對意象的認識更「注重」於其體現詩人情感與理智

〔註81〕 錢鍾書：《七綴集》，生活・讀書・新知三聯書店，2002 年版，第 1 頁。
〔註82〕 陳希：《中國現代詩學範疇》，中山大學出版社，2009 年版，第 117 頁。
〔註83〕 艾青：《詩論》，《艾青全集》第三卷，花山文藝出版社，1991 年版，第 30～31 頁。

的瞬間結合的「客觀對應物」的身份，視意象爲詩歌的一種「獨特的敘述方式」，她說，「意象不是天生之物，只有經過詩人的靈感與深思的點化，一個普通的物才能成爲意象，詩人的創造靈感與對生命的敏感與經驗都凝聚於意象中，所以意象是詩人天才的具體呈現，對於詩，它有如情節之對於戲劇與小說。它是詩歌獨特的敘述方式。」〔註84〕唐湜認爲，意象「不是裝飾品，它與詩質間的關連不是一種外形的類似，而應該是一種內在精神的感應與融合，同感、同情心伸縮支點的合一。」「在詩人，意象的存在一方面是由於詩人對客觀世界的眞切的體貼，一種無痕跡的契合；另一方面又是客觀世界在詩人心裏的凝聚，萬物皆備於我。」〔註85〕他們的闡述都從不同側面體現了中國詩人對於意象的認識和理解。

歸來詩人的寫作因其意象中透出的特有的歷史滄桑感和歷史傷痛感，給人們留下了難以磨滅的印象，人們在他們的寫作中，發現了歷史的殘酷和眞實，發現了被掩埋的巨大災難和深沉悲痛，歷史在他們所創造的意象之中定格下痙攣的身影。這些意象所指向的寫作包括他們在受難中的寫作，也包括他們在歸來後的寫作〔註86〕。前者主要以綠原、牛漢、曾卓、蔡其矯爲代表，後者主要以艾青、梁南等爲代表，他們都在詩中創造出了與時代相對應的具有鮮明時代特徵的意象，正是這些深嵌著歷史內涵的意象，成爲了歸來詩人的標誌。綠原在獄中寫作的《又一名哥倫布》（1959）塑造了一個「駕駛」四堵蒼黃的粉牆的哥倫布，在時間的海洋上，遭受漫漫時間和孤獨的侵襲，儘管他形銷骨立、蓬首垢面，卻依然懷抱堅定的信念。全詩想像闊大，意境悲壯，詩人把置身的囚室想像成正在「駕駛」的一條船，在時間中飄蕩，展現出一種震撼人心的精神力量，富有極強的感染力；在《自己救自己》（1960）一詩中，綠原借一個阿拉伯的古老傳說，塑造了一個被囚於瓶中的精靈所經歷的從滿懷期待到心生怨懟再到覺悟的心靈歷程，那不加標點的語句把那種渴望被解救而不得的悲憤淋漓盡致地渲染出來，給人以強烈的心靈撞擊和震撼的閱讀效果。牛漢的「地下寫作」主要是在咸寧幹校期間，《鷹的誕生》（1970）

〔註84〕 鄭敏：《中國詩歌的古典與現代》，《詩歌與哲學是近鄰》，1999年版，北京大學出版社，第315頁。
〔註85〕 唐湜：《論意象》，《新意度集》，生活·讀書·新知三聯書店，1990年版，第9、12頁。
〔註86〕 事實上，歸來詩人在受難時期「寫作」的作品，都是在新時期才得以發表。只是我們出於研究的需要，才進行這樣的區分。

讓我們看到一隻靈魂高貴，不懼黑暗現實，不在現實中曳尾泥塗的鷹，它們「在雲層上面飛翔，當人間沉在昏黑之中，它們那黑亮的翅膀上，鍍著金色的陽光。」可以說，鷹的誕生就是詩人那一顆不甘於向現實屈服的靈魂的誕生，我們不難從詩中讀出詩人自我激勵的意味。在《半棵樹》（1972）中，牛漢寫了一棵被雷電「齊楂楂劈掉了半邊」的樹在春天來到的時候，依然「直直地挺立著，長滿了青青的枝葉」，在詩人眼中，這半棵樹，「還是一整棵樹那樣高，還是一整棵樹那樣偉岸」，詩人歌頌了一種在惡劣環境中永不屈服的精神，顯示出一種高大的人格力量。《華南虎》（1973）中被鉸掉了趾爪的華南虎在「灰灰的水泥牆壁上」留下的「像閃電那般耀眼刺目」的「一道道的血淋淋的溝壑」，展示了華南虎的「石破天驚的咆哮」和「不羈的靈魂」。曾卓的《懸崖邊的樹》（1970）則描寫了一棵被「不知道是什麼奇異的風」吹到「臨近深谷的懸崖上」的樹，它飽經風霜苦難，「它的彎曲的身體，留下了風的形狀」，曾卓的樹是一代知識分子受難的群像，幸存下來的他們那彎曲的身體都「留下了風的形狀」。蔡其矯的《波浪》（1962），塑造了「對水藻是細語，對巨風是抗爭」的溫柔而又兇猛的波浪形象，展示了一顆厭惡災難、憎恨強權的靈魂，詩人借波浪喊出了「我英勇的、自由的心啊，誰敢在你上面建立他的統治？」體現了詩人「不能忍受強暴的呼喝，更不能服從邪道的壓制」的對一種自由境界的渴望與追求。艾青在歸來後寫作的《魚化石》，刻畫了一條「不幸遇到火山爆發，也可能是地震」而埋入地裏，「連歎息也沒有」、「不能動彈」的魚，書寫了一種被掩埋的哀傷；在《盆景》一詩中，詩人書寫了盆景「受盡了壓制和委屈，生長的每個過程，都有鐵絲的纏繞和刀剪的折磨，任人擺佈，不能自由伸展」的命運，發出了「或許這也是一種藝術，卻寫盡了對自由的譏嘲」的感歎；在《失去的歲月》中，詩人感歎失去的歲月「更像一碗水潑到地面，被曬乾了，看不到一點影子」，「好像一個朋友，斷掉了聯繫，經受了一些苦難，忽然得到了消息：說他早已離開了人間」，書寫了一種歲月被空耗的哀傷。梁南在歸來後的《我不怨恨》一詩中，書寫了一種「草葉看到了自己的死亡，親昵地仍伸向馬的嘴唇」、「馬群踏倒鮮花，鮮花依舊抱住馬蹄狂吻」的永無怨恨的帶有「自虐」傾向的「草葉」、「鮮花」形象，從另一個側面展示了災難中歸來詩人的一極極端心態，震動人心，引人深思。以上詩作因其意象的鮮明性和與歸來詩人身份及其遭遇的對應性而給人們以震撼。當然，歸來詩人在詩中塑造的意象遠不止於此，而有著更豐富的存在，

這些意象只是那些意象群中的特出者。這些意象與歸來詩人的生存境遇非常契合，有的簡直就是歸來詩人生存境遇和靈魂掙扎的再現。這些意象大部分都帶有一種傷殘的性質，與他們遭受長時間的「受戮」的命運相似。歸來之前的意象，與他們受難和被囚禁的生存處境相對應，都是一些有力量的、頑強不屈的意象，這是一些能給內心帶來激勵或撫慰的事物，這體現了歸來詩人的自我拯救，表徵了他們不屈服於現實，以及由於自身被奴役而生出的對自由的嚮往；歸來後，他們終於走出黑暗，可以舔舐傷口了，語氣中透著哀傷，或表白一種不乏「扭曲」意味的所謂達觀的心態。另一方面，「受戮」的命運使他們的詩思指向壓迫性地「退縮」回內心，「思」的成分明顯加強，這些「迫於一種沉重的激情，不是為了發表而且完全沒有想到可能發表的」〔註87〕作品，使他們的詩風明顯地區別於時代流行的詩風。在一定意義上可以說，苦難「塑造」了歸來詩人，歸來詩人以他們鮮明的表現這種苦難的詩作，體現了他們在詩歌史上的存在，那些凝結著他們幾十年血與淚的變形意象，鐫刻著他們深沉的人生體驗、靈魂掙扎和精神痛楚，成為我們敘述詩歌史時一道繞不過去的隘口。

這些意象體現了歸來詩人在受難中的掙扎和自我拯救，展示了一道讓人觸目驚心的傷口，這道傷口因其苦難的持久和巨大而讓歷史在這裡發生了驚悸和痙攣，成為任何力量也無法抹除的歷史存在；任何人，任何力量在這種歷史真實面前，都會引發顫抖和深思。人性的天秤永遠站在受戮的血淋淋的一邊。歸來詩人用他們幾十年生命的掙扎、反抗所煆打出來的這些帶有傷殘性質的意象因為飽含沉甸甸的歷史真實而別具一種沉甸甸的質感。他們就像卡夫卡一樣，一隻手擋住籠罩命運的絕望，用另一隻手草草記下在廢墟中看見的一切；他們的書寫既有個人意義，也有普遍的歷史意義。如同加繆筆下的那個不竭地推動巨石上山的西緒弗斯，歸來詩人以他們的血淚和勇氣直抵荒誕命運的深處，書寫出人類反抗的詩歌傳奇。以一種另類的方式，歸來詩人標舉了一個時代的精神。這些傷殘意象是歸來詩人的靈魂的化身，帶著一個時代的傷痛，它們充實和豐富了中國現代詩歌意象的寶庫。在中國詩歌意象寶庫中，歸來詩人的「哥倫布」「半棵樹」「華南虎」「懸崖邊的樹」「魚化石」等是一個時代知識分子的受戮命運的象徵。歸來詩人以他們打有個人強烈印記的詩歌書寫，無意中創造了一代知識分子受難的時代雕像。這些自苦

〔註87〕 曾卓：《懸崖邊的樹·前記》，《懸崖邊的樹》，四川人民出版社，1981年版。

難中浴火而出的雕像從一個側面揭示了「文革」時期中國知識分子的堅韌不屈的精神反抗，也高揚了「五四」新文化運動以來知識分子的抗爭與現實戰鬥的傳統。

第四章　朦朧詩：人的重新發現與新詩精神的回歸 [註1]

第一節　朦朧詩出現的社會文化語境：政治化的反叛

一、從地下到地上：作爲一種詩潮的「朦朧詩」

　　「朦朧詩」作爲新時期文學中一個爭議頗多的詩潮已成爲歷史。無論是近距離的觀望還是遠距離的打量，大多停留在其藝術手法的準現代主義性（或稱現代主義色彩）、內涵的不明確性等方面，但「朦朧」卻像陰影一樣遮蔽了「朦朧詩」的本來面目。從「朦朧詩」衝出地下的那一天起，與其說它作爲一種詩潮衝擊了詩壇，不如說對它的爭論佔據了詩壇中心，熱鬧的爭論與詩人們的默默創作形成了鮮明對比。時至今日，是我們拋卻那些言辭激烈的情緒化的爭論而心平氣和地直面「朦朧詩」的時候了，是我們應該認認眞眞地在繆斯的家園中爲「朦朧詩」尋找一個安居之所的時候了。

　　徐敬亞在《崛起的詩群》的開篇嚴肅地宣告：

　　　　我鄭重地請詩人和評論家們記住一九八○年（如同應該請社會學家記住一九七九年的思想解放運動一樣）。這一年是我國新詩重要的探索期、藝術上的分化期。詩壇打破了建國以來單調平穩的一統局面，出現了多種風格，多種流派同時並存的趨勢。在這一年，帶著強

〔註 1〕　本章由叢鑫先生執筆。

烈現代主義特色的新詩潮正式出現在中國詩壇，促進了新詩在藝術上
邁出了崛起性的一步，從而標誌著我國詩歌全面生長的新開始。〔註2〕
徐所謂「帶著強烈現代主義特色的新詩潮」即「朦朧詩」潮，他在文章中又
從其產生背景、藝術追求、內容特徵及其在未來的前途──「新詩發展的必
由之路」等各方面作了才華橫溢、激情昂揚的評述。我們固然不能完全贊同
徐氏所有的觀點，但他對新詩潮的歷史意義的肯定卻不失為一種中肯的評
述。正是這篇對「朦朧詩」倍加推崇的文章把「朦朧詩」的論爭推向了巔峰，
同時也引發了詩外因素的介入而導致了以非詩標準來裁斷詩歌論爭並以擱置
而停息。但這並沒有妨礙人們在心理上對「朦朧詩」的接受。

　　「朦朧詩」成為詩壇論爭的中心由來已久。爭論可從謝冕的《在新的崛
起面前》〔註3〕算起，這可稱為正式的論爭。在此之前，雖然已有一些對顧城
的小詩、舒婷創作的爭論，但並未引發大規模的論爭。謝冕敏銳地感受到在
《將軍，你不能這樣做》（葉文福）、《小草在歌唱》（雷抒雁）、《光的讚歌》（艾
青）等有巨大社會效應的詩外，一種手法新穎的探索詩正在「崛起」〔註4〕，
並對這種「崛起」的詩歌表達了自己的讚譽之情。稍許的寂寥之後，章明發
表了一篇貌似寬容的批評之辭，正是在這篇文章中，「朦朧詩」作為新詩潮的
代名詞第一次出現，他認為「九葉詩人」杜運燮的《秋》和青年詩人李小雨
的《夜》代表了一種「晦澀怪僻」的詩歌傾向並否定了其美學價值。他認為
「連鴿哨也發出成熟的聲音」是讓人難以理解和接受的，因為「初打鳴的小
公雞可能發出不成熟的聲調，大公雞的聲調就成熟了，可鴿哨是一種發聲的
器具，它的聲調很難有什麼成熟不成熟之分」，此外對《秋》中「平易的天空」、
「紊亂的氣流經過發酵」、「秋陽在上面掃描豐收的氣息」等提出質疑和責難，
並就《夜》中「一個青椰子掉進海裏」「使所有的心蕩漾、蕩漾」，「輕雷」、「綠
的故鄉」等詩句發難，從而得出「有少數作者大概是受了矯枉過正和某些外
國詩歌的影響，有意無意把詩寫得十分晦澀、怪僻」的結論，「為了避免粗暴
的嫌疑，我對這一類詩也不用別的名詞，只用『朦朧』二字，這種詩體，也
就姑且命之為『朦朧體』吧。」〔註5〕自此，有關「朦朧詩」的論爭才日趨激

〔註2〕 徐敬亞：《崛起的詩群──評我國詩歌的現代傾向》，《當代文藝思潮》，1983
　　　年第3期。
〔註3〕 謝冕：《在新的崛起面前》，《光明月報》，1980年5月7日。
〔註4〕 謝冕：《在新的崛起面前》，《光明月報》，1980年5月7日。
〔註5〕 章明：《令人氣悶的「朦朧」》，《詩刊》，1980年第8期。

烈。否定論者認爲它是畸形的怪胎，是「新時期社會主義發展中的一股逆流」，是「沉渣泛起」，是用非社會主義思想非議社會主義政治，灰色孤寂，孤芳自賞和玩世不恭〔註6〕，「脫離了人民群眾的思想感情，脫離了時代精神」〔註7〕，而贊同者則以「三崛起」爲代表，認爲「朦朧詩」是一種新的美學原則在崛起〔註8〕，「標誌著我國詩歌全面生長的開始」，它不僅塡平了抒人民之情與抒自我之情的鴻溝，而且體現了變革的先聲。在不斷深入也不斷激烈的論爭中，這類詩又被冠以「古怪詩」、「晦澀詩」、「現代詩」、「新詩潮」等名稱，但作爲對這類詩歌的美學特徵並不準確的概括乃至含有諸多貶義色彩的「朦朧詩」卻約定俗成地沿用下來。這一方面說明了「朦朧詩」作爲一種新異的詩歌形態劇烈地衝擊了詩壇，相對於存在了幾十年的直白抒情而言，它的確是「朦朧」的；同時也表明了「朦朧詩」在中國新時期詩歌史上的開放性姿態——至少是在藝術上接通了中國現代詩歌史上一直處於邊緣的有現代主義色彩的詩歌傳統，促進了詩歌的發展。〔註9〕

其實這種詩潮可以追溯到 70 年代中期以食指、芒克、多多、根子等青年詩人爲重要成員的「白洋淀詩派」。〔註10〕這是一個處於特定年代的青年用詩

〔註6〕 程代熙：《評〈新的美學原則在崛起〉》，《詩刊》，1981 年第 4 期。

〔註7〕 丁力：《古怪詩的質疑》，《詩刊》，1981 年 12 期。

〔註8〕 孫紹振：《新的美學原則在崛起》，《詩刊》，1981 年第 3 期。

〔註9〕 眾多研究者一向把「朦朧詩」產生的社會文化環境與西方現代主義文學產生的歷史文化環境作比較，從而得出共同的人性在相似的歷史語境中能夠產生相似的藝術，以次來論證「朦朧詩」的現代主義特徵的合法性；對於產生於閉關鎖國時代的「朦朧詩」而言，這種研究有當然的說服力。但也有相關的材料證明了「朦朧詩」受了西方文學的直接的影響：如顧城的《談話錄》（載《當代文藝思潮》、1995 年 4 期），舒婷的《生活、書籍和詩》、《以憂傷的明亮透徹沉默》、《春蠶到死絲方盡》（均見《舒婷詩文自選集》，桂林：灕江出版社，1997 年 6 月出版），陳曉明《現代主義的興起與文學的多元化》中涉及到「白洋淀詩派」中流傳的一些「文革」中幸免被抄走的多種外國文學書籍，詳見楊匡漢、孟繁華主編的《共和國文學 50 年》，北京：中國社會科學出版社，1999 年 8 月出版，第 329～340 頁；同時，「朦朧詩」也不可能不受到中國新詩史上「另類」詩歌傳統的影響，蔣登科的《九葉詩派的合璧藝術》（重慶：西南師範大學出版社，2002 年 4 月），有專門的章節探討「朦朧詩」人與「九葉詩派」藝術上的關聯。而「朦朧詩」名字的來歷不就與九葉詩人相關嗎？從而筆者認爲「朦朧詩」的產生是上述多種因素綜合作用的結果。

〔註10〕 見楊健：《文化大革命中的地下文學》，北京：朝花出版社，1993 年。此外，對「白洋淀詩派」作品的搜集和研究在 80 年代就開始了，北京大學五四文化社編《新詩潮詩集》（老木主編）收入這一詩派成員的不少作品。一些研究者

歌來表述對自己所處時代的另類思索而產生的群體，他們由狂熱眞誠地信仰到理想破滅後的懷疑進而痛苦的思索，他們是最早覺醒並對時代進行反思的一群。理想與現實的巨大反差，使他們對人生、社會、時代的懷疑——覺醒——思索的心路歷程加以獨特的表現。雖不免受「紅色主流文學」的影響，但更多的是表現爲精神貴族的多愁善感，又有落難英雄的狂放不羈；既包含有不自覺的現代意識，又有明顯的浪漫色彩。這是現代主義思潮與中國特定年代撞擊的表現，是一個「不合理時代的合理的產兒」。〔註11〕西方現代派藝術反映了知識分子對現代化規範的質疑、絕望與反抗，而這群敏感的中國知識分子則是對那個噩夢般歲月的詛咒、思索，那個狂暴的年代使他們不自覺地疏離時代的中心，他們試圖以自己的理想爲標準來扭轉顛倒的乾坤；而主流的表達方式難以讓他們捕捉到個體內心的感情眞實，西方現代派藝術，中國現代詩歌史非主流詩歌傳統則給他們提供了某種適當的表述方式，至少讓他們找到了一個發泄內心情感的契機。這種潛在的特質在某種程度上也決定了「朦朧詩」發展、演變的軌跡（命運）。

　　《今天》創刊於 1978 午 12 月 23 日，由北島、芒克等主辦，它刊登小說、詩歌、文藝評淪和少量外國文學譯介文字。小說雖然佔有較大的分量，但其在文學史上的影響主要是詩歌；由北島執筆的創刊號上署名「本刊編輯部」的《致讀者》（代發刊詞），表達了《今天》同仁當時的社會、詩歌理想：在引用了馬克思的論述來批判「文革」期間實行的「文化專制」之後表達了當時普遍存在的創世英雄情節……「四五」運動標誌著一個新時代的開始，這一時代必將確立每個人生存的意義：并進一步加深人們對自由精神的理解；我們文明古國的現代更新，也必將重新確立中華民族在世界民族中的地位，我們的文學藝術，則必須反映出這一深刻的本質來。《致讀者》之後的詩人樂觀豪邁地宣告：「今天，當人們重新抬起眼睛的時候，不再僅僅用一種縱的眼光滯留在幾千年的文化遺產上，而開始用一種橫的眼光來環視周圍的地平線。……我們的今天，植根於過去古老的沃土裏，植根幹爲之而生，爲之而死的信念中。過去的已經過去，未來尚且遙遠，對於我們這代人來說，今天，只有今天！」

　　　　大體上把它看作發生於新時期的「新詩潮」（即「朦朧詩」）的準備或源頭，本文擬採用這種觀點。
〔註11〕謝冕：《失去平靜以後》，《詩刊》，1980 年 12 期。

《今天》共出版九期，它刊載了食指、芒克、北島、方含、舒婷、顧城、江河、楊煉等的寫幹「文革」期間或寫於當時的作品、如舒婷的《致橡樹》、《中秋夜》、《四月的黃昏》、《呵，母親》，北島的《回答》、《冷酷的希望》、《太陽城札記》、《一切》、《走吧》、《陌生的海灘》、《宣告》、《結局或開始》、《迷途》，芒克的《天空》、《十月的獻詩》、《心事》、《路上的月亮》、《秋天》、《致漁家兄弟》，食指的《相信未來》、《命運》、《瘋狗》、《魚群三部曲》、《四點零八分的北京》、《憤怒》，江河的《祖國啊，祖國》、《沒有寫完的詩》、《星星變奏曲》，顧城的《簡歷》楊煉的《烏篷船》，方含的《謠曲》等。其中，不少後來被看作是朦朧詩的「代表作」。除刊物外，還出版《今天》文學資料三期。《今天》叢書四種。其間，還在玉淵潭公園組織過兩詩歌朗誦活動，並兩次協助舉辦當時的先鋒美術活動「星星畫展」。1980 年 9 月《今天》被要求停刊。其後成立「今天文學研究會」，很快也被迫停止了活動。由於《今天》在這段時間產生的影響，以及它的組織者和撰稿人在「新詩潮」中的地位〔註 12〕，在此後的詩歌史敘述中，「朦朧詩」被看作是「第一隻報春的乳燕」，並日漸彙入到波瀾起伏的新時期文學大潮中。以北島、舒婷、顧城、江河、楊煉、梁小斌、王小妮等為代表的一批年輕詩人，在詩歌審美上接續並發展了「白洋淀詩派」的詩學特徵、美學追求，從自我出發，以象徵、比喻、通感等現代派手法和藝術技巧來表達個體對社會、理想、道德、愛情等現實和歷史問題在新的歷史環境中的思索。

「朦朧詩」並非是大多數研究者所謂的「朦朧詩派」。它沒有形成流派的必備因素：領潮人物，共同的地域（或刊物），一定的組織形式，公開發表藝術宣言等因素的全部或其中的一部分，它只能是一個在共同的歷史語境中有著相似經歷並對此有相似的思索和以相似的藝術追求、藝術風格來表述其相似思索的詩人群體。「朦朧詩」把詩歌從附庸政治、圖解政策的工具論中解放出來，它在藝術形式方面的變革在新時期詩壇上形成巨大的衝擊波，「詩變得費解和不可解了，它的意蘊甚深卻不求顯露，它適應現代人的複雜意識而摒棄單純，它改變詩的單一層次的情感內涵而為主體的和多層的建構。」〔註 13〕

〔註12〕 參閱洪子誠、程光煒主編：《朦朧詩新編‧緒論》，武漢：長江文藝出版社，2004 年版，第 8～9 頁。查建英：《八十年底訪談錄》，北京：三聯書店，2006 年版，第 71～73 頁。

〔註13〕 謝冕：《謝冕詩歌評論選》，長沙：湖南文藝出版社，1986 年版，第 217 頁。

向內在精神世界突進並維護它的神聖性，從而完成了當代詩歌的轉軌。但他們最根本的相似之處在於其詩歌的內蘊以及由此而產生的美學風格，無論是「北島由深刻疑懼生發的冷峻心理，舒婷為尋找人性的瞭解與溫暖，因濃厚的失落感而形成的『美麗的憂傷』，顧城因嚮往童話的天國而顯示出對現實世界的『冷漠』」〔註14〕，還是所謂「北島的象徵——超現實模式，舒婷的情感複調，顧城的幻型世界，江河的原型個體同構境界，楊煉的智力空間」〔註15〕，無不是對人道主義的呼喚，對自由人格的追求，都是圍繞著作為個體的人，如何從人民這一抒情主體中突顯出來並確立個體的獨特地位。但他們在反傳統的同時，「依然把詩寫得很美，充滿了濃鬱的人情，無意間充當了人道主義美學回歸的先驅，並創造了以人文精神為特徵的古典的極致。」〔註16〕這也決定了「新詩潮又是一種英雄主義文學思潮，新詩潮詩歌也因此呈現了鮮明的那個時代的責任感，使命感和崇高感」。〔註17〕

二、朦朧詩出現的社會文化語境

　　文學，無論是「朦朧」還是「直白」，無論是側重群體話語還是個體話語，也不論是注重社會使命還是關注生命意識，說到底終究是要表達一種意義。而詩歌作為時代精神的表意形式，能夠最為有效和準確地表達出某一特定時段民族精神和主流意識形態的需求。新時期伊始，從邊緣逐漸走向中心的「朦朧詩」和居於話語中心的「歸來的歌」共同構成了當時詩壇的中心。它們和其它文體以不同的方式參與了新時期的歷史建構，同時也不同程度的受到特定歷史文化語境的制約。建構歷史的英雄在某種程度成為了歷史建構的「同謀」。文學不同的表現形態並不完全取決於作家的追求，意識形態的意圖作為公共話語語境可能對於文學有著更為重要的作用，建國後文學的發展乃至「文革」文學的發生並存在即可為明證，它是文學存在的合法性根源和守護力量。作為公共知識分子的作家，更多期待文學自身，更多的關注人類的基本價值和目標，對理性、正義、真善美等普世價值付諸熱忱，而意識形態更多對時

〔註14〕　謝冕：《斷裂與傾斜——論新詩潮》，《文學評論》，1985 年第 5 期。

〔註15〕　參閱陳仲義：《中國朦朧詩人論》，南京：江蘇文藝出版社，1996 年版，第 14 頁。

〔註16〕　金漢、馮青雲、李新宇主編：《中國當代文學發展史》，杭州：杭州大學出版社，1993 年版，第 354 頁。

〔註17〕　席雲舒：《論「朦朧詩」》，《揚州大學學報》，1994 年第 4 期。

代精神給予規約和引導，注重策略性和功力的目標。文學就是在二者之間游離，一個時代文學的佼佼者大多是就表達了作家對人類生存處境的關注以及對人類基本價值的維護，又能夠與主流意識形態達成某種「共識」，從而獲得合法的生存。這一特點在新時期文學中體現的尤其明顯和充分。「『文革』後思想表達的主體面臨如何論證自身作為表達主體的合法性問題。」「中國作家當然是和黨站在一起，反省『文革』、批判極『左』路線。『傷痕』文學的意義是重大的，它使中國民眾的內心怨恨得以表達，並且有了『四人幫』這樣明確的對象。批判『文革』不只是清算『四人幫』的罪惡，同樣重要的是，論證在『文革』動亂歲月黨的偉大與正確，老幹部與知識分子一起與『四人幫』進行了頑強的鬥爭，它們始終沒有喪失革命信念。『傷痕』折射的不只是痛楚和罪惡，更重要的是表達信心和忠誠。通過對主體合法性的論證，傷痕文學同時修復了歷史。」〔註18〕陳曉明的論斷有助於我們理解「朦朧詩」和「歸來的歌」共存於新時期初期的詩壇並相互論爭論，二者從不同的角度和層面建構了「文革」的想像，並構成了於新時期詩壇的主要風景。

　　1976 年清明的天安門詩歌運動，以歌頌和批判相結合的方式來表達人們的愛與恨其主旨，最突出的特色是現實性和戰鬥性，詩人們大都是把詩歌作為一種旗幟和炸彈等武器來使用的，這是中國現代詩歌從 1920 年代開始、經由延安詩歌體系化和建國後的權威化而形成的一個重要傳統。天安門詩歌運動在思想內涵、藝術形式和思維方式上還帶有它所反叛的文學的種種烙印，但是它卻為新時期詩歌的興起拉開了序幕，開啟了一個新的詩歌時代。

　　「歸來的歌」詩無疑是新時期現實主義詩歌的主流，而「歸來者」詩人群也就成為新時期詩歌史上的一道亮麗風景。它不只是由艾青復出後的第一部詩集《歸來的歌》而命名，差不多與此同時，流沙河、梁南也分別寫了題為《歸來》和《歸來的時刻》的詩作。「『歸來』，在這期間，是一種詩人現象，也是一個普遍的詩歌主題。」〔註19〕「歸來」的詩人把他們終於凝成珍珠一般的隱忍的字句，飽經滄桑的心靈，向那一段荒謬絕倫的歷史發出了令人顫慄的申訴，也為那在特殊歷史境遇下「九死而猶未悔」的人生信念作了有力的辯白。「七月派」詩人在出版他們的詩選合集《白色花》時，扉頁上以阿壟的《無題》中最末幾行作為題記：「要開作一枝白色花——／因為我要宣告，

〔註18〕陳曉明：《表意的焦慮》，北京：中央編譯出版社，2002 年版，第 8～9 頁。
〔註19〕洪子誠：《中國當代文學史》，北京：北京大學出版社，2000 年版，第 277 頁。

／我們無罪，然後我們凋謝。」「歸來者」詩在成熟和沉靜中透露出淒涼的意緒和感傷的色彩，給詩帶來一種沉哀落寞，迴腸百折的情味，然而劫後餘生的沉思，又因對堅貞信念的發現和堅持而沖淡了悲劇色彩，使其僅成為痛苦的展示或變痛苦為財富證明。以人類的理想和理性為參照來檢討社會行為的謬誤，就必然地成為「歸來者」詩歌最顯著的內容。在藝術上，「歸來者」這個時期的創作，把他們認定的歷史「斷裂」和「承續」融入個人的生活體驗中，並試圖承續他們曾被阻隔的社會理想和詩歌方式。這使他們這期間的詩作呈現出一些共同的特徵，諸如「個人心理情緒的『自白』性質，以歷史反思為核心的理性思辯傾向，對於社會人生理想的堅持和以感情的直接書寫的詩歌表達方式」。〔註20〕

　　「歸來者」詩作為新時期現實主義詩歌的主體組成部分，體現出了新時期現實主義詩歌的若干主要藝術特徵，諸如對詩歌批判功能的強調、反思歷史的努力、關注現實的熱情等，但所有的一切都是建立「文革」這一批判對象之上，或者說是「文革」既是歸來者書寫是歷史起點，也是其重要的文化資源。艾青是「歸來者」詩人群的領潮人，他強調「詩人必須說真話，人人喜歡聽真話，詩人只能以他的由衷之言去搖撼人們的心」。〔24〕他所謂「說真話」，顯然需要置放在那個撥亂反正的特定時代中來理解，就是要求詩人與當時的主流政治意識形態相聯繫，自覺地密切關注社會生活，參與當時的歷史清算，並樂觀地暢想明天的美好，使詩歌富有厚重的歷史感和沉重的社會責任感。而抒情主體則負有「解說」或實現這一使命的責任。從當時具有重大影響的《光的讚歌》到《古羅馬大斗技場》、《在浪尖上》等詩中都或顯或隱看到文革的影子。也正是對「文革」的批判中，「歸來的歌」獲得的巨大意識形態效應並在文學史上佔有重要的位置。詩人們站在今天回望歷史，突然發現昨天的罪惡深重，今天的歷史主體必然成為受害者，再申訴中完成了歷史的統一性和完整性。在其它「歸來者」詩人的創作中此類現象也俯拾皆是：公木的《申請》、邵燕祥的《乞丐》、綠原的《兵馬俑在耳語》等等，都是典型的例子。

　　讀「歸來者」詩，好像是從「我們」的視角審視歷史：清和濁兩條互不相容、界限分明的溪流組成了歷史長河，「清」代表了歷史的發展方向，並且最終能夠戰勝「濁」。更重要的是，在這鬥爭過程中，只有作為集體意志出現的

〔註20〕洪子誠：《中國當代文學史》，北京：北京大學出版社，2000年版，第278頁。

「清」或「濁」，而缺少具有豐富內涵的個體存在，個體泯滅了一切個性而與群體融而爲一個整體。而在「朦朧詩」中，這種「清」和「濁」作爲構成歷史河流的因子也是存在的，但他們似乎不再突顯作爲群體概念的「清」與「濁」，而更注重「清」與「濁」的基本單位——個體作爲存在的角色和意義。但是朦朧詩人們依然沒有也無法擺脫文革的陰影，歷史無法超越，他們也把文革作爲歷史文化資源，同時新時期的撥亂反正的歷史語境爲朦朧詩提供了存在的合法性，對於朦朧詩的爭論以及有政治氣候的變化而導致的對朦朧詩的態度可見一般。在具體的詩歌文本中，同樣可以看出歷史與意識形態的雙重規約。

在「朦朧詩」的幾個主要代表詩人中，北島以深沉、冷峻、凝重顯示出自己獨特的風貌。北島的詩集中體現了那一代人特有的悲憤和思索，最突出、最集中地顯示了「朦朧詩」的冷峻的理性批判精神。北島是較早地對動亂年代有著清醒認識的先覺者，對黑暗年代的感受和體驗在他的心靈上留下了難以撫平的傷痕，荒謬的生活使他學會了懷疑，他習慣以懷疑的眼光打量《一切》，以思索者的警懼和戒備審視生活。在他的眼中，一切僞飾紛紛脫落，鮮花盛開之處常常是鬼魅出沒的地方，生活總是呈現出其猙獰和罪惡的一面。這使他詩中的抒情主體在先覺者的孤獨之外又是一個懷疑者、思索者，這個與世界爲敵的先覺者注定了與群體的不相容忍。「我——不——相——信」中的「我」是北島詩歌中抒情主體的代表，「我不相信天是藍的；／我不相信雷的回聲；／我不相信夢是假的；／我不相信死無報應」。（北島：《回答》）天是藍的、雷有回聲、夢是假的等已是約定俗成的結論。「我」偏偏不能認同這種定論，而要衝破一切即定的「偏見」，這是北島詩中抒情主體一貫的「橫眉冷對」一切的姿態。「我」沒有歡歌笑語，也看不到草長鶯飛，有的只是眾人皆醉我獨醒的深沉思索和爲「眞理正義」而獻身的準備。「我來到這個世界上／只帶著紙、繩索和身影」（北島《回答》），「我只能選擇天空／絕不跪在地上／以顯示劊子手們的高大／好阻擋那自由的風」（北島《宣告》），「我站在這裡代替另一個被殺害的人／沒有別的選擇／在我倒下去的地方／將會有另一個人站起」（北島《結局或開始》）這類抒情主體都「帶有民族英雄色彩，總是自覺地承擔起某種歷史責任，而又自覺地在悲劇中選擇自我悲劇的命運。」〔註21〕舒婷詩中的詩歌「關心個人命運、追求自我價值的實現，同情別人的眼淚，對民族命運和祖國前途的關切，表現出強烈的責任感和自信心。」

〔註21〕 李新宇：《當代詩歌潮流》，濟南：山東大學出版社，1993年版，第285頁。

〔註 22〕而顧城則提供給我們一個試圖擺脫社會羈絆、群體束縛、努力親近大自然的獨立個體的形象，「他確實天然地懷著遠離塵世的退避意願，自覺或不自覺地走向社會的邊緣，走向絕對的自然。」〔註 23〕

　　無論是自覺選擇悲劇英雄，還是追求自我情感或者是走向自然，個中的前提就是對於剛剛過去的「文革」的反思，承擔歷史的重責或者是給人一種溫馨的未來展望，或者是超凡脫俗，以童稚的心態遠離塵世的努力，其背後根源則是對於昨天的一種態度。「朦朧詩」人在重視今天的表象中，骨子裏無法與昨天隔絕，更無力與「今天」的語境隔離，「朦朧詩」的興衰史其實就源於歷史文化資源的衰竭和當時政治氣候的變化。當新的意識形態和朦朧詩的價值觀念有了一定的分歧，共謀成為過去。「朦朧詩」也就定格與那個特定的時代。北島所謂「我們不是無辜的／早已和鏡子中的歷史成為同謀」（北島《同謀》）是對歷史與個體關係的深沉反思，同時也在某種意義上既概括出了「朦朧詩」產生的歷史文化語境及其命運。「朦朧詩」命名及其文學史意義雖然更多側重於是否讀懂的接受層面，著重與語言、修辭的角度，但對「朦朧」深層次原因進行追問，最終卻只有在詩人與時代的關係的層面上才能解釋清楚。〔註 24〕「朦朧詩仍然是在知識）權力的框架內進行寫作，仍帶有意識形態幻覺和宏大敘事的影子。對於朦朧詩而言，當時社會語境的正面（新時期）或反面（文化大革命）的存在，成為朦朧詩人寫作的事實和根本性的思想邏輯。」〔註 25〕

第二節　人的發現與精神再啓蒙

一、精神再啓蒙

　　啓蒙作為哲學體系，需要回答歷史進程中的總體性和同一性問題。當文

〔註 22〕吳開晉編：《新時期詩潮論》，濟南：濟南出版社，1991 年版，第 162 頁。

〔註 23〕參閱陳仲義：《中國朦朧詩人論》，南京：江蘇文藝出版社，1996 年版，第 104 頁。

〔註 24〕王愛松：《朦朧詩及其論爭的反思》，《文學評論》2006 年第 1 期，第 113～121 頁。王文把「朦朧詩」的論爭至於「中國現當代文學史上『人的文學』與『人民的文學』的分流與分歧」中進行考察，對「朦朧詩」論爭中「詩與非詩的界限」、「詩的晦澀和含蓄的界限」、「詩的繼承和發張的關係」等進行深入的思考。認為朦朧詩朦朧的根源在於詩人的個體經歷、當時的政治語境以及文化語境的影響。

〔註 25〕霍俊明：《「朦朧詩」的得失再思考》，《文藝報》，2008 年 6 月 26 日。

學敘事以形象的方式體現啓蒙思想時，其客觀意義對應了具體物象。福柯在解讀康德的「啓蒙」概念時指出，「在任何情況下，啓蒙被這些先在關係的限制所規定。」〔註26〕福柯的話說明啓蒙價值的理解都存在「先在關係」，理解啓蒙價值離不開先前的文化環境。「五四」啓蒙文學在近代中國文化環境中，感受到社會的黑暗重重，強烈呼喚啓蒙，要求獲得理性啓迪，但對於這個時期啓蒙的理解離不開傳統的政治文化語境，也就是我們流行的話語反對封建壓制而張揚個性。而新時期的啓蒙呼告則在提出思想解放運動的口號後，意識到此前的文革甚至建國後政治氛圍存在的壓抑和非理性，從而充滿感情地披露和批判各種心理傷害和魂靈扭曲。

　　20世紀的中國啓蒙文學有兩次令人眩目的高潮：一次在「五四」文學革命時期，一次在1980年代的新時期。這兩次啓蒙共同以突出的個性解放、人格平等、精神自由與思想獨立的嶄新觀念給20世紀中國文學帶來過輝煌的歷史。如果把「五四」啓蒙文學與新時期啓蒙文學簡單作一比較，就會發現一些令人深思的現象：二者產生的社會文化語境、心理氛圍以及歸宿有著驚人的一致。「五四」啓蒙文學與新時期啓蒙文學都是在一種濃厚沉重的民族憂患意識中產生的。雖然從社會政治的層面來看，這兩個時期的人們所處的歷史環境、所面臨的具體歷史任務已有了極大的不同：前者處於新舊文化轉換時期，借助外來文明對一切價值進行重估，進而完成從政治體制到倫理道德乃至一切領域的啓蒙。但是，外在的社會語境使得「五四」時期的啓蒙帶有強烈的救亡色彩，所謂的啓蒙不得不逐步讓位於時代的救亡主題〔註27〕並在歷史的演變中，啓蒙逐漸被救亡和翻身的迫切需要壓制，建國後的政治文化的極端發展更是把啓蒙放逐至潛在的地下。新時期的文學啓蒙產生的文化語境恰恰是主流政治極端的壓抑，是從新的主流意識形態到個體對剛剛過去的「文革」的批判和反思，「文革」作為專制、扼殺和災難的象徵，是新時期啓蒙的文化資源。新的意識形態的合法化建構，需要尋找歷史起點，這就是對於「文革」的全方位批判。這與五四時期對舊文化的批判有著差別，但是二者都處於救亡圖存的民族危機感和急於擺脫愚昧、貧窮、落後的緊迫感。正是這種一致性，決定了兩個時期的啓蒙文學之間的緊密聯繫，以至於我們常常把新

<hr />

〔註26〕 福柯：《什麼是啓蒙？》，《文化與公共性》，汪暉、陳燕谷編，北京：三聯書店，1999年版，第425頁。

〔註27〕 參閱李澤厚：《中國思想史論（下）》，合肥：安徽文藝出版社，1999年版，第842～855頁。

時期的文學啓蒙稱爲「再啓蒙」，意謂是接續由救亡和翻身打斷的「五四」時期的啓蒙，「五四」啓蒙文學是以整體上反對封建歷史的吃人文化爲起點的，它著眼於「立人」，著力於「改造國民性」，希望通過思想啓蒙來創造「中國歷史上未曾有過的第三樣時代」。但在日益激烈的階級矛盾和民族危機面前，這場以個性解放、思想自由爲中心，以思想文化層面的變革爲基本特徵的啓蒙文學很快就轉向了以階級鬥爭和集體主義爲中心，以社會政治層面的變革爲基本特徵的革命文學。它的變化趨勢是由思想啓蒙到政治革命，由文明批評到社會批評。新時期啓蒙文學是以揭示傷痕、批判「文革」、反思歷史爲起點的。與「五四」啓蒙文學一樣，它一開始就追求個人的價值，把個人從政治異化中解放出來，還原爲個體的存在。

新時期伊始，還留有明顯的「文革」思維慣性。在這樣特定的歷史復蘇期，有許多人是既痛恨「文革」，又往往習慣地沿用「文革」的思維；既嚮往民主，又常常自覺地製造和維護新的個人崇拜；既羨慕西方的物質文明，又害怕西方的思想文化；既認識到反封建的重要性，又不願意放棄特權（包括目前沒有特權而嚮往特權者）；既反對殘害生命，又不尊重個體生命的根本權益。就是在這種種極度矛盾的心態中，一部分清醒的知識分子接續了中斷已久的「五四」啓蒙傳統。他們把眼光再次投向了西方，借改革開放的春風，大量翻譯介紹西方的學術、文化思想。「五四」時期那種幾年之內就把西方幾百年的歷史重演一遍的奇特現象在 1980 年代的中國再度出現。這些構成了新時期啓蒙文學產生的一個重要導因。很顯然，這種導因與「五四」啓蒙文學產生的導因是極爲相似的。在「人道主義與異化問題」、「文學的主體性」及「尋根」等理論的倡導與論爭中，也產生了一批優秀的啓蒙作品。

新時期的人們意識到理性缺乏造成愚昧欺瞞導致「文革」浩劫。人們普遍有種劫後餘生的感覺，急需理性光照現實世界重建精神體系。此時啓蒙敘事的空間設置與人們的經驗和記憶有關，這是與現實世界直接對應的空間環境。在人們震驚於劇烈的政治變動時，服膺於時代變動節奏的作品最容易滿足讀者的「審美」期待。

作品中強調與時代相連接的情境，既能夠確證作者主體，又能夠引起讀者的強烈共鳴。面對個體生存的現實，由於個人話語和集體想像的分延而建構了不同的文革記憶。源於「文革」中「潛在創作」的新時期文學首先引發作者創作衝動的題材，大都與集體記憶有關，卻又加入了個體的思考。以其

沖決慣有的觀念和教條而牽動人們敏感的神經，啓蒙的首要任務是以新的觀念對歷史進行證僞和反思，宏大敘事承擔著宏觀社會關係處理的任務，而與宏大敘事相聯繫的是宏偉和開闊的歷史時空，其時許多作品選擇了宏大歷史敘事。新時期文學開始更爲深刻細密地探究各種悲劇的歷史原因，國家民族的社會責任固然可以讓人產生豪邁慷慨，也容易使責任意識泛化，許多具象化的悲劇緣由意味著更爲具體的責任承擔和更爲具體的人性表達。於是追求對更爲具體的個體生存體驗的「朦朧詩」，很快就被推到了歷史的前臺並與「歸來的歌」一起以不同的方式塑造「文革」記憶，而「朦朧詩」逐漸從「歸來的歌」的批判「文革」中被抑制了的個人、家庭或者家族的苦難經歷解脫出來，在書寫中，張揚主體理性對歷史和現實的介入，用人道主義的眼光批判殘酷的「文革」，在反思中追求個體價值。

二、人本主義：朦朧詩的啓蒙精神的體現

作爲一種哲學思想，人本主義從其萌芽到不斷發展演變，可謂經歷了漫長而曲折的過程。而該詞（Humanism）的出現，是在近代歐洲大地上發生的那場聲勢浩大的文藝復興運動中，爲抗拒封建神學的束縛，建立資產階級新文化，那場運動的倡導者高揚起「人」的旗幟，將人性作爲衡量一切的尺度，將神性、神權、專制和教條的束縛作爲反對和批判的對象，大力倡導民主、科學和自由，弘揚人的主體性和創造性，尊重人的自我塑造及自我價值的實現，形成了有別於古希臘理性人本主義的近代人本主義思潮。我國「五四」新文化運動中的民主文學思潮，主要便是受這一思潮影響的結果；「五四」以來所形成的詩歌傳統，實質上便是人本主義的新詩傳統；「朦朧詩」，實質上便是被反右運動和文革所隔斷了的「五四」人本主義新詩傳統在當代得以再續的先聲。謝冕先生在評價朦朧詩人及其作品時是這樣說的：「他們是新的探索者。這種情況之所以令人興奮，因爲在某些方面它的氣氛與『五四』當年的氣氛酷似。它帶來了萬象紛呈的新氣象。」〔註28〕「朦朧詩」派的代表人物北島更是明確提出：「詩人應該通過作品建立一個自己的世界，這是一個眞誠而獨特的世界，正直的世界，正義和人性的世界。」〔註29〕的確，我們看到，朦朧詩人以人的主體意識的覺醒對抗「文革」以來所形成的專制主義文

〔註28〕 謝冕：《在新的崛起面前》，《光明日報》，1980 年 5 月 7 日。
〔註29〕 北島：《我們每天的太陽》，《上海文學》，1981 年第 5 期。

學思潮，它鮮明而共同的精神向度，就是恢復並重新確立人的價值與尊嚴。

1、懷疑和反抗精神

由於特定的政治文化環境，使得人本主義思想在 1960～1970 年代受到了嚴酷壓抑，但這並不是說人本主義文學也就此消失殆盡，潛在創作以獨特的方式延續著人本主義思想，產生於這個時期的「朦朧詩」更是其生命的延續和發揚。這一大批詩人和他們的詩歌作品卻一致傳達了人本主義的共同的思想，而其中側重表達的是，詩人對「文革」政治神話這一異己力量的抗爭和對自身價值的追問與探求，對「四人幫」專制暴行的批判和對自由理想的追尋。

人本主義英雄主義的思想在這一時期的「朦朧詩」中可以得到廣泛的明證。詩人黃翔寫於 1968 年的《野獸》一詩是一首具有代表性的批判那個黑暗年代的英雄主義詩歌：「我是一隻追捕的野獸／我是一隻剛捕獲的野獸／我是被野獸踐踏的野獸／我是踐踏野獸的野獸／／我的年代撲倒我／斜匕著眼睛／把腳踏在我的鼻梁架上／撕著／咬著／啃著／直啃到僅僅剩下我的骨頭／即使我只僅僅剩下一根骨頭／我也要哽住我的可憎年代的咽喉」。劉登翰先生在談到「文革」那個黑暗年代時說：「在十年浩劫裏，人與人之間的關係只剩下一種抽象的『階級關係』；而『鬥爭哲學』又被視為處理人的關係的唯一準則。革命不是在關心人和發展人的個性的軌道上推進，而是把所有尊重、關心和愛護人的美好情感統統當作資產階級人性論打倒，代之以封建專制的獸性。」〔註30〕「文革」十年是失去理性的十年，是瘋狂的十年，人在失去理性之後，剩下的便是瘋狂的獸性，其間發生的不可勝數的罪惡暴行均已為歷史所銘記，而黃翔的這首《野獸》正深刻揭露了當時的失去人性的暴行，體現了詩人對那個時代的憎恨和堅決與罪惡年代抗爭到底的英雄主義精神：「即使我只僅僅剩下一根骨頭／我也要哽住我的可憎年代的咽喉」。

北島的詩歌尤其典型地體現了「朦朧詩」的懷疑和反抗意識。他在《一切》中這樣寫道：「一切都是命運／一切都是煙雲／一切都是沒有結局的開始／一切／都是稍縱即逝的追尋／……」，詩人對人生命運的不確定性進行了生動的概括，生活中的「一切」都不可信，沒有希望，「開始」沒有「結局」，那麼開始也就不成為開始，生活中的一切是沒有意義的開始；而安置人的靈

〔註30〕劉登翰：《一股不可遏制的新詩潮》，《福建文藝》，1980 年第 12 期。

魂和精神的信仰卻與「呻吟」相伴而行，完全消解了信仰的內涵，也就沒有信仰，人只是一個空洞的軀殼；只有「死亡」的「冗長的回聲」與生活回應。詩歌把生命的價值無所依託，命運的不可捉摸，只能歸結爲人無力把握的「命運」。這種人生不確定性在北島的詩中隨處可見：在《船票》裏，他雖然把大海當成人生追求的象徵，詩中反覆強調的卻是「他沒有船票」只能望洋興歎，理想無從實現。《履歷》如此寫：「我曾正步走過廣場／剃光腦袋／爲了更好地尋找太陽／卻在瘋狂的季節轉了向」。雖然「我」無法解釋生活，更無法接受現狀只能自我放逐，《走向冬天》，但是詩人依然有自己獨特的思考：「走向冬天／唱一支歌吧／我們絕不回去／裝飾那些漆成綠色的葉子」，由懷疑而立志反抗的抒情主體讓詩歌有巨大的感染力。

北島詩歌甚至懷疑一些人習見的信仰：「我不想安慰你『在顫抖的楓葉上』寫滿關於春天的謊言／來自熱帶的太陽鳥／並沒有落在我們的樹上／而背後的森林之火／不過是塵土飛揚的黃昏」（《紅帆船》）；「明天／不／明天不在夜的那邊／誰期待／誰就是罪人／而夜裏發生的故事／就讓它在夜裏結束吧」（《明天，不》）。「春天」、「明天」在我們的文化傳統中歷來是希望、信仰、幸福等的象徵，與那些使人高興的事物聯繫在一起，但在北島看來，楓葉寫滿的是春天的謊言，一個人期待明天等於「罪人」。最能體現北島的懷疑意識和批判精神、帶有思想綱領性質的，是他寫於1976年「四五」運動的代表作《回答》。這首詩寫於「文革」後期，後來被作爲第一首公開發表的「朦朧詩」刊載在1979年3月號《詩刊》上，謝冕認爲，《回答》是一首「具有經典意義的作品」〔註31〕。詩的開頭寫道：「卑鄙是卑鄙者的通行證，／高尚是高尚者的墓誌銘。／看吧，在那鍍金的天空中，／飄滿了死者彎曲的倒影。」卑鄙者因其卑鄙而得以在那個時代通行，高尚者因爲高尚而只能走進墳墓，這就是「文革」的特質。特有的眼光讓北島對生活中的一切都不敢相信，甚至約定俗成的自然、社會現象都無法認可：「我不相信天是藍的／我不相信雷的回聲／我不相信夢是假的／我不相信死無報應／」，所以詩人只能是以悲劇英雄的形象來「回答」那個罪惡的年代和無望的世界：「告訴你吧，世界，／我不相信！／縱使你腳下有一千名挑戰者，／那就把我算做第一千零一名。」這些詩句鮮明地表達了詩人由懷疑精神進而提升爲抗爭精神。但謝冕卻認爲這首詩的「經典意義」並不在於它的抗爭精神，而在於它的「懷疑精神」，他

〔註31〕 謝冕：《20世紀中國新詩：1978～1989》，《詩探索》，1995年第2輯。

說：「《回答》最早表達了對那個產生了變異的社會的懷疑情緒。」〔註32〕詩人對不合理的社會現實的否定是全方位的。「文革」的天空雖然「鍍金」，所有的政治口號都冠冕堂皇，卻無法從根本上改變其黑暗性質，價值觀的顛倒、社會的混亂就不言而喻了。詩人對生活中的種種現象表示懷疑、感到迷惑也就不難理解了。

就連「童話詩人」顧城的詩歌也對那段歷史給予深刻的懷疑。在《永別了，墓地》中，詩人對紅衛兵運動進行了近乎殘酷的反思。面對紅衛兵墓地，顧城想像他們交錯地躺在地下，「握著想像的槍」，「你們的手指／依然乾淨／翻開過課本／和英雄的故事／也許處於一個／共同的習慣／在最後一頁／畫下了自己」，一群年輕的生命，在對書本上的英雄的想像中，形成了一個共同的由革命培養出來的習慣，莫名地走向死亡，在詩人看來，悲哀是無法言說的，在革命中個體生命就這樣無價值的消失了。詩人用具有時代特色的話語描述了年輕生命的喪失過程：「誰都知道／是太陽把你們／領走的／乘著幾支進行曲／去尋找天國／後來，再半路上／你們累了／被一張床絆倒」，「太陽」、「進行曲」等具有鮮明時代色彩的意象暗示出年輕生命死亡的時代政治環境，而「誰都知道」、「天國」則在輕鬆的語言中表達出對那個瘋狂的年代欲哭無淚的沉重思考。

2、自我價值的認同

自我價值的認同是現代社會的一個基本價值觀念，可是在中國又有自己特色。「五四」新文化運動倡導的啟蒙試圖把個體從傳統的宗族文化中解放出來，像子君一樣認識到「我是我自己的，他們誰也沒有干涉我的權利」（魯迅：《傷逝》），可是傳統的強大讓這些先驅者承載了強大的壓力；而隨後的民族救亡又把國人置入另一個群體關懷的場域，為民族和政治信仰而放棄自我，人的價值實現只能根據個體對革命、政治做出的貢獻有無主流意識形態來估定。「文革」時期更是整個民族集體陷入非理性政治狂熱的文化蒙昧時期，對「文革」中的一代人來說，「錯過的青春／變形的靈魂」（舒婷：《一代人的呼聲》）給他們留下了一道很深的歷史傷口。

當啟蒙主義的曙光重現之際，他們重又發現了人與自我的意義、價值以及無限的可能性和創造性。於是在長期的被壓抑和被遮蔽中隱潛的內在的能

〔註32〕謝冕：《斷裂與傾斜：蛻變期的投影》，《文學評論》，1985年第5期。

量、意識、情感、理想、意志和個性等等，便一發不可收拾地奔突釋放出來。正如陳仲義說：「正是這一群早熟的覺醒者，對文化專制殘餘的抗爭，對外來文化的大膽吸納，才能於滿目瘡痍的廢墟上，迅速冒出令人震顫的『井噴』。」〔註33〕這不僅僅是一代人的吶喊、呼喚，也是以「自我」為標記的一代人的崛起，一個真正的「人」字矗立在了令人觸目驚心的廢墟和廣闊的地平線上：「我推翻了一道道定義／我打碎了一層層枷鎖／心中只剩下一片片觸目的廢墟／但是，我站起來了／站在廣闊的地平線上。」（舒婷：《一代人的呼聲》）這是一個理性的思考者、審視者、批判者和建設者，他敢於運用自己的理智，審定和推翻了一道道代表所謂真理的的價值觀念和空洞的說教，打碎了一層層禁錮人性的枷鎖，哪怕只留下一片片廢墟。正是從這片廢墟之上作為個體的「人」開始覺醒了，永遠站立起來了，並看到了廣闊的地平線上一片未來的風景。這裡詩人以人的自覺與解放，對抗和批判封建專制主義的「定義」、「枷鎖」，從而肯定了人的價值、自由和主體性原則。一個會懷疑、會思考，有血有肉而又敢於運用自己的理智，參與歷史、主宰自然和把握自我的「大寫的人」就這樣悄然降臨了：「人說：我要生活／於是，洪水退去」（江河：《.讓我們一塊兒走吧》）「就從這裡開始／從我個人的歷史開始」（江河：從這裡開始）「我是瀑布的神，我是雪山的神／高大、雄健、主宰新月／成為所有江河的唯一首領」（楊煉：《諾日朗》）。在這裡，「人」這個光芒萬丈的字眼，成為主宰生活、實現自我理想的獨立的個體，成了新時期歷史的核心，這正是「朦朧詩」人表現的主題意旨。就如舒婷「只是為人寫詩而已」，「我願意盡可能地用詩來表現我對『人』的一種關切」〔註34〕，而北島說：「我是人／我需要愛」，「我站在這裡／代替另一個被殺害的人／沒有別的選擇／在我倒下的地方／將會有另一個人站起」（北島：《宣告》）；楊煉也曾這樣申言：「我永遠不會忘記作為民族的一員而歌唱，但我更首先記住作為一個人而歌唱。」〔註35〕這不僅是人的主體性尊嚴，也是歷史至高無上的目的。這種人的價值觀念的重新確認，給詩歌創作從思想到藝術的解放和創造，帶來了廣泛的影響：「首先是出現在詩歌中的人的形象不同了，不再是像一棵草、一個螺絲釘那樣受著歷史的驅使和等待救星的拯救，而是一個充分意識到只有自己才能救自己

〔註33〕 陳仲義：《中國朦朧詩人論》，南京：江蘇文藝出版社1996年版，第1頁。
〔註34〕 老木編：《青年詩人談詩》，北京：北京大學五四文學社，1985年編印，第21頁。
〔註35〕 孫紹振：《新的美學原則在崛起》，《詩刊》，1981年第3期，第55頁。

的歷史主人的形象。詩歌不再像過去造神運動那樣把主宰歷史的命運歸結為救世主的恩賜。」〔註36〕就如舒婷《這也是一切》所寫：「不，不是一切／都像你說的那樣」，世上沒有什麼救世主，我們完全可以自己拯救自己，「希望，而且為它鬥爭，／請把這一切放在你的肩上」。（舒婷《這也是一切》）表現了主體覺醒後自我追尋、自我拯救和自我實現的個人承擔意識。而北島《雨夜》呈現的正是這樣一種承擔者的主體形象：「即使明天早上／槍口和血淋淋的太陽／讓我交出自由、青春和筆／我也決不會交出這個夜晚／我決不會交出你。」「這個夜晚」的姑娘、愛情和美妙的歡樂，正是詩人所渴望建造的一個人性、自由和正義的世界，為此即使身陷囹圄，也在所不惜：「讓牆壁堵住我的嘴唇吧／讓鐵條分割我的天空吧／只要心在跳動，就有血的潮汐／而你的微笑將印在紅色的月亮上／每夜升起在我的小窗前／喚醒記憶。」（北島：《雨夜》）只要一息尚存，還有生命和血的潮汐，人的自由、人性和愛的宏大理想之光，就會像「紅色的月亮」一樣，不僅每夜升起在小窗前，喚醒他的記憶，而且也召喚著他為之奮鬥不息。如果說北島在這首詩中由愛引申出自由、人性等人的宏大主題，那麼，舒婷的《致橡樹》也同樣如此：「我如果愛你──／絕不像攀援的凌霄花，／借你的高枝炫耀自己⋯⋯／我必須是你近旁的一株木棉，／作為樹的形象和你站在一起。」這顯然是自由、平等和獨立的人與人關係的一種象徵。而那種覺醒之後對自我執意尋找的主題，不僅在顧城的《一代人》中表現得如此深刻、豐富，而且在梁小斌的《中國我的鑰匙丟了》中也表達得是那麼急切和執著：「我要頑強地尋找，／希望能把你重新找到」，「我在這廣闊的田野上行走，／我沿著心靈的足跡尋找，／那一切丟失了的，我都在認真思考」。

　　這些年輕的探求者，他們在普遍的主體和個人覺醒的前提下，崇尚人性，表現自己，追求個人在社會上應該享有的一切權力和地位。當然，他們在竭力張揚個人權力、個人價值的同時，並沒有把自己與群類、集體性對立起來。他們知道自我無論如何也不能游離於這個群體之外，只有群類的和諧與理性才能真正為自己提供相適宜的生存環境。因而在某種意義上，他們是以一代人的代言者身份出現在詩中的，他們的主體和自我裏，蘊含著極深厚的歷史感、使命感和社會意識。正如江河《紀念碑》所寫：「我想／我就是紀念碑／我的身體裏壘滿了石頭／中華民族的歷史有多沉重／我就有多少重量／中華

<hr>

〔註36〕劉登翰：《一股不可遏制的新詩潮》，《福建文藝》，1980 年第 12 期。

民族有多少傷口／我就流出過多少血液。」詩人把自我融入到整個民族的生存和歷史之中，不可避免地體認和表達了一種群體意識與民族責任感。他還在《祖國啊，祖國》一詩中，把長城看作深深地刻在自己額角上的「一條光榮的傷痕」，由此表現了一種深刻的現實和歷史的審視、懷疑和批判意識舒婷在談到自己這一代詩人與新生代的重要區別時，特別強調：「我們經歷了那段特定的歷史時期，因而表現為更多歷史感、使命感、責任感，我們是沉重的，帶有更多社會批判選擇的宿命，因而當他們在為這一代人、為歷史、為民族代言和吶喊時，就不可避免地表現出那種英雄主義精神和崇高感。儘管北島說「我並不是英雄／在沒有英雄的年代裏我只想做一個人」，但他終究還是表現了一個英雄主義者的形象：「我只能選擇天空／決不跪在地上／以顯得劊子手們的高大／好阻擋自由的風」（北島：《宣告》）。顯然，朦朧詩人的主體性，依然表現為一種「社會個體」傾向，只不過這是一種主動地投入和參與社會進程，處於優先地位和強化了主體性行為的「社會個體」。這樣一來，「個體」不僅只是與社會的和諧，而且構成了與社會的尖銳矛盾和衝突，這也是他們的詩既充滿了執著的信念和樂觀主義又充滿著懷疑意識和批判精神的一種內在因素。正是這種矛盾和衝突，一方面強化了他們這種人格範式和主體性，一方面也使社會更朝著有利於「個人」的生存環境優化。

3、女性意識的覺醒

「五四」新文化運動將西方關於婦女解放的吶喊帶進了中國，成為中國女性走向覺醒的起點。但是，從 1930 年代開始，社會風雨的連綿不斷引致文學語境發生了變化，啟蒙文學高潮被戰爭文學高潮取而代之。不難理解，當整個民族面臨著生存危機時，在文學中弘揚女性主義意識無疑成了奢談。革命時代語境使得詩歌創作更多地延續和擴展著戰爭文學傳統，女性主義意識更被消解於宏大的歷史敘事之中。當新時期到來之際，社會轉折的歷史巨痛使女性遭遇著前所未有的人生重壓與內在危機，沉睡已久的女性主義意識被再度喚醒了。

舒婷在「朦朧詩」人中以其明確的女性意識聞名，她詩中的女性主義意識主要體現為對女性的角色地位進行歷史反思，對女性的人生價值與尊嚴進行重新的審視和定位。可以說，人本主義意識是朦朧詩作品所共有的精神向度，而女性主義意識則是「朦朧詩」重要的價值維度，在詩歌史上有其獨特的意義。

在傳統社會中，如果說作爲個體的男子的價值要有家族的利益來判定，這是對個人價值的漠視和踐踏，那麼女子則尤其不幸，她們終生的都生活在男權中心的陰影之下。「三從四德」是傳統文化對女性的想像，更因著男性的種種喜好而把女性塑造成所謂的「東方沉靜之美」：溫柔、性感、嫵媚、細膩，這是建立在男權文化之上的對女性形象的扭曲。就是「五四」啓蒙運動之後，娜拉依然擺脫不了悲劇的命運。而革命所倡導的所謂男女平等，恰恰是在生理差異層面忽略的男女的性別差異。受傳統觀念影響的人們，往往習慣於從審美的角度去看待那些傳說，而缺乏文化批判的視角，因而也就忽略了「美麗」背後那扼殺人性的辛酸和憂傷。敏銳善感的舒婷則不同。她常常以細膩獨特的女性心靈去感受外部世界。在《神女峰》這首詩中，詩人站在人性及生命的高度來關注女性的愛情和命運，當坐落於巫峽的一向被視爲女性堅貞品質象徵的神女峰美景呈現在眼前時，詩人沒有如其它遊客那樣地激動和興奮，在眾多遊客應和濤聲的「高一聲／第一聲」的讚歎聲中，詩人卻陷入了思索而不忍卒看。詩人深入到了神女的心靈深處，發出了「心，眞能變成石頭嗎？」的質疑及「與其在懸崖上展覽千年／不如在愛人肩頭痛哭一場」的宣言，這無疑是對傳統道德觀的強烈反思與批判，是女性追求人生幸福和獨立人格的吶喊，在當時是振聾發聵的。在《惠安女子》這首詩中，詩人則將視線轉移到了當代社會，運用富有立體感的語言深情地描繪了常被作爲封面和插圖中風景及傳奇的惠安女子肖像。然而，詩人關注的卻是她們的命運。在詩人看來，隱藏在惠安女子優美形象背後的是無窮的苦難和憂傷，而這恰恰是那些滿足其欣賞欲望的對封面和插圖感興趣的男人們所無法體會的。如果說，男女的平等只圍於社會地位上的平等，那絕非眞正意義上的平等，只有精神素質和人格的平等才是眞正的平等。舒婷清楚地體會到這一點。在《黃昏星》中，她描繪了黃昏星冉冉升起及隱沒時的情景後寫道：「我答應你，即使沒有你作伴，／也要摸索著往上攀登，／永不疲倦，／永不疲倦／千萬次奉獻出，／與你同樣光潔的心。」這是何等驕傲和勇敢的宣誓，顯然，詩中的黃昏星已昇華爲人格化的形象，可被視爲男性形象的象徵。而最能全面闡述舒婷對女性內在素質及主體精神的追求的，當屬《致橡樹》一詩。舒婷在「文革」剛剛結束便喊出了「我如果愛你——／絕不像攀援的凌霄花／借你的高枝炫耀自己／我如果愛你——／絕不學癡情的鳥兒／爲綠茵重複單調的歌曲」。這是一個自我意識覺醒的女性以叛逆思維方式，激活早已定格的女性

自我意識。詩歌從人的高度，關懷著女性，關懷著人，在「兩性關係」和「人」這兩個層面上闡述對人的理解，從心靈深處表達對人的關懷。詩歌打破傳統的思維模式和構思方式，否定了在兩性世界中依賴他人的女性意識，否定了攀龍附鳳以抬高自己，同時也喪失自己人格的人；也否定了像泉源、險峰、日光、春雨那樣，給愛人帶來溫暖、慰藉的、缺乏獨立的自我意識的人；否定了帶有不平等色彩的愛情。對傳統意識的背叛，意味著對女性自我意識的張揚。舒婷對女性自我意識的命名不是單純的性別意識，而是從更廣闊的社會意義上來闡述女性作為社會的一員所擔負的社會角色。女性觀念不是狹隘的女性意識，它代表著一種覺醒了的女性尊嚴及女性為真正的愛情幸福所做出的努力。全詩運用擬人和象徵的手法，選取橡樹和木棉樹兩個自然界中的物象作為男性和女性的化身，以木棉樹對橡樹進行內心剖白的口吻，詮釋了理想的愛情觀。在詩人看來，女性的愛是溫柔而堅實的，但為了愛而迷失了自我卻是不值得提倡的，只有以平等和相知為基礎、同甘共苦的愛情才稱得上是理想的愛情。

雖然女性意識在「朦朧詩」中不是主流，很多詩人並沒有涉及這個層面，但是舒婷並不是唯一的一位張揚女性意識的「朦朧詩人」。田曉青的長詩《偉大的閒暇》第二節給予女性命運以線性的展示，從無法理性解釋的形成「這禁忌之夜」（女人的初夜）的「這夜的法律」，進而至「生命耗盡於白晝漫長的等待 / 耗盡於腹中騷動的潮汐以及 / 月桂樹下放蕩的夢境」，在整個的生命過程中，女性一致處於被動接受者的角色：「在渴血的月光注視下 / 你的處女神情憂鬱，冷漠地 / 徐徐舒展她們無暇的歲月，百合的肢體」，更可悲的是在這一生命過程中，「她們背負著石頭的貞操」，女性生命過程就是這樣定格在歷史上。芒克的《十月獻詩·小路》中有這樣被遺棄的又看不到希望的女性形象，「那在不停搖擺的白楊 / 那個背負著白楊的姑娘 / 那條使姑娘失望的彎彎曲曲的路上……」；江河《故園》中有一生默默奉獻卻又孤獨的母親的形象；王小妮《愛情》中有「我本是該生巨翅的鳥 / 此刻 / 卻必須收攏翅膀 / 變一隻巢」的女性的申訴。

「朦朧詩」的啟蒙意識接續了五四啟蒙主義傳統，推動了新啟蒙運動，對中國當代文學和文化的現代具有不可磨滅的歷史意義。「救亡」對五四啟蒙的壓制導致中國現代文學從五四高峰上滑落下來；建國以後一系列的政治運動使文學的發展進一步偏離了人文理性。新時期啟蒙讓人從革命話語中解放

出來，有其歷史的合理性，從而推動了當代思想的進步和當代文學發展。朦朧詩的啓蒙主義恢復了五四文學傳統，繼承了它的人文精神，也吸收了五四文學啓蒙主義的成果，使中國文學重新向世界文學開放，並逐漸融人世界文學發展的大潮。

第三節 自審意識：朦朧詩的精神價值

當昨天作爲歷史進入我們的視野，其多面性、多義性特徵就尤爲明顯，人們可以從不同的視角、不同的層面等來打量乃至書寫歷史。作爲「公共痛苦」〔註37〕的「文革」亦然：政治上的撥亂反正使「文革」作爲詩歌書寫的文化資源的合法性得以保證；另一方面，不同群體的詩人對「文革」的書寫都不甚相同，甚至迥然有異。「歸來者」詩人們以「受害者」的身份控訴自己在「文革」中受到的傷害，從而有審他的意識傾向；「朦朧」詩人則在反思社會歷史時，進一步深入個體內心，作爲歷史的見證人或參與者的身份在反思歷史的同時也反思自我，從而自審意識比較濃烈。

一、「尋找」歷史

「歸來者」的價值是通過對群體價值的認可得以實現的，或者說是鏍絲釘對於機器的價值。他們特別渴望抓住有限的人生，最大可能地融入群體並得到認可，而他們偏偏被社會、時代拋棄，被邊緣化。懷抱利器而荒廢於野，這是莫大的精神創傷。在長期的苦難生活中，這種精神的傷痛往往被壓制到極點。新時期的到來，使他們有機會和權力放聲歌唱，勢必要把這種傷痛展

〔註37〕公共痛苦」一詞借用於路文彬的《公共痛苦中的歷史信賴——論傷痕小說的歷史敘事》（《廣東社會科學》，2000 年第 5 期），在該文中「公共痛苦」意指在歷史理性指引下由作家們認定的作爲他們歷史敘事的背景和資源。本文借用這一概念，意在表明「歸來者」詩人群和「朦朧詩」人的抒情擁有一個共同的歷史文化資源——十年「文革」，他們抒發的情感都有一個豐富痛苦作爲具體的寫作文化資源，但二者對這一「豐富的痛苦」顯然有不同的理解與評判。而許子東先生的《爲了忘卻的集體記憶——解讀 50 篇文革小說》（北京：三聯書店，2000 年 4 月出版）對文革小說的研究則堅定了我對「文革」作爲寫作（敘事或抒情）的歷史語境的信任，因爲抒情和敘事無非是用不同的表達方式解讀同時也塑造歷史的手段，故而選用「公共痛苦」這一對「歸來者」和「朦朧詩」人都無法「忘卻的集體記憶」作爲二者抒情的共同歷史語境和文化資源。

示出來，並對造成這種傷痛的歷史進行未必深刻卻必然憤激的蓄積已久的控訴、批判，以確立起喪失已久的主體地位並試圖重續其人生、社會理想。

「在『歸來者』詩人看來，五六十年代以來的革命史並沒有斷裂，只是出現暫時的錯位。宏大的歷史敘事得以延續，他們是與歷史一起成長的歸來之子。」〔註 38〕他們的詩歌也就必然地與當時重大的社會歷史事件有密不可分的關聯，政治上的撥亂反正給他們批判文革提供了政策保證，使「歸來者」有可能以血淚控訴自身曾經遭受迫害，揭示「文革」留下的遺毒等，從而把文革抒寫為迫害與被迫害、邪惡與正義鬥爭的歷史。

新時期開始，這類直接展示苦難的控訴之作較為流行，如艾青的《在浪尖上》、《失去的歲月》、《迎接一個迷人的春天》，公木的《俳句》、《真實萬歲》，公劉的《傷口》、《刑場》、《上訪者及其家屬》、《骨灰盒上的陰風》等，邵燕祥、白樺、流沙河、趙愷等人的部分詩作也可以列入在這類詩歌中，或隱或顯、或直接或間接地表現受害者與迫害者的對立，而前者對那個時代、某些人或某些政策進行控訴，在詩中展示出其歷難的過程，作為被迫害者來揭示那個時代的荒謬和殘酷。

無論是《華南虎》還是《魚化石》、《盆景》，詩人們從中發現了那個異己的強暴外力，並試圖寫出暴力帶給自己的苦難遭遇。這些無辜的形象總是與一種異己力量共存，如盆景之於園工、魚化石之於火山或地震，華南虎之於鐵籠、楓樹之於一陣奇異的風……並且後者的強大是前者被迫改變正常生活、失去自由乃至喪失的生命的主要因素，這與「歸來者」詩人曾經歷過的歷史有太多的相似，而當歷史終止了這種強暴並從政治上批判曾經的荒謬，詩人可能以這些意象來表達自己的經歷，對生活的評判，訴說時代的迫害也就令人信服，因為有太多的受害者從心理上接受了這種安慰，並且也符合了主流政治意識形態的宣傳需要，從而使它成為當時詩歌主潮也就是必然。

「朦朧詩」的主要寫作資源顯然與「文革」有重要的關聯，在「朦朧詩」中，展示給我們的不是以受害者的身份控訴歷史，而更多的是以歷史參與者的身份尋找失落的人生。他們的尋找是真誠的，正如他們曾經的狂熱是真誠的；他們尋找時的心情是真切的，正如狂熱後的迷惑的體驗是真切的。尋找，是籠罩「朦朧詩」獨特的主題，是連接「朦朧詩」的共同情結，也是我們理解朦朧詩的一個支點。當我們走進「朦朧詩」人建構的藝術世界，研讀他們

〔註38〕 陳曉明：《表意的焦慮》，北京：中央編譯出版社，2002 年年版，第 9 頁。

的作品時，會發現「尋找」或與之相關的詞語俯拾皆是，詞語後面彌漫著的「尋找」情緒更令人吃驚，「北島在哲理中尋找，舒婷在情感中尋找，顧城在幻想中尋找，江河、楊煉在歷史中尋找。」〔註 39〕他們尋找的領域、方式、側重點或許不同，但他們尋找的意向都是相同的。

北島的一首《是的，昨天》涵蓋了「朦朧詩」人對昨天的尋找。對昨天的無法釋懷，無論是「用漿果塗抹著晚霞， ／也塗抹著自己的羞慚。／你點點頭，嫣然一笑： ／是的，昨天……」式的溫馨回憶，還是「在黑暗中劃亮火柴，舉在我們的心之間。 ／你咬著蒼白的嘴唇： ／是的，昨天……」式的不那麼愉快的回憶，「你」總是無法忘記，因為無法背叛自己最初的誓言，對與錯，都要勇於承擔自己的責任。「我們沒有失去記憶 ／我們去尋找生命的湖，」（北島：《走吧》）年輕的詩人們確是用他們的詩歌來實現對昨天的「尋找」。

詩人們雖然意識到了「以太陽的名義 ／黑暗在公開掠奪 ／沉默依然是東方的故事 ／人們在古老的壁畫上 ／沉默的永生 ／默默地死去」這樣一種沉悶到令人窒息的生存環境，這延續了幾千年依然如是的東方的沉默，以至於「呵，我的土地 ／你為什麼不再歌唱 ／難道連黃河縴夫的繩索 ／也像繃斷的琴弦 ／不再發出聲響……」，但詩人依然在執著地尋找：「我尋找著你 ／在一次次夢中」，「我尋找春天和蘋果樹」、「我尋找海岸的潮流」、「我尋找砌在牆裏的傳說 ／你和我被遺忘的姓名」（北島：《結局或開始》）。存活在記憶中的一切都要去尋找，這是一種人生態度，這種近乎偏執的尋找，充分地體現在北島的《走吧》這首詩中。詩的前三節含蓄地暗示出尋找者的現實生存環境，「落葉吹進深谷」大概是經受不住動亂的衝擊而沉淪下去的人，他們像無聲地沉落谷底的落葉，沒留下一點生存的跡痕；不甘沉淪者的「歌聲」則沒有歸宿。通過向下的「落葉」與向上的「歌聲」這組對立的意象寫出了這一代不甘沉淪者尋找時令人迷惘的環境。但詩人依然說「走吧」，哪怕是在「冰上的月光， ／已從河床上溢出」這樣陰冷的自然和時代氛圍中。「眼睛望著同一塊天空， ／心敲擊著暮色的鼓」點出了尋找共同的目標和願望無論是多麼地沉重，哪怕是一種悲傷式的尋找，詩人還是用「走吧」這樣一句舉重若輕的語言來表達尋找的堅定信念，即使是在充滿誘惑的「飄滿紅罌粟」的路上，我們也不會失去記憶，依然要去尋找代表人生價值和意義的「生命的湖」。

〔註39〕鄭春：《試論朦朧詩的尋找主題》，《東嶽論叢》，1997 年第 4 期。

　　童話詩人顧城用夢幻般的語言帶領《我們去尋找一盞燈》，北島雖然決絕般的宣告：「告訴你吧，世界／我——不——相——信！」他還是有所期望：「新的轉機和閃閃的星斗，已綴滿沒有遮攔的天空，／那是五千年的象形文字，／那是未來人們的眼睛。」他要用傳統文化的象徵——象形文字溝通歷史，從而確立起自己的人生路標。李鋼以《舞會》象徵昨天生活的虛幻，以「明天我要到山上尋找我的綠色的骨骼」作為其舞會後生活的選擇。這些詩歌中寄託了年輕一代詩人們的理想、願望、追求和憧憬，體現了新一代的價值標準，他們在對昨天的尋找中確立其未來人生。

　　對人與人之間美好情感的尋找是「朦朧詩」尋找的一個重要組成部分。北島的《觸電》是一首充分變形、抽象、頗具象徵意味的小詩，詩人通過「握手」這一象徵性的日常接觸動作的反常結果——「慘叫」、「燙傷」和「烙印」來表達自己對人與人之間情感隔膜的感受，揭示人與人之間美好情感的失落。經過動亂，人與人之間不信任、心與心之間的隔閡大大加劇，「朦朧詩」人真切地體會到這種刺骨的傷痛，並渴望找出那個真誠美好的世界，他們以心靈譜寫的詩篇對人間真情發出真誠的呼喚：「我是人／我需要愛／我渴望在情人的眼睛裏／度過每個寧靜的黃昏／在搖籃的晃動中／等待著兒子的第一聲呼喚。」（北島《結局或開始》）他們大膽地傾訴著內心深處極其複雜的情感世界：「我真想摔開門，向你奔去／在你寬闊的肩膀上失聲痛苦／『我忍不住，我真忍不住』／／……我真想，真想……」強烈的渴望真情，直率地流露真性，舒婷的《雨別》無疑是「朦朧詩」對美好情感尋找的代表之作。詩歌是情感的產物，詩人被認為是具有最豐富情感的人。「朦朧詩」對情感世界的呼喚表達了他們的真誠，也感動了許多人，使「朦朧詩」具有濃鬱的人道主義色彩。

　　「朦朧詩」人通過「尋找」，既找回了昨天的美好，也找到了昨天的荒謬，既找到了自己遭受的苦難，也找到自己製造的傷口，從而既有可能深入地反思社會、歷史，也有可能反思自我。而不像「歸來者」大多一味控訴，就有可能把個體的痛苦放大為民族的苦難；相應地，個體也有可能成為民族苦難的承受者。對這種失真苦難的咀嚼只能喚起仇恨或怨恨，而不可能真正地認識曾經的苦難，因為作為歷史的主體只是苦難的承受者，找不到苦難的製造者、參與者。

二、自審意識

「文革」後的中國社會，在思想上需要確立新的歷史起點。歡呼偉大的勝利與批判「文革」的荒謬是一個事物密不可分的兩個方面，只有在對後者的批判中，前者的存在才有意義。而這種批判是需要包括政治宣傳、詩歌等在內的各種形式來實現的，並且其主體總是離不開知識分子。但他們中的大部分精英已被從社會主義陣營中驅趕出去了，中國的知識分子已被定性為資產階級分子，這使「文革」後思想表達的主體──知識分子面臨如何論證自身作為表達主體的合法性問題。新時期詩歌是「文革」後中國思想界撥亂反正的先鋒之一，「歸來者」詩人必然（或許並非完全自覺）地與黨站在一起，反省「文革」，批判極左路線。「歸來的歌」的控訴主題影響是巨大的，它使「文革」中飽受摧殘的民眾的心靈得到安慰和不同層次的情感補償，使民眾的怨恨情緒得到相當程度的釋放。當然，批判「文革」還需要有一個相應的主題：論證動亂歲月中知識分子與老幹部、與黨一起對「四人幫」進行的鬥爭，以顯示他們並未喪失作為一個有良知的知識分子的信念，從道義上論證了歸來者在新時期歌唱的合法性。正是在合情（安慰）與合理（宣傳）的前提下，「歸來者」的控訴主題與黨的政策一起具備了批判「文革」的合法性。

洪子誠在分析了老詩人艾青新時期部分詩篇並給了予了很高的讚譽外，也對其中有較大影響的諸如《光的讚歌》、《古羅馬大斗技場》等作品提出了批評：「這些作品，受囿於他已顯露的缺陷的思想視野和情感，他的創作理想實際上並沒有能實現。」「他取得了成就，也留下了遺憾。」〔註40〕洪子誠所謂艾青的創作理想是指艾青一再強調的「創作自由」、「獨立創作」〔註41〕，但這種追求卻因其或自覺或不自覺的政治批判而在某種程度喪失，留下了以詩歌解釋社會問題，迎合政治宣傳的遺憾。

「歸來者」的展示痛苦、控訴歷史有著明顯的情感傾向：社會批判意識。批判意識是控訴主題的進一步延伸，而控訴主題則是批判意識的具體的，形象化的展現；與「朦朧詩」的尋找主題相對應的則是他們的反思或曰懺悔意識，尋找主題大多表現為某種感情顯現，其深處則是他們的理性反思意識。

正如「歸來者」的歌的控訴主題和批判意識離不開「文革」這段歷史，

〔註40〕 洪子誠：《中國當代文學史》，北京：北京大學出版社，2000 年版，第 279～280 頁。
〔註41〕 參閱艾青：《詩論》，北京：人民文學出版社，1980 年。

朦朧詩的尋找與反思也與他們的「文革」記憶有密切的關聯。在十年動亂中，不少朦朧詩人都曾進入過那場狂熱的運動中，在倍受愚弄之後，他們開始覺醒，尋找過去的美好與醜惡，繼而正視那段荒唐而真實的歷史。顧城清醒地意識到「昨天 ／黑色的蛇 ／盤在角落 ／它活著，那樣冷 ／死了 ／更不會熱 ／它曾在多少人心上 ／緩緩爬過 ／留下青苔 ／除去了血色」（顧城《昨天象黑色的蛇》）詩人沒有因昨天成為歷史就一味地控訴它的罪惡，也沒有輕易地忘記不是那麼美好的心靈和生活，而是覺得它像「黑色的蛇」一樣盤居在心靈深處，死了或活著都對詩人的今天是一個警醒。梁小斌的《中國，我的鑰匙丟了》的開篇就用一個「丟」字來陳述鑰匙不在的事實，但是「丟」掉的而非被盜或被掠奪之類的責任在於施動者的行為結果，也就是鑰匙的丟失並非是純粹外在的異己力量作用的結果。詩的第二節就講述鑰匙是如何丟失的，「那是十多年前 ／我沿著紅色大街瘋狂地奔跑， ／我跑到郊外的荒野上歡叫……」。「十多年前」無法不令讀者聯想那場浩劫，「紅色的大街」、「瘋狂地奔跑」、「荒野上歡叫」則進一步暗示出是「我」的參與是鑰匙丟失的主要原因，這是沒有太多的憤怒、怨恨，更多的是一種失落、自責，是我自己的「瘋狂」不小心丟失了鑰匙，從而在今天我無法實現一些美好的願望：回家、讀書、約會等，我要為此而努力地去找回丟失的「鑰匙」。《我曾向藍色的天空開槍》也同樣是對曾經的「狂暴的激情」的懺悔，「我」因為狂熱的政治激情，參加那場劫難而成為中國創傷的製造者之一。詩人不是作為旁觀者冷眼打量劫後餘生的中國，更沒有以受害者的身份一味批判，而以當事者的身份對這一劫難主動承擔歷史責任，從內心深處反思「我」就是那個「開槍者」。

北島的《同謀》是一首典型的反思自我之作。詩人在沉痛地表現動亂苦難之後，冷靜而又嚴酷地寫道：「我們不是無辜的， ／早已和鏡子裏的歷史成為 ／同謀，等待那一天 ／在火山岩漿裏沉澱下來，化作一股清泉 ／重見黑暗。」詩人真誠地懺悔，主動地承擔歷史責任，承擔苦難和罪責，而這種自覺承擔卻不是「馬蹄踏倒鮮花， ／鮮花， ／依舊抱住馬蹄狂吻」（梁南《我不怨恨》）式的盲目獻身，而是建立在清醒的歷史批判意識之上的反思，顯示了一個優秀詩人所具有的精神氣質。詩人又不是僅僅對個體行為的過錯的懺悔，而是替整整一代人反思歷史，如果我們看不到或不願、不敢承認自己曾經是災難的「同謀」，而固執地認為自己只是無辜的受害者，是清白無過的歷史的犧牲，那「重見黑暗」的悲劇就並非在危言聳聽。這場動亂固然已成為歷史，但它

作為一種特定的文化因子積澱在民族的「集體無意識」之中,與每一個人原有的心理劣質混雜在一起而成為新的動亂的心理結構因子。如果不正視這種劣質的文化因子,不能審視這種積澱下來的隱蔽的「罪惡」意識,雖然產生動亂的社會環境已變遷,但缺乏自審的心理意識將成為整個民族文化進步的障礙,甚至會導致新的災難。真誠的詩人往往能夠在剖析自己的靈魂時發現整個民族的心理折光。

此外,梁小斌《雪白的牆》,把「爸爸不在了, /永遠地不在了。」與「雪白的牆上的粗暴」聯繫起來,並以孩子的口吻向媽媽保證「永遠不會在牆上亂畫」,自然地流露出對過去行為的反思,顧城則以「年輕的樹」這一意象表達自己的反思意識:「在灰色的夜空前 /貯立著一棵年輕的樹 //它拒絕了幻夢的愛 /在思考另一個世界」,而《楓葉》則因現實中一片普通的楓葉觸及了複雜的心靈以及詩人對此的反映:「我可以承認這片楓葉 /否認它,如拒絕一種親密 /但從此以後 /每逢風起,我總要感動 //你枝頭上獨立無依的顫慄」。無法忘記昨天,更不能欺騙自己的感情,反思之深刻可見一般。舒婷的《牆》、《還鄉》等詩,北島的《紅帆船》、《走向冬天》等詩也都具有程度不同地反思或懺悔意識。

「我們生活在一個有罪惡,卻無罪惡意識,有悲劇,卻沒有悲劇意識的時代。悲劇在不斷發生,悲劇意識卻被無聊的吹捧、淺薄的訴苦或者安慰所沖淡……在這片樂感文化而不是罪惡文化的土壤上,只有野草般的『控訴』在瘋長,卻不見有『懺悔意識』的黑玫瑰在開放。」「在人類真正的良心法庭面前,區別一個真誠作家與一個冒牌作家的標尺只有一個,那就是看他是否有起碼的懺悔意識。」〔註42〕這段話固然有諸多可商榷之處,但就其針對特定時期的特定歷史事件來說,它又有其合理性,十年動亂這一巨大的民族災難,決非某個人、某個集團、某個決策的失誤造成的,它有深刻複雜的社會原因、歷史起因、文化原因。控訴、指責、批判是每個人——更毋須說知識分子——都能夠做到,這近乎受傷引起哀痛反映的本能。這種批判,是對歷史的批判,是對時代社會的追究而放過了真正的「兇手」——作為個體存在的特定時代下的歷史主體,是一種典型的審他意識。自覺地把這場動亂與自己聯繫起來,並檢討自己在這場動亂中的角色、行為及其對動亂的消極作用,進而審視自己並非純潔無暇的靈魂。把作為歷史主體的個體置放在宏大的歷

〔註42〕朱學勤:《我們需要一場靈魂拷問》,《書屋》,1988 年第 10 期。

史背景下、以一種「自審」的心理進行反思，是「朦朧詩」人那個時代下獨特的人格力量的顯現。

顧工在《兩代人》中把他與顧城之間詩歌美學的分歧歸結為「兩代人」之間的差異固然有失公允，但我們卻能透過這一論斷正視兩代人之間的詩歌主張的衝突。〔註43〕當顧工責難顧城把「江邊高壘的巨石」想像成頭顱而非「天鵝蛋」時，責難顧城書寫的世界是虛幻的而非真實的時，就顯示出了顧工們對苦難過去的遺忘——從苦難中過來的他們依然把生活想像得盡可能的完美，這種遺忘是建立在他們對真實的追求之上的。而真實卻又是一個由當下政治、政策保證的一個臨時性概念，只是撥亂反正下的真實。他們拒絕從個體生命體驗的層次上回憶過去，而習慣於「以黨的政策為寫作指導，……依據政策展開藝術思維以構造現實。」從而「黨的意識形態與政策就外化成了『本質的真實』」。〔註44〕而顧城的回答就顯示出了他們這一代人的新異：他們對「自我」的強調，對「我」的意志的重視都表明他們不再想把「我」寫成「鋪路的石子」、「齒輪」、「螺絲釘」。〔註45〕他們要在詩歌中注入個體的生命體驗，書寫現實基於「自我」意志，雖未完全放棄使命意識，但他們對個體生命體驗的重視，使其詩歌中的使命意識與生命意識基本上達到某種和諧狀態。

「歸來者」的歌大多取材於曾經發生過或正在發生著的重大歷史、社會問題，他更願意在「說真話、抒真情」的前提下代表民眾（或許是主流意識形態話語）發表對某一問題的理解、評判。這種處於宏大歷史敘事下的抒情使他們迷戀於與民眾的大多數或政策保持一致，從而使他們的詩歌所獲得的成功是以犧牲其本質特徵——藝術的和思想的——為代價的。因為他們大多注重於對昨天的控訴和對美好明天的迷醉，一旦整個民族的精神狀態恢復正常，能夠從理智上來認識這種宏大敘事下的抒情，其虛幻也就昭然若示。「明天不會再現昨天的模樣，／但正是昨天賦予你一種力量，／對於明天永遠能

〔註43〕顧工：《兩代人——從詩的「不懂」談起》，《詩刊》，1980年第10期。顧工雖然不是一個「歸來者」詩人的典型代表，但其閱歷、詩歌主張、美學追求還是與「歸來者」有一致之處，至少在當時是屬於同一「陣營」。他與顧城在該文中的對話也可證明這一點。

〔註44〕余虹：《藝術與精神》，北京：社會科學文獻出版社，2000年版，第52～53頁。

〔註45〕呂進：《詩的生命意識與使命意識的和諧》，《呂進詩改選》，重慶：西南師範大學出版社，1995年版，第134頁。

夠盼望：/將會有紅日升起在東方，而且霞光萬丈燦爛輝煌。」（公木：《未來學》）「紅日」、「東方」、「霞光萬丈」這些帶有特定時代色彩語詞必然帶給我們濃重的政治情緒，而對「明天」的輝煌的設想也確是激動人心，但失去了「今天」的「明天」，僅僅依靠控訴昨天的罪惡而設想的光明未來也很容易給人以迴避現實的味道。

　　「朦朧詩」對「今天」給予更多的關注，其前身的同仁刊物《今天》本身就足以表明了他們對今天看重的事實。我們再一次引用北島在《今天》發刊號的《致讀者》中寫道：「今天，當人們重新抬起眼睛的時候，不再僅僅用一種放縱的眼光停留在幾千年的文化遺產上，而開始用一種橫的眼光環視周圍的地平線了。」「四五運動」「標誌著一個新的時代的開始。這一時代必將確立每個人生存的意義，並進一步加深人們對自由精神的理解。」這段話至少包含兩層意思：新時代下的詩人已從歷史的束縛中解脫出來，他們有可能也有能力注視今天發生的、存在的一切，而這種注視是通過個體的眼睛來觀察和評判的。對今天的重視表明「朦朧詩」人不願逃避現實，而要積極參與；並且他們也不再願寄生在宏大歷史中抒情，而要通過自我的生命體驗來抒情，從而具備了優秀詩歌所具有的「生命意識與使命意識的和諧」〔註 46〕品格，與歸來者的歌大多「只有使命意識而沒有生命意識」，詩歌「從體驗世界蛻化為敘述世界」的「缺少詩的素質」〔註 47〕的品格形成對比，並實現了對後者的超越。

〔註 46〕　呂進：《詩的生命意識與使命意識的和諧》，《呂進詩論選》，重慶：西南師範大學出版社，1995 年版，第 134 頁。

〔註 47〕　呂進：《詩的生命意識與使命意識的和諧》，《呂進詩論選》，重慶：西南師範大學出版社，1995 年版，第 134 頁。

第五章 「後朦朧詩」：多元化與詩歌精神的缺失〔註1〕

　　20世紀80年代中期以後，隨著文藝界思想的進一步開放，一批在「朦朧詩」影響下成長起來的年輕詩人試圖衝破它的局限，另闢蹊徑，創造出一種新的詩歌言說方式。他們在全國各地以民間群落形式自辦詩刊報紙，自立門戶，提出各自的詩歌主張，逐漸形成了一股朦朧後新詩潮，評論界稱他們為「後朦朧詩人」、「第三代詩人」或「新生代詩人」等。

　　後朦朧詩人群落形成的標誌性事件就是在1986年10月，後朦朧詩人的集體在《詩歌報》和《深圳青年報》亮相，以「現代詩群大展」的方式集中展現了由100多名詩人組成的60餘家自稱詩派及其實驗詩歌代表作品，他們之中比較有影響的詩人包括「新傳統主義」的歐陽江河、廖亦武，「他們」詩派的韓東、呂德安、于堅、小海、陳東東、陸憶敏，「整體主義」的石光華，「非非主義」的周倫祐、楊黎，「莽漢主義」的萬夏、李亞偉，「城市詩派」的宋琳，以及沒有明確派別的王家新、柏樺、蕭開愚、牛波、陳東東、海子、駱一禾、西川、張棗、翟永明、伊蕾、鐘鳴等。

　　作為新一代詩人，後朦朧詩人試圖反叛和超越朦朧詩，重建一種詩歌精神。他們共同的傾向是堅持一種反文化、拒絕崇高的寫作立場，反對詩人的代言人角色，打破英雄主義「大寫的人」的神話，追求一種平民化、世俗化的低調表達方式，書寫普通人平淡無奇的日常生活和世俗人生的個體感性生命體驗。

〔註1〕　本章第一、二、三節由李公文先生執筆，第四節由陳志平女士執筆。

詩歌也因此帶來了一些問題，由於一些詩人的個人化、世俗化甚至庸俗化追求，他們試圖反叛、否定一切既有的詩歌精神、人文理想，但又沒有能夠在藝術創造中建設一種新的能夠支撐詩歌藝術發展的思想，導致詩歌精神處於一種斷代的真空狀態。從詩歌藝術發展的角度考察，我們必須對這種狀態進行清理，尋找精神重建的有效途徑。

第一節　以反叛為核心的「後朦朧詩」

後朦朧詩潮是 80 年代中後期中國文學激進變革的產物，我們可以說它是比較成功地顛覆了由朦朧詩確立的詩歌審美範式，推進了中國當代詩歌的現代主義轉型，對此後的詩歌發展具有極為重要的歷史意義。

對於盛行一時的朦朧詩來說，後朦朧詩人是以叛逆者的面目出現的。他們把超越舒婷北島作為旗幟，高喊「pass 北島」的口號。後朦朧詩人完全沒有朦朧詩人那種英雄主義傾向、憂患意識與使命感，以遊戲的姿態面對生活、面對詩歌寫作。

80 年代後期以來，社會的急劇變革和外來文化的滲透，強烈地衝擊著中國人傳統思維方式和生活方式，他們的文化心理、道德觀念、生活習俗、情感特徵、審美視角也隨之發生了巨大的變化，他們開始用懷疑的目光重新審視傳統的東西。於是，在後朦朧詩潮的詩歌中，傳統的英雄主義、愛國主義都不再處於被謳歌的主體地位，平民與平民的生活進入他們的視線，他們用平白如話的語言，將芸芸眾生的日常生活與情感擺放在讀者面前，並在其中表達著反崇高、反英雄、反理性、反文化的內容。

後朦朧詩人在徹底顛覆抒情和意象藝術，極大限度地開發了敘事性語言的再生能力，為讀者提供了一種新的詩歌審美範式，打破了朦朧詩所形成的壟斷和平衡，實現藝術的多元化。「後期朦朧詩由於審美態度上的唯美主義和『文化烏托邦』的貴族趨向，使詩歌完全非世俗化了，成了遠離現實語境、缺少當代『及物性』的智慧遊戲和精神自憐；加之在 80 年代中期，當代中國文化又經歷了一個大的裂變和進步，人的價值觀念發生了很大的變化，審美領域的分化和新變已勢在必然。第三代詩人以逃亡者和叛逆者的面目出現，正是要打破朦朧詩所形成的新的壟斷和平衡，實現藝術的多元化。」〔註2〕

〔註 2〕 張清華：《關於當代詩歌的歷史傳統與分期問題》，《泰安師專學報》，2002 年第 3 期。

一、反文化，崇尚語言意識

所謂的反文化，指反對約定俗成的歷史傳統文化，在詩歌中表達對其中蘊藏的傳統價值觀念和傳統的文化習慣的一種反叛。如張鋒的小詩《本草綱目》：

> 一兩馬致遠的枯藤老樹昏鴉／三錢李商隱的苦蟬／半勺李煜的
> 一江春水煎煮／所有的春天喝下／都染上中國憂鬱症

李時珍的《本草綱目》與詩歌應該是風馬牛不相及。在詩歌中，詩人對中國古典文化中許多著名的意象進行了調侃式的借用，把《天淨沙·秋思》、《蟬》、《虞美人》這樣幾組古詩詞中的經典意象放在一起，配製成一個藥方給人另外一種全新的感受。更有意思的是，藥本是用來治病的，而詩人開出的這個藥方，卻是讓人「得病」的，這就有了「故作病態」的意味，詩歌諷刺了中國人對「憂鬱症」的偏愛和嗜好，從而對中國文化的陰柔的缺少陽剛之氣表示出不滿的情緒。就這樣，《本草綱目》消解了原詩的經典意味和文化感。

後朦朧詩人不約而同地對朦朧詩的語言規范進行了質疑和顛覆，提出「反詩」、「拒絕隱喻」的抒情方式與朦朧詩歌抗衡，崇尚口語以追求原生的眞實，希望通過口語形式回到事物的體驗中去。從楊黎說「詩從語言開始」到韓東的「詩到語言爲止」，再到于堅的「回到語言本身」、「語言回歸能指」，以及「90年代以來，我對詞語本身的興趣超過以往任何時期。」〔註3〕詩人們用最簡潔的語言道出了詩歌寫作與語言的本質關係，一種強烈的語言意識就已經在現代漢語詩歌寫作中顯現出來：語言作爲詩歌言說的中心。

後朦朧詩人反對扮演成「歷史的代言人」，主張當代詩應以更直接、更眞實地面對日常生活，面對當下現實，用「口語化」改寫當代詩歌語言。比如于堅的《對一隻烏鴉的命名》：

> 當一隻烏鴉棲留在我內心的曠野／我要說的不是它的象徵它的
> 隱喻或神話／我要說的只是一隻烏鴉正像當年／我從未在一個鴉巢
> 中抓出一隻鴿子／從童年到今天我的雙手長滿語言的老繭／作爲詩
> 人我還沒有說出過一隻烏鴉。

詩人對於烏鴉的命名，是要把烏鴉從強加在它身上的各種隱喻中解放出來，恢復事物的原貌，恢復生命初始的活力，使存在回到自己的位置。

〔註3〕翟永明：《面對詞語本身》，選自《現代漢詩：反思與求索》，北京：作家出版社1998年版，第253頁。

　　詩歌寫作在生命與語言之間保持了一種必要的張力。也正如于堅所說「到語言的路上去，回到隱喻之前」，從而使詩歌寫作走向日常生活，向鮮活的生活語言靠攏，尋求心靈與世界的平等對話，同時也使詩歌寫作獲得了新的生命力，衍生出了一種新的寫作可能，使詩成為「帶著體溫和切膚之痛的詩篇，與日常現實親密結盟，並把每一個語詞都逼向存在的深處。」〔註4〕詩歌寫作得以從神聖的詩壇上走下來，直面我們的鮮活的生命，進入我們日常生活的具體性。

　　後朦朧詩人主張消滅詩歌意象，拋棄象徵和隱喻，放逐朦朧詩精緻華美的語言，努力地把詩歌語言還原為一種「前文化語言」，使新詩的語言走向口語化、散文化，「鑄就了一種只須凝視不必重想的閱讀文本範式；它以親切平實的宣敘調式流瀉出來，從而更真實更自由更寬闊地接近了讀者。」〔註5〕如《尚義街六號》詩人使用生動鮮活的口語，敘述如流水賬般平庸無聊的人生，透露出一種凡夫俗子的生活樂趣和幽默態度：

　　　　尚義街六號 ／ 法國式的黃房子 ／ 老吳的褲子晾在二樓 ／ 喊一聲 ／ 胯下就鑽出戴眼鏡的腦袋 ／ 隔壁的大廁所 ／ 天天清早排著長隊……

總之，後朦朧詩人視語言為詩的根本問題與歸宿，企望借助話語建設來解除諸如價值、意義等的重負，使詩語逃離功利牽制，成為純粹的語言實驗，達到了其所謂「詩到語言為止」的理想境界。這一切正好表徵了詩人對語言的自覺意識及詩歌寫作中語言意識的深化。走向語言本身，使詩的自由個性得以輕鬆張揚，詩歌精神得到自由伸展。後朦朧詩獲得了反傳統與追逐書寫自由的詩意與快感，但由於過分張揚語言的偏執追求也失卻了朦朧詩以來的一些優秀品質，使自己陷於更深的重構詩歌語言詩性美的困境之中。

二、反崇高，崇尚平民意識

　　後朦朧詩人從人的生存本能出發，在詩歌中反映凡俗生命中所有的內容，如愛恨、生死、睡覺、上廁所等。他們多以反諷、戲謔的姿態顛覆朦朧詩人的理想主義與崇高感，嘲弄和抨擊知識分子的憂患意識、批判意識、啟蒙精神，崇尚平民意識，做一個世俗平凡的人。

〔註4〕　謝有順：《1999 中國新詩年鑒‧序》，廣州出版社 2000 版，第 3 頁。
〔註5〕　羅振亞：《後朦朧詩的語言態度》，《文藝評論》，2002 年第 5 期。

如在詩人筆下，卡爾·馬克思這麼一個無產階級的革命導師被還原成了一個普普通通、甚至有些邋遢的猶太人。

> 猶太人卡爾·馬克思 / 叼著雪茄 / 用鵝毛筆寫字 / 字跡非常潦
> 草 / 他太忙 / 滿臉的大鬍子 / 刮也不刮……他寫詩 / 燕妮讀了他的
> 詩 / 感動得哭了……（尚仲敏《卡爾·馬克思》）。

朦朧詩人所在意的那些英雄主義與崇高，在後朦朧詩人的解構下已煙消雲散。

後朦朧詩歌反叛了朦朧詩的傳統，打破了它特有的凝重、意蘊深沉的美學原則，藐視崇高，消解深度，直接介入當下的日常生活，強調詩人的主體真實感受與審美體驗。一切美好、莊嚴、神聖的情感和價值，在詩中都會受到了無情的調侃，從而解構了英雄主義的存在。比如韓東的詩《有關大雁塔》：

> 有關大雁塔 / 我們又能知道些什麼 / 我們爬上去 / 看看四周的
> 風景 / 然後再下來

韓東的這首詩是對楊煉《大雁塔》啓蒙思想和象徵意蘊的戲擬和解構。同樣一座大雁塔，作爲楊煉苦心營建的充滿悲劇、英雄、歷史、文化氣息的意象空間卻被韓東不動聲色地消解了。那些遠道而來參觀大雁塔的人，被詩人稱爲只是爲了感受英雄的氣氛，而離開了塔，他們又變得什麼都不是。在詩中，詩人消解了歷史和文化，消解了英雄和崇高，詩人關注的是當下的日常生活，顯現出一種平民意識。

對生活流的追逐，平民意識的回歸，使後朦朧詩人在揭去詩歌神秘面紗的同時也一同揭去了它的貴族氣息，詩變得異常輕鬆隨便，幽默輕鬆。如「老師說過要做偉人 / 就得吃偉人的剩飯背誦偉人的咳嗽 / 亞偉真想做偉人 / 想和古代的偉人一起幹 / 他每天咳著各種各樣的聲音從圖書館 / 回到寢室後來真的咳嗽不止」（李亞偉《中文系》）。

在後朦朧詩人那裡，他們以普通人身份表現普通人的普通生活，日常生活細節、事件受到了極大關注，形成對世俗生活本來面目的恢復。詩歌寫作成了凡俗化描寫，成了傾心交談，詩寫的彷彿就是我們的生活中已經發生或隨時都可以發生的一切。從這裡我們可以看出，平民意識的詩歌對集體意識、英雄意識的詩歌的批判與否定。

詩人的目光集中在個體生命與心靈世界的原生狀態，以冷漠簡約的語言來表達質樸真實的生活體驗。在後朦朧詩人看來，對政治、道德、歷史、文化過於真誠的探索，遠離了鮮明的現實和個性，是對詩歌本質的一種背叛。

正是出於這種原因，他們試圖重建一種詩歌精神。這種精神不是英雄悲劇的崇高、理性自我的莊嚴、人道主義的感傷，而是一種建立在普通人平淡無奇的日常生活和世俗人生中的個體的感性生命體驗。他們熱衷於表現凡人小事的瑣屑卑微，他們宣稱自己要「像市民一樣生活，像上帝一樣思考」，在創作中力圖使詩歌世俗化、平民化，切近最凡俗的人生。「我們無法不承認，寄居傳統詩歌中幾千年的崇高感在後朦朧詩中已被殘酷地消解了。後朦朧詩對於現代人的悲劇意識、孤獨感、荒誕感、存在感的深入揭示，已突破理性教化的精神樊籬。這種感性的釋放，表現了現代人類的世俗本質，對傳統理性構成了強有力的挑戰。如果說朦朧詩代表著人本質形態的社會屬性，後朦朧詩則體現著對人的心理和生理屬性的回歸，他們試圖擺脫類意識的角度，某種程度上動搖了理想主義、集體主義，以及禁慾原則支撐的價值觀念。」〔註6〕作為朦朧詩的叛逆者，後朦朧詩反對布道式的教誨和道德的渲染，強化平民意識而淡化英雄意識。他們以凡夫俗子的平民日常情緒來取代英雄的崇高感，告別英雄，告別崇高，告別理想主義，回到凡人的真正感覺，並表現這種感覺。

第二節　人的豐富性與詩歌精神指向的多極化

人的豐富性決定性了詩歌精神的指向的豐富性與多極化。文化的多元化與詩歌精神指向的多極化已成為時代的潮流。

自80年代中期以來，文學一元化的局面逐漸瓦解，時代體現出對文學個體言說的正視與寬容。尤其是90年代以來，文學終於開始了由集體話語向個人話語轉變，「從大體上看，1989年標誌著一個實驗主義時代的結束，詩歌進入沉默或是試圖對其自身的生存與死亡有所承擔」〔註7〕，詩人開始表達個人的獨特生存體驗和生命感受。相對於80年代常見的「烏托邦」情結及其形而上的神性寫作（80詩歌文本中過多的國家神話與思想負荷「遮蔽」了詩歌寫作的主體意識），詩歌寫作開始了有深刻意義的轉變，由80年代的寓言式寫作向一種獨立的多極化的、個人式的意識與審美的藝術精神和寫作轉變。

〔註6〕 羅振亞：《後朦朧詩整體觀》，《文學評論》，2002年第2期。
〔註7〕 王家新：《回答四十個問題》，《夜鶯在它自己的時代》，北京：東方出版中心1997年版，第55頁。

　　後朦朧詩人告別朦朧詩「烏托邦」的憧憬，他們在價值的自由選擇中有著自己的審美尺度，對傳統文化以及一切慣有的秩序都進行了重新審視，努力尋找著屬於這個時代的新的價值標準和歷史維度，並迅速形成多極指向的詩歌精神追求。

　　詩歌精神的多極化的一個重要原因就是詩歌寫作已成為個人寫作。

　　如今的詩歌寫作是在意識形態、大眾文化和商業文化的「集體狂歡」的當下「體現為在當今時代對一種個人精神存在及想像力的堅持，也帶有一種與社會主流文化持異、分離的性質」（王家新語），體現了一種個體的話語方式，這是一種「以差異的而非同一的、個人的而非整體的」言說方式，這種「話語差異」是由「傳統構成的『話語場』被打破，在結構上被重組，形成一種新的、帶有『擴大』意味的被改造的『話語場』，從而讓人們看到由語言新質帶來的『多樣性』的尋求」。在個體言說中的詩歌寫作不再是強調代言，而是「在為寫作建立起一個有限的、與個性和風格有關、而不是與無限膨脹的佔有欲有關的範圍，但這並沒有因此而放棄的無所承擔，也沒有自閉性地將寫作放置在狹隘的、與其它人的交流隔斷的境地」〔註8〕。

　　後朦朧詩把觸角引向了個體生命，指向了人類生命意識的內核，從而把體現於詩歌中的人的自覺推進到了一個更深入的層次。後朦朧詩是對個體生命意識的激情抒寫，是生命體驗的真實反應。詩人通過個體生命的感覺與體驗，創造力與想像力的發揮，對自身生命幽微的洞察，把筆觸深入到現代人的孤獨、荒誕、困惑、無聊、死亡體驗的心理現實之中。詩人們由對隱喻、象徵的迷戀走向對自己內心世界的直接呈現，以世俗化、平民化的眼光透視普通人的生活，以平常心去對待普通事，詩歌就成了揭示平凡生命價值的一種方式。

　　90年代社會多元化背景的出現，詩人們自身價值的失重，也正好可以讓詩人們輕鬆地從傳統的角色中游離出來，詩歌寫作由寓言式寫作向一種獨立的個人寫作意識與審美的藝術精神轉變。「在90年代，詩歌的確回到了作為個體的詩人自身。一種平常的充滿個人焦慮的人生狀態，代替了以往充斥詩中的『豪情壯志』。我們從中體驗到通常的、尷尬的、甚至有些卑微的平民的處境。這是中國新詩的歷史欠缺。在以往漫長的時空中，詩中充溢著時代的煙雲而唯獨缺失作為個體的鮮活的存在。」〔註9〕

〔註8〕　孫文波：《我理解的90年代：個人寫作、敘事及其它》，選自王家新編《中國詩歌九十年代備忘錄》，北京：人民文學出版社2000年版，第14頁。
〔註9〕　謝冕：《豐富又貧乏的年代》，《文學評論》，1998年第1期。

　　詩人開始擺脫沉重的意識形態負擔，讓文學回到個人，回到對人的生命、生存狀態清醒的關注。後朦朧詩人個人寫作在這裡是指在一個意識形態和商品化等諸多因素所造就的集體主義話語時代堅持「話語差異」、「個人的言說方式」經及「獨立的寫作意識」的努力，使詩歌寫作具有獨立審美品格，它的核心是堅守個人精神獨立的寫作姿態的價值立場，是對世界的個人化觀照。

　　詩歌精神的多極化就是「堅持在差異中的寫作」，強調的是詩歌寫作中的獨立品格、自由創造和寫作主體所持有的獨立意識與寫作立場。詩歌精神多極化的意義在於「它使得一些詩人在寫作的過程中，始終保持了以歷史主義的態度，對來自各個領域的權勢話語和集體意識的警惕，保持了分析辨識的獨立思考態度，把『差異性』放在首位，並將之提高到詩學的高度，但又防止了將詩歌變成簡單的社會學詮釋品，使之成為社會學的附庸」〔註10〕。詩歌精神的多極化是作為一種面對歷史與現實的沉痛的反思後，把一種獨立的寫作精神與個人的立場內化為它的基本品格，將那些從集體敘事的禁忌與壓抑中釋放出來，並致力於個人化經驗的發掘和詩意抒寫以解構既定的語言文化模式與中心話語。在差異狀態中對這個世界言說，發出自己獨特的聲音。

　　我們說90年代詩歌寫作已經從精神上回到了文學的本位，詩歌寫作拒絕為某個虛擬的時代充當號角、注釋或預言，拒絕書寫集體性的記憶和我們賴以自慰的元敘事，在用語言呈現世界這件事上，它僅僅要求個體在場。後朦朧詩開始遠離人群、放逐自我，人已被完全異化，肉體與靈魂普遍分裂，詩歌甚至更多的是對個人欲望的暴露與宣泄，缺少對人類生存及命運的終極關懷，顯現出瑣碎、平庸、淺薄、無聊的生活的展覽趨向，出現了一種私人化、個人化、瑣屑化的精神取向。一些詩人將肉欲當作最重要的主題來抒寫，被著重關注的是人的本能和潛意識的騷動，詩歌寫出的是身體的生理性快感。在這裡，詩歌已經放棄了必要的詩性限度。

　　詩歌精神的多極化使詩歌寫作具有獨立審美品格，詩人們為90年代提供獨立的聲音。正因如此，文學寫作第一次變成了一件純粹個人的事情，寫作本質上屬於獨自進行的寫作，一種不再有依靠從而不再受束縛的寫作，一種不再擺出道德、理想、崇高、文化、精英、史詩的架勢從而真實地寫作，一種僅僅聽從內心召喚從而抵達人性深處的書寫。

〔註10〕孫文波：《我理解的90年代：個人寫作、敘事及其它》，選自《中國詩歌九十年代備忘錄》，北京：人民文學出版社2000年版，第14頁。

第三節　欲望化敘事下的詩性缺失

從歷史的角度來看，詩歌本來是一個抒情的文體。但隨著社會生活的豐富性、鮮活性，詩歌的敘事功能逐漸體現出來。從 20 世紀 80 年代以來，張曙光、孫文波等人開啓了詩歌的「敘事」寫作意識，從而讓詩歌與日常生活應和，將敘述性作爲改變詩歌和世界關係的手段，以口語化的詞語本身和敘述聯姻去關注、捕捉生活俗語中裏挾的生存信息，介入生活細節，融戲劇化敘事、小說化敘事、散文化敘事資源於一爐，使敘事文本成爲近十幾年的獨特景觀。詩歌因此而呈現出一種繁榮的景象，但問題也隨之而來。

當欲望在身體的名義下無限膨脹泛濫，一種欲望化敘事在詩歌寫作中堂皇地上場了。這些詩歌寫作最大限度說出了詩人想像力的喪失和對世界包括身體命名的貧血和乏力，詩人在肉欲的漩渦中被肉體中的欲望細節和快感所困厄，最終導致把廣闊的文學身體學縮減成了極其狹隘神經質的文學欲望學和醒酲的肉欲烏托邦幻想（近於意淫）。

沈浩波、盛興、李紅旗、南人、朵漁、巫昂、尹麗川、朱劍、馬非等人的「下半身」詩歌無疑是這種詩歌寫作的極端代表。沈浩波甚至在《下半身寫作及反對上半身》中提出詩「從肉體開始，到肉體結束」，使詩歌成爲欲望的展現：

> 一個渴望愛情的女人就像一隻 / 張開嘴的河蚌 // 這樣的縫隙恰
> 好能被鷁鳥 / 尖而硬的長嘴侵入（趙麗華《一個渴望愛情的女人》）

到最後，身體被簡化成了性和欲望的代名詞，所謂的身體寫作也成了性和欲望的宣泄器官。諸如《我的下半身》、《爲什麼不再舒服一點》、《壓死在床上》、《姦情敗露》、《乾和搞》、《誰把我弄醒》、《是誰把一個女孩變成女人》、《把愛做乾》、《偉哥准入中國市場》、《朋友妻》等。詩歌寫作成了膚淺的表層的欲望展覽。在這種欲望化敘事的詩歌寫作中，存在將身體與欲望無限擴大、誇大，將欲望作爲所謂反抗意識形態的唯一現實和事實，欲望被作爲反抗權威的象徵性符號，被用於快感敘事。

我們認爲，詩歌也不是用來「體驗肉體上的慰藉和歡娛」，不是對自然「情慾」的發泄。詩歌不只是停留在感性的層面，更多的是帶給我們理性的思考，在其非常個性化的詩行中蘊藏著深沉的哲思。詩歌不應是對私生活無節制的暴露和對感官欲望無顧忌的表白，它不是在「解構」著一切，不是「幹搞整」的展覽。

　　這的確是一個詩歌精神匱乏的時代。

　　進入 20 世紀 90 年代以來，市場經濟體制逐漸形成，物質極度匱乏的年代一去不復返。在經濟槓杆的作用下，在大眾傳媒的引導下，經濟的壓力降臨到知識分子頭上，迫使文學話語附著在經濟上面。大眾傳媒將受眾引入追求感官快樂和短期行為，強調感官娛樂享受和當下性，極度張揚人的本能欲望，從而明顯地排斥人的精神性因素，排斥形而上的思考，而迷戀形而下的現實性，「現代人的感性的、欲求的、本能的東西，終於日益排擠和戰勝了精神的、理性的和內在的整體情感」〔註 11〕世俗感性文化的日益泛濫，大眾傳媒的高速度快節奏，使人們以時間的瞬間感性和當下性逐漸取代了歷史性，平面感逐漸取代了深度感。

　　商品化的時代使大眾化、消費化文學已然迅猛發展，人們拒斥深度意義，從而導致自我的失落與意義的虛無，為大眾傳媒的技術化操作提供了它所需要的主體缺席的空間。於是「欲望化敘事」就成為大眾文化基本的、主導的傾向，以消遣娛樂為本位的大眾文學必然會對精英文學形成擠壓。

　　大眾傳媒消解形而上的意義而張揚生命本能和身體欲望，以畫面視聽刺激人們的感官，成功瓦解了人們對意義的追求與反思。正如歐陽江河《雪》一詩所描述的那樣：

> 空氣和視野因雪的亮度而顯得乾燥， ／生殖力埋入花園。詞語造成的人 ／有著想像中豹子的前額，鐵擦亮了鐵。 ／／我置身於各種器官之間比例的崩潰。 ／肉體走出肉體傳遞過來的精神音樂， ／由於相互不能打聽的原貌而被修飾，被擾亂。 ／／幼獸的美麗的犄角慢慢爬到人類身上。 ／花紋和香氣的喪失在一枚徽章裏重現， ／正如明信片上的風景顯示出金錢本色。

90 年代才以來，詩歌寫作熱衷於個人生活經驗的展示，陶醉於欲望寫作和私人閱讀的興趣，玩味平面生存狀態並對精神高度加以忽視，最終只能以粗陋的精神向人類世界的博大情懷和超越世俗之上的理性發難。「生活化的審美文化把文化活動最後就純粹的消費活動——文化的享樂。文化享樂的普遍成功的根源就在於，生存對文化的日常需要和生存本身的當前化——文化因此以藝術的片面形式成為個體需要的當下享樂的消費品。文化在整體上轉化為文

〔註11〕　王岳川：《中國鏡象：90 年代文化研究》，北京：中央編譯出版社 2001 年版，第 47 頁。

化的享樂之後，享樂不僅代替了生存實體——形象的愉悅表演成爲現實落空的生存欲望的虛假滿足。」〔註12〕在解除了政治與道德的負載後，文本變成了放任自流的娛樂場所。文藝的詩與思的對話功能爲商業炒作所取代，而詩歌這種純粹的語言藝術，或者說是缺乏感性的娛樂功能，而逸出人們的期待視野，詩歌的以歷史與意義爲參照的詩性就缺失了。

　　新詩開始面臨著極大的詩性缺失的困境，「從 80 年代後期始，新詩漸入困境，精神重建中的某些偏頗因而就暴露在人們面前，主要表現在新詩的社會身份和承擔精神的危機。在藝術上有了長足進步的同時，新詩又在相當程度上脫離了社會與時代。詩回歸本位，絕不是詩回到詩人狹小的自我天地。回歸本位以後的新詩如何更好地體現先進文化的前進方向，重建與社會、時代的詩學聯繫，重建詩的承擔精神，在『詩就是詩』的前提下，增添詩的社會含量和時代含量，從而保持詩在新世紀中的發展，這是有社會責任感的詩人的共同擔憂和共同思考。」〔註13〕

　　詩性缺失，理想被消解，後朦朧詩歌的藝術旨趣不是淨化、提升人的精神境界，而是試圖以反傳統、反文化、反藝術、反現實建造獨立於現實的精神烏托邦，而終於走向虛無：「我們無法不承認，寄居傳統詩歌中幾千年的崇高感在後朦朧詩中已被殘酷地消解了。」〔註14〕詩歌寫作在今天所產生的危機說到底或許是一種精神困頓的危機，在當前困境中重建詩性寫作顯然具其重要的詩學意義。

　　詩歌應該回到詩性寫作本身，從詩的本義出發追尋詩的眞諦，喚回對生命、對現實、對歷史、對世界的最深厚的激情，糾正詩的平庸化、粗鄙化、晦澀化、西化的不良傾向。

　　重建詩性的寫作包含了一個新的美學理想：創造一種新的感性生命的可能，張揚人的主體意識、人性的美與眞，爲我們的精神活動與對象世界之間的關係提供某種新的可能性。張煒在《詩是一種命運》一文中說：「詩人不應該被生活的陰暗和冷酷主宰了心靈。詩人的文字至少應當是爲提高人類的整體素質、人格品位做出一點努力與貢獻（就像哲學提升人的精神高度）而不

〔註12〕　肖鷹：《形象與生存》，北京：作家出版社 1996 年版，第 14 頁。
〔註13〕　呂進：《21 世紀：中國現代詩學的兩個課題》，《對話與重建——中國現代詩學札記》，重慶：西南師範大學出版社，2002 年版，第 33 頁。
〔註14〕　羅振亞：《後朦朧詩整體觀》，《文學評論》，2002 年第 2 期。

是去降低，去雪上加霜。從嚴格意義上來講，詩人是他所在的那個時代的先鋒，詩的先鋒性不僅僅是對詩的語言與形式的革新，更是詩人對自身世界與外在生存世界思考的深度以及情感的獨特表現。寫詩是個人的事，更是莊嚴的事業。我認爲在詩中能體現民族文化精神，體現人類生存的普遍價值，反映重大曆史開路人的悲壯美與寫作個人化並不矛盾，因爲一個詩人不僅僅屬於自身，也是作爲自己民族與人類曆史的見證而存在。」〔註15〕也就是說詩人應真誠地面對自我、面對藝術、面對現實，真誠地傳達出一定時代的帶有普遍性的人的意識、情緒、心理，寫作使以「人」爲中心的價值觀念中得到全面地認同。

詩性寫作的核心就是對人的生命個體及人的價值的認同，即在大視野的曆史人道主義的觀照下，以批判的精神對抗人的生存的平庸和精神的墮落，是對人的生存命運的關懷，以超越功利目的寫作純然建立一種非功利的真、善、美的審美需求，張揚人的主體意識、人性的美與真，爲我們的精神活動與對象世界之間的關係提供某種新的可能性。

第四節　女性詩歌的身體寫作批判

20世紀80、90年代以來，隨著全面的改革開放，思想解放大潮洶湧而至，女性寫作者逐漸有了鮮明的個性意識和性別意識。伴隨著商業化、全球化而來的消費主義文化滲透到了中國社會的各個角落，對商業利潤的追逐使得文學創作呈現出了隨意性、瑣碎化、世俗化的特徵，帶來了以暴露「生活隱私和身體隱秘」爲主要內容的寫作時尚，「身體僅僅展現爲景觀，而且毫無抵抗地接受了消費主義意識形態的再編碼。」〔註16〕大眾傳媒對女性寫作領域進行了大力地開發和利用，「身體寫作」很快成了文壇重要的名詞。

「身體寫作」（亦稱「軀體修辭學」、「軀體寫作」、「身體話語」等）是80年代末、90年代以來批評界一個高頻率出現的批評術語。在以埃萊娜·西蘇爲代表的西方女性主義軀體修辭學的影響之下，以翟永明、唐亞平、伊蕾等爲代表的後新時期的女性主義詩人，在詩歌創作中放大了隱秘的生命體驗，以鮮明的性別意識以及一種「關於身體的語言」來表達女性立場，建構女性

〔註15〕 張煒：《生命路上的歌》，瀋陽：春風文藝出版社1998年版，第287頁。
〔註16〕 韓忠良主編：《2003年文學批評》，瀋陽：春風文藝出版社，2004年版，第178頁。

的主體性。「軀體寫作是女性本質力量的顯現或對象化，是女性解構男性中心主義文化強勢最有力的突破口，因而也是女性詩人建構女性詩學話語最適宜的一種方式。」〔註17〕林白、海男、王小妮、虹影、陸憶敏、周瓚、安琪、馬蘭等女詩人的大量作品都以顛覆性的寫作姿態出現，竭力強調自己獨立的生命體驗與價值立場。

　　女性詩人們以「身體」為支點和邏輯起點，圍繞情愛、性、孕育、生產等女性特有的生命階段，描述女性的生命體驗，反省女性在社會歷史文化中的位置。翟永明的組詩《女人》、《靜安莊》、《死亡圖案》，伊蕾的組詩《獨身女人的臥室》，唐亞平的組詩《黑色沙漠》和陸憶敏以《美國婦女雜誌》為代表的一些詩作紛紛記錄下了詩人自覺地對性別身體與性別經驗進行體認的書寫歷史。女詩人們毫不吝嗇地在詩歌當中對女性的身體進行熱切地讚美，「全身鏡裏走來女媧／走來夏娃／走來我／直勾勾地望著我／／收腹再收腹／乳峰突起／我撫摸著溫情似海／我看到／地獄之門／充滿誘惑／／哦給我一百次生命／我只願切實地／做一回女人」（林祁《浴後》），詩人在唯美的描繪當中，流露出的是充分的欣賞和確證，「來，我給你這小小的禮物／它是一支沒有開放的蓓蕾／它那樣天真，涉世未深／它的理想是在光明的太陽下得到所有人的愛／它的本能是欲望和繁殖／生命將因為它而延續／世界將因為它而永恒不朽」（伊蕾《流浪的恒星》）。生長、發育、月經、懷孕、流產、生育、哺乳……是男性永遠無法感同身受的生命體驗，女詩人們將這些女性隱秘的、獨有的身體感受也以文學的形式呈現了出來。「一個女人／每個月／流一次血／懂得蛇的語言／適於突擊／不宜守約」（夏宇《一般見識》），「血」對女性來講有著特殊的意義，詩人以此來表徵自我的主體性；「懷了一季愛的女人／感到那蠕動的生命／是用伊的憧憬和心願／凸出來的春天」（利玉芳《孕》），詩句中流露出的是女性孕育生命的喜悅和激動；翔翎的《流失》：「你是我／流失的生命／子宮內／最最深刻的傷痛」，流產是男性永遠也無法經歷的不幸，這是母親對自己體內流失掉的生命的悲痛哀悼；「如爆發前的火山／子宮硬要擠出灼熱的熔岩石／陣痛誰能替代／兩條生命只靠女人的天性」（李政乃《初產》），表達的是受孕、生育的微妙感受；「這被生育絞碎的身體，曾經空著／像離開海水的魚……我體內的胎兒／緊裹在秘密的囊裏，像苞蕾中的苞蕾／

〔註17〕 趙樹勤：《找尋夏娃——中國當代女性文學透視》，長沙：湖南師範大學出版
　　　　社，2001 年版，第 172～173 頁。

眼睛裏的眼睛。她驚嚇的蕊心一動不動／我被什麼取回，放在胎心的上方／聆聽我骨骼深處的撕裂聲」(《宿命的女人與鹿》)，李輕鬆從獨特的角度將分娩的過程進行了描述，展現了女性強大的包容性和巨大的承受力。女性詩人還將隱秘的性意識和性體驗坦率地表達出來，一反傳統形象，描述女性的本能欲望，「給你，以一個女人顫慄的誘惑，沸騰的／血液，人全部的熱情與主動……火山、地震、雪崩、海嘯、戰爭／我們一無感知／緊緊擁抱一動不動」(張燁《暗傷》)，「如果我需要幸福就拉上窗簾／痛苦立即變成享受……拉上窗簾聽一段交響樂／愛情充滿各個角落／你不來與我同居」(伊蕾《獨身女人的臥室·窗簾的秘密》)，「下雪的日子／我們裸著身子／烤火／髮膚骨骼／俱已燃燒／僅存的／是溶雪的聲音／在火的餘溫間／嫋繞。」(羅英《下雪的日子》)。翟永明的《紋身》:「有一個男人合掌膜拜／用青色圖案安置她內部的豐收……無非是兩隻手／將她的肉體清算／無非是將真魂實魄／刺入她體內永遠保存。」無所掩飾地將性意識、強烈的生命原欲釋放出來，表現了女性的欲望與焦灼；路也在《眉毛》中通過對女性外部媚態動感部位的描寫，反映了女性自身經驗呈現的情慾渴求。利玉芳的《古蹟修護》描寫了溫馨、柔和的兩性之愛。「女性主義詩人往往傾心於表達性別覺醒，表達對男性話語權利的懷疑與拒絕，表達對在男權社會中久已失落的自我的尋覓。」〔註18〕女性詩人們從女性身體中提取寫作資源，不僅要通過獨有的經驗世界來把握話語權，確證自身的主體性，還試圖通過構建自己獨特的敘事符號挑戰男權的語言修辭方式，抗拒男性敘事對女性的欲望化書寫，以解構男權話語。閻妮在《女人》中直接描述「子宮」，營造了「子宮崇拜」，大幅度地渲染了「母體」，讚頌了女性的偉大，顛覆了男性霸權；路也的《核桃》通過女性身體部位的隱性描寫與具象暗示，張揚了女性的巨大創造力量，解構著父權制下的性政治和性文化的舊有認知體系；千葉以《捕獸器》顯示了女性潛在的巨大制服能力與不可抵抗的誘惑力，對男權文化中心話語的專制秩序實行了反專制。通過對身體細節的詩學轉換，女詩人們試圖建構獨特的女性審美，以長期壓抑的性別生命意識徹底反抗傳統的性別話語。

　　從大量的「身體寫作」作品當中，我們充分感受到了女性的豐富的生命底蘊，她們的需要、悲傷和快樂，感受到了女性作者凌厲的攻勢和強烈的欲

〔註18〕 呂進:《女性詩歌的三種文本》，《對話與重建——中國現代詩學札記》，重慶:西南師範大學出版社，2002 年版，第 195 頁。

望。女性詩人們在寫作中強調書寫「男性難以染指的女性的身體經驗」，甚至將純粹的心理、生理隱秘宣洩出來，意圖將女性的軀體由被動的欲望對象改寫爲主動的欲望主體，以對抗強大的男性話語權，女性主義「身體寫作」試圖在重新講述歷史的同時，以個體的方式介入歷史，「我寫世界／世界才肯垂著頭顯現。／我寫你／你才摘下眼鏡看我。／我寫自己時／看見頭髮陰鬱，應該剪了。／能製作出剪刀／那才是真正了不起。」（王小妮《應該做一個製作者》）。但是，應當注意的是，女性詩人們過度地強調了性別差異，關注女性心理、生理特質過程中已絕對地以自我爲中心，女性的「情」、「愛」、悲傷與快樂主導了「身體寫作」文本，疏離了現實，淡化了人生，忽略了個人意識與公共空間的協調問題，恰恰消隱了女性主體獨立和自由的其它價值維度。作品過分地強調身體的自然力和生物性的本能，大力開掘身體資源，釋放生理感覺，將性愛、孕育、生產等完全私人性的經驗進行開放，導致精神層面的虛空，從而大大限制了文學創作的想像力。在商業化社會，在市場效應和商業利潤的巨大誘惑之下，「身體寫作」文本具有著更多的消費性和時尚性，缺失了文學本身的審美價值和意識形態意義，並且在一定程度上又回落到了男性目光的掌控之中。

女性詩歌的「身體寫作」在性別覺醒方面有著出色的表現，充滿了強烈的懷疑精神和批判意識，但是從詩歌的精神價值取向來看，還存在著很大的局限性，它僅僅很好地表達了「個體的生命言說」，而沒有達到具有歷史深度的文化批判和對整個時代、現實、存在等方面的終極性追問。「身體」對女性主義寫作和批評具有重要的意義，女性文學據此作爲理論資源來建構女性詩學話語，但是文學上的「身體」並不僅僅是生物的身體，應當是滲透了歷史、文化的具有豐富性的、深刻性的存在，女性詩歌在解構的同時不可忽略意義內涵，「女性意識的進步並非以承認女性的性角色爲目的，而是最終以一個人的價值呈現於社會爲最高目標。」〔註19〕「身體」並不等同於女性獨特經驗的全部，個體是豐富而完整的，詩歌話語應當關涉靈魂和身體的雙重性質，應當強調身體的倫理維度，才能成就經得起反覆閱讀的文本。

後現代主義的挑戰姿態構成了身體化敘事的有效語境，「身體寫作」文本描寫個人的生命體驗本是對群體本位文化的反撥，是對實用理性文化的超越，但是，一旦導致了自我中心主義以及情緒化的偏狹，則將極大地束縛詩

〔註19〕於青：《苦難的昇華》，合肥：安徽文藝出版社，1992年版，第128頁。

人的創作，使得作品無法深入現實，疏離了社會文化，淡化了藝術使命，從而在一定程度上規避了人文精神的豐富性。「詩，是生命意識與使命意識的和諧。」〔註20〕「身體寫作」張揚了自我個性，率真地表達了主體的欲望，但只有生命意識而沒有使命意識，那麼詩歌就只能是個人情緒的傳聲筒，重新邁向性別本質主義的窠臼，「詩既有宣泄功能，又有淨化功能。……但是，宣泄不是優秀詩歌的終端目標，宣泄的目的是爲了將詩美光亮投進讀者心靈，提高讀者對美的領悟性，淨化讀者心靈。」〔註21〕詩歌是心靈的藝術，應當以人格力量和道德力量去淨化人們的心靈，引領光明的人生道路。

鄭敏呼籲：「今後能不能產生重要的女性詩歌，這要看女詩人們怎樣在今天的世界思潮和自己的生存環境中開發出有深度的女性的自我了……只有在世界裏，在宇宙間，進行精神探索，才能找到眞正的女性自我。」〔註22〕身體寫作需要把握身體內外的平衡點，使自我與整個時代和歷史產生深刻的感應，才能使作品獲得人格力量下的彈性與張力。「女性主義詩歌中應當不只是有女性的自我，只有當女性有世界、有宇宙時才眞正有女性自我。」〔註23〕女性詩歌無論從寫作精神上還是寫作技術上，要思考一種新的寫作形式，一種超越自身局限，不以男女性別爲參照的具有獨立風格的聲音，才能躍上精神的制高點體現完整的女性人格，詩歌才能夠取得本體意義上的成功。

在這欲望張揚的時代，文學的精神品格尤其需要提倡。在消費主義時代，商業化和物質化解構了時代的精神坐標，文學由形而上走向了形而下，是物質豐富精神匱乏的時代象徵，堅守文學的審美本質和人文關懷精神尤爲重要。「詩歌應該有一種不滅的精神……這種精神可以強化詩的審美功能」〔註24〕在後現代具有很大包容性的文化中，社會、時代、階級、種族……乃至整個文化都有待理論擴充和主題延展，將身體寫作文本與歷史文化語境相聯，在抗拒的同時進行反思，在解構中注目精神維度的重建，以建立更爲健康和諧的性別文化爲目標。

〔註20〕 呂進：《詩，生命意識與使命意識的和諧》，呂進：《對話與重建——中國現代詩學札記》，重慶：西南師範大學出版社，2002年版，第181頁。

〔註21〕 呂進：《詩，生命意識與使命意識的和諧》，《對話與重建——中國現代詩學札記》，重慶：西南師範大學出版社，2002年版，第177頁。

〔註22〕 鄭敏：《詩歌與哲學是近鄰》，北京：北京大學出版社，1999年版，第395頁。

〔註23〕 鄭敏：《女性詩歌研討會後想到的問題》，《詩探索》，1999年第3期。

〔註24〕 蔣登科：《新詩審美人格論》，南寧：廣西民族出版社，1992年版，第155頁。

「越是優秀的詩人，他的詩的內容就越是全人類的。」〔註25〕女性詩歌需要在表現人生感悟、生命體驗，思考人類命運的過程中具備現代性精神內涵，積極建構以歷史性、民族性的文化精神價值體系爲依託的文學話語。

〔註25〕 呂進：《中國現代詩學》，重慶：重慶出版社，1991年版，第264頁。

第六章　消解傾向的詩學解讀 [註1]

　　後朦朧詩潮以來直到 90 年代，詩歌中的消解現象成爲談論詩歌時繞不過的一個話題，詩歌精神呈現出自由、蕪雜、多樣化的形態，幾乎沒有什麼素材不可以寫入詩歌，語言的自由達到很高的程度，顛覆性的語言策略大量出現在詩歌中。評論界概括爲消解深度、消解歷史、消解崇高、消解偉大等等，「消解」一詞基本上是作爲貶義詞使用的。此處用消解描述詩歌現象，大致指出現於 80、90 年代詩歌中的一種創作傾向，對基本認同的道德觀念、審美觀念和詩歌藝術觀念持反叛、嘲弄和貶低的態度。談論消解和重構時參照系是整個中國的文化、文學，把後朦朧詩的這一種詩歌現象納入中國文學縱向發展的軌跡。有些先鋒詩人宣言似乎只有自己才建構了某種詩歌傳統，這正是缺乏宏觀視界所致，暫時的創新誠然可貴，但作爲藝術的追求者應該心懷這樣一種責任和眼光：在詩歌發展長河中不斷地審視、重構詩歌的精神。消解既來自現實的存在，也來自詩人的表達，需要注意的是，不能簡單的把消解歸結爲詩人的表達。另外，詩歌在 80 年代表現出的先鋒姿態在 90 年代得到一定收斂，詩作中也有對虛構神話的重新認識等，這些可以看作是消解中呈現出的重構之光。

　　當下詩歌和大衆生活之間的距離似乎越來越遠，90 年代以來詩歌在容納多元的精神取向和藝術追求的同時，也使大量閱讀受衆在面對詩歌時無所適從。人們久已習慣的對於詩歌與現實、與社會的關係的理解發生了巨大的變化，那麼，究竟是什麼因素如此迅速地改變了詩歌的存在狀態，構成了詩歌

〔註 1〕　本章由喬琦女士執筆。

精神的缺失呢？本章擬從大眾文化語境、後現代思潮的影響、二元對抗思維模式的影響以及媒介發展的負面引導等幾個方面加以論述。

第一節　本土語境、外來思潮以及思維模式的影響

一、滋生的土壤：大眾文化語境

　　大眾文化在 90 年代的中國社會已登堂入室，是一種「以大眾傳播媒介為載體並且以城市大眾為對象的複製化、模式化、批量化、類像化、平面化、普及化的文化形態」。〔註2〕隨著 90 年代市場經濟的全面啓動，以大眾消費社會流行的影視、音樂、廣告、消閒的報刊書籍等為代表的大眾文化迅速發展，衝擊著我們的文化傳統、文學傳統：90 年代文化分化為主流文化、精英文化、大眾文化；文學也打破慣常的小說、詩歌、散文、戲劇的板塊結構，影視劇本等泛文學向文學滲透。與此同時，文化、文學在面對新出現的大眾文化時也呈現出極其複雜的特點，接受和反駁並存，學術界關於「人文精神」的大討論某種程度上可以說是對大眾文化波濤的一次抵制。著名學者鄧曉芒曾經指出「尋根意象和漂泊意象的矛盾」〔註3〕構成了中國當代文學最根本的矛盾。作家一方面向彼岸世界尋求歸宿，一方面又滿懷憂傷地對傳統深情回望。鄧曉芒指出這種矛盾給作家的內心靈魂帶來撕裂的痛苦。90 年代作家在吸取「後殖民」、「後現代」的同時回望「人文精神」，其間的對立、分裂和痛苦是難以言說的。90 年代詩歌生存在紛繁嘈雜的大眾文化語境中，無論說大眾文化向詩歌滲透，還是說詩歌突入大眾文化，一個既定的事實是，兩方面都感受到了對方的氣息。詩歌中充斥著大量諸如此類的詞語：「球星」（陳東東《煉獄故事》）、「李寧牌」（王家新《送兒子到美國》）、「新型鋁合金旋轉門」（孫文波《在西安的士兵生涯》）等詞語，這些是追求娛樂、講究品牌效應的消費時代、技術化時代的產物。

　　大眾傳媒是大眾文化的傳承工具，它是現代技術和商業社會共同的產物，大眾傳媒在帶給文學自由、快捷、多元的存在方式時，也把文學淹沒在自由多元的泡沫之中。王干在《90 年代文學論綱》中，對 90 年代文學生存的

〔註2〕潘知常、林瑋：《大眾傳媒與大眾文化》，上海：上海人民出版社，2002 年版，第 6～7 頁。
〔註3〕鄧曉芒：《關於〈從尋根到漂泊〉》，《文論報》，2001 年 5 月 15 日。

背景進行了詳盡地描述，他強調多元語境，實際上包含了大眾文化和大眾傳媒：「多向發展的雜體經濟與曖昧的世界形式慢慢消解了強大的意識形態話語，在文化上便表現爲占絕對主流的話語不在場，多種話語對峙、衝撞乃至消解。傳媒成爲 90 年代文化的『主頻道』……」〔註4〕大眾傳媒的種類很多，僅以網絡爲例加以說明，隨著網絡詩歌的迅速發展以及對網絡詩歌研究的深入，網絡和詩歌之間已經建立千絲萬縷的聯繫。網絡媒介以其虛擬性、自由性和互動性的特點區別於以往媒介，由此帶給詩歌獨特的優勢：自由書寫，互動交流，迅速傳播，還發展出新的詩歌形態如超文本詩歌和多媒體詩歌等。與此同時網絡對詩歌的隱患也浮出水面：虛擬和自由都使詩人可以無所顧忌地書寫，當然書寫的自由給了詩人表達眞實想法的機會，也給了詩歌擁有多元風格的可能，但是不負責任的隨意書寫卻是不能排除的。嬉笑怒罵在網絡詩歌中更容易，我行我素，總之不存在發表不發表的問題，再加上詩人渴望提高詩作的點擊率，往往注重當下的事情，其餘如歷史、文化等多被拋之遙遙。詩歌成了平面化的話語狂歡，像 MTV 一樣只是爲了滿足某種欲望。

　　敘事性因素的增多和大眾文化不無關係。詩歌中的敘事不是一個新出現的問題，不過每一次敘事的增多似乎都和外部因素密切相關，比如當代詩歌史上塑造某種典型形象。在 90 年代，意識形態對詩歌的影響減少，但身處消費社會，與之相關的一切卻悄無聲息地向詩歌滲透，其中大眾文化是重要的一個方面。消弭日常和藝術的界限，滿足大眾的欲望，使大眾在片刻的麻醉中得到所謂的享受，是大眾文化產品的重要特徵之一，順便提一點，大眾文化和後現代主義有相通之處。肥皂劇的逼眞，MTV 的煽情，通俗報刊書籍的趣味等都以享受、輕鬆、娛樂的方式吸引著大眾的注意力。詩歌如何安慰現代人在快節奏社會裏生活的疲憊的心？純粹的抒情不夠用了，詩歌越是高雅就越和大眾隔絕——這裡的「大眾」圍繞消費展開，指主要的消費對象——於是大眾文化誘惑大眾的手段派上了用場，放低姿態、努力貼近對象的需求。詩歌絮絮叨叨地書寫普通人的日常生活；詩歌滿懷深情地懷念從前的日子甚至遙遠年代的生活；詩歌罵罵咧咧地發泄滿腹牢騷……日常、懷舊、抱怨是現代人生活中必不可少的部分，而敘事比抒情更能傳達這些情緒，日常和抱怨自不必說，懷舊在敘事拉緩了的敘述節奏中意味更濃。如此，敘事在 90 年代成爲談論詩歌的一個關鍵詞，一定程度上消解了詩歌的抒情傳統。

〔註4〕 王干：《邊緣與曖昧》，昆明：雲南人民出版社，2001 年版，第 5 頁。

另外，後現代主義泯滅日常和藝術審美的界限，在大眾文化這裡同樣行之有效，高雅和通俗、生活和藝術的區別消失了，生活被直接放進詩歌。拼貼也是大眾文化經常使用的一個手段，濫用會使詩歌成為大雜燴。

從上面的論述可知，大眾文化和大眾傳媒的確在各個方面改變了既有的詩歌，在帶來優勢的同時也不可避免地損及詩歌精神。陶東風指出：「在大眾文化的語境中，文化工業不可能不用自己的價值規範與操做法則來把精英文化、先鋒文化納入自己的體系中。」〔註5〕生活在這個語境中就得抵擋被消解和融化的危險，詩歌也不例外。

二、後現代思潮的影響

一般認為，後現代主義在西方嶄露頭角始於上個世紀50、60年代，80年代中期傳入中國，很快影響到各個領域。文學界尤其是詩歌界反響很強烈，當時理論界瘋狂地翻譯介紹後現代理論，創作界瘋狂地模仿後現代主義風格。進入90年代之後，「後學」之溫有所下降，學界較為冷靜地對待這一思潮，但這絲毫沒有影響後現代主義的活動範圍。它滲透在各種文學樣式當中，使90年代文學中出現一些後現代主義變體文本。

西方學者丹尼爾‧貝爾、哈貝馬斯、傑姆遜、利奧塔德等對後現代主義都有不同的看法，關於它的起源、和現代主義的關係、具體內涵等問題沒有統一的說法。總體上說，後現代主義具有以下一些基本特徵：不確定性、消解、無中心、削平深度模式、歷史意識消失、主體性喪失、遊戲、反諷、戲謔、消弭日常和藝術的界限等等。後現代主義從根本上說是反傳統的，反對既有的一切。「後現代主義溢出了藝術的容器」，現代主義無論多麼大膽放肆都沒有脫離藝術審美的界限，而後現代主義則抹煞了藝術形式，「『事件』和『環境』、『街道』和『背景』，不是為藝術，而是為生活存在的適當場所。」〔註6〕這是就文學、藝術中的後現代主義而言的，其最大的反叛莫過於放棄藝術形式本身。從西方到中國，後現代主義發生變化是在所難免的，比如後工業社會或者晚期資本主義社會的特點，在中國還沒有言說的對象；文學方面

〔註5〕 陶東風：《欲望與沉淪：當代大眾文化批判》，《文藝爭鳴》，1993年第6期，第15頁。

〔註6〕 （美）丹尼爾‧貝爾：《文化：現代和後現代》，王岳川等編《後現代主義文化與美學》，北京：北京大學出版社，1992年版，第7～8頁。

對後現代主義的理解主要偏於簡單的反叛，而有時反叛的對象才剛剛起步或者根本就不存在，鄭敏在一篇文章中談到過「知識」，她說：「仇恨知識也是西方後現代的一個現象，……他們是在知識普及的情況下詛咒科學的殘酷，而我們的弄潮兒卻在缺乏知識，失去受正規教育的痛苦心態下轉向仇視知識和知識階層。」〔註7〕由於後現代主義本身具有很多駁雜的成分，又由於對新引進的這一理論認識不夠全面深入，有簡單套用之嫌，因而給90年代的文學帶來很多消極因素。

當後現代主義的反叛姿態湧入詩歌時，精神缺失現象隨之出現。「反字當頭」就是後現代主義反叛姿態的集中表現，詩歌的生存、傳統、意義、藝術各個方面被徹底顛覆：伊沙說「偉大的詩人 YISHA ／如此寫道／我是我自個兒的爹」（《野種之歌》）。YISHA，五個大寫字母，作為一個符號文本，「借助根據性突然降級」，「觸及了物的堅硬的切實性」，〔註8〕這就使得「我是我自個兒的爹」這句詩對傳統的顛覆更具體，感知性更強。再聯繫詩題，一種狂妄的背後是傳統支柱坍塌後的虛無，而沒有任何建構，YISHA 的宣告只是自我的放逐。後現代主義對傳統的徹底反叛、歷史意識的消失是導致詩歌中的「消解傳統」傾向出現的原因之一。「消解意義」，來自後現代主義的不確定性、主體性喪失、削平深度模式、遊戲等特徵，「後現代文學理論的要點是，『無法確定的東西』決定著一篇文章將如何被人閱讀。」〔註9〕對「無法確定的東西」的追求表現在詩歌中就成了意義蕪雜凌亂。「消解技巧」則是對藝術形式的消解，形式都可以不要了，如丹尼爾‧貝爾所言「溢出了藝術的容器」。總之，90年代一些詩歌中出現的肆意嘲弄、貶低、破壞既有的一切，具有濃厚的後現代主義意味。

與此同時，後現代主義在90年代對詩歌的影響，已經不像80年代中後期那樣痕跡分明了，這既得自於對理論的進一步冷靜吸收和理解，也是先鋒詩歌藝術向成熟靠近的結果。進入90年代之後，學界對西方思潮文論的狂熱和走向世界的期望，都明顯低於國門初開之際〔註10〕，冷靜下來的思維有利

〔註7〕　鄭敏：《詩與後現代》，《文藝爭鳴》，1993年第3期，第10頁。
〔註8〕　引自趙毅衡符號學課程筆記。
〔註9〕　（美）約翰‧W‧墨菲：《後現代主義對社會科學的意義》，王岳川等編《後現代主義文化與美學》，北京：北京大學出版社，1992年版，第176頁。
〔註10〕　指80年代面對剛開始的改革開放，改革開放是鴉片戰爭之後，中國又一次面臨國門大開的局面。

於各個維度的建設。改革開放以來，西方思潮文論尤其是當代流行的理論被大量譯介進來，改變了中國理論界長期以來只有蘇聯經驗可供借鑒的單一局面。面對如洪水洶湧而來的西方文論，中國學界掀起一陣陣學習的狂潮，在短短幾年間走完了西方近百年的歷程。什麼東西被禁止得過久，都會在最初放開的時候達到最狂熱的狀態。另外一個也是 80 年代矚目的現象是，走向世界的深切期望或者叫「影響的焦慮」。隨著《百年孤獨》獲諾貝爾文學獎，拉美文學成功地走向世界，國內文學界紛紛效颦，極力尋找和世界文學接軌的可能。理論和創作在 80 年代都處於狂熱狀態，對剛譯介進來的西方文論還來不及細細消化就斷章取義地開始使用。90 年代這種狀況稍有好轉，對西方理論的狂熱降了下來，國內出現許多反思現代性、後現代性的研究文章；折騰了這麼久終於沒有成功地走向世界，這方面的期待也慢慢減弱。理論界在 90 年代發生「人文精神」大討論不是偶然現象，既有對後現代主義和大眾文化的抵制，也有對傳統的反思；「國學熱」是世紀末對傳統文化的回望和重新審視；小說中有張承志、張煒對新人文精神的追求；詩歌中同樣有昌耀、西川、鄭敏、牛漢、蘇金傘等繼續堅持嚴肅探尋。「非非」詩派的走向很可以說明問題，80 年代較早倡導後現代主義式的寫作，周倫祐還寫出了《自由方塊》那種拼貼組合、令人費解的所謂後現代主義文本，而 90 年代「非非」和周倫祐都發生了較大的轉變。換個角度說，90 年代詩人生活的社會文化語境比 80 年代平靜得多，外部壓力也沒那麼大。「眾多詩人規避八十年代的浮躁和對『轟動效應』的熱衷，轉向相對深沉和冷靜的發展階段，以更加貼近現實生活的姿態、更加個人化的寫作方式走向詩美。」〔註 11〕面對外部，浮躁和狂熱的心態確實不利於詩歌的發展，90 年代的轉向一定程度上完成了對精神缺失的挽救。

三、「二元對抗」思維模式的影響

傳統和創新、中國和西方，這兩對對立的概念是二元對抗在 90 年代的集中表現。「二元對抗」作為一種思維模式，這個概念借自鄭敏 1993 年發表於《文學評論》第 3 期的那篇著名論文《世紀末的回顧：漢語語言變革與中國新詩創作》。鄭敏在文中批判了一系列「擁護／打倒」的二元對抗的文學創作、研究

〔註 11〕 見楊匡漢為《90 年代文學觀察叢書》做的總序，叢書之一：張志忠：《九十年代的文學地圖》，太原：山西教育出版社，1999 年版，序第 8 頁。

的思維方式。在這種二元對抗的思維模式裏，詩歌中反傳統、反文化、反歷史、反技巧、反意義等一系列「反字當頭」的現象大肆蔓延。令人啼笑皆非的是，倡導多元的解構主義卻滋生出擴大了的「二元對抗」，消解受西方的解構主義影響而產生，而解構主義直接針對的是結構主義的「二元對立」。在傳統／現代、歷史／今天、崇高／低俗、大我／小我等系列對抗中，消解掉的都是前項，表面上看似打破了對抗的狀態；實際上，文學現象遠不是幾組「二元」所能概括的，消解不是解決問題的方式，它恰恰是另一個極端的對抗。也就是說，喊著打破二元對立的消解仍沒有逃離「二元」的藩籬，相反，它要「反」這個「破」那個的思維邏輯同樣處於「二元對抗」思維模式的框架裏。

90 年代詩歌中的諸多精神缺失現象都和「二元對抗」思維模式相關，僅選以下兩點加以說明。

第一，日常生活簡單地移入詩歌。詩歌原本是對日常的反應、提升、概括，而不是直接照搬生活；當生活的碎片堆積在詩歌中時，這些碎片折射出某個人在某個瞬間的生活，而這正是詩人所津津樂道的，他要用獨特的「這一個」取代所謂的時代中、社會中的人。「自從爲了解放個人的自由心靈而提出文學的主體性後，中國新詩在這方面走過了一段很長的道路，將主觀（主體）與客觀（客體），個人與群體相對立的情感成爲一部分年輕詩人創作的動力，這種切斷主客對話，個人與群體互動的傾向，使得很多詩人陷於狹窄的二元對抗思維，其中心就是一個無邊膨脹的『我』。」〔註12〕詩歌中大我／小我一直是一個沒有討論清楚的問題，抒情主體究竟應該以一種什麼樣的視角切入詩歌？詩歌從來沒有嚴格的規則，但毫無疑問一堆不知所云的東西堆積起來至少不能算作好詩。

第二，用以和抒情相對抗的敘事性因素的介入。詩歌中的敘事性因素在90 年代異常醒目，如前分析和社會文化語境等多個層面都有扯不斷的關係，勿庸置疑的是二元對抗思維模式的存在在很大程度上促使這一現象更加突出。抒情在集體無意識中被確認爲強烈情感的表達，或歡快或悲傷或緬懷等等，總之情感是強烈的、鮮明的；於是就有了敘事性因素在 90 年代詩歌中的凸顯。如侯馬的《把小說寫得有命運感》：「作爲一個藝術家／特別是搞大眾藝術的／成功的基礎是把自己當小人物」，這幾行詩幾乎沒有什麼詩的感覺，完全是一種乾巴巴的敘述。很多時候，人們把抒情／敘事作爲對立的兩方面

〔註12〕 鄭敏：《我的幾點意見》，《當代作家評論》2001 年第 2 期，第 38 頁。

理解，而實際上抒情不僅是強烈的、鮮明的情感也包括「冷抒情」、「後抒情」等，「小杏當那一天 / 你輕輕地對我說 / 休息一下休息一下 / 我唱支歌給你聽 / 我忽然低下頭 / 許多年過去了 / 你看我的眼眶裏充滿了淚水」，這是于堅《給小杏的詩》的後半部分，這是一種瑣碎的敘述，和詩歌的精神審美似乎關係不大。但細細體味能夠感受到某種觸及內心柔軟處的情緒，如謝有順所言「真正的抒情就是對具體事物的真實感受，對自己內心的探測和展開，它在表面上可能是反抒情的……這種感情不是刻意抒發出來的，而是從每一個具體的詞語中滲透出來」〔註13〕。

90 年代的一切似乎都被包容在多元的旗幟下，眾聲喧嘩是這個時代的特點，紛紛嚷嚷中許多東西被泛化，「過去所崇尚的純審美，如今已經和正在泛化到日常生活過程中去，變得生活化、實用化、通俗化和商品化，從而我們見到的是泛審美。」〔註14〕正確理解對待多元和泛化，關係到對消解的恰當評價問題。多元化和泛化不是單純簡單的現象，表面的多彩中潛伏著一些雜質，需要注意，多元「不是放縱……不是借著詩歌的名義進行著非詩歌藝術的事情，而應該是在詩歌的基本藝術規律中尋找、探索詩歌發展的多種可能性。」〔註15〕多元語境中表面的熱鬧，也掩蓋了一些真正的問題，比如詩歌生存的空間，「詩歌生存的空間可以分爲兩類。一類是作者群體的，一類是讀者群體的；前者是圈內，後者是圈外。現在的事實是，圈內熱鬧，圈外冷漠，即作者群體的空間急劇膨脹，而讀者群體的空間卻日益萎縮。」〔註16〕不可忽視的是，90 年代詩壇上還有一批精神堅守者在默默耕耘，下面的幾行詩句就凝聚了一位老詩人複雜的心緒和認真的思考：

> 深夜的詩照亮心扉
>
> 找不到開始也難有結束
>
> 既是起程又是歸程
>
> 仍然走向靈魂的銜接
>
> ——蔡其矯《夜濤》

〔註13〕 當代詩歌：抒情，還是反抒情〔J〕，中外詩歌研究 2001，1～2：70，69～70。

〔註14〕 王一川：《從詩意啓蒙到異趣溝通——90 年代中國審美精神》，何銳主編：《前沿學人：批評的趨勢》，北京：北京圖書館出版社，2001 年版，第 159 頁。

〔註15〕 蔣登科：《警惕多元語境中的誤區》，《詩刊》，2003 年 3 月號上半月刊，第 58 頁。

〔註16〕 北塔：《詩歌的公共空間》，《社會科學報》，2003 年 1 月 9 日。

這當中包含著豐富的感情，對詩而言這是一種難能可貴的豐富，呂進曾說：「感情，是詩歌形象的雕塑師」，「感情，是詩歌樂章的指揮者」，「感情，是詩歌語言的母親」。〔註17〕90年代詩歌中固然有精神缺失的存在，但我們這個時代既有一批堅守詩歌精神的詩人，又有公正嚴謹的批評家，詩歌定然將在荊棘叢生中開闢出一條屬於自己的道路。

第二節　「反」字當頭：詩歌世界的隨意書寫

消解力度最大的一部分詩作以叛逆的姿態存在，這些作品呈現出駁雜多元的狀態：民族和世界的傳統包括歷史傳統、文化傳統、文學傳統等都被遠遠地拋開或者隨意嘲諷；情感、意義和思想或者在話語狂歡中流落，或者在冷漠書寫中被表面化，沒有深度追求；詩歌藝術形式方面則無技巧可言，技巧的混亂和無技巧無疑傷害了詩歌的藝術美。「反」字當頭，反傳統、反意義、反技巧，絕對化地反叛而不是辯證地分析和面對詩歌既有的一切。詩歌中叛逆的姿態在增加多元表達的同時，帶來了由於隨意書寫而造成的混亂。毫無疑問反叛的姿態越大越引人注意，因而這一種消解現象在當下被談論得最多，談論消解不得不談「反叛」話題，這裡主要從以下三個方面展開論述：

一、消解傳統：無家可歸

在西方消解哲學產生之初，傳統就是其針對的一個重要目標，深受後現代思潮影響的90年代先鋒詩人面對傳統也採取打破的方式。「我們是文學傳統的孤兒。民族傳統已經作廢，西方傳統和我們隔絕，而所謂的人類傳統僅是一個幻覺。」〔註18〕這是一個詩人對傳統的發言，其中的武斷和過激不言自明。傳統在這裡包括兩個層面的意思：作為文學的詩歌傳統和民族的歷史傳統、文化傳統。誠然傳統一直是在繼承和打破中流傳下來的，正確對待傳統是以辯證的方式處理傳統留下的遺產，消解傳統錯在不假思索地一味打破，把傳統視為和創新格格不入的對立面。

第一，就詩歌傳統而言，詩人形象和詩歌書寫都被改變。

〔註17〕呂進：《對話與重建——中國現代詩學札記》，重慶：西南師範大學出版社，2002年版，第58頁。

〔註18〕韓東：《古聞筆談》，《作家》，1993年第4期，第71頁。

中國古代詩歌一直到朦朧詩時期，都很看重詩人的使命意識，詩人在人們心目中往往具有一定的神聖性。80年代中後期，尤其是90年代以來，隨著消費社會的到來，一方面，詩人的處境開始邊緣化，他們寂寞地寫詩、默默地生存；另一方面，詩人的隊伍嚴重分化，專門從事詩歌寫作的詩人逐漸減少。這是客觀的社會語境造成的影響，與此同時，在一些詩作中出現另類的詩人形象描繪。這樣的呼聲簡直令人心驚膽顫：「我呼籲：餓死他們／狗日的詩人／首先餓死我／一個用墨水污染土地的幫兇／一個藝術世界的雜種」（伊沙《餓死詩人》）。伊沙諷刺的是繼海子之後，詩人們對「麥子」神話的仿寫，他在消解「麥子」神話的同時也把詩人形象消解得體無完膚。劉納說：「一聲『餓死他們／狗日的詩人』顛覆了以往的詩情，而使這一位伊沙成為現時中國少有的能夠毫無困惑地面對『後現代』的詩人。」〔註19〕消解使伊沙極具後現代的特點，但後現代並不簡單地等同於消解。

詩歌書寫在選取主題、提煉語言、結構詩篇、藝術修飾等各個方面都被顛覆。在消解詩作中，沒有什麼題材不可以入詩，瑣碎的、骯髒的、下流的事情都被堂而皇之地安放在詩歌的藝術世界中。恰當地化用日常口語、諺語等可以增加詩歌語言的活力和形象性，但一些詩作卻偏偏要使用罵人的髒話、夢中的囈語，甚至結巴的病態語，伊沙寫於1991年的《結結巴巴》對詩歌語言的顛覆可謂達到了極至：「我要突突突圍／你們莫名其妙／的節奏／急待突圍／／我我我的／我的機槍點點點射般／的語言／充滿快慰」。結構詩篇方面，或者鬆散凌亂或者簡直就是記敘文的分行排列，根本無所謂詩歌的形式，形式美就更談不上了。例如：「1990年，七月或八月的一天，／我們聚集在學四食堂，不分賓主／為鍍完金的陳建祖和非莫餞行。／席間，只有韓毓海穿著消閒的／短褲，使夏天準確地服務於人體；／並使我現在的回憶有根有據。」（臧棣《戈麥》）。這是一首詩中的一小部分，可略見一斑，整首詩是寫給戈麥的懷念文章，回憶中有時間、地點、人物、事件等等，而且詩人有條不紊地緩緩敘述了某次聚會的全部經過，隨後表達了對死者的評價和一種特殊的緬懷。詩歌的結構雖然沒有嚴格的要求，但寫成這種分行排列的記敘文卻是不可取的。此外，擁擠而私人化的意象使用、隨意拼貼的形式、牽強附會的比喻等都是藝術修飾方面對詩歌藝術的消解。

〔註19〕劉納：《詩：激情與策略——後現代主義與當代詩歌》，北京：中國社會出版社，1996年版，第18頁。

　　第二，歷史傳統、文化傳統被肆意歪曲。

　　任何一個社會的歷史、文化發展都是前後相繼的，「……在時間上具延續性，無疑地是構成『傳統』意義的首要元素，乃定義上不可分割的一部分。」〔註20〕而部分詩作恰恰相反地表現出似乎從天而降的神話，肆意歪曲傳統的歷史、文化；又好像對歷史都沒有了記憶，信口開河地在詩歌中表達自己的想像。最突出的表現是一些代表中國形象的名勝古蹟被重新書寫，耳熟能詳的像 80 年代韓東的《有關大雁塔》、《你見過大海》，伊沙的《車過黃河》等對大雁塔、大海、黃河等過去詩人筆下崇高偉大之物的戲謔、嘲諷。90 年代詩作中也有這方面的例子，渭河的水被描述成這樣：「灞橋下的渭河水像小孩子的尿一樣細， ／它要彙入黃河，到達大海，你的 ／所謂的黃金歲月對它沒有什麼誘惑力。 ／就是李白和王維，在灞橋上 ／流下淚水，狂歌低吟一番又怎麼樣？」（孫文波《在西安的士兵生涯》）借像小孩子的尿一樣細的渭河水，表達一種無奈的情緒，在消解渭河的同時，更消解了「黃金歲月」，這一段歲月永遠的成為過去，任你如何痛哭如何狂放都無濟於事，李白、王維尚且如此，其餘等閒之輩就更不用說了。這一長串意像靠「渭河水」聯繫在一起本無可厚非，但用尿形容渭河水就帶上了消解的意味。

　　剝離烈士陵園、歷史紀念館和「崇高」語詞，歌劇院和「高雅」語詞的「被修飾——修飾」對應關係，同樣消解了歷史、文化傳統。「革命」這個詞語充滿了激情和神聖，革命烈士以熱血換來幸福明快的生活畫面，然而，烈士的身影和魂魄只是在現代球星漫不經心中被「瞥見」，莊嚴肅穆的烈士陵園被現代娛樂、賺錢的場所所擠壓、包圍。於是歷史被現實取代，崇高被日常顛覆：「一個球星更衣時瞥見，有身體和靈魂 ／打體育館不夜的天窗上路過」，「還有那承包了齋堂的和尚 ／在廚房洗他的髒旅遊鞋」（陳東東《煉獄故事》）。從常規意義上講，「紀念館」是一個嚴肅而莊重的詞語，厚重的歷史、曾經的輝煌、英雄的榮耀等等令後人敬仰的對象棲居在紀念館裏。「地圖上的旅行」也許只是虛假的旅行吧，詩人在假想中這樣描述「傳統的紀念館裏」的活動情形：「在傳統的紀念館裏，只有患病的頭腦， ／還在凱旋的儀式中沉迷， ／為閃爍著陳舊的光芒的刀劍尋找證據， ／並且渴望，它們像蝙蝠一樣飛舞起來。」（孫文波《地圖上的旅行》）只有不正常的人才會在無聊的儀式

〔註20〕　葉啓政：《「傳統」概念的社會學分析》，姜義華等編：《港臺及海外學者論傳統文化與現代化》，重慶：重慶出版社，1988 年版，第 5 頁。

中自得其樂,「患病」和「沉迷」是直接敘述,「凱旋」則是反諷的運用。閃爍著光芒的榮耀不過是一些不正常的頭腦在主觀臆造證據而已。在詩人看來,紀念館無非容納一些想入非非中虛無飄渺的東西,像兒童吹出的五彩泡泡。相對於電影院,歌劇院更像是一種身份表徵,它代表高雅和上層的情趣。有些詩人筆下的「歌劇院」卻以虛偽、陰暗和日常消解掉了美好的修飾詞:翩翩起舞的少女們「表情庸俗」,身輕如蝶的鬼魂「更像是肥胖的蛾子」;歌劇院裏高高在上的指揮家不過是一個「謝頂的新鰥夫」,指揮家生活中具體的身份得以歸還(陳東東《煉獄故事》)。歐陽江河在《男高音的春天》裏則抒寫了厭倦了唱歌的男高音,而且這種倦怠之深達到難以恢復的程度。慣常對歷史和文化傳統的看法,在以上的例子中被改變,崇高的不再崇高,優雅的不再優雅。

我國有著源遠流長的民族傳統和詩歌傳統,對傳統的徹底反叛和丟棄只會使詩歌在遠離優秀遺產的同時走上一條不歸路,而「90年代的中國新詩只有將優秀傳統作爲擁抱當代的立足點,才可能更徹底更有效地自我刷新。」〔註21〕

二、消解意義:無度爲界

對意義的消解,大致包括消解中心和還原本質。

一般來說,任何文本都有某種言說的中心,藝術手段圍繞中心展開,讀者理解意義也要建立在尋找中心的基礎上,沒有中心的言說似乎是不可能的。隨著後現代主義的出現,情況發生了變化。後現代的核心概念是「無中心」,消解哲學在「遊戲」、「原初書寫」、「原初蹤跡」、「延異」等概念基礎上產生了對「無中心」的追求,這些哲學思想投射到文學實踐中就出現了意義的遊移不定或者沒有意義可言。後現代主義的影響不可避免地波及小說、戲劇、散文,但詩歌在語言、建行、分節、意義等方面原本就有較大的跳躍性,因而它比其它文體更易於受到「無中心」的影響。後朦朧詩在五光十色中,表現得正是眾說紛紜而沒有中心的主題。

閱讀詩歌如同旅行一樣,會碰到許多靚麗的風景,但風景都是靚麗的嗎?下面談到的風景和它的本意相去甚遠,意義狂歡中風景成了行走的風景,行

〔註21〕 呂進:《對話與重建——中國現代詩學札記》,重慶:西南師範大學出版社,2002年版,第83頁。

走意味著沒有定數。《與風景無關，僅僅是即景》，詩題在輕描淡寫中顛覆了「風景」的涵義，文本在似是而非的含混中展開。一群鴿子扇動著翅膀，飛向湛藍的天空，多麼美妙而動人的畫面；臧棣的視線卻被它「投下的陰影」遮蔽，詩人感到「暮色驟然晦暗」。孫文波的《在無名小鎮上》帶給我們另一種風景：何謂風景？首先風景不純粹是自然，風景至少產生於人和對象物和諧、愉悅的交流之中，應該說自然造化和人之力量共同組成「風景」一詞的內涵。現實中的無名小鎮和傳說相差太遠，宛若愛情總沒有想像中的甜蜜，於是詩人覺得「現實不過是夢幻的影子」，而且還是扭曲變形的乾癟影子。由於這種反差，詩人悲哀地感到：

　　似乎是這樣：風景的美麗不是人的美麗。

　　因為無論是愛還是仇恨，都

　　得不到呼應，就如同絕對的一廂情願。

一方面，因為和人的想像相左，風景的美麗顯得孤單寂寞；另一方面，由於未能看到期望之美，人面對自然難免感到失落、苦楚。風景的美麗在這裡變得無足輕重，風景也就失卻了本身負載的意義，輕飄飄地在讀者的視線中遊走。歐陽江河則採用破碎式的詩行排列形式〔註22〕，解釋風景的意義：

　　風景以尖銳的骨頭切入

　　一個詞

　　自寂靜抓緊

　　通過破碎與內心毗鄰

　　由來已久的瞬間呈現

　　生存的

　　高把位態度

在理性思維的切割組合中完成對風景的定位：「寂靜」的沉思中，「破碎」是客觀景物與主體對象的契合點，有了這一契合點生存的姿態被「瞬間」地呈現出來，而且所謂的「瞬間呈現」是「由來已久的」，只是需要等待時機成熟方才展示出來。風景的意義在諸多描述中行走，顛覆也罷，解剖也罷，意義以一種「無中心」的狀態呈現。

　　和消解中心一樣，還原是消解意義的另外一種方式。《劍橋百科全書》（中

〔註22〕用「破碎式的詩行排列形式」表達這樣兩層意思：短句的形式和跨行。因為這樣建行讀起來有種破裂的感覺，所以簡稱為「破碎式的詩行排列形式」。

文版）解釋 deconstruction 時，認為消解「不僅強調符號與所指概念之間的任意性，而且強調它們之間的高度不穩定性」〔註 23〕，能指和所指之間的不穩定關係決定現象和本質之間也是遊移滑動的，現象就是現象，其背後不是必得有某種意義，比如花朵不一定代表美麗，烏鴉也不一定具有「它的象徵 它的隱喻或神話」（于堅《對一隻烏鴉的命名》）。於是，詩歌中出現大量語詞的羅列，簡單自然而原始地堆積在一起，這被一些詩人認為是最好的表達世界的方式。任何判斷都是主體主觀加上去的，那麼最好的辦法就是什麼都不去解釋，只是簡單的把現象移入詩歌中，這就是所謂的還原本質。

「不知道叫它什麼才好 剛才它還位居宴會的高處／一瓶啤酒的守護者不可或缺 它有它的身份／意味著一個黃昏的好心情 以及一杯泡沫的深度」，這是詩題為《啤酒瓶蓋》一詩中的開頭，詩人于堅盡量的想要還原對這個東西的命名，他描述「它」所處的位置、職能、身份等看似客觀的表徵，實際上這種描述視角偏偏是最主觀的。接著詩人明確地寫道「詞典上不再有關於它的詞條 不再有它的本義引義和轉義」，試圖抹煞掉對「它」的已有命名。整首詩沒有出現一次「啤酒瓶蓋」，詩人企圖把「它」的本質全部還原給現象，儘管如此還是要借助「啤酒」、「啤酒瓶」、「啤酒廠」等與之緊密相關的詞語來表達，最具諷刺意味的是詩題不得不用了「啤酒瓶蓋」，這樣一來整首詩就好像是一個冗長的名詞解釋。從這個還原的努力中，我們看到還原的不可能性。詩意原本就不是完全昭明的，適當的彈性、跳躍性和含蓄性可以使詩意更加豐富，但過於追求現象的隨機組合只會帶來意義的淩亂。形象地說，還原本質構成了詩歌世界的一片冷風景。90 年代詩歌中的這一傾向主要從「他們」詩派的日常化追求發展而來。

三、消解技巧：無序可循

詩歌是一種精緻的藝術，非常講求詩美的創造，形式的重要性在詩歌這裡體現的最為明顯，詩歌藝術技巧的採用可以使詩歌的內容和形式達到完美統一。呂進說過：「總起講來，內容的抒情美，形式的音樂美，語言的精練美，這三者的融合就是詩美的本質。」〔註 24〕從詩歌的內容、形式和語言多個方

〔註 23〕 （英）克里斯特爾（Crystal，D.）主編：《劍橋百科全書》，北京：中國友誼出版公司，1996 年版，第 341 頁。

〔註 24〕 呂進：《給新詩愛好者》，重慶：重慶出版社，1984 年版，第 14 頁。

面對詩美進行立體掃描，精練而集中地闡明「什麼是詩美」這個命題。由此看來，對抒情性、節奏感和語言組合的強調直接關係到詩美本質的實現。但一些後朦朧詩人在消解哲學、後現代哲學反叛姿態的橫掃下，頭暈目眩地過度發揮，連詩歌藝術美必不可少的組成內容也一概推翻。他們以粗製濫造的藝術手法代替美的追求，還振振有詞地宣稱自己多麼高明，對詩歌藝術技巧的消解可謂多種多樣：

第一，破壞抒情性。

「詩可以敘述生活，但主要是歌唱生活，是敞開直面生活的人（主要是詩人自己）的心靈。」〔註25〕「歌唱」是抒情的形象說法，抒情對詩歌而言至關重要，雖然任何文學都是作者感情的抒發，但唯有詩歌把感情作為直接言說的對象。「詩是歌唱生活的最高語言藝術，它通常是詩人感情的直寫。」〔註26〕呂進這一「詩化」的詩歌定義，更突出了詩歌的抒情特質。「反抒情」作為一個與「抒情」相對的概念出現在詩歌批評中，始於「後朦朧詩」的出現，到了90年代，「反抒情」現象依舊存在。以敘事對抗抒情是「反抒情」的一個重要表現，過多的絮絮叨叨地敘述讓詩歌擁擠不堪，流水帳式的排列還有什麼詩美可言？「擦窗，掃地，用濕布抹去厚厚的積塵，整理／房間，書桌，扔掉無用的紙箱，空瓶，／舊電視報，買年貨，拿著500元錢，街上的／人如此之多，節日對於忙碌一年的人來講，／是準備多一點吃的和玩的，『來點糖果，瓜子，／和花生，水果也要一些，最好是紅富士……』」（非亞《傳統節日》）節日的抒情就這樣被這些瑣碎的敘述埋沒，省略號是筆者加上去的，詩人總是在詩行太長的情況下斷開詩行，所以引用不得不硬行截止，否則就得引用整首詩。其實這些詩行如果連續不斷地寫下去，而不分行排列，就成了真正的日誌。詩歌並不排斥敘事，適當的加入一點敘事性的因素，作為抒情的補充在有些情況下頗為有用，敘事長於營造懷舊氛圍、延緩節奏、點染詩思意蘊等。

以敘事對抗抒情之外，詩歌中還出現了濫抒情現象，濫抒情一方面專意反對過去的抒情對象和抒情方式，用戲謔、反諷的方式對待現實世界，例如對祖國好山好水、名勝古蹟以及個人美好愛情的消解式表達；另一方面以語詞的隨意堆積破壞抒情的可能性，讀者只有在凌亂中捉尋點滴意義，「抒情美」

〔註25〕呂進：《給新詩愛好者》，重慶：重慶出版社，1984年版，第2頁。
〔註26〕呂進：《中國現代詩學》，重慶：重慶出版社，1991年版，第46頁。

變得遙不可及。另外，後面將要談到的對語言詩意的破壞、對意象的破壞等也同樣破壞了詩歌的抒情性。

第二，破壞語言的詩意。

從某種程度上說，文學是語言的藝術，詩歌又是所有文學樣式中最重視語言藝術的，上面提到的呂進的詩歌定義前半句指明「詩是歌唱生活的最高語言藝術」。然而當消解橫掃詩壇的時候連詩歌的語言也不放過，破壞語言詩意的方式非常多，主要是不加選擇和修飾地把日常口語移入詩歌中，具體形態包括病態語、碎片語、肮髒語、下流語等。病態語指日常生活中的結巴語、囈語等，典型的是伊沙的《結結巴巴》，應該說這首詩是對詩歌語言最激烈的反叛。碎片語是支離破碎的語言，詩人故意將語言割裂，以為可以增加跳躍性，以為看不懂就說明詩歌有深度。肮髒語也就是通常說的罵人的髒話，有一首詩名字叫做《大好年華》，多美好啊，我們都這樣想，但詩人卻說：「我當時真憤怒呵 / 這就是 / 他媽的人們所說的『大好年華』」（徐江《大好年華》）。《枯燥》中孫文波一聲粗野的「他媽的」，把詩歌從想像帶回到日常現實，一切依然單調乏味，這「就是我的生活」。日常的多元和豐富在詩人口語化的敘述中迅速萎縮，乾巴巴的如同枯樹的老皮。下流語則是詩歌中肆意使用和性相關的語言，而且談得裸露直白，這是有意醜化詩歌的行為，也是對詩歌最大程度的消解。

第三，破壞意象。

意象在不同時期不同國度的詩歌中有較大的差別，重意或者重象也不盡相同，但它在古今中外的詩歌中同樣佔有重要地位，葉嘉瑩說：「中國文學批評對於意象方面雖然沒有完整的理論，但是詩歌之貴在能有可具感的意象，則是古今中外之所同然的。」〔註27〕90 年代詩歌對意象的破壞力度之大是前所未有的，以至於後朦朧詩以來詩歌中有沒有意象都令人懷疑。對意象的破壞主要體現在堆積意象和意象過於私人化兩個方面。

堆積意象，顧名思義就是將大量的意象不加選擇地堆積在一起，而且往往是醜惡的意象或者普通的意象組合成醜惡的現象。中國古代詩詞講求含蓄美，有時兩句詩全由意象組成，例如：「枯藤老樹昏鴉，小橋流水人家」，這些意象的組合和整首詞的意蘊完美契合，詩人的情緒緩緩流淌而出，帶給讀者的是一種淡遠清淨的美，絲毫沒有擁擠的感覺。使用意象的作用之一是使

〔註27〕葉嘉瑩：《迦陵論詩叢稿》，北京：中華書局，1984 年版，第 240 頁。

「意」變得形象可感，然而意象的堆積卻使「象」像垃圾一樣堆放在詩歌中，非但沒有起到什麼好的作用，反而讓詩歌擁擠不堪，大大傷害了詩歌的藝術世界。詩人東川通過一個精神病者的視角帶來了一片混亂的意象：「蘑菇雲」、「貓和老鼠」、「小公馬」、「太陽」、「槍」、「星星」，這首詩的其中六行裏就包含了這麼多的意象，這些意象隨意組合在一起，勉強地說可以表現世界的混亂，但表現混亂的方式很多，這樣表達又有什麼特殊的意義呢？如果沒有，為什麼還要破壞讀者的審美呢？詩歌可以表現醜的意象，但引入醜的事物只是出於某種策略的考慮，最終目的並不是讓人們認同和接受世界本來就是醜惡的，醜惡才是真實等等看法。羅振亞說：「在生活未得完滿仍殘缺之前，隸屬於美的詩歌女神完全可以觀照醜惡的事物，波德萊爾、李金髮乃至朦朧詩等現代主義琴師都曾將惡之花大膽引入，將醜的事物大膽引入。但總是把它作為被征服、被超越、被彌合的對象；而第三代卻是……要以粗鄙態袒露人的本原狀態。」〔註 28〕這段話同樣可以用來說明後朦朧詩中一些醜惡意象的堆積和波德萊爾等詩人詩作的區別。

由於知識結構、生活經歷、興趣愛好等方面的不同，不同詩人對意象的選擇和營造可能會有較大的區別，每個詩人都有他獨特的藝術視角。但如果意象過於私人化，只有詩人自己才能理解，那麼詩歌閱讀就無法正常進行，也即過於私人化的意象阻斷了文本和讀者的交流。呂進在一篇文章中強調了詩人和讀者的互動關係，他說：「從詩歌鑒賞的角度著眼，最好的詩人總能將讀者變為合作者，變為半個詩人。」「……詩人只把自己的詩篇看作詩美的創造的階段性成果。他同樣看重下一個階段性使命——給詩篇讀者足夠的鑒賞暗示，慫恿、鼓勵讀者到『象外』、『景外』、『味外』、『詩外』、『筆墨之外』去漫遊。」〔註 29〕過於私人化的意象將意象系統封閉起來，讀者失去了和詩人合作的機會，更談不上創造性的鑒賞閱讀了，這種意象也就失去了它存在的價值。

第三節　缺乏提升的言說

很長時間以來，反映論不再能概括文學和世界之間的關係，文學不是簡

〔註 28〕 羅振亞：《中國現代主義詩歌史論》，北京：社會科學文獻出版社，2002 年版，第 235 頁。
〔註 29〕 呂進：《對話與重建——中國現代詩學札記》，重慶：西南師範大學出版社，2002 年版，第 187～188 頁。

單刻板地描述現實世界。但無論如何描述，都無法徹底斬斷文學和世界的關係，文學不可能憑空產生，曲折也罷，扭曲變形也罷，世界歸根結底是文學賴以生存的土壤。換言之，現有的存在或多或少總會影響到文學世界的景觀，詩歌也不例外。物質技術文明就像一把雙刃劍，近代社會以來技術文明在帶來物質豐富、社會迅速發展的同時，也帶來了人類精神家園的部分荒蕪。一切尚還在發展中，一切尚還在完善中，對於中國 80、90 年代的社會更是如此：現有的存在得到大幅度改善的同時，的確出現了一些新的問題，一定程度上損害了過去的美好，西川寫於 1994 年的詩行深深地震撼了現實和藝術：「……為什麼如此之久／我抓住什麼，什麼就變質？」（西川《午夜的鋼琴曲》）。與此同時，一些創作者看到這種現象，發牢騷般地將其表述出來；不錯這不過是表達現實，但任何時代的詩人和詩歌都應該具有一種時代使命感，詩人的言說不應該處於缺乏提升的平面狀態。言說的缺乏提升，造成了詩意的流失，從這個角度看，這仍然是詩歌中的一種消解現象。

一、駁雜淩亂的現實家園

現實世界永遠都以多元的姿態存在，有美好也有缺陷，純粹的美好如同冬天裏的童話一樣只是想像中的故事。隨著消費時代的到來，90 年代的社會在增加繁榮熱鬧的同時，也增加了些許冷漠。詩人較常人更銳敏地感觸到時代的氣息，加上詩歌在市場經濟大潮中處於邊緣化的地位，詩人的視角有時難免誇張了現實冷漠和不足的一面。因而，駁雜淩亂的現實家園意味著兩個層面的交織組合，既有實實在在的現實，又有詩人想像中的漫遊。駁雜淩亂包括技術文明直接帶來的負效應、精神的頹廢墮落、人與人之間的冷漠、過度的懷舊等，書寫的方式有戲謔、反諷、誇張、黑色幽默等等。

從于堅的《哀滇池》可以讀出詩人對環境污染破壞問題的不滿，現代工業文明的確給人類帶來了一些消極的影響包括物質、包括精神，這是無須諱言的事實。詩人在該詩第五節這樣表達：

> 出了什麼可怕的事？
>
> 爲什麼我所讚美的一切　忽然間無影無蹤
>
> 我從前寫下的關於你的所有詩章
>
> 都成了沒有根據的謠言！

詩人啊

你可以改造語言 幻想花朵 獲得渴望的榮辱！

但你如何能左右一個湖泊之王的命運

的確如此，當下存在的環境問題、河流污染等事實改變著滇池的命運，破壞著屬於滇池的那些美好的形容詞；詩人能改變什麼，又能消解什麼呢？詩人無法改變湖泊的現實處境，我們甚至讀出了某種淒涼和無奈，在藝術的世界中詩人可以幻想可以渴望，但現實絲毫不為之所動。詩歌中充斥著不無誇張的語氣，也彌漫著一個詩人逼真的情緒，悖反中看似無意地傳達出消解的意味。于堅近來寫的《讀康熙信中寫到的黃河》也是如此，今昔對比閱讀中今人唯有黯然傷神，並且詩人明確地寫到「安裝著電池的幽靈」如何「趁虛而入」。誠然，詩人的使命不止於簡單直接地表達現實，而應該給人以憧憬和希望。上面例子中，消解掉的並不只是表面的工業文明，深層上看還消解了詩人的意義、詩歌藝術的意義。

當百無聊賴、頹廢沮喪、色情淫穢這樣的情緒充斥在詩歌中時，即使這是詩人作為常人一面的表現，也讓人無法接受。如果不談消解這個詞語，作為一種現象的消解並不是90年代或者後朦朧詩獨有的特徵，應該說詩歌發展過程中一直伴隨著消解因素，所不同的是表現的力度和廣度的區別，以及引人注意的程度的區別。徐江對「青春」、「大好年華」、「俺這十年」統統抱著調侃的態度戲說：青春是人一生中非常值得懷念的一段經歷，詩人在「關於青春」這個美好詩題下，卻寫了一些不知所云的東西：「關於青春 ／你們總不停地去追趕它們 ／而我則把那些留下來 ／去吃今天的大隊蚊子」；一句粗野的「他媽的」把「大好年華」丟在了千里之外：「我當時真憤怒呵 ／這就是 ／他媽的人們所說的『大好年華』」十年不短的人生經歷在詩人的回憶中似乎只剩下「可怕」的感覺：「這樣多可怕！ ／這樣十年就過去啦。」阿堅則在《小俗謠》的標題下寫了幾首情愛方面的詩歌，但絲毫沒有民歌所表現出來的純樸健康的情調，反而寫不文明的語言、事情。前面在論述對詩歌語言的消解時提到過，類似這樣的淫穢詩歌是對詩歌藝術最大程度的消解。

在消費社會中人與人之間的冷漠司空見慣，不同於現代主義藝術中荒誕抽象的孤獨冷漠，後朦朧詩書寫的是大眾具體可感的冷漠。費瑟斯通說過，在藝術中與後現代主義相關的關鍵特徵之一就是「藝術與日常生活之間的界

限被消解了」〔註 30〕。後朦朧詩涉及的人與人的冷漠，往往是最普通的人都能感觸到的，像是日常生活的縮影，沒有多少藝術改編，逼眞的生活呈現給人最眞實的感覺。

從詩人的精神維度來說，懷舊成爲一個特徵，生活在這樣一個到處彌漫著金屬質的環境裏，時代流行著懷舊病，報刊雜誌、廣播、電視、網絡娛樂版津津樂道於「小資」話題，「小資」不可或缺的一個特徵是懷舊。懷舊點染小資情調：時裝屋隨意擺放著一些製作逼眞的塑料蘋果、橘子，周璿、鄧麗君的歌曲重現昔日輝煌，牛仔流行色被稱作「懷舊版」……然而，詩人的懷舊不僅是一種潮流的浸染，更是精神的需要——用以平衡、對抗當下環境中的非詩因子，而「橘黃色的落日餘暉給一切都帶上一絲懷舊的溫情，哪怕是斷頭臺」（米蘭・昆德拉《不能承受的生命之輕》）。當詩人在現實中無法找到昔日的感覺時，只好把目光放回遙遠的過去，在懷舊中聊以慰藉。

後朦朧詩中出現如上所述的駁雜凌亂現象決不是偶然的，主客觀方面都有複雜的原因，客觀方面現有的存在消解過去的美好，主觀方面詩人未加提升的心性造成了肆意書寫和誇大現實的凌亂。

二、未加提升的主體心性

「主體這個哲學範疇雖然具有多義性，但它總是含有同客體的被動性、消極性相對立的積極創造的、能動的意思，確立目標和意識自身的自覺的意思，有選擇可能並因而有待完成乃至有某種不可預言性的自由的意思，獨具特色和不可被同類其它客體取代的唯一意思。」〔註 31〕然而，在技術文明語境中，當代人不得不面對體制、文化、工具等方面的制約，人的主動性、自由性與獨特性都受到了不同程度的限制。先鋒精神也發生了變化，「在他者對個人生命經驗壓抑太久而技術理性又對生命經驗進行脫水壓縮式的處理的時代裏，先鋒精神追求一種個人生命經驗的放縱，即任由直覺、夢幻、意志自由活動，從中體味到個別主體對自我存在和意義的擁抱。」〔註 32〕先鋒精神追求的是個人生命經驗的放縱，放縱包含了不負責任的涵義，詩人對誰負責，

〔註 30〕 （英）費瑟斯通著、劉精明譯：《消費文化與後現代主義》，南京：譯林出版社，2000 年版，第 11 頁。

〔註 31〕 科恩：《自我論》，佟景韓等譯，北京：三聯書店，1986 年版，第 46 頁。

〔註 32〕 馮黎明：《技術文明語境中的現代主義藝術》，北京：中國社會科學出版社，2003 年版，第 136 頁。

詩人對什麼負責呢？於是，思維停泊在原初狀態，主體心性無昇華，詩人只是在世界的表層徘徊。商品經濟大潮洶湧而來，走向世界的呼聲此起彼伏，面對五光十色的現實世界，90 年代的詩人難免不會頭暈目眩。生活的本質被掩蓋在紛紛攘攘的表層下面，詩人需要拒絕越來越多的誘惑。

詩歌在社會上中心地位的喪失，使詩人產生了嚴重的自卑感，還夾雜著難以言說的自負和自大，因而詩歌言說出現了自暴自棄和虛無飄渺兩種不負責任的形態。于堅在一本詩集的後記中寫道：「我的主要作品是在一個普遍對詩歌冷落的時代寫作的，伴隨著這部詩集的是貧窮、寂寞、嘲諷和自得其樂。」〔註 33〕諸多評論者給「邊緣」賦予了積極的意義，「『邊緣』的意義指向是雙重的：它既意味著詩歌傳統中心地位的喪失，暗示潛在的認同危機，同時也象徵新的空間的獲得，使詩得以與主話語展開批判性的對話。」〔註 34〕詩人儘管處於社會的邊緣，也還是可以爭取新的領地和話語空間。說到話語空間很自然地聯想到上個世紀末「民間」和「知識分子」之間的那場詩歌論爭，論爭本無可厚非，但謾罵、攻擊卻不是詩人們應採取的策略。實際上，雙方爭奪的是話語權利，這說明詩人缺乏真正的多元共存意識。

無昇華的主體心性表現在藝術追求上，就是或者醉心於所謂的藝術試驗，而不考慮實際效果，或者乾脆隨心所欲地亂寫。阿堅在《餓是犯罪》的第一節這樣寫：

> 吃了麼，沒呢
>
> 吃了麼，吃了
>
> 吃了麼，快了
>
> 吃了麼，怎麼著

語言遊戲式的語詞組合和乾巴巴的排列，既沒有美感也沒有什麼深刻獨到的意義，這就是阿堅形而下的消解追求。詩歌的語言、建行、分節、音樂美、修辭等藝術追求，在忽視藝術修養的詩人筆下都成了無稽之談，被拋在九霄雲外。伊沙對自己的處女作深表遺憾，他說：「……它要酸倒我今天的後槽牙

〔註 33〕 見人民文學出版社 2000 年版的《于堅的詩》（藍星詩庫系列）後記，于堅詩歌經歷了命運多艱的出版過程，很長時間以來沒有得到認可，1989 年他出版第一本詩集《詩六十首》，自行銷售；1993 年，在朋友的資助下出版另一本詩集《對一隻烏鴉的命名》，自行銷售。

〔註 34〕 奚密：《從邊緣出發：現代漢詩的另類傳統》，廣州：廣東人民出版社，2000年版，第 1 頁。

並且渾身直起雞皮疙瘩，帶著鑽的衝動，滿地尋找著地縫。」〔註35〕伊沙對自己曾經寫過的「柔和而寧靜」的夜、「美好的早晨」，感到「酸」且羞得無地自容，他無法面對自己居然使用過這些優美的形容詞。

三、詩意的流失

　　90 年代文化在稍稍偏離政治意識形態的同時，和經濟、技術、消費等詞語結下了不解之緣，文化明顯受到經濟大潮的衝擊和影響。經濟社會講求實效性、轟動性和快捷性，一切無時無刻不處在變動和更新當中，人們感覺中只剩下當下生活的碎片。快節奏的緊張生活和現實競爭的殘酷讓人精疲力盡，而無暇顧及緩緩流淌的詩意；大眾傳媒的迅猛發展又爲疲憊的人群提供了方便簡潔的文化快餐，讓他們在視覺、聽覺的強大刺激中享受短暫的快樂。90 年代的社會是一個缺乏詩意的社會，王岳川如此描繪詩意在 90 年代的處境：「無論如何，當現代化變成世界惟一的未來途徑之時，快捷化、競爭化、目標化、焦慮化、技術化將成爲這個時代的全部文化表徵，而詩意將變得不合法，那種優雅瀟灑的過程化人性化的和諧而具有生命性的東西成爲多餘。」〔註36〕在這樣的文化背景下，詩歌生存空間受到多方擠壓，詩人和詩歌處境的艱難也就不足爲奇；但文化方面的變化只是構成詩意流失的一種可能，它們之間並沒有必然的聯繫。準確點說，駁雜淩亂的現實家園和未加提升的主體心性，這二者在相互影響中共同導致了詩意的流失。

　　影片《楚門的世界》講述了一個讓人觸目驚心的故事：男主角楚門一出生就被監視，三十多年來他生活世界裏的一切都是導演設計好的，他居住的小鎮是一個巨大的攝影棚，親戚朋友全是職業演員。楚門在混沌中和那些演員共同演出了全球最受歡迎的肥皂劇，令人吃驚的是全球上億觀眾如癡如醉地關注著楚門的生活，當他們不能如期看到楚門的活動時竟然像丟了魂似的不能自己。這部黑色幽默式的喜劇片反映了觀眾對日常肥皂劇的熱愛，導演不惜花費鉅資投其所好，終於獲得空前的成功。後現代主義要消泯日常和藝術的界限，當新寫實小說、小女人散文之類和日常瑣事密切相關的文學文本出現並受到歡迎時，詩歌也不失時機的用口語嘮嘮叨叨地寫些通俗易懂的事

〔註35〕伊沙等：《十詩人批判書》，長春：時代文藝出版社，2001 年版，第 256 頁。
〔註36〕王岳川：《中國鏡象：90 年代文化研究》，北京：中央編譯出版社，2001 年版，第 243 頁。

情。下面一首詩像給老朋友的電話或者更像 E-mail：「喂，老庫，小青好嗎？／聽說出門腳崴了／她總不小心／冬天他們來過一次／老樣子／那年街頭那件事／我忘不了／許多年我有心事／走路慢了／常看天／變化一直不大」（侯馬《小青走後》）。如此，詩人寫詩不過像日常交往一樣隨意，日常因素過多地向詩歌滲透，滲透的過程恰恰是對詩歌無聲消解的過程。把日常等同於詩歌，也和詩人的藝術追求有關，詩人寫詩僅僅是一種行為而已，和藝術沒有什麼關係，於是詩人在日常對藝術的過度滲透中充當了催化劑的角色。

　　詩歌成為枯燥無味的語詞拼貼組合，是詩意流失的另外一個重要表現。前文兩次引用到呂進的詩歌定義對詩歌語言的高度評價，語言的確是詩歌藝術中至關重要的一個方面。詩歌語言講求彈性美，語言的彈性是增加詩性的因素之一，當語言變成平面化的語詞組合，詩意從何談起？語詞的隨意組合從兩個極端傷害了詩意：其一，詩歌中除了語詞一無所有，像語言遊戲一樣沒有什麼意義可言。其二，詩歌中的語詞組合像密碼語言一樣無法理解。沒有意義和意義混亂都不是詩歌應有的言說方式，基本的意義都被消解了，更不用說詩意世界。

　　現有的存在確實在一定程度上消解了過去的美好，從這個角度看，消解既來自現實也來自詩人的表達，簡單的歸於哪一方都不公正。從創作主體方面看，詩人只是在表達現實的消解，絕不是主觀意義上的率性而為，儘管如此，詩人的這種表達應該嗎？需要注意的是，如果詩人看到什麼就表達什麼，那詩人存在的價值真的就找不到了。缺乏提升的言說最終導致詩意的流失，這種代價是慘重的；現實雖然駁雜淩亂，詩人的藝術追求不應受其所限。

第四節　消解中的建構之光

一、反思歷史，虛構神話潰然解體

　　進入 90 年代後，詩歌邊緣化、詩人頭頂不再有昔日的光輝；然而在感受失落、感受經濟大潮衝擊的同時，詩人卻獲得了相對自由的空間和冷靜思考的機會，反思成為可能。反思歷史，既指反思意識形態性的社會歷史，也指反思生活文化和文本中的歷史。

　　歷史不能離開人而存在，可以說歷史是人類發揮能動性的產物，當然這

只是問題的一個側面，正由於歷史和人有扯不斷的聯繫，有關它的敘述夾雜著一些人爲的虛構神話。「90 年代在世界範圍內似乎都是一個由『大』到『小』、由『雅』到『俗』的時期。就西方而言，有羅蒂的從大哲學到小哲學之說，有哈貝馬斯的從大寫眞理到小寫眞理之說，有福科的從大寫的人到小寫的人之說，有洛奇的從大世界到小世界之說，有利奧塔德的從大敘事到小敘事之說，有新歷史主義的從大寫歷史到小寫歷史之說，有後殖民主義的從大寫話語到小寫話語之說。」〔註 37〕研究視角的轉變隨著這些理論的傳播同樣影響到中國，蘇童、莫言等的新歷史小說就是在新歷史主義的影響下出現的，雖然新歷史小說的「新歷史」不能等同於新歷史主義的內涵。從大到小、從公共視角到個人視角，歷史的神聖和莊嚴的確被消解得七零八落；但與此同時，歷史中夾雜著的「虛假的光焰」〔註 38〕也有了被熄滅的希望。

創作受理論影響也出現轉變，小說中新歷史小說以歷史的碎片對抗「大寫歷史」是較爲明顯的例子。面對歷史，詩歌的抒情同樣如此，激昂的情緒漸趨淡化，尤其是對歷史中那些荒謬歲月的抒情。「你是否就在這盞燈下思念過誰 / 或是寫出了插隊後的第一首詩？ / 一盞馬燈帶回了一個崢嶸的時代。 / 然而，當你試著點燃它時 / 已失去了舊日的激情。」（王家新《輓歌》）失去的是年輕時對一個時代的狂熱，沉澱下來的總是冷靜的思考。當代詩歌自朦朧詩開始，對「人」的呼聲越喊越大，道德理性、非人性在這裡受到較大衝擊。第三代詩人喊著「Pass 北島，Pass 舒婷」登上前臺，90 年代有些詩人對朦朧詩人冷嘲熱諷，其實恰恰是朦朧詩爲他們提供了某種可能，朦朧詩人所作的藝術嘗試在各個方面都具有開創性的意義。舒婷的詩行「與其在懸崖上展覽千年 / 不如在愛人肩上痛哭一晚」（《神女峰》），「宣告了對於彼岸的虛幻的神的信念的『背叛』」〔註 39〕，這種轉換驚人的迅速，對歷史的重新認識令人震撼，也令人感動。後朦朧詩以來直到現在，先鋒詩歌面對歷史反叛大於反思，徹底地反叛無疑是對歷史的消解。90 年代詩歌對歷史的消解前面已

〔註 37〕 王岳川：《中國鏡象：90 年代文化研究》，北京：中央編譯出版社，2001 年版，第 3 頁。

〔註 38〕 孟繁華說，無論是反右「擴大化」還是「文化大革命」，都是一場人爲策動的災難，是「上帝」精心安排的；她在談論「歸來的流放者」的作品時，指出「『上帝』仍然是令人敬畏並值得追隨的，歷史敘事中的『承諾』仍然放射著虛假的光焰。」見《夢幻與宿命──中國當代文學的精神歷程》，廣州：廣東人民出版社，1999 年版，第 158 頁。

〔註 39〕 謝冕：《中國現代詩人論》，重慶：重慶出版社，1986 年版，第 299 頁。

提到很多，在這些消解中，有時包含了一些對歷史的反思，可以看作一種建構。另外，一些涉及歷史事件的詩篇，爲了達到內容和形式的和諧而有意識地採用某種形式。比如對一個荒謬的時代抒情，適當採用「非詩」的形式（包括語氣、修辭、建行等方面）更能確切地表達內心的感覺，和對那個年代的戲謔、反諷，以消解的手法消解掉了虛構年代的夢想。

二、對 80 年代中後期消解姿態的收斂

90 年代詩歌和 80 年代有著扯不斷的聯繫，年代的轉折是在繼承和過渡中完成的，不是生硬絕對的結束和開始。尤其是 80 年代中後期以來後朦朧詩進行的藝術嘗試，一直延續和影響到 90 年代。1986，這個年份對先鋒詩歌具有重大的意義，也是評論界繞不過的一個話題。下面一段話值得注意：「早在 1986 年，便出現了一場震動詩壇的『現代主義詩歌大展』，這次由《詩歌報》和《深圳青年報》聯合主辦、由『崛起的詩群』的理論旗手徐敬亞策劃的大展被認爲是 ·場具有『後現代』色彩的詩歌運動，在我看來，它至少體現了一種新的對新時期現代主義詩歌所苦心建構的中心位置的一個解構與逃逸傾向，它是一個過於焦躁的策略性舉動，使詩歌運行的腳步提前踏進了解構主義時代……」〔註 40〕的確，從「兩報大展」開始，先鋒詩歌正式大量的和解構結緣，它們登臺的方式就以商業化的炒作消解了詩歌的生存語境，詩作中的消解姿態非常狂放。消解在 80 年代中後期的詩歌中存在並延續到 90 年代，90 年代許多消解姿態、方式都可以在 80 年代找到影子。那麼這兩段時期之間就存在較爲含混的關係，有些詩歌現象並沒有本質的區別，但它們之間最大的不同是從社團流派向個人化方式的轉變。畢竟差別還是存在的，相對 80 年代中後期的狂放姿態而言，消解在 90 年代得到了收斂，詩歌在更大程度上走向個人、走向日常，消解較「非非」、「莽漢」等更無聲。

從理論姿態上看，80 年代中後期的詩歌流派一般都有響亮的理論宣言，開宗明義地呈現他們的消解理論；而 90 年代詩人不再熱衷於理論倡導，這樣就少了一份狂肆，消解僅僅是個人選擇的一種表達方式而已。《非非》的理論是有代表性的，「非非」的主要倡導人周倫祐說：「『非非』對理論的重視是基於中國新詩理論的缺乏，以及『朦朧詩』自身的理論準備不足。……立志創

〔註 40〕 張清華：《新時期文學的文化境遇與策略》，《文史哲》，1995 年第 2 期，第 62 頁。

立中國本土的，獨立於世界文化思潮的當代詩學和價值理論。」〔註41〕雄心和氣魄值得敬佩，但偏激對理論是無益的。「非非」在 80 年代大量宣言中，不斷強調「反文化」、「反價值」、「反美」、「語言破壞」、「形式破壞」、「感覺破壞」等，反叛和破壞徹底而決絕。1992 年《非非》復刊，它的影響已遠不能和當年同日而語，《紅色寫作》是伴隨著復刊出現的理論文章，從這篇文章我們看到，在 90 年代「非非」的理論姿態不像 80 年代那樣狂肆了。它強調詩歌創作對生活的介入，強調「現在和正在」即當下性，強調語言的開放性，它在對「白色寫作」的批判中完成自己的建設，而這個前提假設卻不那麼準確。但談論消解確實比先前緩和多了，「『非非』作爲那個特定時代精神表徵的某種偏激，直到它中斷兩年之後，於 1992 年《非非》復刊時才得到了糾正，當然是時間對我們的糾正。」〔註42〕「非非」的理論的確得到了一定程度的糾正，這使得它的消解姿態也得到一定收斂。在 80 年代，詩人對西方當代思潮包括後現代主義的頂禮膜拜，也影響到他們的理論宣言，急於標榜某種屬於自己的理論，又過多地吸收了後現代主義的懷疑、反叛和消解等破壞性的一面。

　　詩歌語言一直是消解的重要對象，大體上相對而言 90 年代的「口語化」追求沒有新生代詩人的「語言試驗」那麼激進，可以說「口語化」是對「語言實驗」的一種收斂。韓東的「詩到語言爲止」爲人熟知，這個關於語言的宣言給先鋒詩歌帶來了很大的影響，詩歌不追尋有無意義，似乎只剩下語詞的堆積，詩歌在回歸語言的途中已被風乾。從韓東在 90 年代對這個說法進行補充的努力中，我們看到詩人對語言的看法較前有所改變，他說：「『詩到語言爲止』僅是一種說法……問題在於在這個文化垃圾堆積如山的環境裏我們必須有清除的信念。」〔註43〕90 年代詩人們對口語的追求，更多的來自社會語境和個人心性的影響，而不是某種理論的滲透。他們對口語的選擇是個體的選擇方式，有對生活妥協的意味，這種消解力度已遠不如新生代詩歌。「我們本就是／腰上掛著詩篇的豪豬」（李亞偉的《硬漢們》），90 年代最具消解性的詩人伊沙的《餓死詩人》，比起這個比喻語言對詩人的辱罵，還是略低一籌。

〔註41〕周倫祐選編：《打開肉體之門——非非主義：從理論到作品》，蘭州：敦煌文藝出版社，1994 年版，前言第 6 頁。

〔註42〕周倫祐選編：《打開肉體之門——非非主義：從理論到作品》，蘭州：敦煌文藝出版社，1994 年版，前言第 9 頁。

〔註43〕韓東：《古閘筆談》，《作家》，1993 年第 4 期，第 69 頁。

　　就詩歌文本而言，80 年代中後期李亞偉的《中文系》、周倫祐的《自由方塊》、伊沙的《車過黃河》，早一點的韓東的《有關大雁塔》等都是典型的消解文本，或者嘲弄侮辱或者不知所云或者徹底顛覆，90 年代的消解基本上沒有超出既有的「高度」。以李亞偉寫於 1987 年的《島·陸地·天》爲例，對80 年代中後期的消解文本進行閱讀嘗試：一片混亂的世界，亂糟糟的詞語組合、亂糟糟的意義拼貼，太亂了，亂得簡直讓人無法喘息，「今夜和你。閃電和鬼。風和肩膀。讓房門大開！」「去年。我從床上滾下來去找職業和愛人。／去年。我的臉在笑容的左邊。牧民在馬上。孩子在乳齒／中。手在事物裏。朋友在島上。」這些詩句沒有邏輯、不講語法、詩行隨意斷開，詩歌成了瘋言瘋語。還有詩人近於撒潑地發泄，「怎麼啦？怎麼啦？我它媽今兒個到底怎麼啦？！」「遠方走過來喘著粗氣，就你媽近得要命」。罵罵咧咧中屬於詩歌的還剩下什麼呢？蕩然無存的不是詩意而就是詩歌本身。另外周倫祐的《自由方塊》說白了就是詩歌試驗，五花八門的搞得讀者不知所云，這符合 80 年代中後期對先鋒精神的過度追求，90 年代後，一方面這些詩人影響力沒有先前那麼大，另一方面如周倫祐的《刀鋒二十首》相對而言要緩和一些。

　　總的說來，90 年代詩歌對消解的收斂主要體現在：理論上的狂肆大大減少；語言的難解性有所緩和，對語詞的拆解和私人化語詞較少使用；詩歌中「非詩」形式的東西如莫名其妙的圖形、文字組合遊戲等，幾乎不再出現。

第七章　網絡詩歌：詩歌發展的雙刃劍
〔註1〕

　　網絡的迅猛發展不僅影響到了人們的物質生活，更在深刻地改變人們精神生活的方方面面，網絡寫作成爲了最爲時興和流行的寫作模式。文學生產方式的變化一方面是外在於作品的歷史物質活動，另一方面也是內在於文本的結構要素，就此來看詩歌文本必然負載著它的歷史生產方式的印記，就同任何產品的材料和形式影響著它的存在樣態一樣。從歷時態的角度考慮，詩歌伴隨承載媒介的變化，在創作模式上大致經歷了三個發展階段：從口頭詩歌到書面詩歌再到今天的網絡詩歌。「一切都在證實，傳播媒介不僅是文化生產與文化傳播的工具，同時它還決定了文化的類型、風格以及作用於社會現實的方式和範圍。」〔註2〕網絡是一把雙刃劍，它既給詩歌創作和傳播帶來了無比誘人的鮮活氣息，同時又爲日益浮躁的詩歌創作推波助瀾。網絡媒介的負面影響對於當下詩歌精神的缺失難辭其咎。

第一節　詩歌媒介概覽

　　承載詩歌的傳播媒介的改變會對詩歌本身產生什麼樣的影響，這種影響會以什麼方式表現出來，而這種表現對於詩歌本身又有何意義，這也是我們研究詩歌時所要解決的必要問題。

〔註1〕　本章由任洪國先生執筆。
〔註2〕　南帆：《雙重視域──當代電子文化分析》，南京：江蘇人民出版社2001年版。轉引自歐陽友權等《網絡文學論綱》，北京：人民文學出版社2003年版，第282頁。

　　詩歌的最初樣態是原始社會人們口頭傳唱的民歌，此時並沒有什麼固定的物質媒介來承載作品。這種原始詩歌起源於勞動，並直接詠唱勞動生活和勞動過程。如同魯迅先生所說的「杭育杭育派」，原始詩歌最初只是爲了協調勞動動作和減輕勞動疲倦以及調節勞動情緒，後來發展到「勞者歌其事，饑者歌其食」，可以說原始詩歌是人類情感和要求的最爲直接的流露。後來，原始詩歌中的一部分與巫術宗教活動中的咒語結合，從勞動中逐漸獨立出來，具有了明確的功利色彩。由此可見，原始詩歌只是原始先民審美意識的萌芽，並非自覺的藝術活動。

　　原始詩歌常常與音樂舞蹈結合在一起，「身體的跳動（舞），口中念念有詞或狂呼高喊（歌、詩、咒語），各種敲打齊鳴共奏（樂），本來就在一起。」〔註3〕隨著社會日益複雜，人類思維和語言能力逐漸提高，原始詩歌由單純表聲、虛而不實向表意抒情、聲義結合的方向發展。從遠古歌謠到後來的《詩經》，其間經過了諸如《蠟詞》、《彈歌》、《擊壤歌》、《燕燕歌》及《南風歌》等無數古歌緩慢而長久的積累演變，詩歌才逐漸發展爲虛實結合、聲義並用的抒情藝術。單一的節奏發展爲富有高低長短、強弱緩急變化的旋律結構。原始詩歌多屬無名創作，口頭流傳，並在流傳中經集體不斷修改加工，趨於精練和完善，同時又在變異中始終保持反映生活中的現實面貌，具有重要的史學價值。

　　由於原始詩歌只在人們口頭代代流傳，我們今天已很難見其原貌，只能在後來史籍記載的比較接近原始形態的少數古樸歌謠中略窺其貌。如載於《吳越春秋·句踐陰謀外傳》中的《彈歌》，相傳爲黃帝時代所作：

　　　　斷竹，續竹，飛土，逐肉。

僅僅八個字，描寫了完整的射獵過程，反映了漁獵時代的社會生活，節奏鮮明，韻律簡單，易於口頭傳誦和記憶。其它如《蠟辭》載於《禮記·郊特性》，《燕燕歌》載於《呂氏春秋·音初篇》，《南風歌》載於《孔子家語·辨樂篇》，《擊壤歌》載於《藝文類聚》卷十一引《帝王世紀》。雖然它們多係後人僞託所作，不可全信，但在風格方面仍有較大的眞實性，爲我們瞭解當時的詩歌特色提供了寶貴的資料。原始社會的民歌具有全民性質，集體吟誦、易於記憶的創作方式也使原始歌謠韻調短促，節奏明確，語言樸素，呈現出一種至純至眞、一詠三歎的抒情風格。

〔註3〕李澤厚：《美的歷程》，中國社會科學出版社1984年版，16頁。

　　文字的出現徹底改變了原始詩歌「言過即逝，不逮存留」的弊端，使詩歌能夠依附於可供視覺傳承的物質載體。書面詩歌開始出現，最初的物質載體如竹簡、布帛、獸皮、及青銅器等就成爲書面詩歌創作的主要工具。「一個社會採用什麼樣的藝術生成方式——是成千本印刷，還是在風雅圈子裏流傳手稿——對於生產者和消費者之間的社會關係是一個非常重要的決定性因素，也決定了作品形式本身。」〔註4〕由於生活水平的限制，最初的物質載體大都掌握在統治階級手中，詩歌便由最初的吟詠生活抒發性情開始承擔上層階級賦予的政治任務。詩歌有了固定載體，由原來的集體創作轉爲個人創作，無名作者由社會分工和角色定位的詩人替代。

　　　　「書寫」使文學創作成了一種專門的技藝，「書寫者」在成爲文
　　學的專有者和壟斷者的同時，也成爲文學受眾的布施者和訓導者，
　　昔日的眾聲喧嘩和散點傳播的文學活動變成了精英操觚的私人化線
　　性延展。〔註5〕

詩歌作品的現實存在被載體固定下來後，詩人可以精心構思，反覆修改，同時讀者也可以反覆閱覽詩歌文本，其接受和理解不再受文本缺乏的影響。最初詩歌由手工抄寫或雕刻，既不方便，材料又比較昂貴，一般平民百姓消費不起，詩歌的傳播便無法在很大規模上展開，只能在達官貴人與士階層中流傳，普通百姓的思想感情等需要難以直接進入詩歌作品；而高成本和低速率又使得作者更多的傾向於在「少而精」上下工夫，這就決定了這一時期詩歌的主導形式只能是以士階層爲主要服務對象的貴族詩歌。後來，造紙術的進步與印刷術的發展與完善，大大提升了文字生產力，書籍報刊等大眾媒介的快速傳播性更使詩歌克服了以往物質與技術上的困難，「朝甫脫稿，夕即排印，十日之內，遍天下矣。」〔註6〕詩歌大規模的展開成爲可能，「大眾傳媒所成的公共話語空間促使傳統一體化社會走向多元化，對政治體制和知識傳播都有巨大的衝擊」。〔註7〕廣大市民階層對於詩歌的需要得到保證，他們的

〔註4〕　特里‧伊格爾頓：《馬克思主義與文學批評》，文寶譯，人民文學出版社1980
　　　　年版，73頁。
〔註5〕　歐陽友權等著：《網絡文學論綱》，人民文學出版社2003年版，166頁。
〔註6〕　《小說話》，北京：中華書局，1919年版，轉引自王本朝：《中國現代文學制
　　　　度研究》，重慶：西南師範大學出版社，2002年版，第23頁。
〔註7〕　王本朝：《中國現代文學制度研究》，重慶：西南師範大學出版社，2002年版，
　　　　第24頁。

思想感情與需求也能直接進入詩歌作品。詩歌樣式在傳承以往體式的基礎上也得到了更為豐富的發展，從四言詩到五言、七言、詞、曲直至今天的新詩，可謂蔚為大觀。

　　和傳統詩歌的物質載體相比，網絡是一種突破了物質有限性的新載體。所謂物質有限性，是指作為載體的物質因其固有的特性而對它所承載信息的束縛。在傳統的詩歌創作活動中，詩人創作詩歌往往靠的是筆墨紙等幾樣東西，以手稿或印刷品的物質實有形式存在；它們給詩歌創作與傳播加上了種種束縛，如該載體所有權在審美意識上的反映，它們作為一種實際物質所受到的時空限制對詩歌傳播和創作的影響，還有這些物質載體對閱讀方式的束縛等等。而網絡上的詩歌創作則不同，它的產生存在與傳播是在計算機的 0 與 1 組成的二進制數碼信息中進行的。在網絡中，詩歌以一個電腦文件的形式存在，沒有顏色、尺寸與重量，它是在數字化的虛擬空間中進行的。以往載體的束縛都因為網絡這種非具體物質的承載與傳播方式的出現而被拋到身後，這種突破是革命性的。

　　隨著全球經濟的發展和信息技術的不斷進步，網絡已經開始遍及地球的各個角落。對於詩歌來講，網絡的出現不僅僅意味著提供了一種新的載體，更重要的是在很大程度上革新了人類的思維方式。網絡猶如一把難以定性的雙刃劍，我們不能武斷地說它對詩歌未來的發展走向究竟利大於弊還是弊大於利，只能具體問題具體分析。

第二節　網絡寫作：虛擬世界裏的狂歡

　　由於網絡是迥異於以往任何載體的一種物質媒介，因此我們有必要先對其特點作一番探討研究，看它究竟給人們的生活和思維方式帶來了怎樣特殊而巨大的文化衝擊。

　　網絡最為突出的特點是它不同以往的虛擬性。網絡作為人類從未體驗過的一種新的生存模式，它打開了一個新的世界──虛擬世界的大門，改變了人類的生存方式和實踐活動本身。現實世界是基於地緣的、物質的乃至觀念的種種設定，人們熟悉並生活於其中的實實在在的現實情境，而虛擬世界則是基於認同的、由能滿足人們興趣、關係、幻想和交易等需要的計算機網絡所建立的人類交流信息、體驗情感的虛擬時空，是人類通過數字化方式，鏈

接各計算機節點，綜合計算機三維技術、模擬技術、傳感技術、人機界面技術等一系列技術來生成的一個逼眞的三維感覺世界，它的最大特點之一就是虛擬性。網絡世界是人工構造的一種環境，其間各種場景人物都是由人構造的虛擬現實。上網的人可以把現實中的自我隱匿起來，以一種完全不同的虛擬形象出現在網上。

　　網絡世界又是一個符號化了的虛擬世界。這是因爲，互聯網的運轉是依靠符號作爲中介完成的，任何行爲都要首先符號化以後，通過信息傳播的方式才能進行，這將卡西爾的觀點大大推進了一步。卡西爾認爲：「人不再生活在一個單純的物理世界中，而是生活在一個符號的世界中，而他自身也變成了相應的符號。」〔註8〕符號原來是爲人所用的工具，現在卻成爲了各種行爲的主體；相對於眞實的客觀世界，一個主客體俱全的虛擬的符號世界形成了。在這個奇妙的虛擬空間中，網絡寫作成爲匿名寫作，網民給自己起了各種各樣奇怪的名字，如花在水邊、漂亮寶貝、巫女琴絲、老槍、匪君子、小魚兒、陳傻子、666、灰塵時代等等。匿名寫作「終止了作者『社會代言人』的職業角色，也卸去了作品的歷史承擔，使文學活動可以用最『無我』的角色遊戲表達最『眞我』的文學夢想，以生命本色的喧嘩替代了對文學主旋律的協奏」〔註9〕。

　　網絡空間的虛擬性給予了網絡寫作極大的自由空間。既然作者可以隱藏自己的眞實身份進行匿名創作，那麼網絡參與者就可以無所顧忌地在其中自由遨遊，任意發揮自己的想像力，無拘無束地抒發自己的情感。猶如黑可可在一首詩裏說：「在劇幕落下之後　在黑暗裏／我愛上了你／網絡以最美的形式述說／離奇／睡夢裏也聽得你笑語伶俐／／網絡現實夢境彩戲／最讓人心悸的細節／那些愛的蛛絲馬蹟／在虛幻裏更加清晰／」〔註10〕，上網者於網絡之間直接面對，猶如在暗夜裏互相正視對方，似在眼前卻又無從可知。而且在上網者與網絡之間，沒有除經濟與技術之外的任何障礙，更沒有書籍傳播時代的出版、發行、銷售環節以及由此而來的某些部門對於作品的生死決定權。不管是誰，只要他有寫作或者言說的願望，便可上網自由地寫作作品。在他與網絡之間，沒有一個他者對他進行監視、干涉和管制——而這正是書

〔註8〕　卡西爾：《人論》，上海：上海譯文出版社，1986年版，第33頁。
〔註9〕　歐陽友權等著：《網絡文學論綱》，北京：人民文學出版社2003年版版，第67頁。
〔註10〕　http://freshair.netchina.com.cn/-blackcoco/doc/doc-5-2.htm

籍詩歌時代的典型特徵。他願意寫什麼就可以寫什麼，他願意怎樣寫就可以怎樣寫。他可以署名，也可以匿名發表自己的作品，把自己充分地隱匿起來，使人們只能看到他寫作的結果，而對寫作者與他寫作的行為卻一無所知。

互動性即雙向交流也是網絡的一個重要特徵。以書面材料為載體的傳統載體，偏向於單向傳播，其信息傳播模式是傳播者→媒介→接受者，「在這裡，作者是一個絕對核心的元素，是文本全知全能的主要角色，一切都是已知的，既定的讀者只是等候智者訓導的角色」。〔註11〕作者通過文本向讀者輸出信息，廣大讀者只是處於被動吸收的地位，難以分享到主動表達的話語權力；作品交流受到時空阻隔，大大限制了讀者與作者，讀者與作品以及讀者與讀者之間的雙向互動。網絡創作則有雙向交流的特徵，其信息傳播模式是傳播者←→媒介←→接受者，這首先得力於網絡媒體技術的支持。在一般情況下，讀者面對自己感興趣的作品，才更容易產生閱讀作品和參與交流的渴望，目前網絡上的搜索引擎技術如 Baidu 和 Google 可以按目錄分類檢索，一般輸入自己愛好的作品關鍵詞後，幾乎可以在世界範圍內找到自己感興趣的作品。而現在許多詩歌網站作品的結尾處設有「反饋欄」或「評論該作品」，只要用鼠標激活它們，就可以輕易的在新開拓出的空間中評論該作品，因此可以說：「我們已經進入了一個藝術表現方式得以更生動和更具參與性的新時代，我們將有機會以截然不同的方式，來傳播和體驗豐富的感觀信號。」〔註12〕與之形成鮮明對比的是，在書面作品中，儘管讀者也可以作評注，但由於其很難被作者或其它讀者看到而基本上不具有交流的性質。在網絡上作者完全可以用網絡引擎，用查看反饋欄的方式與讀者交流，事實上許多作者在網上發表作品就是為了期待與讀者的探討與對話，甚至有些作者還故意裝扮成讀者把自己的作品調侃一番，以引誘更多的閱讀與批評。一位讀者的評論在網上登出來以後，後來的讀者也可以對前面的評論發表評論，這樣就實現了讀者與作者，讀者與讀者間的雙向交流。另外，在網絡聊天室或公告欄中，在線的讀者與作者之間也可以進行實時對話。網絡對話具有跨越時空、實時互動、一對多人、收費低廉、自動專題搜索以及能避免面對面交流的文化羞澀等幾大優點，使許多被關山阻隔的詩歌知音，在網絡空間中真正體會到了「海內存知己，天涯若比鄰」的現代意義，用數碼傳輸的方式，在一起「疑義相與析，奇文共欣賞」，相互砥礪，相互激發。

〔註11〕顏琳：《大眾傳媒條件下現代寫作的特徵》，《寫作》，2000 年底 2 期。
〔註12〕尼葛洛龐帝：《數字化生存》，海口：海南出版社 1997 年版，第 261 頁。

　　尼葛洛龐蒂在《數字化生存》中曾經指出，數字化必將出現四個改變人類生活結構的特徵：分散權力、全球化、追求和諧和賦予權力。事實證明近代社會每一次科技的革命，都大大推動和促進了社會文明的進步。互聯網的出現，信息時代的變革已經成爲不可抗拒的事實，它不可避免地對人類的文化和生存狀態產生了深刻影響。在日益全球化的今天，分散權力和賦予權力喚醒了人類自由生命的本能，必然導致人們在生活中擁有更多的自由話語權。其實，著名學者巴赫金早就對人們這種生活狀態做了精到的闡述和分析，他將之稱爲狂歡式的世界感受。

　　巴赫金認爲人類生活有兩種，其一是現實生活，其二是狂歡式的生活。在現實生活中，等級制、不平等的社會地位決定著人們的行爲、姿態和語言，形成了各種各樣的規則和信條，而狂歡式的生活則把人們從完全束縛著他們的種種等級地位（階級、階層、官銜、年齡、財產狀況）中解放出來，使他們獲得平等和自由。網絡就是人們的第二種生活，在網上沒有高低貴賤的等級之分，活脫脫就是巴赫金所描述的狂歡廣場。在狂歡廣場上，人們隨便而親昵的接觸，可以隨意地插科打諢。在網絡上，人們可以互相直接交流；在匿名的庇護下，無論你是成名詩人還是普通讀者，對話沒有任何忌諱，可以互相調侃也可以討論嚴肅的詩學話題，可以互相恭維也可以互相攻擊。這就打破了不可逾越的等級屏障，消除了各種形態的畏懼、恭敬、仰慕等等，造成了狂歡節式的平等、自由、歡樂、坦率的氣氛和特徵，人被現實生活遮蔽的眞實一面能夠大膽的表露出來。

　　狂歡節上有一種重要的儀式，就是給由演員扮演的國王加冕和脫冕。由此巴赫金敏銳地捕捉到狂歡式世界感受的重要內容：更替和更新的精神。他指出，「國王加冕和脫冕儀式的基礎，是狂歡式的世界感受的核心所在」〔註13〕，這個核心便是交替和變更的精神，死亡和新生的精神。這種精神表現爲新舊更替的不可避免，同時也表明任何事物都具有相對性和雙重性。在現實生活中，許多成名詩人和作家總是企圖把已經取得的成就和地位永遠固定下來，把獲得的話語權力牢牢控制起來，讓後來者在他們思想和觀念的影響下進行創作，這是僵化教條的世界觀在文學創作中的具體表現，它的存在嚴重束縛了對詩歌藝術的探尋和開拓。而網絡寫作所顯示的狂歡式的世界感受和

〔註13〕　巴赫金：《陀思妥耶夫斯基詩學問題》，北京：三聯書店，1988年版，第178頁。

世界觀正是同它相對抗的，它所要破壞和解構的正是這種凝固僵化和教條的世界觀。在網絡上不存在完美無缺的作品，更沒有讓全體讀者讚頌和膜拜的網絡作家。要在網絡上立足，作家作品就得時刻準備面對批評和挑戰，因為這個狂歡廣場上沒有永恒的權力。笑謔地給國王加冕和脫冕的儀式向我們昭示的，正是一切事物都是處於更替和更新之中，所有事物總是包含著相對性和雙重性，在狂歡式的世界感受中，既沒有絕對的否定，也沒有絕對的肯定，世界正是在不斷更替和更新中得到發展。網絡寫作更替更新的速度更是驚人，如果你得不到讀者的認可，作品得不到較高的點擊率，那麼它必然會被無情的刪除，為後來者讓出所佔空間。

　　人們的網絡生活又體現了一種快樂哲學和理想精神。巴赫金指出狂歡節是人民大眾的節慶生活，人們暫時擺脫了日常生活中的現有制度和秩序，取消了束縛人類本性的一切等級、特權、規範和禁令，由此而來的是民間狂歡節充滿詼諧、快樂、坦率和生氣勃勃的格調和氣氛。在網絡寫作中，由於網民擺脫了現實生活中的等級和禁錮，人與人可以自由地抒發心聲，可以毫無忌諱地交流；往日的壓抑和束縛一掃而淨，人們的心靈得到解脫，心情異常愉快，真正回到自身。正是從這個意義上講，網絡寫作所表現的精神同狂歡精神一樣，也是一種快樂自由的理想精神，網絡寫作張揚的是一種快樂哲學。而網絡寫作所體現的理想精神又不同於一般的理想精神，因為網絡寫作中的平等、自由、歡樂是每個人都能真切地、活生生地感受到的。網絡狂歡不是藝術演出的形式，而是網民生活本身的現實形式，人們不是表演這種形式，而實際上幾乎就是這樣生活，如同巴赫金指出的：「在這裡，現實的生活形式同時也就是它的再生的理想形式。」〔註14〕

　　巴赫金詩學體系中另一個重要的理論是「對話」，張揚人與人之間要堅持平等和對話，而不是推行等級與壓制，這反映到思想領域就是要提倡思想的對話與交流，反對思想的獨白。獨白式的思想是一元論、凝固化和排他性的，以為自己最正確、最權威，不同別人對話，不承認第二種聲音，最後只能導致思想的停滯和僵化。獨白型思想的存在，在相當程度上是同現實生活中的等級和權力的存在相聯繫的。對話型的思想則是多元論、相對性和爭辯性的，這種思想類型不是絕對化的，教條的，而是變化和發展的，它承認不同意見和不同聲音的存在，認為必須同他人交流和對話才能接受真理，只有在不同

〔註14〕巴赫金：《巴赫金全集》，石家莊：河北教育出版社，1998年版，第9頁。

意見的交鋒和對話中才能使自己具有輕鬆愉快的相對性，使自己不斷得到發展，永遠保持生機和活力。他說：「有了這種眞理對話的性質，思想才能獲得處於形成發展中的生活本身那種輕鬆愉快的相對性，從而不陷入抽象教條（獨白型）的僵化之中。」〔註 15〕在實際生活中，由於等級秩序和利益保護的存在，也由於外在條件的限制，讀者與作者之間眞正的交流與對話很難展開，只有在網絡這個虛擬空間中，作者與讀者之間的及時互動交流才變成了現實，你想在網絡上實現自己作品的價值，那就不得不面對讀者的評論，甚至會碰到言辭激烈的批評和攻擊，你可以回應，卻不能剝奪別人在這個公共空間中說話的權力，「網絡變傳統媒體單向式交流爲雙向互動式交流，使人們不再是被動地接受外來的恩賜與強迫，而是可以根據自己的愛好和需要來自主地選擇」〔註 16〕。另一方面，爭論越是激烈的作品越會引起人們的注意，點擊率就會越高，那麼它在網上的生命力也就會越長久，網絡上許多作者化名調侃自己作品的用意也在於此。

　　網絡時代的詩歌寫作就如同一場發生在網絡虛擬空間裏的狂歡運動，給詩人和讀者帶來一種新奇而美妙的體驗。然而現實中的網絡生活並不像我們一廂情願的設想那麼理想，它給我們帶來了許多棘手的社會問題，其中最爲嚴重的就是自我迷失、混亂甚至異化。網絡時代的一個重要特徵，就是人所面對的對象越來越多地被數字化，甚至連人自身也可以被數字化，不僅是上面提到的以虛擬身份出現在網絡世界中的那種數字化，在將來甚至可能使人的自身意識被數字化，進而導致人陷入自我認同的困境。網絡這把無比鋒利的雙刃劍，打破了傳統寫作和傳播某些固有的框範，使得詩歌發生了劃時代的變革；同時又不可避免地帶來了太多的負面效應。在網絡媒介的推波逐浪下，當下詩歌精神的缺失進一步加劇，這一點在當前進行的轟轟烈烈的網絡詩歌創作中體現得尤爲明顯。

第三節　網絡詩歌創作的喜與憂

　　網絡的發展和不斷出現的技術特性必然會帶給詩歌更多的表現方式，同

〔註 15〕巴赫金：《陀思妥也夫斯基詩學問題》，北京：三聯書店，1988 年版，第 230 頁。

〔註 16〕李玉華等編著：《網絡世界與精神家園——網絡心理現象透視》，西安：西安交通大學出版社，2002 年版，第 7 頁。

時，已有的創作形式也需要不斷進步，以求更完美地表達詩歌內質。「作為公共、公開、公平的大眾媒體，可以說，網絡給詩的傳播帶來革命性的變化。」〔註17〕網絡詩歌即是在網絡媒介支持下出現的詩歌存在。但是網絡詩歌究竟是一種什麼樣的詩歌呢？學界的觀點大體可以分為三類：其一，明確質疑網絡詩歌名稱的合理性，他們認為，網絡並沒有改變詩歌本身的審美標準，即詩歌並未因載體的變化而改變，「網絡詩歌」的提法沒有必要。其二，確認網絡詩歌是一種新的詩歌形式，並認為對原來的詩學規範產生了衝擊。其三，不反對「網絡詩歌」的提法，但是也不認為網絡會對詩歌本身產生多大的影響，網絡詩歌只是為了述說的方便而暫時採用的模糊稱謂而已，同其它詩歌沒有區別。

究竟「網絡詩歌」的提法合不合理，這需要我們到具體的網上詩歌文本中去分析之後才能得出結論。在分析之前我們應該注意到，即使很多否認「網絡詩歌」存在的人提及網絡上的詩歌創作時，仍然不可避免地運用「網絡詩歌」一詞，這是具有諷刺意義的，實際上已經從反面證明網絡詩歌確實是一個客觀的存在文體，畢竟「互聯網帶來的書寫方式的革命，則正好適合詩歌的存在。這樣，在平面媒體上陷於窘迫境地的當代詩歌，在互聯網上獲得了前所未有的發展空間。便捷的傳播途徑和直接的互動性，極大地刺激了詩歌藝術的發展」。〔註18〕網絡會影響詩歌似乎已是一個共識，人們對它的爭議在於網絡能在多大程度上影響並改變詩歌，網絡是否能催生新的詩歌因子。

現在網絡上出現的詩歌可分為兩種，一是外在表達方式上同以往詩歌並無任何區別，是網絡存在的書面詩歌，它包括網絡上在線原創的詩歌和線下創作修改後抄寫到網上的詩歌以及收藏的名人詩作；二是利用網絡技術創作出來的同書面詩歌迥然不同的詩歌作品，它只能存在於網絡之中，無法完美地在傳統紙質載體上展現出來，包括運用超鏈接技術創作的超文本詩歌和利用多媒體技術創作的多媒體詩歌。

那麼到底哪一種才可包含在網絡詩歌之內呢？這涉及到如何看待詩歌慣例的問題。「『慣例』的基本含義是指對一種傳統習慣的遵守。」〔註19〕界定「網絡詩歌」要求我們以網絡化的思維方式重新認識詩歌，重新審視既有的

〔註17〕 呂進：《論中國現代詩學的三大重建》，《文藝研究》，2003年2期。
〔註18〕 張閎：《甲申風暴‧21世紀中國詩歌大展之評論篇》http://www.poemlife.com.cn/forum/add.jsp?forumID=39&msgID=2147469684&page=1
〔註19〕 朱狄：《當代西方美學》，北京：人民出版社，1984年版，第363頁。

詩歌慣例和詩歌觀念，我們既要重視慣例，否則我們就無法區分詩和非詩；但我們又不能完全拘束於慣例，否則詩歌就不會得到創新和發展。網上詩歌是否爲網絡詩歌，主要看作品本身是否眞正受到了網絡媒介的影響。不言而喻，線下創作修改後的詩歌顯然應該排除在外。應該承認，在線創作的一般詩歌形態從詩歌的本質意義上來說和傳統詩歌沒有太大區別，正如詩人桑克所說：「現在許多『網絡詩歌』運用的還是傳統媒質上刊布的那種詩歌形態，這就說明這種變化還是傳播方式和刊載媒質的變化，還不是本質性的。」〔註20〕但這並不是說它們之間完全沒有區別。

首先，產生方式不同，在線寫作是鍵盤輸入，並非傳統的筆墨寫作，由機換筆，寫作速度成倍增快；其二，發表和傳播途徑與傳統詩歌不一樣，它沒有嚴格的編審過程，由於網絡的特性，詩歌網站的論壇斑版主只相當於主持人的角色，詩歌編輯們也往往只是編選和查看稿件，而不是像傳統刊物的編輯對來稿進行精心的審查和砍削；第三，作者的匿名化寫作，網絡是一個自由隨意的虛擬空間，天馬行空般的塗鴉也好，實實在在的寫作也好，大家相會於虛擬空間之中，每個人以戲劇性的筆名和綽號出現，任意而爲；第四，閱讀方式的變化，即在線者包括讀者和讀者，讀者和詩人都可以互動交流。既然在線創作的書面性詩歌不可避免的打上了濃重的網絡烙印，那麼它應算作網絡詩歌的一種。

詩歌的物質媒介制約著詩歌自身的發展，網絡作爲一種新媒體、新技術，有著傳統媒介無法企及的優勢，它也必然會帶來一種全新意義上的詩歌。因此，如果我們正視技術發展所帶來的詩歌變革的可能性，那麼網絡詩歌還應該包括只能存在於網絡而不能用傳統媒體作爲載體的特殊詩歌形態，比如一篇網絡詩歌可能包含文字、聲音、圖象、數碼攝影片斷、鏈接等表現方式，而這些方式的組合顯然只能以網絡爲媒體，無法存在於其它紙質媒體上。

由上分析可以得知，網絡詩歌是指運用網絡媒介在線原創，在網絡上存儲傳播並由讀者在線閱讀的詩歌，它不僅包括網上在線創作的一般詩歌形態，而且也包括運用超鏈接技術創作的超文本詩歌和用多媒體技術創作的多媒體詩歌等特殊形態。

〔註20〕　桑克：《互聯網時代的中文詩歌》：http://www.new153.com/zjzl/show_article.asp?mode

（一）鍵盤寫作的利與弊

與以前紙質媒介的用筆書寫不同，網絡詩歌採用的是以機換筆的鍵盤寫作，熟練的打字技術使得鍵盤寫作比平常書寫迅快得多，這使詩人思想流暢的及時表達成為可能。但鍵盤寫作存在著明顯的缺點，那就是作者對詩歌成文的責任感不再看重。紙上創作每一筆都會在上面留下痕跡，而且我們所用紙張的空間是有限的，修改增刪的空間也是有限的；而網絡寫作卻具有了極大的隨意性，字詞可以被隨時修改，詩句可以整行整行地刪除或者移動。詩歌手稿修改會留下修改前原文的痕跡，這使得詩人可以反覆比較前後的差別然後進行取捨，而網絡寫作過程中的修改不同，屏幕上永遠留著最新一次修改過後的詩歌，詩人很難認真比較，所以通常只能憑大概印象選用最好的表達詩句。

漢字是一種象形文字，因此極大地豐富了中國人的形象思維。鍵盤寫作直接摧毀了字的形象，代之以規範化，毫無個性可言的電腦字體。大多數的漢字輸入法用的是完全拆解了漢字形象的機械編碼方式，拼音輸入法將漢字變成了阿拉伯字母，「詩歌」變成了「SHIGE」，或者像五筆輸入法那樣拆成各種偏旁，將整體性的文字零散化，這種文字符號編碼、解碼過程的改變，淡化了中國字本身的形象感，取而代之的是對語音或者偏旁拆解的強調。這種書寫的變化對於思維的改變，是非常緩慢的，但無疑是客觀存在的。由於漢字的書體多姿多彩及形、意的豐富性，使書法成為了中華民族獨有的專門藝術品類。這又使漢字顯示出其特異的美學特徵，具有了極高的欣賞價值與藝術魅力，可以說詩歌與書法二者起到了極好的協同作用與互促作用。中國詩人一向把書法作為其人格的構成和表現的重要組成部分，在古代甚至寫詩與書法成為了一對形影不離的孿生兄弟，它們在一定場合同時出現而共存。現在詩歌沒有了筆意，沒有了書法，也就沒有了反覆欣賞的必要。作家張煒就抱怨說：「以數碼形式輸入的文字僅僅是一種代碼，它的過程取消了描摹的詩意。而人在紙上無數次的描摹所引起的生命衝動，它的快感，它不斷重複的聯想功能，也都一併取消了。從這個角度看問題，看待寫作工具的變化，就不僅僅是個速度催逼思想的問題了。」〔註21〕

我們已經沒有理由把鍵盤敲出來的詩稿再稱為「手稿」了，一摞摞壓箱底的手稿，此時用一張小小的磁盤便可存儲完畢。「手稿時代」嚴肅的寫作者

〔註21〕張煒：《紙與筆，中年的閱讀》，《讀書》，2002 年 4 期。

大多都珍視每一個字詞，精心構思揣摩，試圖在詩歌中反映出生活的本質，而網絡時代「數字化的文稿」的詩人們是生活在虛擬環境中的一代，言說的極度容易削平了詩歌的深度，「這實際上是從眞理走向文本，從爲什麼寫走向只是不斷地寫，從思想走向表述，從意義的追尋走向文本的不斷代替更新。」〔註 22〕因此，網絡詩歌往往會更多地注重現在時，它們解構歷史，甚至漠視文化，使詩歌在某種程度上顯得像一場全民狂歡的卡拉 OK。

（二）令人嚮往又失望的自由精神

網絡的虛擬性和開放性從根本上否定了權威和偶像的存在基礎，它比任何時候和任何時代更表現出獨立的人格品性，這不僅僅只是指發表詩歌渠道的易化，更指依靠傳統對話語權力的壟斷和對新生事物的遮蔽來建立和維持聲望的指望永遠變成了歷史。在網絡上，只要你有一顆詩歌之心，會在鍵盤上打字，移動移動鼠標，你就可以成爲詩歌寫作的主體。既然隨時輕輕點擊鼠標就可以完成發表，繞開了印刷類媒體中的編輯部，繞開了守門人，跑到了體制外圍，那麼詩人就沒有必要去投合刊物和編輯的趣味，也沒有必要去投合大眾的趣味，他只需要按照自己的喜好去創作，這一點在各大網站的論壇和 BBS 上面已經極爲平常，自由性成了網絡詩歌的顯著特色。

必須聲明，自由性並不是網絡詩歌的專利，前文已經說過，大多數網絡詩歌和紙質詩歌沒有本質的區別，詩歌的本性就在於自由抒發自己內心的情感。然而在很多實際情況下，詩人只有私下寫作的自由，並沒有公開言說和發表的自由。這類似於陳思和所說的「潛在寫作」，即「被剝奪了正常寫作權力的作家在啞聲的時代裏，依然保持著對文學的摯愛和創作的熱情，他們寫作了許多在當時客觀環境下不能公開發表的文學作品。」〔註 23〕比如，在文革陰影的籠罩之下，詩歌步履維艱，許多詩人被剝奪了正常寫作的權力，但是牛漢、食指、北島、多多們仍舊用筆眞實地記錄下自己內心的懷疑與困惑，抒寫著對黑暗的批判和對未來光明的憧憬，他們詩歌對自由的渴望與追求是相當明顯的。因此網絡詩歌更多地表現出一種能夠公開言說的自由，並進而將詩歌的創作自由凸顯了出來。現在雖然社會制度對詩歌的控制和約束在逐

〔註 22〕 王岳川：《後殖民主義與新歷史主義文論》，濟南：山東教育出版社，1999 年版，第 106 頁。

〔註 23〕 陳思和：《中國當代文學史》，上海：復旦大學出版社，1999 年版，第 12 頁。

漸減弱，但是還有詩歌慣例和文學制度這兩雙無形的手在影響著公開刊物編輯們的價值取捨。比較而言，那些所謂的先鋒詩歌寫作的追求者們更應該感謝網絡，爲了從他人影響的焦慮下解脫出來，他們嘗試著各種各樣的詩歌創新，好不容易突圍而出，卻尷尬地發現又陷入了發言受阻的焦慮之中。因此，當網絡給了他們盡情表演的空間時，聲音最響的是先鋒詩人們。典型的例子是倡導下半身寫作的「詩江湖」網站，它在詩歌網站中最是嘈雜喧囂，打出的口號是中國先鋒詩歌論壇、詩歌民間刊物中心，在風格上傾向於口語化的創作，藝術上注重追求反傳統，鼓吹身體意識的覺醒，其它像「唐」「橡皮」等也是熱鬧非常，這些先鋒詩歌的「發表」將網絡詩歌的自由特色推到了一個極端。

網絡在賦予我們自由發表權力的同時，也帶給了我們心靈化寫作的更多可能性。任何人都可以自由隨意地在網上抒發自己的心聲，傾訴生活的喜怒哀樂和愛憎，民主性和多元化眞正成爲一種事實。詩人們再也不必擔心有人強迫自己進行指定性的寫作，除非他本身存在著骨子裏的奴性意識。在網絡的虛擬空間裏，詩人沒有了高低貴賤和等級劃分，沒有了主宰詩壇話語的權力中心，大家只是憑著自身的創作實力平等地進行交流和碰撞。這就使得創作者可以完全自由地受著本眞自我的驅使，隨意且毫無顧忌地抒發和宣泄著自己內心的情感，人與生俱來的所有情感幾乎在網絡空間中被演繹殆盡。網絡詩歌剔除了較多的功利色彩和傳統寫作傳播方式的束縛，顯示出一種個體生命自由自在的揮灑，由此帶來的是網絡詩歌強烈的心靈化色彩。

由於沒有了指令性和體制性束縛的壓抑寫作，網絡詩歌的遊戲精神也開始凸顯。在網絡上，我們看到了太多的遊戲之作，網絡詩歌更多地體現著一種娛樂性和自娛性，展現著巴赫金所描繪的體驗狂歡的快樂哲學。新的一批網絡詩人對外在表達形式的求奇創新也更多地體現出一種隨意揮灑的遊戲精神。下面就是一首運用了特殊網絡符號的詩歌：

送一束@〉〉──〉──給你 / 在一個群星璀璨的夜晚 / 我輕輕地執你的手 / 送別天邊的霞彩 / 蒼天撒淚，因爲有情 / 大海呼嘯，因爲有愛 / 所以，年輕的你啊 / 別再：─（別再：＝（ / 傾情一（：─＊ / 整個世界將不再孤寂 / 你看那顆流星 / 是我在爲你：─０爲你：─（） 〔註24〕

〔註24〕 http://kff.myrice.com/net/w/wlqs/08.htm

詩中的「@〉〉——〉——」代表玫瑰花，「：－（」是傷心的樣子，「：＝（」則是流淚，「（：－＊」是吻，「：－０」與「：－（）」根據上下文和詩歌韻律推測可能是歡呼和喝彩，以上形象的表情與符號已經被很多網民作爲特殊的網絡語言使用。我們承認文學與遊戲之間存在著密切聯繫，但爲遊戲而遊戲卻是不足取的。

　　網絡自由不斷打破傳統媒體對詩歌話語的壟斷權，大膽試驗，拓展著各種詩歌精神與風格。但是世間並沒有絕對的自由，任何事物的價值都是在一定的框範和慣例之下才能得到顯現，才能顯示出它本身的魅力。詩歌創作降低了門檻，但並不是完全拆掉門檻，更不是撿到籃子裏都是菜。紙質媒介發表的審稿制度和退稿行爲確實使得某些不被編輯認同的作品被棄用，但是退稿本身對詩人來說也是一種鞭策和提示：作品還不完善，應該再進一步打磨；而且，眞正優秀的作品總會得到這家或那家編輯的青睞的。可以說紙質媒介的審稿制度最大程度上保障了詩歌的藝術品質，是確保詩歌質量的重要一環。然而，網絡詩歌發表的絕對自由卻使得許多詩歌網站成了詩歌製造工廠，培養了大批只求數量不求質量的詩歌投機分子，批量生產出了很多不入流的垃圾詩歌。詩歌不是高不可攀的，但也不是人人都可以隨意踐踏的。詩歌就其本質而言是一門藝術，詩歌寫作需要眞誠的寫作精神和嚴肅的創作態度。優秀詩歌多是作者長期醞釀，精雕細刻後的結晶，即使有的偶然靈感來臨，一揮而就，看似簡單，卻是與詩人平時的詩學素養和紮實功底分不開的。借助網絡這個理想的平臺，作品不愁發表之地，詩人們更加激情澎湃，不再注重於詩藝的修煉，詩歌的即興而作模式成爲當前網絡詩歌的主要創作手段，導致了當前詩歌水平的整體下滑。

　　繞過把門人的發表方式，使得詩歌公共空間最大限度向私人話語敞開，給詩歌帶來勃勃生機的同時，也消解了傳統詩人深入反思生命價值等宏大主題的企願，放棄了對日常生活修辭化處理的手法，轉而謀求一種純粹的精神宣泄，遠離更爲深刻複雜的苦難意識、憂患意識和批評意識。「沒有一種理論危害詩比放任感情更爲有害」〔註25〕，詩歌作品缺少質量把關，從總體上降低了人們的詩歌審美標準，從成型後的詩歌退回到了習作。

〔註25〕　袁可嘉：《新詩戲劇化》，王運熙編《中國文論選》現代卷下，南京：江蘇文
　　　　　藝出版社，1996 年版，第 588 頁。

（三）全民皆詩的口語化傾向

網絡詩歌極為廣泛地吸引了眾多閱讀者另外一個重要的因素是，網絡詩歌口語化色彩給詩歌愛好者帶來了較強的體驗快感和閱讀趣味。對「詩江湖」、「唐」、「橡皮」等國內目前表現活躍的幾家中文詩歌網站進行閱讀後，我們獲得的最直接最強烈的感覺全都建立在網絡詩歌的口語色彩之上。其它網站如「詩生活」「界限」「星星」等雖更加注重詩歌表達的多元化，但其口語化色彩仍然存在。儘管不同詩人群體使用口語的能力有大小，口語詩歌比較而言給予創作者的自由更多，對創作意志的取向也有著普遍的適應性。

口語詩在網絡詩歌出現之前早已存在。韓東的《有關大雁塔》是最早的口語詩代表作之一，它剝落了楊煉《大雁塔》中種種人為的附加價值：「有關大雁塔／我們又能知道些什麼／我們爬上去／看看四周的風景／然後再下來」，反對朦朧詩那種啟蒙色彩的英雄主義、理想主義的價值取向。韓東的《有關大雁塔》、《你見過大海》以及李亞偉的《中文系》、于堅的《對一隻烏鴉的命名》等為口語詩歌的寫作奠定了一個良好的起點，之後口語詩寫作一直延續至今。現在口語寫作浪潮從網下一直熱到了網上，吵得沸沸揚揚的「下半身寫作」更打著「詩學革命與創新」與「身體意識的覺醒」兩杆大旗，將口語寫作奉為圭臬。

拋開詩人的價值取向，網絡詩歌的口語化色彩與網絡本身的特質也密切相關。人們的詩歌創作經歷了口述、筆書、鍵盤輸入幾個階段。口頭詩歌雖然心想口達可以同步，但無載體承擔，很難精緻化。由雕刻至筆書發展的過程中，寫作速度成倍增長，但是還遠遠不能達到心想手書同一的程度。互聯網時代，電腦寫作使敲擊鍵盤代替了執筆手書，速度的成倍增快使書寫具有了某種一瀉千里的快感，思維因書寫過慢而受阻的現象也大大減少了，這使得寫作比以往更接近「心想手書」的同步狀態，也使寫作者能更好地捕捉稍縱即逝的意識流。作家葉永烈曾欣喜地描述過以機代筆的快感：「從此，我在寫作時不再低頭，而是抬起了頭，十個指頭在鍵盤上飛舞，就像鋼琴家瀟灑地彈著鋼琴。我的文思，在劈劈啪啪聲中凝固在屏幕上，凝固在軟盤裏。」〔註26〕熟練的鍵盤操作使「手書」成為一種近似於無意識的行為，「手書」意識的減弱，使作者能把更多的注意力集中在「心想」上，這樣的寫作狀態更自然、更真實，並減少了書寫意識過強易造成的理性對於初始情感的扼殺。

〔註26〕 葉永烈、凌啟渝：《電腦趣話》，上海：文匯出版社，1995 年版，第 121 頁。

　　網絡詩歌的口語化傾向使得詩歌往往使用日常口語作爲情思載體，寫作過程中強調陳述句法，寫作過程就是敘事過程，同時注重所要表達意思的清晰性。口語詩的寫作過程本質上還是敘事過程，而這一切都是通過日常語言和場景來表現的。口語詩歌所選擇的視角是與生活經驗的契合直觀緊密的，來源於日常生活中的某個場景或事件，強烈的現場感使閱讀者很容易進入詩歌文本，產生與之相一致的視覺、觸覺和聽覺，從而越過了因詩人的視閾與讀者視閾有差別等產生的閱讀障礙。口語詩力圖探討一種迴避意象作爲情感主要訴說手段的顯性抒情方式，通過對語言的生活化、平實化，使閱讀者能夠掌握部分甚至全部的詩情句意，進而將創作期望和閱讀闡釋有機生成到同一軌道上，也就減少了閱讀中歧義出現的可能。口語化網絡詩歌與書面語詩歌的一個重要區別就是口語詩歌極其注意說的感覺和過程，也就是說它的意義更多地蘊涵在說時的語氣語調上。很多口語詩歌如韓東的《有關大雁塔》、《你見過大海》等，表面上傳達給我們一種揶揄戲仿的態度，而在調侃的背後則是對現實生活的一次絕妙反諷。戲謔而至反諷，正是網絡詩歌口語化追求的藝術效果，也給我們帶來了閱讀的愉悅和樂趣。

　　詩歌「慣例」講究語詞凝練，含蓄蘊藉，結構活躍，富有節奏和韻律，能夠高度集中地反映生活和表達思想感情，我們要突破「慣例」，不能簡單認爲這種平淡通俗的口語詩歌都是一種缺少了文采和陌生化「障礙」的平庸之作。但我們又不能就此走向極端，完全拋棄「慣例」，那麼詩歌就不能稱其爲詩歌了。如今在網絡上全民皆可爲詩人，世俗化、通俗化、庸俗化的「梨花體」詩歌彌漫整個網絡。網絡詩歌中也充斥著大量走向極端的唾液橫飛的口水詩歌和起哄戲謔的惡搞詩歌。口語化傾向使得網絡詩歌創作越來越演化成一場轟轟烈烈的全民造詩運動鬧劇。詩歌創作不需儲備材料，不需精心的藝術構思，不需要豐富的想像和聯想，也不用進行語詞提煉和運用技巧，只要靠直覺說出來再分行就完成了。更有甚者，有的詩人爲了標新立異，表明自己是「先鋒」、「反叛」，刻意使用很多污言穢語如「大便」、「他媽的」、「性交」、「王八蛋」等等，對詩歌殿堂肆意踐踏和侮辱，在詩歌愛好者中造成了惡劣的影響。

（四）令人尷尬的雙向交流

　　巴赫金認爲，無論是一種政治思想，還是一種學術思想，要永遠保持鮮活，要不斷得到發展，就必須在思想領域堅持思想的對話，反對思想的獨白。

　　詩歌創作活動也是詩人與讀者之間的相互對話活動，一個時代詩歌創作的質量既不取決於唯一的詩人，也不取決於唯一的讀者，只有詩人與讀者的良性互動，才能推動詩歌創作的不斷前進，「單一的聲音，什麼也結束不了，什麼也解決不了。兩個聲音才是生命的最低條件，生存的最低條件」〔註27〕。造成今天詩歌「日落西山」境遇的原因比較複雜，但是與以往傳統詩歌交流方式的落後是脫不了干係的。傳統詩歌以手稿和印刷品的書面材料爲載體，詩人與讀者之間的交流雖是雙向的關係，但在交流的實踐中卻體現出明顯的單向性、阻斷性與無法通暢性。網絡詩歌則不同，儘管它的交流也要借助於網絡媒介，但網絡卻是開放自由便捷的，縮小了時空的眞實性與存在性。網絡詩歌的交流不僅是眞正的雙向交流，而且實現了詩人與讀者圍繞著詩歌話題的對接溝通。在網絡媒體技術的支持下，天南地北的詩人與讀者，只要有參與的願望，刹那間就可以實現對話。人們運用搜索引擎技術，可以快速查找到感興趣的詩人詩作；如果想評價詩作並與詩人交流，讀者可以在詩歌末尾的「反饋欄」裏隨時留下自己的見解，同樣，詩人也可以用查看「反饋欄」的方式與讀者交流，比如詩人 666 在網站《詩生活》上發表組詩《欲雨十分》之後，許多讀者留言加以品評，詩人也及時予以回覆：

　　　　No.104 算了：《辨認一個人》和《丟失了一個兄弟》都是好詩。語句間的呼吸掌握得好。感謝你！可不要驕傲啊！！！！2001－4－27　15：15：00

　　　No.97666 回覆算了：

　　　　再次感謝，爲的是你讀了我所謂的長詩。讀這種東東需要愛心和耐心。《九寨水國》原有副題叫「114 個片斷」，所以你的感覺是準確的。說到長詩，是有個大致的定義的，以前以敘述事件爲主，類於史詩，後來多半是某種主題的縱向深度展開。於此相比，《九寨水國》主要是橫向的斷面截取，所以稱之爲長詩實屬勉強。

　　　No.72 吳季

　　　　廣場上，人們紛紛把頭仰起／想像寶瓶和樹枝／那必是一種向上提升的力量／帶領人群向上行走／那必是一場渴求已久的雨

〔註27〕巴赫金：《詩學與訪談》，石家莊：河北教育出版社，1998 年版，第 340 頁。

　　第三、四行的兩個「向上」是不是重複了，而且重複得不好．我以爲第一個「向上」可以捨去．第二個「向上行走」是否改「向上攀登」好一點．

　　「渴求已久」似乎有點拗口．「渴望」、「渴慕」都好．

　　讀到「寶瓶和樹枝」，我已知有「菩薩」這回事，末段你「認出她」，而且眞個就是「菩薩」，就沒意思了．2001－12－14　15：59：00

※666 回覆※

　　經你點拔，確實感到「向上」有重複之嫌，謝謝垂教。2001－12－15　18：26：00〔註28〕

由上可見，網絡的快捷性帶來的無障礙發表很容易使詩人將未經打磨的詩作鼠標一點輕易出手，由於自我情感的遮蔽，詩人很難發現其中的不當之處，而讀者和詩人及時的良性互動，不僅可以探討詩歌藝術，還可以完成對詩歌的提煉與鍛造。

　　此外，這種對接溝通還可借助於聊天室和公告欄或論壇的方式，詩人與讀者都無所顧忌地交流，因而也能做到直言不諱，提高交流的質量。在傳統詩歌創作活動中，參與者越來越少，甚至有寫詩比讀詩的還多這樣誇張卻令人警覺的說法，而網絡詩歌又把越來越多陌生的心靈拴在了一起，讓富有想像力的詩歌愛好者在網上談詩論藝。只有詩人與讀者的相摩相蕩，才能給詩歌注入新的發展動力。

　　不僅是交流與評論，網上詩歌的改寫與續寫更是這種互動的生動體現，這樣形成的詩歌作品再也不是靜態凝固的了，而是在活潑的動態過程中，詩人與讀者思想感情交流的結晶，文本對於讀者來說再也不是接受膜拜的聖經，而是對話活動的邀請。在這主體平等的文化環境中，許多詩人以匿名無名怪名的身份出現，主動地抹平了與讀者的心理距離。詩人帶來文字，讀者帶來意義，詩人寫作讀者也寫作，詩人對讀者來說不再神秘，不再神聖，不再存在距離，這從一個側面反映了平等、民主、對話交流的新文化時代的到來。

〔註28〕 http://www.poemlife.com:9001/PoetColumn/666/index.asp?vAuthorId=666（本文對原文錯漏標點作了校正）

通過互動交流，網絡詩反父流詩歌創作心得體會，這自然對詩歌的發展具有促進作用，值得推而廣之。然而令人尷尬的是，網絡平臺同時成了朋友間互相吹捧和不同詩歌流派之間互相指責抨擊的前線陣地。對掌聲的渴望助長了詩人表現欲望的膨脹，許多網絡詩人「並不是出於對某種權威意識的積極消解，而只是一種純粹的虛幻滿足。」〔註 29〕詩人與讀者、學者之間驢唇不對馬嘴式的探討置疑與攻訐也屢見不鮮。無原則的黨同伐異和任意詆毀，這是詩歌發展之大忌，但自古以來卻仍然無法避免。以前由於紙質寫作和傳播的本身特性，還不會使得這種風氣走向極端，那麼現在網絡平臺的出現，匿名化的發帖方式，很多「詩人」隱蔽在面具之後，將本應屬於理性的詩學爭議演變成了情緒化的破口大罵，甚至使用不堪入目的污言穢語，進行惡毒的人身攻擊，這遠遠偏離了網絡詩歌精神的本質，將本來非常純潔的詩歌創作和交流搞得烏煙瘴氣，令人作嘔。某些網絡「詩人」們低劣的行為自毀形象，使得很多詩歌愛好者對詩人素養和詩藝水平嗤之以鼻。在當代浮躁的環境中，詩歌本來就處於被時代冷落的邊緣境地，這些投機的「詩人」又在詩歌日趨衰弱的心臟上插上了一把刀。

第四節　網絡技術對詩歌形態的衝擊

（一）超文本詩歌

超文本（hypertext）是美國學者納爾遜自造的英語新詞（1965）由「text」和「hyper」合成，「hyper」在古希臘語中有「超」「上」等含義，對納爾遜來說，「超文本」意為「非連續性著述」（no-sequential writing），即分叉的允許讀者作出選擇最好在交互屏幕上閱讀的文本。納爾遜認為人的思想是非連續性的，傳統著述則是連續性的，因為它是口語的記錄而口語必須是有秩序的。他注意到印在紙上的作品只有採取連續的形式才易於閱讀，這樣一來，寫作就成了強調思想由非連續變為連續的過程。如果能夠通過機器創造一種可用更靈活的方式加以操縱的文學形式，便有可能產生一種新型著述，這就是超級鏈接文本即超文本。

評論家王一川對超級鏈接文本有過較為精確的闡述：

〔註 29〕 蔣登科等：《網絡詩歌：現狀與可能》，《星星》，2002 年 11 月下半月刊。

　　「超級文本」（hypertext）原指在計算機視窗體制基礎上發展起來的相互連接的數據系統。而應用到文學中，所謂超級文本文學則指如下一種特殊情形：一個文學文本的創作總是來源於對其它文本資源的閱讀。網絡正是一個巨大的多重或超級文本系統，它向作者和讀者源源不斷地供給文學資源。這個超級文本的一個基本特點，正是鏈式結構。你在鍵盤上敲擊一個詞語，這超級文本鏈條可能會向你顯示幾個或幾十個相近或類似詞語供你選擇，使你的聯想與想像能力大大拓展；你在寫作或編輯一個文本時，它可能會共時地向你顯示呈鏈狀或樹狀分佈的一大群不同文本，導致眾多文本在一個文本中的聚集。〔註30〕

超文本詩歌是在網絡載體支持下，以超鏈接技術創作出來的詩歌，它完全是科技發展的產物，因此帶有明顯的技術含量。加拿大多倫多學派代表人物麥克盧漢認為，信息載體的變化能導致人的思維方式的變化，由於面對面全息傳播的特點，史前的聽覺文化在感覺上是具有綜合性的，而以文字和印刷媒介為主的視覺文化則不同，其特點是集中於細節並把細節從整體中分化出來，因而它可以推動人們對事物抽象的深層的認識。在傳統的詩歌作品中，儘管也可以運用多線索結構或者插敘、倒敘等手法，但作者的意識流動只能按線型情節來展示文字，並由此形成了相應的寫作技法，如首尾呼應、過渡自然、結構嚴謹等。這種視覺文化的局限性是由於其信息載體——文稿或印刷品三維空間的局限造成的。實際上，現實生活中的人類思維方式決不會這樣單一，而是呈現為多線性複雜的發散思維。傳統文本的空間是不連續的，容量是有限的，這使之不可能真正清晰有序地體現大容量的多線性思維狀態。多線性思維意味著要在一種思維中插入其它的許多內容，這勢必佔用原情思一定的空間，這就阻斷原情思的發展。從理論上講，超鏈接技術的出現解決了這一難題。

　　超鏈接技術的適當運用，既豐富了詩歌的外在表現形式，又提升了詩歌的內在蘊涵。在這種編程技術的支持下，超文本詩歌中即使插入的內容再多，也不會佔用原詩歌的發展空間，因為插入的內容本身不能直接被看到，它只是以鏈接點（hotpot）的形式而存在。有些鏈接點是原詩歌中顏色不同或下加橫線的文字，如果不點它，就可以沿單線走向，向下流暢地抒發情思；如點

〔註30〕　王一川：《網絡時代文學：什麼是不能少的》，《大家》，2000年3期。

擊它，就可以再生出一個新的空間（在網上表現出一個新的頁面），現出一首新詩，使敘述轉向其它線路。而且在線路結束處常標有「回到開頭字樣」，只要點擊它，就可以自然回轉到原切入處，再嘗試其它的發展。這樣，即使插入的線性詩歌再多，也不會影響每條線形的清晰、完整與流暢。值得特別強調的是，這種閱讀狀態，也正是詩人寫作時候的思維狀態，詩人的意識可在這全新的空間自由馳騁，使傳統印刷品中容量有限的「死詩」，變成了可再生的多線走向的「活詩」。

實際上在國外以及臺灣等地超文本詩歌的實驗早已有之。在中文網絡中較早進行超文本詩實驗的是臺灣詩人代橘。代橘在 BBS 站發表文章的身份標識名（ID）Elea，網名羊男，其作品多發表於臺灣各大 BBS 站和詩刊。1996年，Elea 在 BBS 站發表以 html 語言寫成的詩《超情書》〔註31〕這首詩的主體是以分行格式寫作的一首普通的情詩，和平面印刷詩歌不同的是，這首詩對重點段落進行了改變顏色和放大字號的處理；另有一個重要的不同之處是，在閱讀的過程中會遇到有 9 處字詞或短語下以下劃線方式顯示的超文本鏈接，點擊這些鏈接就轉向相應的頁面，顯示出一首以鏈接關鍵詞爲題的短詩。如在「我不喜歡教堂」這句詩的後兩字「教堂」作了超文本鏈接，點擊「教堂」後，轉到另一個頁面，有一首名爲《教堂》的短詩：

我不喜歡教堂／教堂允許我們生小孩／卻不准我們做愛

這三句是對主體詩中「我不喜歡教堂」理由的詮釋。看完這個詮釋後，可以「後退」回到主體詩所在頁面繼續閱讀。這首詩雖然只利用了簡單的頁面鏈接技術，並通過鏈接點對主體詩進行詮釋、說明和補充，但對全詩的解讀卻起到了重要作用，鏈接跳轉起到了平面印刷隨頁加注的方式無法達到的效果。

讀者閱讀超文本詩歌時，不再是被動消極的閱讀者，而是變成了積極能動的創作者。電子鏈接技術將朱麗亞·克里斯蒂娃關於「互文性」的觀念具體化了，超文本詩歌也將巴特關於作者、讀者及「理想文本」的假設變爲現實。「互文性」（intertextuality。又譯「文本間性」）一詞源於拉丁文 intertexto，原意爲在編織時加以混合。在文藝理論中，「互文性」是一個專門的術語，意指通過歸納發現某一文本（或意義）是從其它文本（或意義）中析取或據以建構的。它著眼於特定文本（或意義）與其它文本（或意義）的聯繫。互文性是廣泛存在的，比如艾略特代表作《荒原》中典故的大量運用就是詩歌訴

〔註31〕http://www.wenxue.com/yuejing/loveletr.htm

諸互文性的常見手法之一。當然，互文性並非單指文本之間的關係而言，歷史的、社會的條件同樣是改變與影響詩歌實踐的重要因素，讀者先前的閱讀經歷、知識儲備和在文化環境所處的地位也形成至關緊要的互文性。互文性雖然廣泛存在，但學術界公認它作爲術語是 20 世紀 60 年代後期由克里斯蒂娃發明的。在《詞語，對話與小說》等論文中，克里絲蒂娃試圖打破關於文本係由作者所規定的傳統觀念，主張一切能指系統都是由它們對先前能指系統的變形方式所界定的。文本並不單純是某一作者的產品，而是它對其它文本、對語言結構本身的聯繫的產品。根據她的看法，「任何文本都是作爲引文的馬賽克被建構的，任何文本都是其它文本的鎔鑄與變形」〔註32〕。任何文本都受讀者已經閱讀的其它文本及讀者自身的文化背景影響。「互文性」這一範疇表明：每個文本都存在於與其它文本的關係之中。在超文本詩歌中，相互鏈接的各首詩互動關聯，交叉闡釋，可謂你中有我我中有你，是互文化極強的典型詩歌文本。

　　相比於克里斯蒂娃，巴特則將互文理論具體化成了作品。巴特心目中的理想文本，是一種鏈接眾多、彼此交互的網絡，沒有開頭，沒有結尾，可以顛倒。讀者可從幾個不同途徑訪問它，沒有一個途徑被作者認爲是主要的。這一理想正爲萬維網所實現。在萬維網上，任何一個作者都可以將一個作品利用超鏈接技術與其它作品聯繫起來，如果這種創作行爲被所有的作者都加以應用的話，那麼，每個作品就將鏈接到其它所有的作品，從而產生無窮無盡的超級文本。在理想的超文本中，沒有一個節點具備相對於其它節點的優先權，讀者可以按自己的興趣任意選擇閱讀順序。羅蘭·巴特的文本觀源自於對「作者具有某種君臨讀者之上的權利」〔註33〕傳統觀念的反撥。他將「文」區分爲兩類，即「能引人寫作者」與「能引人閱讀者」。前者是「有可能寫作的東西」，後者是「不再可能寫作的東西」。「因爲文學工作（將文學看作工作）的目的，在令讀者做文的生產者，而非消費者。」〔註34〕羅蘭·巴特認爲能引人寫作者是作品價值所在，相比之下，能引人閱讀者只能夠讓人閱讀，無法引人寫作，所以，他將能引人閱讀者稱爲「古典之文」，因爲它在傳統的詩歌體制下獲得肯定。閱讀時，讀者的闡釋欲望被閒置，無法完全發揮自身的

〔註32〕轉引自黃鳴奮：《超文本詩學》，廈門：廈門大學出版社，2002 年，第 199 頁。
〔註33〕巴特：《S／Z》，屠友祥譯，上海：上海人民出版社，2000 年，第 51 頁。
〔註34〕巴特：《S／Z》，屠友祥譯，上海：上海人民出版社，2000 年，第 56 頁。

創作潛力，不能徹底地體會到再創作的狂喜，無法領略到寫作的快感，閱讀僅僅是行使選擇權。巴特所向往的文學體制自然是與傳統文學體制背道而馳的，理想文本爲讀者從事寫作、實現角色轉換提供了高度的自由，傳統意義上的作者因此完全喪失了君臨讀者的權利。很明顯，超文本詩歌就是這種「能引人寫作者」，它將作者和讀者變成了聯合作者（co-writer）。羅蘭・巴特所謂「能引人寫作之文」與「能引人閱讀之文」，存在一條重要區別：前者是生產，後者是產品。在傳統詩歌的時代，是產品（亦即「能引人閱讀之文」）構成了詩歌的巨大本體。然而，理想之文不應是產品，而應是生產，亦即「正寫作著的我們」，「在這理想之文內，網絡系統觸目皆是，且交互作用，每一系統，均無等級。」〔註 35〕在羅蘭・巴特看來，人們的創作視角應是「把每篇文都放回到運作過程中」，看它如何無休止地「穿行於無窮無盡的文、群體語言（languages）及系統而呈現出來」〔註 36〕。這種角度事實上就是強調文本的動態過程而非其穩態特徵。

　　成熟的超文本詩歌恰恰符合巴特「理想之文」要求，在閱讀超文本詩歌時，讀者具有極大的自主權，他可以按照自己的興趣愛好來選擇閱讀的順序，由於超文本詩歌的展開設置有多條途徑，讀者的選擇就有多種可能和多種角度，即使閱讀同一首超文本詩歌，選擇順序不同，讀者的審美體驗也可能具有較大偏差。讀者在閱讀的過程中，自主地組合和延續閱讀目標，每一次由閱讀帶來的快感和啓示既是由於詩人書寫注入的靈性抒發，又是讀者在自己審美趣味和潛在經驗驅使下能動地對詩歌加以二次創作。讀者不再僅僅是閱讀詩歌（產品），同時也是在創作詩歌（生產）。臺灣詩人須文蔚的《在子虛山前哭泣》〔註 37〕中的鏈接就將中文超文本詩歌提升到了一個新的高度，正是通過超文本鏈接，作者將詩歌情節推移的選擇權讓給了讀者。《在子虛山前哭》是頗有創意的超文本多向詩，詩人透過一滴水的旅程來反映臺灣的水資源的利用與環保問題。用作者自己的話說：「這是一首多向文本的網路詩，也是無數首詩。」《在子虛山前哭泣》採用的是外部鏈接的方式，在「無數首詩」中進行鏈接。全詩從《篩選》開始：

〔註35〕巴特：《S／Z》，屠友祥譯，上海：上海人民出版社，2000 年，第 62 頁。
〔註36〕巴特：《S／Z》，屠友祥譯，上海：上海人民出版社，2000 年，第 56 頁。
〔註37〕http://www.udnnews.com/SPECIAL_ISSUE/CULTURE/NETLIT/stories/cross
　　　　poem.htm

　　　陽光下的嚥下冰河／岩石爲剛解凍的泉水／篩選不同的流向

接下來是三個沒有任何說明的鏈接點，選擇任何一個鏈接點即開始下一次詩之旅程。在後面的每一首詩中，都有一至四個不等的鏈接點，讀者不同閱讀路徑的選擇會出現三種不同的結局。有的鏈接點有明確的嚮導文字，更多的則只有一個或多個圖形鏈接，讀者對任何一個鏈接點的選擇都等同於隨機，正是這種神秘的隨機性，使讀者在閱讀過程中每一次的鼠標點擊都有著一種強烈的心理期待，在這種心理期待中讀完一首詩後，又開始另一次新的期待。在這全新的世界中，作者的意識多向流變，作品內容異彩紛呈，外向鏈接千絲萬縷。從這種信息結構上看，不僅是超文本作品，實際上整個網絡都交織著多種時空的可能性，這是一座博爾赫斯筆下的《歧路的花園》。

　　然而，新的詩歌創作技巧總會挑戰已有的慣例詩歌觀念，給人們帶來較多的閱讀困惑。在超文本詩歌中，文本跳轉時的定時跳轉，總是讓人神經緊繃，心有旁慮，產生一種閱讀焦慮情緒。如果帶給讀者閱讀焦慮情緒不是作者的創作所要達到的目的，那麼就應該視爲創作上的缺陷。再如隨機跳轉，計算機的隨機選擇只是一個簡單的命令和函數，實現起來並不難。但計算機的隨機是沒有任何文本意義的「隨機」，如何讓每一次隨機產生的文本都具有連續的可讀性，而不是前言不搭後語的「天書」，也應是運用這種技巧進行創作時最大的難度。爲了使隨機選擇後的文本具有連續可讀性，創作者可能在文字上就要玩弄模糊、虛無、兩可的技法，但這樣做必然導致文本意義表達的喪失。正如王一川指出：

　　　　但是，超級文本文學所具有的所謂文本資源豐富性，文本多義性和閱讀開放性如果僅僅出於網上隨機選擇、提取或組合，或者字典辭書式的資料堆積，而不是來自獨特的精神創造，那它就極可能是蒼白無力的文本拼貼，由此也就不大可能產生出眞正偉大的文學了。〔註38〕

現在的超文本詩歌發展極不成熟，人們對詩歌製作技術的關注遠遠超過了詩歌內涵本身。更多人感到的是詩歌外在形態上的奇特，並沒有眞正感受到詩歌內在精神帶來的衝擊力。

〔註38〕　王一川：《網絡時代文學：什麼是不能少的》，《大家》，2000 年 3 期。

（二）多媒體詩歌

　　網絡詩歌的傳閱是一種新型的傳播活動，而傳播作爲人類文明史上的重要社會活動，必須依靠眾多的媒體而進行，它雖然主要有文字與語言兩大符號體系，但並非僅僅局限於這兩類，它「可以是語言的或非語言的。可以是看的、聽的、嗅的和觸摸的」〔註39〕。因此，不同的符號所構成的不同傳播媒體，對受眾會產生不同的受傳層面，也會發生不同的傳播效應。

　　多媒體詩歌是運用現代多媒體技術把文字、聲音、圖象場景等融合起來的網絡詩歌，這類詩歌無法轉換爲紙介質作品，離開了計算機網絡，多媒體詩歌就無法存在。科技發展爲圖象時代的到來提供了軟硬件支持，視覺圖象使我們的社會生活和思維方式發生了重大變革，多媒體詩歌的出現是網絡科技對詩歌衝擊的必然產物。

　　多媒體詩歌的出現與我們現代社會產生的巨大變化相關。在傳播方式上，原來的印刷媒介變成了現在的電子媒介和數字媒介，於是產生了我們現在諸多的視覺圖象。以前文字是佔據主導地位的獲取知識的方式，現在視覺圖象使我們的社會生活和思維發生了重大的變革。這個時代是世界被以圖象方式把握的時代，圖象重於事物，表象重於事理，社會的主要活動之一是生產和消費形象，威力無窮的圖象左右了我們對現實的要求。現在，從印刷出版物到電子媒體，從戶外廣告到日常記錄的手段，圖象的方式已經成爲一種感知事物和認識事物的常見方式，進入到了家庭和個人生活之中，並且與個人的精神生活相關。總之，在我們這個時代，視覺方式更加凸顯出來，人可以通過「看」（也伴隨著聽）來知覺並且理解世界。對「看」的依賴和「看」所承受的重負是這個時代的特徵之一。

　　阿爾文・托夫勒在《第三次浪潮》中就曾指出：人類社會正在孕育三種文盲，文字文化文盲，計算機文化文盲和視覺文化文盲。而後兩種文盲是工業化社會，尤其是後工業化社會不斷製造產生的。科學技術的發展孕育了視覺文化這種新文化的傳播形式。在當下，計算機的普及、數字技術的發展和多媒體產品的日益豐富，更使視覺文化傳播成爲21世紀文化的一種主導性力量。同時科技的發展爲視覺文化符號大量生產、流通提供了保證，視覺文化正以圖解的方式衝擊著文字這種媒介，呈現出的淺顯與通俗極爲迎合大眾的

〔註39〕　〔美〕威爾伯・施拉姆、威廉・波特：《傳播學概論》，陳亮、周立方、李啓譯，北京：新華出版社，1984年版，第74頁。

口味。大眾對形象化的追求使人們更注重對文化的直觀性體驗而將「思」的意義放逐，人們的審美情趣逐漸呈現感性化特徵。

　　圖象時代的到來使讀者淡化了對詩歌理趣內涵的追求，電腦網絡技術帶來的新的機遇更加重了這一趨勢，給詩歌發展帶來了挑戰也帶來了機遇。「沒有注入哲學觀念的詩是清淺的，脆弱的，但是，歷史的發展也出現了新的事實：當哲學觀念過分強大涵蓋了思維的主要空間時，詩也可能是僵化的，乾枯的」。〔註 40〕以文字爲媒介的傳統詩歌一般只能通過視覺傳播，存在著視覺單一性與讀者的多向要求的矛盾。在傳統詩歌中，由於文字符號的非直接再現性的特點，語言的能指與所指之間的張力能引發讀者的再創造。這一方面使作品蘊含著有言說不盡的美的魅力，另一方面，這又對作者營造召喚結構的能力以及讀者的解讀能力提出了很高的要求。從這個角度而言，文字的非直接再現在一定程度上增加了作者表達與讀者理解的難度。中外理論家都已經意識到這個問題，黑格爾就曾指出詩存在缺陷「詩就拆散了精神內容和現實客觀存在的統一，以至於開始違反藝術的本來原則，走到脫離感性事物的領域，而完全迷失在精神領域的這種危險境地」〔註41〕。劉勰在《文心雕龍·神思》中說：「方其搦翰，氣倍辭前，暨乎成篇，半折心始。何則？意翻空而易奇，言徵實而難巧也」〔註 42〕。這言意之間的矛盾是詩歌活動中一個永恒的難題，這是由於詩歌的藝術媒介的單一性和局限性造成的。

　　怎樣才能更好地解決這個問題？黑格爾曾經就此進行過研究：

　　　　詩當然也要找出一個彌補缺陷的辦法，這就是使客觀世界呈現到眼前，達到連繪畫（至少是單幅畫）也不能達到的廣度和多元化。不過詩所表現的永遠只是一種內在於意識的現實，如果詩要憑藝術的體現去產生強烈的感性印象，它就只有兩條路可走，一條是借助於音樂和繪畫，運用不屬於它本行的手段，另一條是堅守眞正的詩的地位，只用音樂和繪畫這兩門姊妹藝術作爲助手，把精神的觀念，

〔註40〕　李怡：《走向文化時代的詩歌與美學》，見李怡《閱讀現代——論魯迅與中國現代文學》，重慶：西南師範大學出版社，2002 年版，第 335 頁。

〔註41〕　〔德〕黑格爾：《美學》第三卷下冊，朱光潛譯，北京：商務印書館，1984 年版，第 16 頁。

〔註42〕　劉勰：《文心雕龍》韓泉欣校注，杭州：浙江古籍出版社，2001 年版，第 152 頁。

　　　　即向內心的想像說話的那種詩的想像，作爲詩應特別關心的主要任

　　　　務，提到突出的地位。〔註43〕

詩歌與音樂和繪畫可謂淵源悠久。《詩經》即與音樂是同體的。《尚書·舜典》

云：「詩言志，歌詠言，聲依永，律和聲」，就已經闡述了早期詩與樂的關係。

如胡震亨所云：「古人詩即是樂」〔註44〕，古人們或以「詩樂」並稱，或稱詩

爲「歌詩」、「聲詩」。可見，詩歌本身就具有與生俱來的音樂特性。繪畫作爲

文學作品的傳播方式，則受到較多的限制，它不可能用畫面和繪畫手段去直

接地、完整地呈現出一篇文學作品的全部，這是因其手段、方式的特異性所

規定的。它不像音樂，可用樂曲將整首詩歌演唱出來，也不像書法以文字符

號作爲表現手段而全錄詩作。繪畫是靠色彩、線條、透視等去再現詩歌作品

的某些部分，或者傳達出某種體驗、感悟及意蘊。作爲詩歌的傳播媒介，也

只能起到與詩歌作品相配合、相映襯、相闡發的作用，增強人們的視覺感知，

表現出以畫寫詩意的特點。胡震亨云：「唐人詩亦有錄自畫卷及畫壁者。詩班

班在諸人集中，而畫未必常存，畫壽不敵詩壽也」〔註45〕。這裡，我們看到

的還是詩畫並存的情況，而非以某畫傳某詩。因爲傳統文本中文字、聲音與

圖畫等信息是不能有機兼容的，這種媒介主要是起加強傳播效果的作用，可

稱爲傳播的輔助媒介。但今天的網絡由文本數字化技術支持，上述信息都可

以用 0 與 1 組成的數碼來表示，使之同化爲一種質料，水乳交融在一起，以

一個電腦文件的形式存在著。例如，在欣賞張若虛的《春江花月夜》的電子

版本時，就可以伴隨著它的同名江南絲竹樂，在音樂的旋律中，讀者更容易

領略「春江潮水連海平，海上明月共潮生」和「但見長江送流水，白雲一片

去悠悠」情景交融的藝術境界。如網絡詩人於洛生的多媒體詩歌《水的新生》：

剛剛從冰川上融化的時候／就神往自由／雖是山之子／卻奔向海／因爲海是

——／水的不朽／／一條大河快樂地奔流！／連長天都望不盡它寂寞的源頭／

不管明天是佇望的雨雲／還是嘯叫的海風／今天的浪花／都用雀躍的奔騰／

炫示它的擁有〔註46〕詩歌在優美的詩句顯現下，伴以相應的場景轉換和水聲

鷗鳴，製作極爲精美，使讀者在閱讀文字的同時達到了絕妙的視聽享受。

〔註43〕　〔德〕黑格爾：《美學》第三卷下冊，朱光潛譯，北京：商務印書館，1984
　　　　　年版，第 16 頁。

〔註44〕　胡震亨：《唐音癸籤》，上海：上海古籍出版社，1981 年版，第 174 頁。

〔註45〕　胡震亨：《唐音癸籤》，上海：上海古籍出版社，1981 年版，第 351 頁。

〔註46〕　http://boat.52poet.org/index.htm

　　但遺憾的是，由於較高的數字技術和詩歌才能的雙重要求，在當今的網絡詩人中，能夠完美創作出多媒體詩歌的詩人似乎還沒有眞正出現。就是現在著名多媒體詩人於洛生的《情緣》、《水的新生》以及毛翰多媒體詩集《天籟如斯》等都是由作者題詩，他人配音樂畫面的合作詩歌。在傳統山水詩歌中，詩人情思的表達主要借助於文字語言，雖然有的詩歌輔以圖畫，但那只是在刻意營造一種縹緲朦朧的美好氛圍，爲了增添詩歌表述的雅致意趣，這是黑格爾所指的第二條道路。成熟的多媒體詩歌則應不同於這種帶插圖的書面詩歌作品，文字只是其中的一種表達符號，此外還有與文字諧和的聲音和與詩情融爲一體的轉換場景，音像在多媒體詩歌中不再是一種外部的、可有可無的東西，而是作爲整首詩歌的一個有機組成部分，積極參與到詩人詩思的抒發和描繪中來。這樣多媒體詩歌才能不僅使得詩歌更加生動有趣引人閱讀，而且整首詩歌不再是平面展現，而是引發讀者各個感觀積極參入的整體再現，具有傳統書面詩歌意想不到的審美體驗。感受詩歌將不再僅僅是一句口號，而是閱讀的需要。我們如今看到的多媒體詩歌，畫面和音樂大於文字，欣賞的仍然是技術帶來的新奇，並沒有領略到多媒體詩歌理想中的魅力。

　　由於多媒體詩歌要求字音景渾然一體，所以借助意象含蓄表達會成爲主要技法。根據目前人們的思維方式和欣賞能力來看雖然形象大於文字，形象大於意義，但是它不可能高於或者深於意義；雖然圖象時代對社會信息的獲得有 60% 和 70% 的方式是圖象的方式，但是文字可能在更深的程度上以一當十。反映到詩歌創作中，那些哲思類偏於抽象智性表達的詩歌難以以場景完美顯現，因此在多媒體詩歌中智性詩歌將有所弱化。從現在多媒體詩歌如《創世紀故事》、《情緣》、《送別》、《火中的城市》、《水的新生》、《花瓣雨》等多爲易於表現的情景詩可以明顯看出這一點，這在一定程度上削減了詩歌內涵的深度，也印證了學者歐陽友權「網絡作品對文字書寫的淡化和圖象感覺的強化，抽空了藝術審美體驗的心智基礎」〔註 47〕的說法。出現這種情況也和多媒體詩歌創作較強的科技要求有關，它不僅需要寫作者具有詩歌寫作技術的基礎，還需要具有網絡技術的基礎，比如頁面設計、圖片處理、聲音文件處理、圖象處理（Frontpage，Photoshop，Mp3，JAVA 以及數據庫技術等）等等，涉及到目前網絡技術的各個領域。這兩個基礎達到一定水準和一定的和

〔註 47〕歐陽友權等著：《網絡文學論綱》，北京：人民文學出版社，2003 年版，第 78
　　　　頁。

諧程度才有可能創作出比較完整的多媒體詩歌作品。在網絡技術還遠沒有達到得心應手的現階段，一首多媒體詩歌往往只能由不同專業的人共同完成，這種創作分工化多人合作可能使得詩歌聲音、畫面、文意相互脫離，甚至衝突。就現在的多媒體詩歌創作水平來看，外在形式的充分技術化而遮蔽了當中的文化內涵，欣賞者滿足於對象外觀的快活性而無心在靜觀中體味對象的文化意蘊，文字這種間接再現性媒介與聲像等直接再現媒介不能自然地剪輯在一起，這些都是擺在多媒體詩人們面前的難題。

網絡詩歌，被很多人寄予著熱切希望的新興原創力量，就目前發展狀況而言，除了少數甘於寂寞的詩人仍然默默而堅韌地探索著詩歌發展的道路，形形色色的「網絡寫手」們正在大批量製造著缺乏藝術深度的文字垃圾，網絡詩壇彌漫著濃重的浮躁無聊與空虛。「絕端自由」的負面效應令人遺憾地顯露了出來，文字作秀、精神縱歡、拉幫結派、譁眾取寵已經淹沒了人們對網絡詩歌的美好期待。眾多的寫手們你方唱罷我登場，或注重於數量與快感，追求世俗化、通俗化，或注重於技術，追求感觀化、視覺化，均忙得不亦樂乎，在思想深度和寫作力度上無不帶著急躁、膚淺、偏執等種種缺憾。

詩歌精神正被無情地湮沒在數量驚人、魚龍混雜的網絡詩歌中。

第八章　點擊幾位當代詩人

第一節　李瑛詩歌的新形態

  李瑛從 1942 年開始發表詩作，到 1992 年，他的詩歌藝術生涯已走過半個世紀的歷程。李瑛的成果是豐碩的，從 1944 年出版的《石城底青苗》到 1993 年出版的《紙鶴》（收入 1993 年以前的作品），他共出版詩集、詩選集 41 部，這在中國當代詩人中是不多見的。更令人欣喜的是，李瑛並沒有就此卻步，而是把創作五十年作爲藝術探索的新臺階，使他的詩歌在藝術上呈現出新的形態。

  李瑛詩歌的這種變化的基礎主要是詩人切入生命的藝術視角的調整。他在詩集《生命是一片葉子》的長篇後記中說：「到我創作五十年，我已走到老年的門口，我想，我必須把我的各種事情好好整理一下，帶著周身疤痕和心靈的創痛，也帶著五十年飽經風霜的成年人的思想感情中所積累的對社會、生活的體驗，認識和理解，在進入老年之前，我應該冷靜地看看自己的一生，從人生和文學中，學到了些什麼，目的是什麼，意義是什麼，以及有哪些歡樂和痛苦，失敗和成功。在生命的黃昏中，我想把自己所生活、所理解的人類放置在廣袤的宇宙之間，從那裡尋找出生存的價值和生命的意義。」詩人是在總結數十年人生與藝術歷程的前提下展開新的藝術探索的，創作心態的變化，藝術視野的拓展等等，必然使他的詩在既有成就之上顯現出一些新的面貌，從而在詩的哲學思考、文化底蘊、藝術傳達等方面體現出新的價值和意義。

··走向開闊：歷史意識與人類意識的加入

　　李瑛通常被稱為「軍旅詩人」，換句話說，他的詩主要是表現部隊生活的，或者以軍人的心態觀照現實與人生。這當然是他的詩歌形成自身特色的重要標誌，事實上，李瑛的許多作品正是因此而為人所知的。但是，相對於整個人生現實和人類精神世界而言，這種特色又有其局限性，必然會以犧牲其它題材、其它藝術主題為前提。李瑛早就意識到這一點，自進入世紀末期的九十年代開始，他的詩歌發生了十分明顯的變化。歷史意識與人類意識在他詩中的出現就是顯著的標誌。在詩歌中，歷史意識與人類意識不是那種理論上的闡釋，而是關於歷史與人類的全方位思考和心靈的觀照。在李瑛的詩中，這二者是從不同層面上體現出來的。

　　對自我生命的歷程的體悟是李瑛的詩歌的歷史意識與人類意識的基礎。詩人把自己當成人類歷史長河中的一個現象和過程，以回憶的方式描述這個過程中的各種滋味。但是，對於詩人來說，僅僅停留在某個具體事件上，那只能是淺表的。詩人的真意應該是從這些事件上所感受到的生命的真義。在這方面，李瑛以個人的經歷為線索，思考人和人類，把握過去和現在，也預感未來。《過汨羅江懷屈原》：「瘦得如一棵蘭草／只剩把高翹的鬍子／／把世界裝進陶罐／抱著它，縱身跳進波濤裏／／……燃燒的波濤站在淒清冷月裏／苦難中，誰能找到丟失的鑰匙……請你回答，請你回答／兩千五百年，盼一句好詩」。與李瑛以前的一些詩相比，這首詩顯得含蓄而有韻味，他沒有直接地告訴我們一些什麼，而是把「沉思」留在了字裏行間，但對人生的意義，我們也由此而有所領悟。

　　詩歌切入人生的視角是十分重要的，有些詩人以天賦的機敏表達對一事一物的沉思，在表現上頗見功力，但卻缺乏底蘊，也就是缺乏大家之氣。李瑛把自己放置於人類歷史的大背景上，這就使他在評判人生的時候具有了更多的更可靠的參照對象，從而使他的詩具有了深厚感、凝重感，而不至於見愁即悲淚滿面，見喜則樂不知返。對人類和歷史的觀照使詩人洞視了更多的心靈密碼，愁則愁得實在，憂則憂得動心，樂則樂得開懷，而事實上，在真正的人生中，這種種滋味是交織在一起的，而這也正是李瑛詩歌的滋味。

　　在談及自己回憶人生時的心態時，李瑛說：「現在，我的動力沒有衰退，我的活力和創造力甚至比過去還更旺盛，我的藝術感覺和思維能力似乎也比過去更敏銳，我的樂趣和愛好也仍然和當年一樣強烈和濃厚，過去的許多歡

樂仍不斷給我美好的回憶，過去的許多創傷也仍然感到像當時一樣疼痛……我不大順從歲月的沖刷，始終保持著自己的一片童心。」這種心態正是典型的詩人的心態，詩人正是把一切感受化合爲詩的營養，才使他的詩擺脫了單一與單薄，而進入一種開闊的境界。對於優秀的詩人來說，失去的有時候也就是得到的，對這一點，李瑛的詩似乎作出了可信的回答。

二、走向深入：關於生命的哲學思考

各種藝術樣式在表現生命的時候有各自的獨特方式，但它們總有一個共同的旨趣，那就是對生命哲學的揭示。

詩歌關於生命的哲學思考當然不是依靠哲學式的推理來完成的，它主要來源於詩人感悟人生的深度，詩所具有的獨特的普視性，當然，它有時候也依賴於詩人的理性思維。在這幾個方面，李瑛都在進行著有益的探索。

詩人很直觀地談到了這種變化：「在日常閱讀中，我對生命、生活、人生、藝術和美學等意義和價值方面的認識，現在比起過去似乎有了更深的領悟；在思想上，我一向是生活在未來多於生活在現在之中的，而近年我發現自己常常是不自覺的沉浸在對過去生活的回憶之中，也許是由於過去的歲月越來越長，生活的積澱越來越多的緣故。」

李瑛詩歌的深度是詩人人生認識深度的藝術化體現，同時，詩人人生閱歷的豐富，也促成了他的詩在題材、主題上的拓展，這樣一來，詩人的觀照對象就不只是他自己，而是他所認識的整個生命世界，他的詩自然也就不是封閉的、與世隔絕的產品了。在這樣的背景之下，李瑛詩歌的豐富以及由此體現的生命的深度、廣度就是自然之事了。他既從《竹根雕》、《蝴蝶標本》中悟出生命之流瀉，也從《涼州詞》和《夜光杯》中感受生命之悲壯；他既寫《戈壁灘上的風》，也寫《城市的石獅》；他既歌唱《逆風飛行的鳥》、《荒原上的向日葵》，也快慰於《迎接新的太陽》、《春天開始啼叫》。在他的詩中，生命的全貌就這樣顯出了端倪，生命的本眞面孔也就這樣呈現出來。表達了生命本質的詩自然是具有特色與深度的詩。《夜光杯》一詩可以說代表了李瑛對生命的多重思考：「一隻翠綠的夜光杯／跳蕩在千層沙浪後面／半是沉默半是燃燒」。「夜光杯」是歷史，也是詩人思考生命的承載體，歷史與現實相距也許很遙遠，但又是那麼相似、臨近。「歷史如夢／商旅和征戰全都遠去了／那從酒杯裏溢出來的／水波、雪花、月光和雲／都一滴一滴／滲進了泥

上」，具體的生命載體在消失，然而，真止的生命是不滅的，「只有疏勒河、祁連山、千佛洞和嘉峪關／仍在荒草中／像一張張臉，倔強地／凝視著我們」。它們刻記著歷史，也眼望著未來，「我們」實際上就是生命的現實，也是生命承續者，從歷史中尋找著啟示與動力。生命的本質揭示出來了，在藝術上是達到了一種哲學性深度的。

　　當然，在李瑛的詩中，哲理地傳達人生與生命本質的詩篇更是不在少數。不過，這不同於一般的哲理詩，其一，它們不只是表現日常的、表層的哲理；其二，詩人是以自己獨特的人生認識來昇華一種哲理的，沒有那種說教的成份。《杏花》是李瑛借陸游詩意而寫的一首寄懷之作，詩中意象豐富，韻律優美，有一種在李瑛過去詩作中難見的古典雅韻，就是在這樣一首詩中，我們也可以找到詩人哲學地思考人生的詩情。詩人寫道：

> 空間浩瀚，時間邈遠
>
> 那位老詩人把滿腔情愫
>
> 再一次寫下來
>
> 清純卻又苦澀
>
> 又像在燃燒
>
> 使今天的我們清晰地看到
>
> 在杏樹和風景後邊
>
> 站著的是生活中多麼嚴峻的
>
> 眞實

「杏花」只是一個背景，詩人所看到的是背景之前之後的「嚴峻的眞實」，即實實在在的「生活」。這首詩的略帶憂怨的調子以及詩人的對比映照的手法，把我們帶入到一種理性思考的新天地。由詩人的感性認識引導讀者進入一種理性天地，這在李瑛詩中是常見的手法，因爲他的詩處處牽涉到人生與現實，處處都隱含著對生命的多層面觀照。

　　就歷史來看，過多地與現實結合的詩不一定會受到詩歌藝術的最終認同，因爲現實畢竟會遠去，而成爲「斷代」的歷史事實，最終會被新的現實所遮掩；但是，於現實中表達出來的那種具有深度與特色的人生認識卻能較多地爲後人所接受，因爲詩歌是以承傳精神爲主的藝術樣式。因此，李瑛在探索生命本質與意義方面的努力方向是符合詩的文體規律的，這一點最終會爲新詩的發展所證實。

三、人文關懷：現代詩歌精神的閃光

　　李瑛的詩在表達人生深度、廣度等方面與以前有了很大的變化，但作為一個終生與詩相伴的詩人，他也保持著自己認定的某些審美要素。李瑛的軍旅詩所表達的主要是一種對生命的摯愛和對生命的開拓情懷。在他九十年代的詩歌中，詩人對生命的認識有所發展，但他對生命的摯愛和理想光輝卻仍然保存著，並且越來越顯出它的生命力。以它來與現在的詩壇和人們的精神世界相對照，它的獨特價值不言而喻；以它來反觀詩人過去的創作，也可以看出詩人在詩的人文精神的追求方面也走著一條與人類精神相一致的道路。只是隨著時間的推移，李瑛的詩歌在詩的文體探索方面顯出了更多的新景觀。

　　李瑛「不同意創作的無目的性」，他認為「我們應在詩中追求一種有意義的生命」。在另一方面，他還說：「我希望我的詩具有強烈的藝術魅力，希望它是有目的、有力量的。」這裡所謂的「有目的、有力量」，實際上是詩的使命意識。詩的使命意識是李瑛在創作中的一貫追求，只是在新的探索之中，詩人更多地將它與生命意識交融在一起，從而使他的詩顯出了更強大的生機。

　　人文關懷是詩的使命意識的主要體現方式之一，它是詩人在穿透生命現實之後對生命所進行的一種拯救。穿透生命現實是詩歌探索生命的第一步，是對生命現狀的描述，但是，「現狀」並不就是生命的本質狀態，在穿透之後還需要詩人的審美評判，這種審美評判之中就滲透著一種使命意識。李瑛的詩歌全方位地揭示歷史與現實，實際上就是一種現狀描述，但他的揭示不是純自然主義的，而是飽含著詩人的人生認識，於困頓之中尋找著理想的光亮，尋找著生命的解放，並力求改變現實生命中的種種非生命因素，這樣一來，他的詩就具有了一種特有的人格精神。在李瑛的詩中，這種情調的作品為數不少。比如《蠟燭》，既在「亡靈前」點燃，又在「婚筵上」閃光，不同的際遇寓意著不同的滋味，那便是生命：「無論哭泣或者歡樂／無論淌下的是淚滴還是蜜汁／都是從胸腔抽出的一條肋骨滴下的／都是聖潔的純情／它最懂得它們之間的距離／幸福與痛苦原是生命的兩半／中國沒有愚人節／蠟燭是一首真實的詩。」詩人娓娓地道出了生命的本象，讓我們去品味，沉思。在《生命》一詩中，詩人寫道：「生命本該永遠不息地奔騰／如今，它們已失去活力和聲音／已失去光和柔美／一條條身體和思想都已乾癟的魚／僵硬地晾在繩子上／風乾。」這裡蘊含著詩人對生命活力的渴望。即使在「小蜜蜂」身上，詩人也看到了生命之美：「你使世界生活在歌音的光芒裏／你的存在／詮釋著

生命的美」(《小蜜蜂》)。因此，在李瑛的詩中，雖然表達了生命的艱辛與凝重，但更包含著生命的力量與亮色，這種對現實生命的人文關懷是世紀末期的中國新詩所特別需要的，也正是李瑛詩歌的特色所在。它讓人沉思而不只是空吼，但它不讓人覺得沉鬱與壓抑，因為它或多或少地為困頓的生命帶來了希望的光芒。

在這裡，我們想借用李瑛《春天的樹》中的一節來反觀其詩的特點：

　　生命的力與美
　　　　純樸和精壯
　　使它們感到這世界太小
　　　　在這長翅膀的年齡
　　它們把生活燃燒起來
　　　　一邊向世界吐出芬芳
　　　　　一邊向人們詮釋希望

其實，這正是李瑛所追求的詩的魅力。詩應該是鮮活的，有一種內在的力量，讓人去認識這個世界，也讓人去熱愛生命。愛，正是李瑛詩歌的人文關懷的核心，他對生命的沉思、對生命的渴求，都出自對生命的愛。並且，與過去的詩相比，李瑛詩中的「愛」顯得更開闊也更深沉，或者說有了更厚實的基礎，因而也更具有魅力。詩人在談到這種探索的時候，做了如下的總結：「感謝我們值得驕傲的父輩和祖先，給予我他們的基因和一份純淨的鮮血，使人得以有至高無上的愛和積極的思緒、質樸和正直、善良和純真，使我得以在對生活的觀察中，引發出心靈的折射，或消融於哲學的沉思，或映照藝術的情韻；就是受這些激發，才使我能永葆心靈的青春和詩的激情。」藝術的青春來源於詩人心靈的青春，李瑛詩歌的內在魅力是詩人生命活力的顯現，同時也是中國文化中優秀的審美理想的現代化延續。

總的來講，李瑛在進入九十年代以後的詩歌探索之路是正確的，有成效的。詩人在保持了既有風格的前提下，在表現人生的廣度、深度以及詩的傳達手段等方面做出了新的嘗試，這是詩人詩心不老的體現，也是詩人對人生摯愛的一種體現。李瑛有一首《望海》寫道：「攀上山巔望遠海／漫空飛卷的亂雲裏／一面紅旗／正迎著風暴／向前。」這也可以看作是詩人對他未來的詩程的描述。

　　（本節中除詩以外的引文均出自李瑛詩集《生命是一片葉子》的「後記」）

第二節　梁上泉敘事詩的三個維度

　　梁上泉是和新中國一同成長起來的詩人。從 20 世紀 50 年代開始，關注其創作的詩人、評論家就很多，一些文學史著作更將其列爲中國的重要詩人之一。日本學者秋吉久紀夫、岩佐昌暲對他的詩進行過專題研究，美國華人翻譯家許芥昱將其翻譯介紹給其它國家的讀者。如果僅僅稱梁上泉爲詩人，難以概括其在文學、藝術領域所取得的成就。詩人當然是梁上泉的第一身份，他在不同詩體的探索上都體現了自己的獨特造詣，寫得最多的是抒情詩，同時也創作敘事詩、兒童詩和傳統體詩，出版過自創自書的傳統體詩詞作品集。他還創作歌詞並奉獻了多個具有影響的電影、電視和話劇劇本。獨特的人生經歷、時代語境和生活體驗，使梁上泉的詩一直擁有樂觀向上的格調。

　　就文學來說，中國是屬於抒情文學的國度，中國詩歌是中國文學的世界性名片。敘事詩不是中國傳統詩歌的主流，也不是現代詩歌的主流，但是，作爲詩歌的重要樣式之一，敘事詩並不是沒有地位和價值的。中國現代詩歌發展史上許多具有影響的詩人都創作過敘事詩或長詩，如郭沫若、聞一多、艾青、臧克家、唐湜、洛夫、葉維廉、昌耀、楊煉、葉延濱、海子等。這一現象使人覺得，一個詩人，如果沒有嘗試過多種詩體的創作，尤其是敘事詩或長詩創作就很難成爲優秀的詩人。如果說，抒情詩是詩人對於點滴感悟的抒寫，那麼敘事詩則顯得更爲厚重，是詩人對某類感受的深度抒寫。在西方，影響最大的史詩基本上都屬於敘事詩，有時甚至是作爲敘事文學而存在的。敘事詩的構成元素涉及兩個關鍵詞：事與詩。就文體、文類來說，二者分屬於不同文體，敘事是敘事性文體的主要功能，而詩則是以抒情作爲主要特色的文體。因此，敘事詩屬於雜糅性文體，但「詩」是這個具有偏正特徵的概念的核心。敘事詩必須兼具兩種文體的特質而又傾向於詩，成爲具有詩性的文體。

　　敘事詩是梁上泉詩歌創作的重要部分。從 1952 年 10 月創作《山泉流響的地方》開始，到 21 世紀初的 50 多年裏，雖然創作的敘事詩數量只有四十多首，但因爲其中包括了《紅雲崖》、《祖母的畫像》等具有文學史影響的代表作，使敘事詩在梁上泉的詩歌創作中成爲不可或缺的重要部分。

一、以敘事爲線索，以抒情爲旨歸的藝術取向

　　敘事詩肯定離不開「事」，但就其文體來說，它又必須是詩。呂進認爲，「敘事詩有情節，但不必完整；敘事詩有人物，但迴避繁多。因爲，敘事詩

與其說是在講故事，毋寧說是在唱故事，是在對一個簡單的（甚或眾所周知的）的故事進行抒情。敘事詩的靈魂是抒情。離開抒情，乾巴巴地敘事，敘事詩就難免要『喪魂落魄』了。」〔註1〕也就是說，敘事詩的最終旨歸不是敘事，而是抒情。敘事詩的靈魂是詩，是抒情，是詩人因「事」而生的情感體驗。敘事與抒情的關係處理是敘事詩文體得以成立的根本。

梁上泉熟悉敘事詩的基本特徵。在他的作品中，敘事的元素都是作為抒情的線索或者載體而存在的，「故事」只是敘事詩的誘導因素和情感載體，力求敘事的簡單、明瞭甚至片段化，而不像敘事文學那樣追求故事的曲折多變和對具體細節的玩味，讀者從敘事詩中獲得的主要是「詩」的提升而不是「事」的敷衍。在《紅雲崖》中，故事的線索比較簡單，情節雖然有變化，甚至顯得比較曲折，但這些都只是為了更好地抒寫詩人對於「故事」所體現的歷史、人格、情懷等的主觀感受，而「故事」發揮著制約詩人情感流向的作用——詩人必須在「故事」所限定的時間、地點、環境、人物、事件等方面充分調動作為詩人的藝術創造力和這些元素帶給詩人的心靈觸動。如詩中，老石匠羅老松因為傳播紅色標語，而被保安團押到了紅雲臺修碉堡，他在黑夜用一根繩索弔下懸崖逃跑，「一根長繩就是一條路，／套上樹幹直往崖下弔」。詩人沒有具體刻畫他是怎樣弔下去的，而是採用了擬人的手法抒寫充滿主觀色彩的感受：「臺上的繩索，／齊對老人說：／再不給白狗子抬石頭，／都願拉起手，／幫你快逃脫！／／所有的鎬和鑔，／所有的錘和鑿，／一同爭著要下山；／要去幫紅軍，／再不給白狗子幹！」

這樣的抒寫在全詩中隨處可見，構成了長詩的主體。在抒寫羅老松在懸崖上雕刻「赤化全川」四個大字的時候，詩人採用了格式大致相同的詩行來表達刻字人的心情，「迎著太陽刻，／刻得汗水如雨下，／刻得鋼鑿直發熱；／／戴著月亮刻，／刻得頑石點頭歎，／刻得火花永不滅；／／冒著風雨刻，／刻得手掌起老繭，／刻得虎口裂出血；／／頂著雷電刻，／刻得臂膀變成鋼，／刻得人心變成鐵！」表面上像在寫事，骨子裏卻是寫人，尤其是主人公的心理、情感體驗。這其實也是詩人的情感體驗。詩人通過故事的延展將這些飽含情感的抒寫串聯起來，穿過歷史的煙雲，構成了大巴山人民在20世紀30年代反擊屠殺、追求新生的心靈史。

〔註1〕 曾心、鍾小族主編：《呂進詩學雋語》，泰國留中大學出版社2012年版，第65頁。

　　梁上泉的有些短篇作品甚至沒有完整的故事，只有一些故事的片段，抒情是作品的主體，我們甚至可以把它們作爲抒情詩來理解。比如詩人的另一首代表作《祖母的畫像》，該詩抒寫了詩人對祖母的懷念以及祖母對他的人生的影響。全詩沒有完整的故事，只有作爲情感載體的故事片段，我們甚至可以把這些片斷作爲詩意細節甚至詩歌意象來看待。詩人娓娓述說對祖母的感激和思念：「我的祖母，／生在山谷，／長在山谷，／老了還在山谷！／周圍三十里，／困住了她的腳步，／從小屋走向田間，／從田間走向小屋，／這便是她一生的道路。」我們不知道梁上泉的這首詩是否受到過艾青的名作《大堰河——我的保姆》的影響，但其寫作方式和格調確實類似於艾青的作品，語言樸素，感情眞摯，表面在敘事，但實質是抒情。梁上泉在 1980 年代及以後的許多作品也多以抒情爲主，比如《林公樹》、《三千歲的少女》、《難忘的歌》、《雲臺仙子》，《夢繞玉龍雪山》等，這些作品的題材大多和歷史、神話、傳說等結合在一起，本身就具有超越現實的特徵。詩人在這些作品中幾乎避開了對具體事件的描寫，主要著墨於這些事件在詩人心靈上產生的情感波瀾，體現了梁上泉的敘事詩的藝術探索在新的時代語境下的新進展。

二、借鑒民歌手法，建構詩的音樂性

　　在中國詩歌創作中，確立詩的文體特徵的元素很多，最重要的手段之一就是建構獨特的音樂性，它可以將對外在世界地認識內化爲詩，將敘述性語言昇華爲詩的語言。在敘事詩創作中，爲了消除「事」對「詩」的侵襲，提升作品的詩性特質，音樂性的建構顯得格外重要。梁上泉的詩對音樂性的重視是一貫的，他的抒情詩都具有明顯的格律特徵，他的敘事詩也是如此。他在接受董莎莎採訪時說：「我的詩歌都有比較嚴格的音韻。有很多讀者，見了我都能背誦我的詩，就是因爲我的詩比較朗朗上口，有古典詩的音韻特徵。我這人比較頑固，一直都堅持把舊體詩的音樂性堅持融入到新詩裏。」〔註2〕梁上泉是堅持追求詩歌音樂性令人敬佩的「頑固派」，而這也正好構成了他詩歌的重要特色之一。

　　中國傳統詩歌在音樂性建構方面具有相對穩定的句式、節式和押韻模式，而在現代詩中，由於現代漢語的特徵，音樂性的建構方式則是多種多樣

〔註2〕　蔣登科：《重慶詩歌訪談》，重慶大學出版社 2013 年版，第 27 頁。

的。就詩歌的節式而言，既有句式整齊的格律體新詩，也有句式參差但詩節之間形成對應的詩歌體式，還有在長詩中出現的多種節式的組合體。就韻式而言，既有規律性的押韻，也有隨韻，偶而還存在句中韻。在詩歌創作中，所有建構音樂性的方式並沒有高低之分，只要符合詩人的表達習慣，有助於詩人情感的抒寫和對詩的文體的建構，任何合適的方式都具有不可忽視的詩學意義。

對詩的音樂性的重視既來源於梁上泉對傳統經典作品的解讀，也來源於他所接受的民間文化，尤其是民間歌謠。梁上泉出生於大巴山區，那裡有著豐富的民間文化傳統，他的文學之路是從創作傳統體詩歌開始的。「他的詩作和劇作，大部分是以大巴山這方水土為題材的。其詩其劇其歌，蘊含著大巴山的靈秀，水的歡快，鳥的婉轉，浸潤著大巴山這塊紅色革命根據地的壯烈，散發著家鄉黃土地的芬芳。」〔註3〕正是由於故鄉民間文化的影響，使梁上泉一直堅持著對詩的音樂性的重視，句式相對整齊且押韻的詩節設計正是建構音樂性的主要方式之一。如《山泉流響的地方》：

> 山泉流響的地方，
> 孔雀常在這裡飛翔；
> 有個常來汲水的苗家姑娘，
> 打扮得孔雀一樣漂亮。
>
> 山泉流響的地方，
> 白雲常在這裡飛翔；
> 阿媽常來漂洗織好的夏布，
> 它像那白雲輕輕浮蕩。

《山泉流響的地方》是目前能夠找到的梁上泉的第一首敘事詩，這裡引用的是該詩的前兩節，以抒情的方式引發出接下來即將發生的母女之間的交流和對話。就每一行的字數來看，詩行似乎並不整齊，但是，兩個詩節的結構是對應的，節奏方式幾乎一致，而且每一節分別押隨韻，讀起來節奏鏗鏘優雅，舒緩之中透露出主人公對家鄉的熱愛。更為重要的是，這樣的音樂性效果淡化了作品的敘事性，使作品的中心轉向了情感的抒寫。張中宇在談到當下新

〔註3〕 杜澤九、陳官烜：《大詩人的巴山心——和著名詩人梁上泉擺龍門陣》，原載《達川晚報》，1994 年 3 月 18 日，收入彭斯遠編《透視梁上泉》，作家出版社 2009 年 7 月出版，第 456 頁。

詩的文體建設時提到「『韻不可廢』，而且要特別注意四行或八行的『單元』以及『雙節對稱式』的詩體」〔註4〕，應該說，梁上泉的探索給我們提供了有益的參照。

《山泉流響的地方》創作於雲南，除了音樂性建構之外，我們還應該注意到詩人採用的語言非常樸素，甚至借鑒了民間口語和民間歌謠的調子。在其後的大量作品中，我們都可以讀到這類旋律優美的詩行，比如《女兒樹》中的詩句：「走進深山峽谷，／家家梧桐樹，／樹子有大也有小，／美得像綠寶珠。／有的細嫩有的粗，／年輪計歲數。」這首詩寫於巫山。巫山是三峽之中的詩歌之城，當地的民歌民謠非常發達，竹枝詞就是其中之一。詩人深入民間，借鑒了當地民歌的表達方式，抒寫當地的民風民俗，同時寄託著現代人對於歷史、文化、現代的感悟，可謂多全其美。

在梁上泉看來，詩是來自民間的、大眾的，來自豐富的生活體驗。在幾十年的創作生涯中，梁上泉走遍了祖國的山山水水，他接受華崗採訪時說：「離開時代，離開人民，離開生活，作家的藝術生命就會乾涸，我每年都有一半的時間到老、少、邊、窮地區去體驗生活。生活是不虧待作家的。有人故意叫我梁山泉，我也不以為怪。我希望自己對生活的感應能夠像山泉永不枯竭。」〔註5〕「我的詩歌帶有明顯的民歌特點，民歌、童謠這些形式的韻律，比較雅俗共賞、比較大眾化，譜曲可以唱，離曲可以讀；我家鄉的民歌很豐富，去西藏、雲南、新疆等地方，我都會收集、抄錄當地的民歌。」〔註6〕如果我們說梁上泉的詩是「走」出來的，一點都不誇張。通過在大地上的行走，梁上泉真切地感受到民間文化的豐富，體會了普通大眾的所思所想，同時對大眾所習慣的語言方式進行了深入瞭解，這就使他的詩在感情上適應了讀者的內在需要，在語言上借鑒了民間口語和民間歌謠的方式。

在創作中，梁上泉也偶爾使用一些方言俚語。對於大多數外地讀者，這些方言俚語可能會增加了閱讀的「梗阻」，但換一個角度看，也因此多了一些揣摩的欲望。而對於使用那些方言俚語的讀者來說，可能就顯得特別親切。

〔註4〕 張中宇：《「若無新變，不能代雄」——現代漢詩的探索及其必然性》，《西南大學學報（社會科學版）》2012年第1期。

〔註5〕 華崗：《不息山泉潤塵寰——記詩人梁上泉》，原載《法制周報》，1991年10月8日，收入彭斯遠編《透視梁上泉》，作家出版社2009年7月出版，第454頁。

〔註6〕 蔣登科：《重慶詩歌訪談》，重慶大學出版社2013年版，第27頁。

如《春雨貴如油》中的詩節：「要卜大雨就起床，╱上山喊大家，╱喊大家，去收水，╱將來好把秧子插，╱喊大家，攪田邊，╱才能收到好莊稼。」再如《女兒樹》中的詩節：「小妹隨著樹苗長，╱長大成村姑，╱姑娘家開親找人戶，╱嫁妝有出處。第一例中的「收水」、「攪田邊」都是四川農村的方言，前者是指將剛剛收穫了小麥等作物的旱地關水、耕作，以便種植水稻；後者是「收水」的一個程序，就是在關水之後將田地的邊緣部分進行反覆耕耙，以防止滲漏。第二例中的「開親」、「找人戶」也是四川方言。「開親」指的是男女青年在成年之後通過媒人找對象的意思；「找人戶」的意思也是如此，只是這裡專指女孩子，因為在傳統社會女性都是出嫁到婆家，那裡就是她的新的「人戶」。單看字面，我們似乎覺得梁上泉的詩很簡單、很明白，但是，這種簡單、明白之中其實是蘊涵著豐富文化的。這些方言俚語在一定程度上暗示了詩人所抒寫的地域和文化，也體現了詩人對於區域文化、地方文化、傳統文化的重視。

樸素的語言方式、相對整齊的詩行和篇章建構、對音樂旋律的重視，是梁上泉敘事詩一貫堅持的藝術追求，並由此構成了其詩歌獨特的藝術風格。

三、把握主流話語，抒寫個人體驗

梁上泉的詩歌創作開始於 1947 年，並在 1948 年開始發表作品，但那只是他創作的起步階段。他是在新中國成立後才真正成長起來，可以說他一走上詩歌創作之路，他的創作就和時代達成了非常密切的關係，因此，梁上泉的詩具有非常明顯的時代特色，他的詩的節拍是時代節拍的藝術化，他的詩的題材和主題都和時代精神緊密相連。

綜觀梁上泉早期的敘事詩創作，二元化思維比較明顯，其中涉及的人物、事件在很多時候都是以「好」「壞」、「善」「惡」等來區分的。這是和當時的政治氛圍、文藝政策和藝術取向密切相關的。但是，他也有自己的獨特策略，尤其是在「十七年」間，中國文學形成了明顯的政治化傾向，甚至出現了獨特的讚歌時代，詩歌所具有的那種反思功能、憂患意識蕩然無存，很多作品成了時代精神、政治觀念的「傳聲筒」。這一時期梁上泉的敘事詩雖然沒有疏離對時代精神的關注，但他盡量避免直接歌頌當時的具體事件，他的許多作品以戰爭年代的生活為背景，抒寫歷史事件、歷史人物。他所讚美的英雄人物大多數都是歷史人物，尤其是在對敵鬥爭中英勇無畏、為國為民捐軀的人，

或者爲了前方的戰鬥而在後方積極勞動、工作和支持前線的人。《二龍井》、《紅雲崖》、《渠江長流》、《將軍石》、《紅大娘》、《桃園一老人》、《將軍與孩子》、《將軍夜過巴州》、《地下搖籃曲》、《長征的路》、《紅井水》、《銅像》、《路標》等等都是屬於這方面題材和主題的作品。無論是長篇小說還是其它文學作品，抒寫歷史在「十七年」的文學創作中都是一種潮流。梁上泉的這種方式，既可以適度避開過分政治化、單一化的書寫，保持文學的相對獨立性，也可以通過對歷史的關注表達詩人的歷史意識和對於新時代的讚美，在一定程度上體現了「詩出側面」的藝術追求。

對邊疆和民族文化的關注是梁上泉敘事詩的另一個重要題材。這一點有點類似於聞捷。聞捷的《天山牧歌》抒寫新疆少數民族的生活，其中還涉及到當時被認爲是禁區的愛情題材，但他是通過勞動來抒寫愛情的，因而受到讀者的認同。在新中國建立之後，對於大多數讀者來說，邊疆地區的少數民族是陌生甚至是神秘的，梁上泉以詩的方式抒寫民族文化、民族情感，在題材上就具有自身特色和優勢，而且，梁上泉一直將這一題材的創作堅持到了新時期.值得關注的作品有《山泉流響的地方》、《號角》、《遙寄阿媽》、《帕米爾的鷹笛》、《千淚泉》、《風雪鄉郵路》、《三千歲的少女》、《神鹿的女兒》等等，這些作品或寫歷史，或寫愛情，或寫民族風情，大多具有優美的旋律和濃鬱的抒情味。《帕米爾的鷹笛》中有這樣的詩行：「帕米爾的鷹笛，／旋律感人肺腑，／這是山鷹的精魂，／翔遊在古老的部落，／鼓蕩著一個民族。」詩人通過一個因爲愛情而和財主鬥爭的傳說故事，書寫了一個民族的不屈精神及其延續。詩篇由小及大，由外及內，由過去到現在，題材不大，但視野開闊。換句話說，詩人在抒寫中超越了事件本身，將作品的核心提升到了精神的層面。

無論是歷史題材、民族題材還是少量的現實題材，梁上泉的敘事詩所抒寫的在總體上都是時代的主旋律，是對他所認同的正面力量、時代精神地讚美，這與詩人所處的時代語境和文學政策密切相關，也與出生貧困山區的詩人對主流觀念和正能量懷著深深地認同有關。但我們不能說詩人就是一個追隨主潮的附庸型詩人，事實上，他的有些作品，尤其是新時期以來創作的某些作品，充滿反思意味，比如《良果譜》和《警枕》。前者寫的是一個科學家在「搞科學研究有罪」的年代仍然堅持研究果樹，培育優良品種，結果在深入大山的汽車上猝死，詩人爲此感歎：「不知你的年齡，／難數你的皺紋，／一輩子研究果木，／苦了自己，甜了別人！」後者寫的是「文革」期間，武

鬥中的兩派爲了所謂的「戰鬥」而運來石頭，並叫按受改造的人搬運。兩派都要求接受改造的人把石頭搬到自己的一方，結果是，把石頭搬到其中的任何一方，另一方都會受到懲罰。最後，「我」把石頭搬到了「牛棚」，作爲枕頭，一是避免了武鬥，二是警醒自己。詩人的抒寫充滿個人感悟和對歷史的反思：「爲此事也曾被觸及皮肉，／好在靈魂上沒再添污垢。／今天先寫下這石頭記，／爲讓歷史不重生綠鏽！」

對歷史和現實的反思是梁上泉新時期以來詩歌創作的重大變化，這種變化在梁上泉的敘事詩創作中也非常明顯，體現了詩人視野的拓展，詩藝探索的新發展和新收穫。日本學者岩佐昌暲在談到梁上泉前後期詩歌創作的變化時說：「過去的中國現代詩，包括文革時期的詩的一大特點是詩中『沒有自我』，梁上泉的詩也一樣，無論哪一首都巧妙地避開了『我』。他把自己的身份限定成黨和社會主義宣傳鼓動員，詩中不見其人，不聞其聲。這種現象在八十年代以後發生了變化。……假若八十年代前創作的核心是『爲社會主義而歌唱』，那麼可以說新的詩觀就是『自我的眞情流露』。……他不再是老一代詩人，他已經是再生的『新時期』詩人了。」〔註7〕

隨著時間的流逝與藝術的發展，人們對梁上泉詩歌的評價也在發生變化，最明顯的就是 20 世紀 90 年代以來出版的文學史研究著作中已經較少談到他的作品了。在文學發展中，這是一種很正常的現象。每個有成就的作家作品都會在歷史發展的過程中不斷被重讀、重評，在大多數情況下，重讀、重評的結果都會對一些作家作品在文學史中的地位作出適當調整，有些作家作品甚至會逐漸淡出文學史研究的關注視野。藝術發展沒有止境，世界上幾乎沒有可以稱爲「完美」的詩和詩人。早在 1956 年，詩人沙鷗就曾在肯定梁上泉詩歌的藝術特色的同時，指出過他在詩歌創作方面存在的不足：「在生動、複雜的生活感受中，由於創作力的旺盛，很容易對一些感受不深的東西也急於描寫，這樣就出現了一些比較浮泛的作品？……有的詩在藝術技巧上放鬆了追求，成爲對生活的平板的敘述。」〔註8〕幾十年之後再閱讀梁上泉的

〔註7〕　〔日〕岩佐昌暲：《老一代詩人的新生——論四川詩人梁上泉的詩》，葉方俠譯，收入彭斯遠編《透視梁上泉》，作家出版社 2009 年 7 月出版，第 101～105 頁。

〔註8〕　沙鷗：《成長中的青年詩人——讀梁上泉的詩》，原載《人民文學》1956 年 2 月號，收入彭斯遠編《透視梁上泉》，作家出版社 2009 年 7 月出版，第 14～15 頁。

詩歌作品，我們會發現有些作品在追求生活眞實方面顯得比較突出，但在藝術的超越性方面顯得不足，深度開拓不夠，也缺乏具有哲學意味的開闊性。這不是詩人的過錯，而是詩人所生活的時代在詩人的藝術探索上留下的深深印記。但是，詩歌史不會考慮這些原因，它只按照歷史的進程選擇或者淘洗，留下那些具有詩學價值的詩人與詩篇。

　　我和梁上泉先生交流他的創作的時候，他一直非常謙虛，不認爲自己創作了多麼優秀的作品，也不認爲自己有多大的成就和多高的地位，他尤其覺得，當下的詩歌創作觀念和他在創作高峰期的創作觀念已經發生了很大的變化甚至是根本性的變化，自己的探索顯得有些不合潮流了。這體現了一位長者的寬廣胸襟，沒有以自己的觀念去要求別人，而是以新的觀念檢視自己的不足。我們如果要以今天的標準來編選當代好詩選，梁上泉的不少作品因爲時代印記太明顯，也許會被忽略掉。但是，作爲對詩歌歷史的打量，梁上泉的詩是不能忽視的，甚至那些在詩人自己看來已經過時的作品，也有其獨特的歷史價值。呂進說：「凡藝術都沒有無限的自由，束縛給藝術製造困難，也正因爲這樣，才給藝術帶來機會。藝術的魅力正在於局限中的無限，藝術家的才華正在於克服束縛而創造自由。」〔註9〕梁上泉在新詩文體建設方面所取得的成就，尤其是對在詩歌傳統的現代化和現代詩音樂性建設上的探索，是我們應該認眞對待的詩學財富。

第三節　葉延濱詩歌藝術的特質〔註10〕

　　20世紀80年代中期的社會轉型幾乎給中國社會的各個領域帶來了革命性的變化，文學尤其是詩歌以超乎想像的速度走向人們生活的邊緣，以經濟爲參照的價值取向成了衡量一切的標尺。然而，就是在這樣的時代語境中，爲什麼葉延濱卻「從 80 年代進入創作旺盛期」（葉延濱：《滄桑·後記》）呢？一方面的原因是他的詩歌創作不懷世俗的功利目的，是純粹的詩性寫作；另一方面的原因是他對詩歌藝術執著的追求和偏愛，在用創作實績不斷給讀者帶來驚喜的同時，其詩歌藝術的特質也在喧囂雜亂的多元化寫作環境中得到了彰顯。

〔註 9〕　呂進：《新詩詩體的雙極發展》，《西南大學學報（社會科學版）》2012 年第 1 期。
〔註10〕　本節內容係與熊輝先生合作完成。

20 世紀 90 年代以降，葉延濱出版了《血液的歌聲》（1991 年）、《禁果的誘惑》（1992 年）、《現代九歌》（1992 年）、《與你同行》（1993 年）、《玫瑰火焰》（1994 年）、《二十一世紀印象》（1997 年）和《滄桑》（2002 年）等 7 部詩集。細細解讀這些藝術和情感俱佳的作品，我們不難發現葉延濱詩歌藝術的如下特質：

一、意義內涵的厚重

傳統詩話要求詩應具有「韻外之致」和「言外之意」，這其實是要求詩應具有豐富的意義內涵，否則讀之便會像嚼蠟一樣無味。詩歌意義內涵的豐富性一則體現為詩的復義現象，二則體現為詩對生命的深層體驗。擁有厚重的意義內涵是葉延濱詩歌藝術的特點之一，他的詩讀起來饒有興味，讓人若有所思，讀者的心不再游蕩於浮華的俗世而進入了真實的生命體驗之中。

以多元化和個性化為表徵的詩壇似乎顯得並不蕭條。在一個追求物質發展速度的時代裏，急功近利成了現代人的通病，因此，大多數詩歌作品有如都市裏的「泡沫經濟」，繁華的表象背後是貧瘠甚至隱藏著深深的危機。一些粗製濫造的詩歌作品雖然讓詩壇顯得十分熱鬧，但其自身在藝術建構和情感體驗上顯得十分浮泛，其承載的思想連最表層的意思都缺乏嚴肅性和高雅性，哪還有內涵可言呢？20 世紀 90 年代以來，詩壇的流行語是以身體的某一部分為觀照對象的「寫作」，諸如「身體寫作」、「下半身寫作」等。如果非要給這類詩歌加上什麼內涵的話，那便是還原在物質流溢的現代文明中被異化了的人，解除物質文明對人的壓抑，從而使人在生理上找回自我。以「身體」和「性」來寫作的路向有橫植外國思潮的嫌疑，因為中國的社會現實有別於西方：西方社會已步入後工業化階段，而在中國，封建愚昧思想對人的禁錮還沒完全解除，對人的發現也應與改變貧窮落後社會面貌同步，主體意識的覺醒、對生命的發現和追問才應是當下中國詩歌內涵的主流，抵制物質對人的異化對中國社會實際而言似乎為時過早。當然，隨著物質文明的發展，我們應提防人的精神在現代文明中的失落和異化。根植於本國文化的土壤，關注當下中國人的生存狀態，緊扣時代的鮮明特徵，這使葉延濱的詩全然沒有模仿和故作之態，他在浮躁的詩歌環境中依然把持著自我，將「愛」、「鄉情」、「親情」以及「生命」等作為詩歌觀照的對象，寫出的詩不僅有豐富厚重的思想內涵，而且符合當下中國人的生存現狀。

　　伴著自然科學的進步，物質文明的發展成了社會發展的主導，它進而侵佔了人類的精神家園並擠壓著人的精神空間。在物質的誘惑下，人們除了成天疲命奔波外，幾乎沒有時間沒有精力甚至沒有心情去思考生命本身的存在之義。在城市的燈紅與酒綠間，在高樓與擁擠的人群中，葉延濱堅守著寧靜的心靈空間，這給他提供了一個思索人生、社會和我們賴以活著的自然的場所。詩是詩人用心靈說出來的話，每一行都凝結著詩人對生活的思考和體驗。葉延濱一生漂泊在外，用他自己的話說，在半個多世紀裏，「我的名字帶上我出生地給我的那個『濱』字，跑遍了中國。」（葉延濱：《滄桑・後記》）漂泊給人以滄桑，滄桑給人以沉思，沉思給人以深刻，葉延濱的詩正是他心靈的「滄桑之歌」，給人以思索，教人深刻。在《滄桑》一詩中，詩人以「靈魂上的千年蟲」諭指「滄桑」，暗示生活的滄桑經歷堆積起來會毀人心思。詩人的情感也因生活經歷的豐富而更加敏感，一草一木都寄寓著一段心情：手背上爬過的「花瓢蟲」使他想起生活的艱辛，濺在眉梢的「泉水」讓他想起生命中的某次激情，而被風扯動了的「鈴聲」讓他想起遙遠的故鄉。生命到底是什麼？生命是時間和情感的抽象。「精彩的日子是花朵」，「痛苦的日子是疤結」，而日子「像淚水笑臉上滑落 ／變成一張照片一行詩一封信 ／一次夢中醒來的不眠……」（《脫落的日子》）生命在「精彩」和「痛苦」的兩極間擺動，其意義也會在每次經歷之後無聲地流淌出來。欲望是生命的構成要素，欲望和人的修養呈二律背反的關係：「你的知識一天天地增長 ／你的欲望才一天天萎縮」。（《最樸素的真理》）欲望給人奮鬥的動力，欲望也使人掉進泥沼，在物質至上的社會裏，沒有人去提升自己的內在素養，於是這個社會繼續病態地發展著，欲望的膨脹淹沒了人本身的存在意義。在《欲望之河》中，詩人將眼光從個體的人擴展到整個人類，認為正是人類的欲望才使地球這個可愛的「藍色星體發出歎息」，歷史的長河不過是「一條欲望之河」，抒發了詩人在物質的開發掠奪過程中對整個人類命運的擔憂。從《青春》到《中年》則記載了人思想的轉變，青春「是個考試的夢」，「是個愛情的夢」，青春「強壯有力，多麼地健美」，充滿了希望。而中年則是對往事的留戀，對南方小城鄉戀一樣的回憶，但韶華已逝，除了詠歎之外，誰又能真的回到從前呢？《選擇》一類作品體現出了詩人在理想與現實之間所做的無奈選擇：「蘋果」和「小刀」本是典雅的靜物圖，但現實的結果卻是「鐵銹緊裹小刀的全身」，「腐爛」「醜陋著蘋果的遺容」。總之，葉延濱以他豐富的人生經歷為背景，以對生命

之思的深刻性為主色，以不受物欲衝擊的心靈為框架，為我們描繪出了生活的滄桑並展示了詩人深層的人生思考。

　　農業化生產方式使中國傳統文化具有濃厚的鄉土情結，對葉延濱這樣一個一直漂泊在外的人來說，故鄉和親人是他永恒的情感依靠和歸宿。詩人對故土的感情是深沉而真摯的：

> 給我一雙充滿淚水的眼睛／讓我看夠這祖父般蒼老的土地／還有那妹妹一樣清純的天空給我一雙洞聽八方的耳朵／讓我聽夠這祖母織出的故事／還有那揪心窩的蘭花花哭泣的歌／給我一雙手學爬就在你胸膛上／給我一雙腳學走丈量你的情與愛／給我一顆心我就知道你的痛苦／給我一張嘴讓我說出你千年的夢／給予我這一切啊，就是個你……

——〈《故土》〉

「故土」儼然親人般親切：「蒼老的土地」有如「祖父」，「清純的天空」有如「妹妹」，故鄉的歷史與傳說有如「祖母織出的故事」；故鄉用她的「胸膛」讓我學走路，用她的「情與愛」教會我生活，而「我」也能讀懂故鄉「千年的夢」。這「千年的夢」是什麼呢？在《偶得》中，詩人寫道：「很老的土地了，已是一位／沒有乳汁的老婦人／那些星星點點的草棵／讓人想起那些老人斑……」古老的土地像一位「老婦人」，養育了一代代兒女，而她卻日漸「貧脊」病老，故土千年的夢便是使其貧瘠改變，使其面容得到妝扮。在《中年》一詩中，詩人說自己的「魂」常溜到一個「南方小城」，那些「青石鋪成的小街」、小店裏的「紅油素面」、「黃桷樹」、「布衫」等意象為我們勾勒出一幅生動形象的南方小城圖。葉延濱的詩心為什麼會經常停留在那個不是他故鄉的南方小城呢？這一方面與詩人的鄉土情結相關，另一方面也顯示出詩人對都市的反叛，他神往那寧靜祥和的小城，排斥這喧囂雜亂的都市。

　　在物欲四溢的世俗紅塵中，在霓虹和裝璜競彩的虛假社會裏，對土地田園的慕戀折射出詩人對都市文明的厭倦。《都市消息》將都市裏各種病態現象寫得一目了然；《包裝時代》深刻而形象地揭示了我們這個時代的多個側面：「時代是年輕的模特兒下班了」，美麗只是「幻覺」和「背影」，你真正面對的是個「空蕩蕩的」「T字臺」；「時代是個老奸的政客走馬上任去了」，「戰爭」、「和平希望」和「利好股市」只是虛假的「許諾」，你真正面對的是一個空蕩蕩「投票箱」；「時代是個只會簽名的名人」，「電視劇、後現代小說，還有

MTV……」只是「追星族」的「鑒名」，你眞正面對的是隨風而去的文化快餐。詩人對都市人生也感到十分沮喪，在《都市病房》中他曾說：「都市的人死得都很輕盈 ／……活著的時候卻很沉重」。都市人沒有「小木屋」，只有「水泥澆鑄的匣子」，都市人沒有串門拉家常的空間，屋子裏只有「一個小小的孔 ／以便安裝一把鎖」，都市人沒有自由的空氣和閒散的心情，其生活的一切內容早已「定制」有序。這一切怎麼不叫詩人懷想起他曾住過的安靜祥和且自由閒散的南方小城呢？這種對土地田園和對繁華都市的不同心情，承接了我國古老的詩歌傳統，反映出中國人濃厚的鄉土觀念；同時，也是對物質文明逐漸吞噬我們精神家園的一種憂慮。葉延濱的這種思想無疑對重建中國的人文精神以及協調好物質文明與精神文明的發展關係提供了某種啟示。

　　「愛」是人類永恒的話題，對一個詩人而言，愛是其創作的根基和源泉。沒有愛心，詩人打量世界的方式和對生活內容的關注就會出現偏差，唯有用善良和充滿愛意的眼光去打量我們身邊的人和事，詩人寫出的詩才可能富含詩美並滿足多數讀者的審美期待。只有在愛的世界裏，我們才能順利地成長，每一個人都直接地受惠於母愛，它與我們相伴一生並最能經受住世俗眼光和時間的丈量。葉延濱對母愛的體驗是簡單而深層的：母愛將兒時上學後的周末變成天堂，將被愛情遺忘了的「知識青年」的青春變得美麗；「母愛是醫院裏的藥瓶」，在我們受傷生病時發出內心的歎息並護理我們康復；「母愛是一根燈芯」，爲了我們的成長而默默的燃燒，然後在我們學會自立時「悄悄地熄滅」。《母愛》用簡單的生活場景將天下父母的痛子之心和天下兒女的感激之情表現得深沉凝重。愛有時是與善良同意的，對葉延濱來說更是如此，他用自己善良的詩行去關注下層人的灰色人生，在刻畫出這類人生活貧困的同時，詩人的愛心也得到了凸現。例如在《窗外的工地》中，像機器一樣工作的人「在想下崗的老婆和升學的女兒」，他們儘管像工蜂一樣成天忙碌，但家庭經濟的拮据仍是不可改變的現實，這一幕「蜇痛了詩句」，讓詩行「發出幾聲呻吟」。愛對葉延濱來說是一個含義寬泛的字眼，體現爲愛母親、愛故土家園、愛生活艱難的人，更愛本民族的語言文化。一個深諳本民族文化的人必然會被本民族古老而悠久的文明折服，一個吮吸本民族文化成長起來的詩人也必然會懂得去珍愛自己的民族和祖國。《加拿大詩情》（組詩十八首）中有一首題爲《唐人街·龍蝦與漢字》的詩，葉延濱在海外面對有漢文化象徵的漢字時直接反問道：「還有比漢字招牌更挑逗人的嗎？」他在加拿大的唐人街

吃著「龍蝦」，飲著「青島啤酒」，聽著熟悉的「鄉音」，彷彿又回到了大洋彼岸的祖國。是啊，無論身居何處，民族文化和祖國人民都讓我們魂牽夢繞。從對「母親」的愛到對「一群工蜂」的愛，從對故鄉的愛到對中華民族及其文化的愛，葉延濱的詩歌內涵也由此而更加凝重更加深沉！

二、傳統文化的傳承

在「失語症」和異質文化隔膜嚴重困擾中國詩壇的今天，對傳統文化和詩學的自覺傳承和發展不僅是一個詩人自身豐富的文化積澱和文學素養的體現，而且是對本民族文化價值的認同。

新詩是在與傳統文化斷裂的語境中發展起來的。出於一種策略也好，出於一種完全的背離也罷，「大膽拿來」西方文化與「打倒孔家店」的結果是讓新文學成了「斷奶的嬰兒」，它生長在中國文化的土地上卻吮吸著外國文化的營養。這是一種非常態的文學發展路子，值得從事文學創作和研究的人深思！新時期以來，由於對西方工業技術和經濟實力的傾慕，西方的各種「主義」、「代」和「思潮」走馬燈似地湧入中國，在創作上，以詩歌最為突出地反映了這一文化引進潮流。由於有深刻的哲學思想基礎，我們不否定各種外國文化思潮和文學理論的合理性，但如果以拋棄本土的傳統文化思想為前提，並不加選擇不加吸收地照搬外國文學思想，其結果只能是揠苗助長，創作界和理論的繁榮也只能是暫時的，其背後必然隱藏著深深的危機。「詩是最富民族性的文體，詩學是最富民族性的文學理論」（呂進：《中國現代詩學》），中國詩歌繁榮的重要前提是在借鑒西方的同時把握中國詩歌傳統的精髓，只有立足本國文化傳統，應用本土文化思維，才可能走出「失語」帶來的困境和解除異質文化的隔膜，讓詩歌這種「最富民族性的文體」走向復興之路。

上世紀 80 年代中期以來，由於詩歌的地位從社會政治的中心轉變為社會經濟的邊緣，詩歌內部也經歷了一次現代性嬗變：詩歌服務政治的功能和表現意識形態的功能開始弱化，個人化的自由寫作成為詩歌創作的一元方向。詩歌地位的轉變帶來了創作方式的變化，而創作方式的變化必將導致詩歌表現主題和關照對象的變化。部分詩人在缺乏文化價值認同的語境下堅持個人化寫作，使詩壇新潮迭起，多元共生。這在給詩壇帶來表象繁榮的同時，其自身的弱點也暴露出來：這類詩只重視語言和形式的打造，脫離原生態生活，在疏離社會歷史關懷的同時也忽視了對人的生存現狀的人文關懷；也有一些

詩將審美視角轉向當下人日常瑣碎的生存現狀，其平面化和世俗化的價值取向仍然使這些詩歌作品沒有理性深度和人文精神。因此，用「浮躁」或「粗淺」來概括今天的詩壇也許並不全面，但至少總結了詩壇特徵的某些方面。試問，一個沒有本土文化積澱的人，一個追趕西方文化思潮的人，其詩歌作品能在本國文化的土壤上生根嗎？他們至多只會曇花一現，詩壇不會留下其作品的影響，一個不認同本民族文化價值的詩人的作品必然不會被本民族文化所認同，更別說接納了。

葉延濱懂得傳統文化之於詩歌創作的重要性，他對中國的詩歌傳統有濃厚的感情，對曾生他養他的出生地也念念不忘：「半個世紀之後，我獻給我出生地的，就是這本詩集（指《滄桑》——引者）」，他在《滄桑》後記中道明了他寫詩出集子的目的。一個不忘故土的文化人自然也不會忘掉本民族的文化傳統，葉延濱的詩歌創作體現出了對傳統文化的自覺傳承，這也是他的詩歌創作能一直立足詩壇並吸引讀者的原因所在。葉延濱首先認同傳統詩歌的價值取向，他除了關注當代人的生存狀態外，也注意去把握詩歌的社會價值和審美價值。由於他將文學的審美性與功利性，個人化與社會化結合起來，因此，他的作品既體現出了對藝術的探索與創新，又體現出了對生命意義和價值的追問與思考。比如《鍍銀的山坡》最後一節就體現出了詩人對詩美的追求與對生命情感體驗的完美結合：

> 長天一聲雁唳／一隊悄然遠去的相思之翅／像一串淚珠／滑落在我的眼角，啊這鍍銀的山坡／是誰讓我與你／相對無語於銀色的寂靜

從藝術的角度來看，該詩不僅營造了一個幽靜淒美的意境，而且「雁唳」、「相思之翅」等意象將一種遙遠而憂傷的感受帶回到現代人的生活中，讀後味之良久。從生命情感關懷的角度來看，這幾行詩不僅體現了「天人合一」、「物我同一」的傳統文化思想，比如「雁唳」是詩人的哭喊，一隊遠去的雁翅是詩人相思的「眼淚」；而且，這幾行詩體現出了強烈的生命意義和深層的情感體驗，是藝術性強和情感豐富的作品。在今天這種藝術與人文關懷難以兼顧的詩壇上，這樣的詩無疑應被視為佳品。在《足球記者的手記》和《奇蹟》等一類詩中則體現出了詩人將詩歌的審美價值和社會價值相融合的自覺。早在孔子之時便確立了詩歌的「怨刺」功能，認為詩是「經國之大業，不朽之盛事」，但與此詩歌觀相對立的卻是「為藝術而藝術」的觀念。詩歌的審美性

和詩歌的社會性這兩者本無高下優劣之分，只是各自偏重的側面不同，如果能將二者的關係加以協調，那詩自然會上一個新高度。在詩歌地位邊緣化的今天，詩歌的社會作用相對減弱，葉延濱繼續著詩歌「怨刺」的這一傳統，不但沒有削減其詩歌的藝術性，反而在表明其詩歌價值取向的同時，流露出詩人思想的深度和憂國憂民的情懷。

我國傳統詩歌的佳作多是抒情詩，其對「人」和對「情」的關注多於對外物的刻畫，在具有深層的人文關懷的同時，顯出較強的人文精神。除了在詩歌價值取向上追求生命關懷與詩美的結合和社會關懷與詩美的結合外，葉延濱在審美意識上也自覺地傳承了我國優秀的詩歌傳統。無論當前的詩歌創作和藝術追求多麼駁雜化和個性化，但有一點卻是可以肯定的，那就是生成於中國現實與歷史文化傳統籠罩中的中國現代新詩，其在表現論與再現論的二元對立中，在群體精神與主體精神的二元對立中，在西方現代主義詩歌的主體神話與後現代主義的解構思潮中，不可能離開民族審美意識，它會自覺或不自覺地體現為對傳統文化及藝術思維的繼承和闡釋。以弗萊為代表的原型批評家們，也正是在榮格的「集體無意識」（或稱「種族記憶」，或稱「原型」）理論基礎上闡明一個民族（或種族）文化在後世文學中的再現，指出原型（即民族文化或心理）始終會在一個民族不同時期的文化中存在，這是勿庸置疑的。（參見弗萊:《批評的解剖》）我國傳統文化追求平實而不崇尚浮華，追求樸素美並看重事物的品格，這一點尤以老莊追求的「返樸歸真」為圭臬。這其實也是中國傳統文化講求內斂的體現，孔子曾倡言:「日三省吾身」。所以，傳統詩歌對梅、蘭、竹、菊和松等的讚頌則意味著對人格精神的建構和對內在審美意識的偏好。讀葉延濱的作品，一個現代人對工作、家庭、社會、祖國乃至整個地球的熱愛、憂慮和責任便會油然而生。人格精神是一個抽象的詞彙，但它卻在葉延濱的詩中得到了形象的詮釋，「文如其人」，這與詩人的人格修養和平日的為人原則戚戚相關。

對個體審美人格和精神的建構是葉延濱構造其詩歌審美大廈的基石。葉延濱注重在傳統文化中去尋找精神的營養，因為傳統文化能將詩人從現代都市的繁亂中解脫出來，能將那「七竅生煙」、「頭破血流」、「如癡如醉」的「忘記歸路」的靈魂招回家。在《讀詩的時候點燃一根燭》中，葉延濱這樣寫道:「精神是一介寒士／就像一本好書般清貧／清貧好啊無人生嫉無人打劫／於是傳之後人去讀……」什麼是人的精神呢？在詩人看來，精神「就像一本好

書」，是知識是文化；精神是「一介寒士」，不對人產生嫉忌不對人產生壞心眼，也只有這種精神，才是「傳之後人去讀」的好書。這種講求內斂的品格是葉延濱對日溢膨脹的都市文明產生厭倦之情的又一重要原因。在以物質爲價值標尺的社會裏，追求外在的物質滿足成了人們的生活目標，還有多少人懂得文化對於民族精神和個體人格的重要意義呢？「那些金黃色的屋背」在風中「空洞得悠遠」，「從地下冒出來的高樓／一個接著一個地抬高了人們的視線／暴發戶般地在每扇玻璃牆掛上一顆太陽」！（《都市印象》）生活在一個「屋脊佔據了所有的地面」、「高樓佔據了所有的空間」的時代，詩人在過去與現實之間，在傳統文化與現代文明之間迷茫著，但又清醒著：

> 雨從瓦屋的簷沿流下／唱著千古不變的民謠／雨從高樓的玻璃上淌下／默默地成爲時代的臉──／不知流的是淚／還是流的汗⋯⋯

──《時代》

「瓦屋的簷沿」與「高樓的玻璃」是過去與現在的對照，「千古不變的民謠」與「時代的臉」是傳統文化或民族精神與現代物質文明或時代面貌的對照。不管流的是「淚」還是「汗」，其味都是鹹的，都表現出一種傷心和艱難，而「淚」和「汗」隨時光的流逝都會蒸發得無影無蹤，只有「民謠」可以千古不變。這首詩恰到好處地體現出了葉延濱對傳統文化及其精神的堅守與傳承。

除審美價值和精神價值外，葉延還自覺認同了傳統詩歌的藝術價值。在炒作、新潮、先鋒的詩壇中，葉延濱清醒地意識到，只有紮根本民族傳統文化的土壤，一種文藝思潮或藝術形式才可能生長，只有把當下的「新」與傳統的「舊」相結合，詩歌才可能在藝術上有所提高。在《葉延濱詩選·後記》中有這樣的話：「根扎進了傳統的土壤，越扎越深，而枝葉卻以叛逆的姿態向天空伸展，展示一個飛翔的夢境。」葉延濱的話對今天的詩歌創作和詩歌理論有一定的指導意義：只有繼承傳統，才可能「叛逆」創新，只有創新，才可能有「飛翔的夢境」。在後現代舉起「解構傳統」，「躲避崇高」旗幟的時候，詩壇興起了一股反叛逆流。反叛意味著新變，意味著發展，但反叛的前提是什麼？用外國的東西反叛本土的東西純屬無稽之談，一則文化本無高下之別，二則異質的兩種文化本來就互不認同，何談反叛消解呢？以葉延濱的觀點，反叛需以傳統文化爲基礎，唯其如此，才可能在新時代裏塑造民族文化新形象。在文化全球化的今天，在西方文藝思潮和藝術形式被大量譯介到中

國的今天，只有把握住傳統文化及其精神，我們今天的詩歌藝術才能夠在顯出民族特色的前提下超越傳統詩歌。葉延濱的很多作品在藝術形式上直接承傳了我國傳統的詩歌藝術形式，比如講韻律，講意境，講「象外之象」和「言外之意」等，在此僅作提示，留待後面作詳盡的探討。

三、詩歌藝術的拓展

藝術創新是詩人最根本的品質。新時期以來，在詩歌藝術及其形式急劇演變更換的浪潮中，正是藝術上的不斷拓展與創新，以及對傳統詩歌藝術的傳承與反叛，才使葉延濱的詩憑著成熟且個性鮮明的藝術特質被詩壇接納並為人稱道。

極端地說，詩是一種形式藝術，而語言則是詩歌形式的主要構成要素。任何一種文體藝術都可用語言進行區分，海德格爾說「語言是存在的家」，一切文體都必須訴諸語言才可能存在，而「文學語言的特徵與各種文體的自身特徵相一致，換句話說，不同文體的語言方式是不同的。」（蔣登科：《散文詩文體論》）因此，對語言的把握是詩人的首要素質。作為一個成熟的詩人，一個有自身藝術特色的詩人，葉延濱首先用語言來顯出他的詩歌藝術個性。正是如此，他的語言世界豐富多變但又相對穩定，顯得既不先鋒又不保守，既淺顯明瞭又不落俗，他用自己有特色的語言抒寫著那份濃濃的詩心。「日常性」是葉延濱詩歌語言的一大特點。日常的口語、俗語沒有文化惰性，它是鮮活的，與原生態的生活有著天然的親密關係。相對於那些玩弄語詞的「智性」寫作而言，它能清除語言上的積垢並排拆異質的文化思維和表現形式，寫出的詩不會讓讀者感到有文化隔膜。在一部分人脫離原生態的生活並失去語言資源的情況下，日常性的語言無疑給詩壇帶來了新鮮和活力。詩歌語言的「日常性」並不等於「散文化」，也並不意味著將詩性排除，關鍵看詩人如何讓這類語言入詩。而詩人運用日常語言寫詩的過程則表現出了一個詩人對語言的駕馭能力。葉延濱的很多詩是用大眾熟悉的日常語言寫成的，這些作品不同於政治白話或民謠，而是真真切切地以詩的方式去關注當下人的生存狀態，反映當下生活和時代氣息的現代詩歌。這些日常語言經過詩人的藝術加工後並不粗俗淺白，而是詩味濃厚。比如《足球記者的手記》、《立場轉變》、《鷹與箏》等，憑著詩人獨特的審美視角與詩性操作，其中的日常性語言在表達出詩意的同時讓人感覺到葉延濱詩歌語言的新鮮但不艱澀。《時空遊戲》

中有這樣幾行詩：「你的世界是個老太婆／是老太婆飛濺的唾沫／是唾沫後的幾顆黃牙／是黃牙間的一條長舌／是長舌上逃命的愛情／是愛情卻忘記了年齡」,「態太婆」、「唾沫」、「黃牙」、「長舌」等都是近乎俗化的日常性語言，但讀者讀該詩時除了領會到激情和詩意外並無庸俗的感覺。

作爲有雙重視點（內視點和外視點）的文體，詩歌的韻律有內在韻律和外在韻律。前者表現爲詩歌感情的跌宕起伏、錯落有致，後者表現爲字或詞的押韻。《成熟的季節》中，「漫→險→箱→價→爛」等幾個韻腳出現在詩的各節中，情感似乎因有了押韻而更加濃烈，更加耐讀。而在《滄桑》中，這兩種「韻」幾乎完美地結合在一起，詩中不僅洋溢著流暢且富有韻味的詩情，而且語言因押韻而較明朗且有節奏。但總體說來，葉延濱的詩講求韻律的並不多。在我們倡導詩體重建的今天，作爲一種詩學傳統，詩的韻律無疑更應引起我們的重視。韻律雖然在某些時候對情感的表達有一些約束，但它卻對詩的感情有補救和烘托渲染的作用，用何其芳的觀點說：「詩的內容總是飽和著強烈而深厚的感情，這就要求它的形式能利於表現一種反覆迴旋，一唱三歎的抒情氣氛，而格律恰好適應了詩歌內容的這一要求。」（何其芳：《關於格體詩》）雖然韻律只是格律的一個方面，但不管怎樣，它總會有利於詩情的表達。在此，我不是想以格律詩之一種形式去覆蓋詩歌形式的多元化，既然一些內容適合用格律詩去表現，那必然也有一些內容更宜於用自由詩去表現，這是一個淺顯的道理。而今天的詩體形式之所以出現危機，是因爲很多人對詩這種文體的必要特徵知之甚少，以爲寫自由詩十分容易，什麼都可以用自由詩去表達，以爲「自由」便意味著對形式的完全拋棄，這些錯誤的觀點是導致詩歌形式泛濫和詩體形式模糊的重要原因。一個有文化素養並懂得民族詩歌傳統的詩人，他對詩體形式的追求和建構完全應是自覺的。從詩歌形式的多樣化中便可證實葉延濱對韻律及形式的自覺探索，只是希望詩人能更多地寫出情感和形式（主要指韻律）兼顧的作品，否則，便會失去詩歌文體的一大優勢——韻律。

在新詩誕生的近一個世紀裏，關於新詩形式的創作嘗試和理論探討始終是新詩建設的前沿問題。胡適講求「做詩如做文」，聞一多講求句式的「均齊」，何其芳講求「有規律地押韻」，而郭沫若則倡導「主情說」，講求「抒情的便是詩」。不可否認，每一種主張都是合理的，它們構成了詩歌理論和創作的豐富性，其側重於詩體形式的某一個方面並對之進行了相對深入的探討，這對

新詩的發展而言是一種突出的貢獻。在詩體形式方面，葉延濱主張形式的多樣化，他的詩並不局限於某一類形式。首先，葉延濱的詩大多是自由詩，每一首詩沒有固定的韻，每一節沒有固定的行數，每一行沒有固定的字數，詩情完全成了主導並聯繫一切的紐帶。詩通常是詩人情感的直接抒寫，除了敘事詩外，一般的抒情詩較少採用對話的形式，但葉延濱的有幾首詩幾乎全是由對話寫成的，比如《花兒》，每一節都以小孫孫的「這是啥花兒呀」開頭，然後以老爺爺的回答結束。《落伍者》這首詩則採用自問自答的形式，否定了所謂「落伍者」的落伍。葉延濱在詩中還善於應用各種寫作手法，比如「頂針」手法，將前一行詩的結尾作為下一行詩的開頭，使整首詩顯得十分連貫，邏輯緊密，《時空遊戲》可以說是這類詩的代表，其中的主要兩節都採用了這種表達方式：

> 你的世界是一個少女
> 是少女身旁婀娜垂柳
> 是垂柳般的秀美長髮
> 是長髮下的羞澀低語
> 是低語中的呢喃詩句
> 是詩句樣的初戀歲月
> ……

該詩不僅讀起來給人一種迴環連貫的感覺，而且句式相當均齊，顯出了作者對形式的努力追求。《時代》一詩的形式也頗有創意，不僅每一節詩的詩行形成並列排比的關係，而且每一行後面都有意義相反的說明，如第一節：這是道具庫／（當然也是一個世界假肢房）／這是布景場／（假的像真的，不，比真的好）／……這樣的詩總能讓讀者在生活的表象中去發現生活真實的面貌。葉延濱詩歌的形式除了上面所提及的以外，還有很多與眾不同且個性鮮明的詩體形式，在此不作過多的論述，只是想說明一點，葉延濱的詩歌表現形式是新穎而豐富的。

雖然葉延濱講求韻律的詩不多，但這並不表明他對詩歌這一外在形式的忽略甚至拋棄，他用自己的創作實際向人們展示了他的詩歌形式觀念：詩歌的形式是豐富的，單一的要求格律或單一的要求自由都是不合理的，不同的詩情自有其合適的形式，不同的詩人自有其偏愛的形式。葉延濱進行著多種詩體形式的嘗試，除了上述諸種自由形式外，他的有些詩也講求韻律，講求

句式的均齊。如《贈美髮師某君》共有五節，每節都是兩行，每行都是四個字，整首詩顯得相當均齊。《節日夜剪輯》也是一首句式均齊、格律較強的詩：

　　電視機。
　　瓜子。點心。茶。
　　大歌舞。
　　小品。相聲。笑。
　　麻將牌。
　　四筒。二餅。碰！
　　門鈴聲。
　　送禮。請坐。茶。
　　大哈欠。
　　送客。起身。笑。
　　三缺一。
　　北風。五條。碰！
　　……

這首詩不僅每一節行數相等，而且每一節中相對應的兩行的字數甚至標點符號都相同。該詩還有一大特點是每一行，每一句都由名詞構成，眞正體現了聞一多詩之三美中的「建築美」，由此可見葉延濱在形式的追求上眞可謂用心良苦！

　　葉延濱的有些詩寫得詼諧幽默，在引人發笑的同時，其深刻的生活思考也給人以啓示。詩人常以機智靈巧的思維和幽默風趣的筆調將一些庸俗的社會醜態和鑽營俗氣的人戲謔一番，談笑間將嚴肅的社會問題針砭得淋漓盡致。例如《奇蹟》一詩中，「終於在豐盛的宴會上有了位置」的人「只是……牙籤」，「一級一級往上鑽朝上爬」的人只是「痰盂」，「敢向一切人露出鋒刃」的人是「一把……剃刀」，「占盡了天下的風景處處風流的人是「滿筒……垃圾」。實際上，「牙籤」在宴會上無任何位置可言，「痰盂」向上爬的代價是招來萬人的唾罵，「剃刀」在任何人面前都光澤不減，連好人也照「剃」不誤，「垃圾」看似風流，共實骨子裏全是糟粕，沒有一點才氣。

　　既然葉延濱在詩歌藝術上傳承了我國古代詩歌藝術的傳統，那他必然會「立象盡意」，注重意象的選用和詩情表達的含蓄。西方詩歌講求「摹仿」再現，中國詩歌講求含蓄表現，最早的詩歌表現手法「興」是先言他物以引起

所言之物，便是 種含蓄表現的傳統方式。王國維的「意境」說以及朱光潛的「情趣與意象的契合」都是對中國詩歌傳統中關於含蓄表現的言說。葉延濱對意象的應用可以說是他詩歌藝術成熟的一大標誌，他將一些難以表達的情感訴諸事物形象，不僅能形象地表達出情思，而且使詩歌本身具有了含蓄的詩美，並能爲讀者營造出優美的意境。在《歸》這首詩中有這樣幾行詩：「一聲角號吹走漫天流雲／聽到冰雪之路上軋軋的車輪／一串鳥啼濺起一圈圈漣漪／啊，此刻不敢睜開眼睛／怕歸路上那年邁的橋／被一對目光折斷……」這6行詩中有近10個意象：「角號」、「漫天流雲」、「冰雪之路」、「車輪」、「鳥啼」、「漣漪」、「眼睛」、「橋」以及「目光」。正是這些意象，將詩人歸家時那種澎湃起伏的心情以及不敢正視母親和故土的矛盾心理表現得生動形象卻又含蓄詩化。這些形象已不再是單純的寫實，而是寄託了詩人的情思，並爲我們營造出一個富含歸家情緒的意境。此種表現方式和其它諸種符合傳統的詩歌美學要求的表現形式在葉延濱的很多詩中都有所應用。

在繆斯的道路上，葉延濱不懈地跋涉了很久，其間的艱辛和磨難勿庸多說，與詩人一樣，我們今天能讀到他的好詩便是一種莫大的欣慰。也正是在不斷的跋涉與追求中，葉延濱的詩歌藝術特質才日趨鮮明和成熟。

第四節　民族精神：作爲母題與參照

在中國新時期以來的少數民族青年詩人中，吉狄馬加是很有成就的一位。吉狄馬加在大學時代開始詩歌創作，至今已出版詩集《初戀的歌》、《一個彝人的夢想》、《羅馬的太陽》、《吉狄馬加詩選譯》、《吉狄馬加詩選》等。並且他的作品獲得過多次國家級、省級大獎：詩集《初戀的歌》獲中國第三屆新詩（詩集）獎；組詩《自畫像及其它》獲中國第二屆民族文學詩歌一等獎；組詩《一個彝人的夢想》獲中國作家協會《民族文學》「山丹」獎；組詩《吉狄馬加詩十二首》獲四川省文學獎；《羅馬的太陽》獲首屆四川省民族文學獎；詩集《一個彝人的夢想》獲中國第四屆民族文學詩集獎。吉狄馬加在新詩創作上的追求展示了新時期民族詩歌發展的新路向，這種路向是皈依與突破的融合，是繼承與超越的交接。

吉狄馬加的詩歌所受到的影響是多方面的，有本民族文化的影響，有外國藝術的影響，他把從各種文化形態中獲得的影響交匯在一起，去關注人的

命運，尋找「眞正的交流」，「探索生命的意義」，由此而獲得對民族、歷史、人類的審美認識。

在眾多影響之中，我們可以發現這樣的脈絡，吉狄馬加的詩立足於彝族文化的優秀傳統，由此去審視中華民族文化甚至世界文化精華。所以，民族精神成了吉狄馬加詩歌的母題和審視他種文化的參照系，並由此建構了新的文化意識。

因此，研究吉狄馬加的詩，必須從民族文化精神輻射開去，方能把握詩人在藝術創造上的獨特貢獻與價值。

一、民族文化精神的衍化方式

每一個民族的文化精神都有其存在方式，包括民族的圖騰、生活方式、精神寄託與嚮往、文化典籍等等。過去的一些民族詩歌更多的是對民族的特徵的「再現」，這自然是有價值的，不過，這種價值主要不是藝術的審美價值，而是文化價值。

詩歌是以審美爲主旨的藝術，因此，單純以一個民族的傳說、故事和生存方式爲依傍的詩並不一定就能展示該民族的本質精神。因爲詩歌所要表現的是一種精神，而不是種種外在現象。詩人的心態與感情是屬於他自己的民族的，他無論審視哪一個民族，哪一種生活，這種心態與感情都是他評判人生的標準。從藝術發展的角度看，詩人在接受本民族文化薰陶的同時，更應該走出自己的民族，在更廣泛的領域審視和反思自己民族的精神，這樣寫出來的詩，不僅具有開闊的視野與意識，也能更深刻地展示民族精神的生命活力。

吉狄馬加似乎深悟了這種藝術哲學。他的詩充滿對民族的思索與厚愛，他不是復述本民族的傳說和故事，而是審美地反思和深沉地打量，這就使他詩中的民族精神顯得很深厚。

像《一個獵人孩子的自白》，「爸爸／我看見了那隻野兔／還看見了那隻母鹿／可是／我沒有開槍」，因爲「野兔」與「母鹿」讓詩人看見了世界的美好，看見了人性中的優美。「就在這時我把世界忘了／忘了我是一個獵人／沒有向那只野兔和母鹿開槍」，展示了詩人對美與善的崇尚與讚美，但是，詩人並不是對一切野性的東西都袒護，他接著唱道：

爸爸／要是你真的要我開槍／除非有一天／我遇見一隻狼／那時我會瞄準它／擊中桃形的心臟／可是今天／我不願開槍／你會毀掉這篇／安徒生為我構思的／森林童話嗎

爸爸／我——不——能／——開——槍

在這首詩中，詩人對「獵人」的形象做了重新建構。可以說，作品充滿了濃鬱的民族氣息，但這種民族精神是詩人在文化積澱中進行的心靈選擇。

在新時期詩壇上，各種流派、主張汗牛充棟，吉狄馬加沒有把自己的藝術探索冠以任何主義，而又在詩壇上產生了廣泛的影響，一個重要的原因就是詩人始終堅持著自己內心的思索，用現代人的心靈對民族文化進行著審美打量，由此而凸現出自己獨特的藝術個性。

在吉狄馬加的詩中，民族精神在更多的時候是以具有民族文化意味的詩歌意象展示出來的，除了由彝文直接翻譯過來的神名、人名、地名等外，還經常出現「獵人」、「獵槍」、「森林」、「大山」、「鷹」以及與這些形象相關的一些物象。雖然不能說這些意象就是彝民族精神的完全展示，但它們至少具有幾重特殊的藝術效用：（1）展示詩人獨特的藝術選擇力與創造力；（2）構成彝民族特有的文化與精神依存方式，使民族精神時刻滲透在作品中；（3）由於是創造的而非復述的民族精神，就有利於詩人對民族精神作出符合藝術規律的審美評判；（4）這些意象大多與大自然及人的生存有關，因此有利於詩人在審視本民族文化的同時又延伸開去審視他民族以及全人類，從而使這些意象成為彝民族精神與他民族精神在吉狄馬加詩中的交匯點。凡此種種，使詩人打破了狹隘的民族意識，將自己的民族納入更開闊的領域內加以審視。

試看《獵人岩》。這首詩寫的是獵人的生活與體驗，具有典型的彝民族風味，但詩的內涵還更深沉、廣遠。「篝火是整個宇宙的／它僻僻啪啪地哼著／唱起了兩個世界／都能聽懂的歌」。這「兩個世界」是神秘的，「裏面一串迷人的火星／外面一條神奇的銀河」，可以看作是獵人內心與外在的雙重體驗，既美麗，又沉重，既愉快，又艱難。從這個意義上講，這首詩所歌唱的就不止於一個民族或者某一類人了，而是對人類生存的一種思考。因此，在詩的最後，詩人才這樣寫：

飄了好多好多年／假如有一天獵人再沒有回頭／它的篝火就要熄了／只要冒著青煙／那獵人的兒子／定會把篝火點燃

詩人展示了人類對美好與光明追求的永恒性。

在這首詩中，詩人用「獵人岩」的意象與自己的民族精神相通，又與人類的追求相連，作品的藝術張力由此而獲得提高。因此，在吉狄馬加的詩中，那些承載民族精神的意象往往都具有雙重性，把民族與世界溝通，這樣的詩既是民族的，也是世界的。甚至連《瀘沽湖》、《老去的斗牛》、《死去的斗牛》、《失落的火鐮》等特具彝族風情的作品也由此而具有了超越民族界限的藝術風采。

由是可見，在吉狄馬加的詩中，民族精神占著舉足輕重的地位，但它在詩中的衍化方式又很出色，這就使吉狄馬加的作品具有了立足民族又超越民族的獨特風姿。

二、生命意識與使命意識的交匯

生命意識是對生命的關注與揭示，具有相對的抽象性與永恒性；而使命意識是注重對某種現實或精神的關注與矯正。前者具有更多的描述意味，後者則更多地體現詩人的人格目標。在詩中，單有生命意識，便顯得空妙，有時甚至流於虛無；單有使命意識，有時候又會喪失藝術規律，導致詩的公式化、概念化。因此，優秀的詩作常常是將生命意識與使命意識融為一體，從對主命的體悟中展示使命，從對使命的強化中張揚生命。

吉狄馬加不只是對本民族的文化現象有所認識，他更試圖認識一種精神，甚至生命。詩人說：「我寫詩，是因為我早就意識到死。」「我寫詩，是因為我相信萬物有靈。」這種體悟可以說是很深刻的。

然而，吉狄馬加同樣重視使命意識，他說：「我寫詩，是因為我天生就有一種使命感，可是我從來沒有為這一點而感到過不幸。」「我寫詩，是因為我們生活在一個有核原子的時代，我們更加渴望的是人類的和平。」「我寫詩，是因為對人類的理解不是一句空洞無物的話，它需要我們去擁抱和愛。」這種對人類命運的關注與思考，決定了吉狄馬加會從心靈深處去呼喚人類的美好，去為人類的前途與生存而歌唱。

因此，在吉狄馬加的詩中，生命意識與使命意識是不可以分開的。他因為意識到生命之易逝，才想用藝術將它塑造成為永恒；他因為感悟到人類生命之艱難，才試圖去尋找人類真正獲得生命解放的路徑。

而這二者又與他自己對民族精神的理解與思索相關聯，這就確定了吉狄馬加作為一個民族詩人的藝術目標與方向。

像《死去的鬥牛》，全詩寫一頭「等待著那死亡的來臨」、「一雙微睜著的眼／充滿了哀傷和絕望」的鬥牛，在冥冥之中突然聽到了某種呼喚，在戲弄聲、侮辱聲、咒罵聲中奮蹄而起，衝向原野。「在它衝出去的地方／柵欄發出垮掉的聲音／小樹發出斷裂的聲音／岩石發出撞碎的聲音／土地發出刺破的聲音」，展示了一種強大的生命力。在詩的最後，詩人寫道：

> 當太陽升起的時候／在多霧的早晨／人們發現那頭鬥牛死了／在那昔日的鬥牛場／它的角深深地扎進了泥土／全身就像被刀砍過的一樣／只是它的那雙還睜著的眼睛／流露出一種高傲而滿足的微笑。

在這裡，死並不是生命的終結，而是生命的昇華。因此，在對生命的體認中，體現出了詩人對生命的熱切歌贊和呼喚。

吉狄馬加歌唱與呼喚的生命是善與美融合的生命，這當中自然就包含了詩人的選擇，也包含了詩人張揚生命的使命意識。在獻給漢族保姆的《題辭》一詩中，詩人刻畫了一個飽經磨難但心存美好的女性形象：

> 就是這個女人，歷盡了人世滄桑和冷暖
> 但她卻時刻都夢想著一個世界
> 那裡，充滿著甜蜜和善良，充滿著人性的友愛
> 就是這個女人，我在她的懷裏度過了童年，
> 我在她的身上和靈魂裏，第一次感受到了
> 超越了一切種族的、屬於人類最崇高的情感
> 就是這個女人，是她把我帶大成人
> 並使我相信，人活在世上都是兄弟

這裡充滿讚美與深情，這種精神正是詩人所呼喚與尋找的。因此，當她死去，雖然大地並沒有「感到過真正的顫慄和悲哀」，「但在大涼山，一個沒有音樂的黃昏／她的彝人孩子將會為她哭泣／整個世界都會聽到這憂傷的聲音」。

從詩人對美好的呼喚中，我們深深地感受到詩人渴望淨化人的心靈，淨化這個世界的強烈的使命意識。

生命意識使吉狄馬加的詩顯得厚實、凝重又充滿靈氣；而使命意識又使他的詩具有一種超越現實的態勢，從而充滿理想光輝，充滿引人思索與奮進的人格力量。生命意識與使命意識的融合使吉狄馬加的詩具備了優秀的藝術氣質，既沒有迴避現實而完全呈現為一種單純的浪漫情調，又沒有躺在現實

與生命的懷抱裏而找不到飛翔騰越的藝術翅膀。他的詩是現實與理想的交匯，是生命與使命的溝通。

三、民族精神與人類意識的融合

　　吉狄馬加說：「對人的命運的關注，哪怕是對一個小小的部落作深刻的理解，它也是會有人類性的。對此我深信不疑。」這是詩人對民族意識與人類意識的理解。

　　任何一個民族都不能孤立地存在於這個世界上，它總是與他民族發生著這樣那樣的關係，因此，優秀的民族總是在弘揚自己民族文化傳統的同時，又善於從他民族吸收有利於促進本民族發展的文化精神要素。

　　吉狄馬加對此深有體會，他的詩總是在審視民族文化的同時展示人類共同的心聲。首先，通過本民族的歷史、文化、生活等展示全人類的追求與渴望。人類所共有的東西很多，集中在精神領域，可以界定爲對美好生命的嚮往，對優美人性的呼喚，而吉狄馬加正是在這兩個方面取得了民族與人類的溝通。《我渴望》一詩就直接地表達了這種追求與呼喚：

　　　　我渴望／在一個沒有月琴的街頭／在一個沒有口弦的異鄉／也能看見有一隻鷹／飛翔在自由的天上／但我斷定／我的使命／就是爲一切善良的人們歌唱。

在詩中，「街頭」、「異鄉」並非確定的地方，而是虛指有人類生存的地方。詩篇所展示的是對美好人性的歌唱。正因爲有這種由民族情懷而發生出的人類意識，吉狄馬加才可以那麼自由地把自己的民族與其它民族溝通，體認他民族的歷史與現實，文化與精神。像《致印第安人》，詩人寫道：「燦爛的瑪雅文化／一條人類文明的先河／它從遠古的洪荒流來／到如今氣勢照樣磅礴／不絕的民族／傳統的兒子／人類因爲你／才看到了自己的過去／童年的自己。」詩人從印第安人的歷史中找到了與自己民族共同的東西，因而他的心充滿摯情與讚美：「因爲在東方／因爲在中國／那裡有一個彝族青年／他從來沒有見到過印第安人／但他卻深深地愛著你們／那愛很深沉……」

　　詩人還通過對歷史、土地的歌唱展示他的人類意識。在《古老的土地》一詩中，詩人「站在涼山群峰護衛的山野上」，視通萬里，聯想到整個世界的歷史，心中充滿凝重而深邃的情思：

> 古老的土地，／比歷史更悠久的土地，／世上不知有多少這樣
> 古老的土地，／在活著的時候，或是死了，／我的頭顱，那奔人的
> 頭顱，／將刻上人類友愛的詩句。

如果沒有對人類命運的關注，詩人是無法唱出這些發自內心的讚美之歌的。

其次，直接涉筆人類生活或他民族的文化，以一個中國彝族詩人的心靈與評判去呼喚人類共有的精神。對這一點，吉狄馬加一直都非常重視，特別是 1988 年，詩人應邀訪問意大利之後，這方面的作品就更多、更有深度。比如《羅馬的太陽》：

> 神秘的太陽，縹緲的太陽／為所有的靈魂尋找歸宿的大陽／遠
> 處隱隱的回聲／好像上帝的腳步／就要降臨光明的翅膀／告訴我，
> 快告訴我／那裡是不是有一片神聖的上蒼

詩人通過對太陽的急切詢問，表達了內心嚮往美好的情懷。

吉狄馬加歌唱詩人薩巴，因為薩巴的愛心：「先生，它沒有什麼標誌／它有的只是一張／充滿了悲戚的臉龐／那是因為他在懷念故土、山崗／還有那牧人純樸的歌謠。」（《山羊》）詩人歌唱南方，因為南方是美麗的：「南方啊，你是生命中的遙遠／眼睛般多情的葡萄／檸檬花不盡的芬芳／你是豎琴手一生吮吸的太陽／南方啊，你有青銅和大理石的古老／儘管你傷痕累累但從未停止過對明天的嚮往」，因此，他渴望南方「接受一個中國彝人的禮讚」（《南方》）。但是，對那些阻止人類生命發展的要素，詩人則給予了指責：

> 只要人類的良心／還沒有死去／那麼對暴力的控訴／就不會停
> 止。

> ——《基督和將軍》

因為詩人明白：

> 在這個世界上／追求幸福和美好／是每個民族的願望。

> ——《意大利》

吉狄馬加既愛人類的命運，也愛人類。因此，在他的詩中，對自己民族的關心和對人類命運的關注是合二為一的：關心自己的民族，其中包含著開闊的人類意識；關心人類的命運，其中又有詩人自己民族的投影。這二者的交融，構成了吉狄馬加詩歌獨特的民族特色和開闊意境。

四、多重文化的撞擊中尋找心靈歸宿

在人類文明的進程中，人類時刻面臨著新舊文化的衝撞，特別是在現代社會，一切都在發生著巨變，這就對傳統文明提出了強烈挑戰。這種挑戰所帶來的就是人們對歷史與現實的雙重反思，即反思傳統的價值與現實中的眞僞，由此而給現代藝術增添了濃厚的憂患意識。

吉狄馬加生活在這個充滿矛盾的世界，他敏感的心靈不會迴避這些矛盾，他要在種種撞擊中做出自己獨特的評判與選擇。

從吉狄馬加的創作動機和創作心態上，我們可以深深體悟到這一點。他說：「我寫詩，是因爲我的語言中樞中混雜有彝語和漢語。」「我寫詩，是因爲我承受著多種文化的衝突。」「我寫詩，是因爲多少年來，我一直想同自己古老的歷史對話。」「我寫詩，是因爲在現代文明與古老文化的反差中，我們靈魂中的陣痛是任何一個所謂文明人永遠無法體會得到的。我們的父輩常常陷入一種從未有過的迷惘。」

吉狄馬加的心中時刻充滿兩種不同層次的撞擊，一是本民族文化與他民族文化的撞擊；一是古老文化與現代文明的撞擊。這兩種文化撞擊是現代人類所共同面臨的，因此，吉狄馬加通過對它們的思索而步入對人類命運的思索。

同許多人一樣，吉狄馬加對自己的民族有著深厚的愛：

聽別人說我的背影 ／很像很像你的背影 ／其實我只想跟著你 ／像森林忠實於土地 ／我憎恨 ／那來自黑夜的 ／後人對前人的叛逆

——《孩子和獵人的背》

詩中的「獵人」可以看成是詩人自己民族的象徵，詩人熱愛自己的民族，甚至在面對死亡的時候，詩人也「要對著世界大聲的宣佈 ／我的族籍是古老的古老的彝族」（《獵人的路》）。然而，正因爲深愛，詩人才無法迴避民族所承受的艱難與悲壯：

有一天當一支搖籃曲 ／眞的變成相思鳥 ／一個古老的民族啊 ／還會不會就這樣 ／永遠充滿玫瑰色的幻想 ／儘管有一隻鷹 ／在雷電過後 ／只留下滴血的翅膀。

（我看見一個孩子站在山崗上 ／雙手拿著被剪斷的臍帶 ／充滿了憂傷）。

——《一支遷徙的部落》

這被剪斷的「臍帶」可以看成是與傳統文化的分離，詩人在這裡感受到了現代文明對民族文化的衝擊。像《史詩和人》：「最後我看見一扇門上有四個字／《勒俄特依》／於是我敲開了這扇沉重的門／這時我看見遠古洪荒的地平線上／飛來一隻鷹／這時我看見未來文明的黃金樹下／站著一個人。」歷史與現實的對比，「鷹」與「人」對比，正是現代文明與古老文化的撞擊。

但是，現代文明的步履是無法遏止的，吉狄馬加把對民族與傳統的愛融入到對現代文明的體認之中，同時在更開闊的藝術視野中關注人類命運，關注現代文明帶給人類的美好與悲哀：

> 此時它多麼想來一聲／狂野而盡情的吼叫／但是憑著它的敏感和直覺／它完全知道／在這個喧囂的地方／除了食客、販子和屠手的惡／沒有一個人會給它一絲善良。
>
> ——《被出賣的獵狗》

> 啊，那一聲被壓低的尾音／幾乎讓我熱淚長淌／而這一切又是多麼令人惆悵／只是這一個夜晚／我和他都會夢見／木勺和溫暖的火塘。
>
> ——《列車在涼山的土地上》

這些詩表現的是困惑是迷茫，是現代文明帶給人類的艱難，更確切地說，是現代文明與傳統文化的衝撞。

詩人表現這些，並不是對現代文明的否定，而是對自己民族的一種依戀，是對生命自由與生命自然的熱切期盼。沉重中透露的思緒可以讓我們對傳統文化與現代文明有一種很清晰的認識，其中心就是對真實生命的歌唱。

因此，讀詩人在故鄉之外、民族之外思念故鄉與民族的詩，我們的心、靈會受到巨大的震動。

詩人歌唱群山：

> 那是自由的靈魂／葬人的護身符／躺在它寧靜的懷中／可以夢見黃昏的星辰／淡忘鋼鐵的聲音
>
> ——《群山的影子》

詩人歌唱故鄉：

> 我想對你說／故鄉達基沙洛／既然是從山裏來的／就應該回到山裏去／世界是這樣的廣闊／但只有在你的仁慈的懷裏／我的靈魂才能長眠
>
> ——《我想對你說》

兩相對比，我們可以深深感受到詩人的心靈評判。面對紛繁複雜的世界，面對歷史與現實，如果看不到其間的矛盾與衝突，那是可悲的；如果只看到矛盾與衝突，而無法找到生命的依託和嚮往，那也是可悲的。吉狄馬加既看到了衝突，又能從自己民族和人類精神中找到依託，因此，他的詩才顯得充實，凝重而又透出些微亮色，給人們一種很有意味的審美暗示。

對吉狄馬加的詩，我們把握的是這樣一條線索：民族精神與人類意識的溝通與衝突。

吉狄馬加是具有民族特色的詩人。他立足彝族悠久而又豐厚的民族文化，通過自己的心靈歌唱了民族的歷史、文化、過去、現在與未來，對民族表現了濃厚的愛戀。這是作為一個優秀的民族詩人所不可或缺的。

吉狄馬加的詩所展示的不是狹隘的民族意識，他從對自己民族的審視出發，又審視全人類，思索人類的命運。同時，在對現代文明與傳統文化的衝突的揭示中，詩人對兩種文化現象都進行了審美評判，而對優美的人性、真善美的嚮往給予了更多的肯定。詩人所呼喚的是生命的自由發展，是生存所需要的充滿壓力的文化與現實環境。

在吉狄馬加的詩中，民族精神是他的詩歌母題；而在歌唱人類命運的時候，優秀的民族精神又成了他評判歷史與現實的標準與參照系。這種對待民族傳統與精神的態度是符合藝術與心靈發展的要求的，更可以顯示民族文化強大的生命力。

面對日益變化的時代，面對飛速發展的現代文明，具有使命意識的吉狄馬加肯定不會沉默，相信他會在更多的詩篇中展示他對民族文化與現代文明的更富詩學意義的審美評判。

第五節　傅天琳：苦難在成熟中芬芳

從上世紀 80 年代以來，傅天琳在詩壇上的位置好像一直就沒有被動搖過。她不斷在摸索自己的創作之路，作品越寫越好，而她的許多作品還是和早期一樣，無論是題材、意象還是精神氣質，都與她曾經勞動過十九年的果園保持著或直接或間接的聯繫。到現在為止，似乎還沒有第二個人比她更合適使用「果園詩人」這個稱呼。「果園」已經成為詩人傅天琳的重要標籤，也是她的詩歌精神的重要源泉。

　　傅天琳是在上世紀 80 年代初帶著詩集《綠色的音符》走向詩壇的，這部詩集以清新、自然、樸素的風格受到讀者的喜愛，曾經獲得過第一屆全國新詩（詩集）獎（1979～1982），這個獎項後來演變爲「魯迅文學獎」的詩歌獎，或者說是「魯迅文學獎」詩歌獎的前身。在那以後，她創作過許多其它題材和主題的作品，包括大海、行旅、域外體驗、兒童情懷，也寫過不少優秀的散文，但她始終沒有忘記自己的「果園」。在世紀之初，因爲家務原因，她停下了詩筆，在詩壇上幾乎見不到她的影子。熟悉她的人都爲她可惜，也期望她能夠早日「歸來」。停筆數年之後，她從 2004 年起重新開始詩歌創作，這些新的作品，感受更全面，體驗更深刻，表達更成熟，幾乎所有作品都可以稱爲好作品，其中就包括了她的以果園生活爲題材的新作。

　　傅天琳把最美好的青春年華都交給了果園。果園曾經帶給她寧靜，也帶給她委屈甚至屈辱，但更多的是帶給她思考、啓示，甚至帶給她認識人生及其價值的態度和方式。這樣的影響是終生的，深入骨髓的。她曾經在 1998 年12 月出版的《傅天琳詩選》的序言中說：

　　　　我沒有學歷，15 歲去了一個農場，在那裡開荒種樹十九年。十
　　九年，決定了我的一生。

　　　　漫山桃紅李白，而我一往情深地偏愛檸檬。它永遠痛苦的內心
　　是我生命的本質，卻在秋日反射出橙色的甜蜜回光。那寧靜的充滿
　　祈願的姿態，應該就是我的詩。

　　　　做人做詩，我都從來沒有挺拔過，從來沒有折斷過。我有我自
　　己的方式，永遠的果樹的方式。果樹在它的生活中會有數不清的閃
　　電和狂風，它的反抗不是擲還閃電，而是絕不屈服地把一切遭遇化
　　爲自己的果實。

作爲詩人，影響了一生的經歷一定會成爲她詩歌的主題和氣質。傅天琳新近創作的作品被編爲《檸檬葉子》出版（上海文藝出版社 2009 年 12 月），從這個書名就可以看出詩人持續不斷的果園情結。在各種水果中，詩人歷來偏愛檸檬，早在 1977 年，她就寫過題爲《檸檬》的短詩：「那些年 ／ 檸檬是最被人鄙棄的了 ／ 沒有成熟是澀的 ／ 成熟了是酸的 ／ 多像是厄運的象徵 ／ 就連小偷 ／ 也不屑於看它 ／ 其實 ／ 那是人們的食櫥裏 ／ 沒有糖」，在詩人的感受中，這種水果，無論是沒有成熟還是成熟了，都是不討人喜歡的。在當時，她感受人們不喜歡它的原因似乎比較簡單，是因爲「沒有糖」，因此無法改變它的

滋味，或者說無法提升它的美味。在詩中，詩人也像當時的許多詩人那樣把對外在物象的感受與人生體驗結合起來，把檸檬和「厄運」結合起來，這既是一種創作的方式，也是詩人對自己命運的思考。

三十一年之後，傅天琳早已離開了她曾經勞動、生活的果園，但果園生活、果園意象仍然回響在她的生命流程中。2008 年 11 月，傅天琳創作了一首《檸檬黃了》。相比於《檸檬》，《檸檬黃了》篇幅要長許多，抒寫的感受要深沉、開闊許多，表達上要內斂、精緻許多，但它仍然是詩人對於自己人生經歷、體驗的詩意書寫，只是這種書寫更成熟，更富有濃鬱的詩意和令人驚喜的啟迪。

「檸檬」和「黃」是《檸檬黃了》這首詩的核心意象。詩人通過它們抒寫的是成熟的果實，也是對成熟的人生的詩意把握。在這裡，「檸檬」已經超越了自然的水果，變成了詩人心目中的生命歷程的象徵，「黃」則象徵成熟，象徵收穫。從青澀到黃熟的過程，就是生命成長、發展的過程，對這個過程的感悟、詩化就是對生命的總結和評價。這樣的評價只有經歷豐富、感受敏銳的詩人才能夠獲得。對於和果園命運相繫近二十年的詩人傅天琳來說，完成這樣的詩可以說是水到渠成的事情。

在詩的開篇，詩人就首先表達了她對「檸檬」的成熟的一種態度，「檸檬黃了／請原諒啊，只是娓娓道來的黃」，以平靜的口吻表達了對於成熟的看法，不是那種熱烈的、激動人心的、風風火火的成熟，更不是驚世駭俗的成熟，換句話說，詩人對於人生的感悟和總結是以很低調的方式開始的。究竟是一種怎樣的「黃」、怎樣的成熟呢？詩人接著寫道：「黃得沒有氣勢，沒有穿透力／不熱烈，只有溫馨」，「它就這樣黃了，黃中帶綠／恬淡，安靜。這種調子適宜居家／檸檬的家結在濃蔭之下／用園藝學的話講：坐果於內堂」，這屬於很普通的生命的成熟，是默默地、靜靜地成熟的。

這種安靜是自我修養的過程，也是自我完善的結果。詩人是這樣感受「檸檬」的心態和成熟過程的：

> 它躲在六十毫米居室裏飲用月華
>
> 飲用乾淨的雨水
>
> 把一切喧囂擋在門外
>
> 衣著簡潔，不懂環佩叮噹
>
> 思想的翼悄悄振動

> 一層薄薄的油脂溢出毛孔
>
> 那是它滾沸的愛在痛苦中煎熬
>
> 它終將以從容的節奏燃燒和熄滅
>
> 哦，檸檬

「檸檬」是孤獨的，但它不寂寞。它在自己的世界裏獨自修煉，獨自芬芳，獨自成長直至成熟。成長與成熟的過程並不如它最後的安靜那樣輕鬆，它有「滾沸的愛」，那是自愛，也有對於促成它成長的環境的愛，但它也必須面對「痛苦」，不過，因爲有「思想的翼悄悄振動」，它最終在痛苦的煎熬中，超越了自己，超越了一切。「從容的節奏」是它自己的節奏，正是這種不受外力左右的節奏，促成了「檸檬」能夠沿著自己的方向、自己的目標「燃燒和熄滅」。「哦，檸檬」是一種感慨，語出隨意卻發自心底，體現了詩人對這種很普通但也很獨特的果實的欣賞與讚美，進一步說，體現了詩人對逆境中不低沉、不墮落、不放棄的精神的一種眞切的心理回應。

在果樹中，檸檬樹是極其普通的，但在詩人眼中，它也是「最具韌性」的：

> 從來沒有挺拔過
>
> 從來沒有折斷過
>
> 當天空聚集暴怒的鋼鐵雲圍
>
> 它的反抗不是擲還閃電，而是
>
> 絕不屈服地
>
> 把一切遭遇化爲果實

這個詩節其實就是我們前面提到的詩人自述的分行排列。詩人與檸檬的關係之密切，由此可見一斑。檸檬樹很平常，但平常中卻蘊含著一種自我獨立的品格，並由此生發出一種面對苦難的達觀態度。面對外在的種種苦難，它並不是沒有反抗，它的反抗不是以那種對立的方式體現出來的，而是以一種特殊的方式和態度，「絕不屈服」地把苦難默默地消化，轉化爲果實。在這裡，詩人對檸檬樹的內在的自我完善給予了很高的評價，其實是對人生的某些遭際和如何面對這些遭際的態度的詩意概括。詩篇所包容的內涵由此而無限擴大了。

苦難過後，檸檬黃了，成熟了，「滿身的淚就要湧出來」，但「它依然不露痕跡地微笑著／內心象大海一樣澀，一樣苦，一樣滿」。不大喜，不大悲，

按照自己的方式生長，按照自己的方式體會，苦與澀都深深地包藏，而流露
出來的是「不露痕跡的微笑」，這是一種大度、大氣的人生寫照，也是詩人的
一種人生態度。

　　「檸檬」黃了，成熟了，詩人也因此感悟到時間的公正。在這裡，詩人
的時間意識使詩的境界得到了更高的提升。時間是最公正的檢察官，無論是
對於人生還是對於藝術，都是如此。能夠敏感於時間的人是最能夠理解生命
及其創造、價值的人。詩人往往屬於這個人群中的重要成員。

　　　沒有比時間更公正的禮物

　　　金秋，全體的金秋，檸檬翻山越嶺

　　　到哪裏去找一個金字一個甜字

　　　也配叫成果？也配叫收穫？人世間

　　　尚有一種酸死人迷死人的滋味

　　　叫寂寞

即使在時間的流程中，即使經過了太多苦難的煎熬，成熟的「檸檬」仍然還
是「檸檬」，很普通，尤其在人世間，人們還是要小看它，瞧不起它，認爲那
不算什麼「成果」，不是什麼「收穫」，於是詩人深深感悟到人世間其實更複
雜，即使包含苦難的果實，也必須面對「一種酸死人的滋味」，那種滋味就是
「寂寞」，是無人理解的寂寞，無人接受和認同的寂寞。在這裡，詩人已經把
「檸檬」的命運提升爲和「檸檬」一樣經歷苦難的人的命運。詩的境界也因
此而開闊起來。

　　不過，詩人之所以偏愛「檸檬」，歌頌「檸檬」，是因爲「檸檬」的品格：

　　　而檸檬從不訴苦

　　　不自賤，不逢迎，不張燈結綵

　　　不怨天尤人。它滿身劫數

　　　一生拒絕轉化爲糖

　　　一生帶著殉道者的骨血和青草的芬芳

就像它的成長過程必須經歷無數風月雷電而默默承受一樣，詩人在這裡其實
只是對「檸檬」的品格進行了更具體的書寫，更明瞭的提升，「拒絕轉化爲糖」，
拒絕逢迎恭維，充滿自尊與自愛，這也許恰好是「檸檬」總是面對苦難，總
是被人忽略的主要原因，而這，正是「檸檬」之爲「檸檬」的本質之所在。
在早期的《檸檬》中，詩人認爲人們之所以不喜歡「檸檬」是因爲「人們的

食櫥裏／沒有糖」，她感悟到的原因是外來的，被動的。而在這首詩裏，是「檸檬」主動地「拒絕轉化爲糖」，角度的變化，體現了詩人對人生認識的深入，對藝術感悟的細膩和對「檸檬」個性特徵把握的更加準確。在她看來，在「檸檬」生長、成熟的過程中，主體的因素比客觀原因更爲眞實、重要，其實人也是這樣。

在詩人那裡，品性獨立的「檸檬」卻是高貴的，像「帶蒂的玉」，它有自己的目標，自己的方向，自己的品格，因而它的「黃」，雖然不那麼顯眼，只是「娓娓道來的」，「綿綿持久的」，但它卻擁有自己的「審美和語言」，擁有自己獨特的魅力和價值。

對於《檸檬黃了》這首詩，僅進行這樣的文本解讀似乎還是不夠的。在詩中，「檸檬」其實只是一個象徵，象徵那種有著「檸檬」一樣的命運、具有「檸檬」一樣品性的人。更具體地說，在這裡，「檸檬」其實是詩人自己的寫照，是一種生命的自況。傅天琳的青春歲月和果園緊緊聯繫在一起，她對人生的感悟和果樹、水果緊緊聯繫在一起，是那些果樹和水果給了她人生的啓悟，她又由此來反觀自己的人生。在傅天琳的眞實生活和詩歌創作中，「檸檬」和詩人都是合爲一體的，你中有我，我中有你，你就是我，我就是你。在前面，我們引用了詩人對自己的人生和詩的自我總結，其中有這樣的說法：「做人做詩，我都從來沒有挺拔過，從來沒有折斷過。我有我自己的方式，永遠的果樹的方式。」讀完這首詩再回味這些話，彷彿她的《檸檬黃了》就是對這種自我人生總結的藝術化處理。因此，欣賞這樣的詩，我們不但是在欣賞詩人創造的美妙的詩篇，美好的境界，其實也是在欣賞詩人，欣賞她追求平淡、眞實但不屈服的品格，欣賞她化苦難爲動力、化遭遇爲果實的人生態度和方式。在傅天琳的詩中，苦難意識是很明顯地暗含其中的，但她總是以自己的內在的力量將這些苦難的輪廓模糊化，將這些苦難的影響輕淺化，而是流露出獨立而堅韌的承擔，流露出柔弱但不可侵犯的堅強。

這樣的感悟和體驗在傅天琳的詩裏隨處可見。2006 年 12 月，在她進入六十花甲的時候，詩人曾寫過一首詩叫《花甲女生》。從這個題目中，我們就可以看出詩人的樂觀與開朗。詩人寫道：「一大早我就敞開胸懷／從裏到外推開六十道門／放出六十隻雀鳥飛向山林／一大早就開始清掃／全身掛滿消毒水，塑料袋／我要清掃整整六十年的垃圾」，詩人其實是在總結和反思自己過去的人生經歷。她由此感覺到：「現在，空曠的屋子盛滿光明／我把客人請到

沙發坐下／客人就是我自己。我說喝吧／這杯檸檬水，六十年才慢慢泡淡／化解了所有的酸，所有的苦／流下滿口芬芳。」還是「檸檬」的滋味，但詩人從中品到的是「芬芳」。這種提升是詩人人格精神的昇華。詩中有這樣一節：

> 你屬草木
>
> 上天賜你一雙不具攻擊性的植物的手
>
> 柔而不弱，貧而不賤
>
> 掩映在盤根錯節的紫藤中，注定
>
> 只能探尋泥土、石頭和飛鳥的蹤跡
>
> 與一隻甲蟲親密對話

這實際上是詩人對自己的人生的全面總結，其格調和《檸檬黃了》差不多。在諸多苦難包圍的人生歷程上，詩人一直生活在自己的世界裏，這個世界就是詩的世界，就是「檸檬」那樣面對苦難而獨自成熟的世界。詩的世界使詩人避免了無謂的犧牲和不可自拔的沉迷。相比於早期的《檸檬》的青澀和理念化特點，《檸檬黃了》無論是感受還是表達，都要成熟許多，豐富許多。善於和生命、藝術的發展一同進步的詩人，其創造力也是驚人的。在 20 世紀的女詩人中，我特別看重鄭敏、傅天琳等在創作力方面的超群之處，一個善於思考，一個敏於感悟。

　　傅天琳一直是一個很低調的人，她似乎從來就不是很自信，無論是對於詩還是對於所做的事情，就像檸檬樹那樣總是蔭蔽於群林之中。這恐怕和她在人生歷程上經歷的苦難有關。但是，因為有自己的方向，自己的目標，所以她沒有停下來，而且創造了獨特的面對苦難、書寫苦難的藝術方式。這種經歷造就了傅天琳眼光向下、感覺向內、精神向上的人生態度，也造就了她的詩歷苦難而獲昇華、歷地獄而達天堂的獨特的境界。由於詩與人的不可分，再加上傅天琳是一個善於隨時反思自己的詩人，一個充滿童心的人，她甚至渴望回到三歲去，「用三歲的笑聲去融化冰牆／用三歲的眼淚去提煉純度最高的水晶／／我們這些鏽跡斑斑的大人／真該把全身的水都擰出來／放到三歲去過濾一次」（《讓我們回到三歲吧》），這是一種不斷求新求純的追求。我們可以認為，只要她生活在這個世界上，只要現實中還存在矛盾、衝突、苦難和可以期待的美好，傅天琳就會繼續創作，奉獻她對於人生的更為深刻的體悟。

第六節　王小妮：平凡的美麗與樸素的深刻 〔註11〕

　　王小妮的詩平靜、樸素、自然、深刻，在平凡的狀態中獨到地體察生活、領悟生命，尋求一種詩意的深刻和本眞的美。縱觀詩人的創作，她的詩歌經歷了朦朧詩時代的抽象抒情、「第三代」浪潮下的沉著和新世紀以來的樸素澄明。在各種流派和理論層出不窮的藝術語境下，王小妮獨自走出了一條屬於她自己的藝術之路。在長期的詩歌藝術探索中，王小妮從來不追趕熱潮，也沒有進入過潮流的浪卷之中，而是沉靜、從容地摸索著自己的道路；她的作品不多，但她的每一首詩都試圖寫出個性，寫出眞情，寫出表面下的本質，寫出生命的困頓與抗爭，因而從來不缺乏詩壇和讀者的關注。

　　王小妮曾說：「不體會到平凡，就不可能是個好詩人」。可以說，這是她做人的姿態，也是她詩歌創作的基本出發點。她在一首詩中寫道：「把心放得很低。／我在青草岩層滴水以下行走／已經不能再低了。」（《飛是不允許的》）這恰好表明了詩人的這一態度，唯有平凡的生活是眞實的，平凡素樸的詩句具有一種深刻的品質，所企及的是不平凡的美學高度。「讓我喜歡你／喜歡成一個平凡的女人。／讓我安詳盤坐於世／獨自經歷／一些細微的亂的時候」。（《不要幫我，讓我自己亂》）以一種置身低處的姿態來觀察世界，遠離高高在上的神聖，以一個平民的眼光，打量生活，洞悉人生。這就使她的詩折射出一種心氣平坦的超然品質。

　　王小妮的詩歌旅程開始於20世紀80年代初朦朧詩一路狂飆猛進的行程中。當時，各種詩歌主張分立潮頭，各種流派、旗幟割據山頭，被人戲稱爲「各領風騷三五天」的時代。在風雲聚變的詩壇，王小妮以《印象二首》爲自己鋪展開了一條詩歌大道。其平凡的句子裏深藏著亮麗的刀鋒，她先天的感覺切合了詩歌的某種精神，樸素清新的詩感、淋漓暢快的抒情，爲詩歌的天空帶來一朵輕盈純粹的雲彩。王小妮一開始就較少參與到流派的紛爭之中，她關注的是一些底層普通人的生活，表達的是一些普通百姓樸素的情感，《碾子溝裏蹲著一個石匠》、《早晨，一位老人》、《地頭，有一雙鞋》、《送甜菜的馬車》等詩給人一種平易親切的感覺。隨著20世紀90年代的到來，在經歷了各種各樣的生活變遷之後，王小妮的詩作越來越呈現出日常化的特徵，語言效果達到越來越純淨的水準，在語言的運用上越來越克制和小心謹

〔註11〕　本節係與姚洪偉先生合作完成。

憤，這使得她的詩在平常的生活中更加具有了詩意的深度和多種可能，在日常生活中昇華，以平凡的沉著姿態抵達生命的本質、本眞狀態。《一塊布的背叛》、《重新做一個詩人》是這一時期的代表作品。進入新世紀以來，王小妮的作品抵達了一個新的高度，對生活的表達更加細緻和獨到，在一種平靜的氛圍中用樸素的語言和感情，精確地傳達出我們的時代和我們的處境。在日常生活中發現和尋找詩意的存在和可能，是王小妮詩歌創作一直堅守的藝術方向。《十支水蓮》無疑是這一時期和這一方向最有特色的代表作之一。

　　讀《十支水蓮》，有一種震顫，它幾乎涵蓋了我們整個的人生經驗。這組作品也幾乎融合了王小妮各個創作時期的多種特點，在日常生活中表達出樸素明淨的情感，深刻、堅韌、寬厚，有著母性特有的溫情和悲憫，也不乏對生活的反省和對自我的審視。

　　《十支水蓮》在題材的選取上是很平常的，水蓮是生活中常見的事物，由此體現了一種日常性。正如她自己所說：「詩是現實中的意外。」《十支水蓮》就是日常生活中的意外。在第一首《不平靜的日子》裏，王小妮把日常的生活放入一個不平靜的環境中，通過水蓮這一事物來渲染內心的某種驕躁不安。水蓮的原初內涵在這裡被詩人徹底拋開，它只是被詩人用來表達日常生活以及生命體驗的一個藝術意象。水蓮「站在液體裏睡覺」，「跑出夢境窺視人間」，「把玻璃瓶漲得發紫」，這是以一個女性特有的細膩與敏感來觀察這個充滿奇幻的世界。一個平常的事物，通過詩人的想像立即生動起來，平凡的事物被賦予了奇特的詩意，這些都是源於詩人對「猜不出它爲什麼對水發笑」的奇想。正因爲詩人「猜不出」，所以才有了到底「是誰的幸運」的疑問。這也許使詩人想起了早期的人生際遇，她所經歷的那些坎坷和變故。一種複雜的情感聚集在內心深處，「這十枝花沒被帶去醫學院 ／內科病房空空蕩蕩。」欣喜和失落夾雜在詩人的情感體驗裏，「沒理由跟過來的水蓮 ／只爲我一個人 ／發出陳年繡線的暗香。 ／什麼該和什麼縫在一起？」平凡的事物水蓮勾起了詩人無限的遐想，隱喻出人生的軌跡。「三月的風們脫去厚皮袍 ／剛翻過太行山 ／從蒙古射過來的箭就連連落地。 ／河邊的冬麥又飄又遠。」詩人筆鋒一轉，以一種看似輕鬆和愉悅的筆調寫出春天的感受，以平靜的心態襯托詩人的迷茫和懊惱。「軍隊正從晚報上開拔 ／直升機爲我裹起十枝鮮花。 ／水呀水都等在哪兒 ／士兵踩爛雪白的山谷。」在這個紛繁複雜的世界裏，這些是不平靜的，在我們成長的生命歷程裏，如何堅持自己的操守，尋找人性的歸

屬，王小妮的答案是明確而肯定的：「水蓮花粉顫顫／孩子要隨著大人回家」。詩人通過對平靜中的水蓮的抒寫表達了我們生活中的不平靜，以一個平凡的現代人的視角揭示出了我們所面臨的種種隱含著的矛盾。

在第二首《花想要的自由》裏，詩人想借助詩歌打通一條生活之路，破解圍困我們的生活之謎。「誰是圍困者／十個少年在玻璃裏坐牢。」在我們的日常生活中，被圍困是每一個人都會經歷的，尤其是無法找到圍困者如玻璃般透明的困境，更是讓我們迷茫和不知所措，怎樣打開前行之門，擊破如玻璃一樣無法看見的牢籠，找出圍困者，走出泥淖，是每一個人都要面臨的問題。詩人轉換視角由人及物，「看見植物的苦苦掙扎／從莖到花的努力／一出水就不再是它了／我的屋子裏將滿是奇異的飛禽。」這種掙扎與努力，使得每一種事物都深陷圍困，水成了水蓮的「牢」。然而只要它「一出水就不再是它了」，而是突破牢籠後「奇異」的場景。我們的生活、人生甚至生命又何嘗不是這樣呢？現實仍然沒有改變，「太陽只會坐在高高的梯子上」，但詩人卻「總能看見四分五裂／最柔軟的意志也要離家出走」，那些柔弱的花朵也要去尋求屬於它自己的自由，想突破水的界限。而「水不肯流／玻璃不甘心被草撞破／誰會想到解救瓶中生物」，「水」和「玻璃」般的牢籠不會輕易被擊破，那是無法逾越一條鴻溝。即使「它們都做了花了／還想要什麼樣子的自由？」能夠得到什麼樣的自由我們不得而知，我們想要的只是像水蓮突破「水」後的奇異景象。當詩人「放下它們／十張臉全面對牆壁／」的時候，突然發現「我也能製造困境」。在洞穿自己作為困境的製造者之一後，詩人意識到，「頑強地對白粉牆說話的水蓮／光拉出的線都被感動／洞穿了多少想像中沒有的窗口」。這是一種對生活的頓悟，使得詩人在被困多時以後產生了「我要做一回解放者／我要滿足它們／讓青桃乍開的臉全去眺望啊」的感想。把自己被困的角色轉換成解救者的角色，這是詩人精神的一種昇華，在看到水蓮的突圍精神后產生的一種自我救贖，平靜、樸素、口語化的句子下面潛藏著一股巨大的力量，那是一種獨特的人格的高度。

《十支水蓮》的第三首《水銀之母》的主題是詩人對生活的沉思和反省。詩人透過平凡生活的表面，深入生活事件的背後去尋求和發現它的密徑。詩人通過圍困水蓮的水發現：「灑在花上的水／比水自己更光滑。／誰也得不到的珍寶散落在地。／亮晶晶的活物滾動。／意外中我發現了水銀之母。」這種發現具有了更進一步的含義，水並非水，它是「亮晶晶的活物」，是「水銀

之母」，它在平凡的世界裏閃爍著光華，吸引著人類，同時圍困的陷阱仍然沒有徹底根除，「光和它的陰影／支撐起不再穩定的屋頂。／我每一次起身／都要穿過水的許多層明暗。／被水銀奪了命的人們／從記憶緊閉室裏追出來」。善與惡、美與醜在反覆無常中交替，在複雜的生命歷程上，我們難以取得善、美，也難以避開惡、醜，因爲我們的世界原本就是善與惡、美與醜糾集在一起的存在。詩人沉入生活的江底，以一種平常人、平常心的去寬容地看待自己身邊的人和事。「我沒有能力解釋」，其實，我們都沒有能力去解釋什麼樣的生活才是眞正的生活，唯一能做的就是投入生活，「走遍河堤之東」。即使「沒見過歌手日夜唱頌著的美人／河水不忍向傷心處流／心裏卻變得這麼沉這麼滿」，我們只有讓生活繼續，保持一種平凡人的心態，在日常的生活中平靜的度過。接著，詩人的視角又回到了自己敘事的對象上，「今天無辜的只有水蓮／翡翠落過頭頂又淋濕了地。／陰影露出了難看的臉。」水蓮是無辜的，它的命運不由自己主宰，被代表牢籠的水「淋濕」後只有「露出了難看的臉」，其實，有這種感受的何止水蓮？詩人一直在尋求一種根源，除了水蓮的無辜和我們的無奈之外，眞正的道理在哪裏？詩人意識到，在我們的世界裏，「壞事情從來不是單獨幹的。／惡從善的家裏來。／水從花的性命裏來。／毒藥從三餐的白米白鹽裏來。」看來，一切事物都是關聯著的，這個世界的關係不僅僅停留在水和水蓮的層面。於是詩人反思：「是我出門買花／從此私藏了水銀透明的母親／每天每天做著有多種價值的事情。」詩人的反省和超脫，早在《重新做一個詩人》裏就有所體現，我們所面對的一切都源於生活的瑣碎，日常包蘊著萬象，平凡見證眞情。

　　一直以來，王小妮的詩歌都滲透出一種堅韌的力量，不論是對生活的表達，還是在語言的使用上，這種力量的魔力驅使著她不斷對日常生活的片段進行挖掘，直至抵達事物的核心。《十支水蓮》的第四首《誰像傻子一樣唱歌》就呈現出這種詩美特質。「今天熱鬧了／烏鴉學校放出了喜鵲的孩子」。這種日常生活的場景以一種詼諧的語言表達出來，不論生活多麼辛酸和艱苦，詩人內在的情緒一直是穩定的。詩人一直期盼的花終於「就在這個日光微弱的下午／紫花把黃蕊吐出來」。詩裏流淌著一股暖暖的潛流，它一直沒停留；詩人的內斂、沉默也發揮出堅韌的力量。這種無聲的力量使詩人感到「誰升到流水之上／響聲重疊像雲彩的臺階。／鳥們不知覺地張開毛刺刺的嘴」。水蓮的沉默一如詩人靜謐的內心，在時光裏慢慢地等待，詩人看到「不著急的只

有窗口的水蓮」，因為「有些人早習慣了沉默／張口而四下無聲」。這樣一種平凡的常人心態，讓詩人認清了眼前的事實，我們不必「以渺小去打動大」，儘管「有人在呼喊／風急於圈定一塊私家飛地／它忍不住胡言亂語」。這是一種平靜中的超脫，不具備堅韌品質的人是無法抵達這一境界的。在這個眾聲喧嘩的年代，「一座城裏有數不盡的人在唱／唇膏油亮亮的地方」，體現出一種對時代的對抗和對自己的重新認識。「天下太斑斕了／作坊裏堆滿不真實的花瓣」，詩人的情緒體驗在對水蓮的詩意揮灑中呈現出來，「我和我以外／植物一心把根盤緊／現在安靜比什麼都重要」。這是詩人對平凡生活的一種崇高理解，一種深刻的認知。

對所處時代的關心，對人類生命和生存的關懷是優秀詩人必須具備的人文品格。《十支水蓮》第五首《我喜歡不鮮豔》正體現了王小妮詩歌的悲憫情懷，一種對生存的關注。由水蓮花想到了種花人的際遇，「種花人走出他的田地／日日夜夜／他向載重汽車的後櫃廂獻花」。鮮花代表人們對美好事物的追求，也是光榮的象徵。種花人在自己的田地裏日夜勞作，只是出於生存的需要，不得不向汽車的後櫃廂「獻花」，而且「路途越遠得到的越多／汽車只知道跑不知道光榮。／光榮已經沒了」。既然光榮已經沒有了，花還有什麼值得驕傲的呢？這是詩人對種花人的一種關懷。「農民一年四季／天天美化他沒去過的城市／親近他沒見過的人」，我們通過花感受到種花人的苦楚，這種源於生活的疼痛，其實不僅僅屬於種花人，它具有一種普視意義。我們大多數人的生活與種花人相差無幾。在「插金戴銀描眼畫眉的街市／落花隨著流水／男人牽著女人。／沒有一間鮮花分配辦公室／英雄已經沒了」。這是一種悲哀，但我們又能怨誰？在沒有英雄出入的城市，鮮花還能代表無上的榮光嗎？詩人看到，只有在平凡中堅守、堅持，在平凡中尋求不平凡的詩意，才能抵達詩意棲居的夢想。詩人喟歎：「這種時候憑一個我能做什麼？／我就是個不存在」。在這裡，詩人把自己納入平凡人的階層，沒有扮演救世主的角色，卸去了那些所謂濟事救民的論調，回到平凡的現實生活中來。「水啊水／那張光滑的臉／我去水上取十枝暗紫的水蓮／不存在的手裏拿著不鮮豔」。詩人所喜歡的「不鮮豔」，其實是不喜歡被一些所謂的光環籠罩，更願意以一種平民的姿態，享受平凡的生活。不論詩人在自然還是超然的情況之下，都應該具有悲憫情懷，去關注底層人的生存狀態，這是詩歌應該具有的常態，更是詩人應該具備的品質。王小妮在其作品中對這種品格體現得相當充分。

　　生命的圓潤完滿是在對生活的不斷追問中實現的。《十支水蓮》的第六首《水蓮爲什麼來到人間》恰好切合了生命的這一主旨。不管是預謀還是隨意爲之，《水蓮爲什麼來到人間》都回答了詩人提前預設的一系列關於人生的問題。「許多完美的東西生在水裏。／人因爲不滿意／才去欣賞銀龍魚和珊瑚」。詩人通過寫水，準確表達了世間的一切都是不完美的，只有水裏的幻想才令人滿意，當然這也包括作爲「牢」的水，因爲有了圍困才有接近本質的可能。「我帶著水蓮回家／看它日夜開闔像一個勤勞的人。／天光將滅／它就要閉上紫色的眼睛／這將是我最後見到的顏色。／我早說過／時間不會再多了」，巧妙地回答了《不平靜的日子》裏提出的「沒理由跟過來的水蓮」的緣由，並且在一種憐惜和不捨的口吻中抵達一種本眞的狀態。詩人看到「現在它們默默守在窗口／它生得太好了」，並且在「晚上終於找到了秉燭人」。通過對比，詩人看到了自己，這也是人類在「夜深得見了底」的時候，發現「我們的缺點一點點顯現出來」。這是被圍困過後的清醒，也是通過不斷的反思擊破了「玻璃」般的牢籠。詩人突破困境後領悟到了「花不覺得生命太短／人卻活得太長了」的眞諦。因爲「耐心已經磨得又輕又碎又飄」，在這個浮躁的時代裏，有多少人能夠清醒地保持自己的德行操守？「水動而花開／誰都知道我們總是犯錯誤」。在追求完美的過程中，「怎麼樣沉得住氣」，怎樣才能不落入世俗的驕躁，怎樣才能破解圍困生活的秘密，以一種堅韌的力量去執著於自己的信念，去「學習植物簡單地活著」，是詩人試圖通過透徹的感悟告訴我們的。正如「水蓮在早晨的微光裏開了／像導師又像書童／像不絕的水又像短促的花」一樣，以淡然的心去感悟平凡的人生，尋求完美的生命，也許才是生命的本質與價值之所在。

　　王小妮詩歌的成功在於：以一種平凡人的心態去體悟日常的生活，抵達一種自然和自在。把人生不同境遇化爲心靈裏平靜的獨處，把平凡的事物寫得獨到並且深刻，蘊涵一種哲學的深度與理念的崇高。雖然細膩、深刻是其詩歌的重要特色，但王小妮沒有像其它一些女詩人那樣，以女性性別的確認來思考人生、探索藝術，張揚一種與男性爭奪話語權的對抗意識，而是默默地堅守自己的立場，獨立思考，擺脫一切外在於詩的無關糾結，直指生命與詩歌的本質。這種獨立，並不代表與世隔絕，而是與自己的日常生活結合起來，它是詩人個性的體現，也是詩人獨特的眼光，它所體現的創造性也因此而無人可以替代。《十枝水蓮》正是通過複雜「關係」的揭示來發現生命的困

頓與矛盾，迴避了二元論者那種不好即壞、不美即醜的片面主張，也迴避了那種先入為主，迴避對象，僅僅依靠自己的感受來打量世界的局限，而是通過對象自身的「演出」，深入生命的複雜性，在大愛的燭照之中，於複雜的處境裏揣摩生命的本質和流向，並由此創造詩意的生命場景，發掘生命的價值。她的詩的深度由此而來，廣度由此而來，厚度也由此而來。

後　記

　　我從上世紀 80 年代前期開始接觸新詩創作和研究，後來攻讀碩士、博士學位，我都選擇了新詩研究，作爲富布萊特學者到美國加州大學研修，我還是選擇了新詩的域外傳播作爲研究課題。算起來，我在這個圈子裏已經走過了三十多年。

　　剛剛進入詩歌圈子的時候，詩是非常熱門的，80 年代是一個具有理想主義色彩的年代，詩在那個時候是高貴、境界和夢想的象徵，受到年輕人的追捧，尤其是在大學校園裏，詩歌社團往往是最受歡迎的學生團體，詩歌活動非常活躍。只要是比較有名（不一定名氣很大）的詩人到大學校園舉辦講座，會場上往往都會座無虛席，甚至連走道都站滿了聽眾。

　　進入 90 年代之後，隨著市場經濟的建立，人們對物質的追求逐漸代替了對人文精神的堅守，不少詩人開始離開詩壇，去尋找實現人生價值的另一些方式。詩歌面臨了邊緣化的處境，讀詩的人少了，有些人甚至嘲笑詩人，詩歌和詩人的地位可以說一落千丈，成爲社會的「邊緣人」。曾經有人問我：現在居然還有人寫詩？我說：「當然有。詩是一種精神，不會因爲外在環境的變化而失去其價值。那些離開詩壇的人，要麼是爲了求生存，要麼是因爲發現自己在詩歌創作上出現了瓶頸，要麼不是眞正愛詩、理解詩的。」也有人勸我轉變研究方向，關注那些既熱門又能找錢的話題。

　　我沒有轉變，一是因爲自己眞的喜歡詩，我相信，只要有人存在，就會有詩，就需要詩；二是自己才力有限，沒有本事去做開拓一個新的領域。於是就這樣堅持下來了。三十多年來，因爲工作需要，我變換了好幾個部門，

但我承擔的各級項目都是和詩有關的，我寫的文字百分之九十以上也是和詩有關的，我的教師身份始終在中國新詩研究所，也始終沒有荒廢與詩有關的教學、科研任務。我的學生經常問我，怎樣才能在學術研究上做出比較理想的成績，我告訴他們，我只是喜歡詩，願意為詩而付出，但遠遠沒有取得理想的成績。不過，人的一生是有限的，不可能什麼都做，更不可能什麼都做好，一定要有自己相對穩定的研究方向，在選擇之後一定要堅持，熱門的時候要冷靜，冷落的時候要清醒。否則，即使我們開闢了很多園子，但所有園子裏都可能產不出像樣的收穫。

2015 年 6 月，我申報的「百年新詩中的國家形象建構研究」（15BZW147）獲得國家社科規劃辦立項資助，這是我承擔的第二個國家社科基金項目。我一直對「國家形象」這個話題比較感興趣，總想理理詩歌是如何建構國家形象的，項目的獲批為我提供了這個機會。我個人以為，相對於新聞傳播、對外宣傳以及文學中的小說、戲劇等敘事性文體，詩歌建構的國家形象或許主要不是外在的，更主要的應該是一種文化形象、精神形象。因此，這本關於當代詩歌精神的小書可以看成是這個項目的前期成果之一。

本書是集體勞動的結果。提綱以及第一章和最後一章是我完成的，其它幾章由我指導過的碩士、博士參與完成，他們現在大多是所在單位的教學、科研骨幹，評上了教授、副教授，但依然堅守在詩歌研究這個不大的園子裏。這是我作為老師最為欣慰的地方。他們的名字已經在相關章節標注出來，此處再羅列一下（按照撰寫先後順序排列）：

赫學穎：第二章第一、二、三、五、六節；

姚洪偉：第二章第四節；

李勝勇：第三章；

叢　鑫：第四章；

李公文：第五章第一、二、三節；

陳志平：第五章第四節；

喬　琦：第六章；

任洪國：第七章；

同時，熊輝、姚洪偉和我合作完成了第八章中的兩節。

感謝他們在過去和現在對我的支持，祝福他們在教學、科研工作中取得更大的成績。

　　這本小書是在李怡教授的督促下完成的。我們從上世紀 90 年代初就在西南師範大學（現在的西南大學）工作，當時條件很差，沒有買房子的概念（其實也買不起），他住的房子在學校的老梅園，又小又暗，還位於潮濕的一樓，而我剛剛從廣西調回來不久，甚至連一間像樣的房子都沒有，住在一個雜物間。後來，他搬到了一處平房的稍微大一點的房子，原來的房子就騰給了我。兩處房子離得不遠，我經常在晚飯後散步去他的「大」房子坐坐，吹牛聊天。住在附近的代迅兄也經常加入我們的閒聊之中。轉眼就過去了二十多年，李怡兄於前幾年調到了北京師範大學，代迅兄也於一年前調到了廈門大學，只有我還堅守在人生起步的地方。感謝李怡兄的抬愛，命我完成這本小書，使我有機會回顧一下這些年來走過的路。

　　感謝花木蘭文化出版社高小娟社長。現在出版學術著作不賺錢，甚至要虧本。但他們還是投入資金對這本小書給予支持，體現了令我敬佩的眼光和胸襟。感謝我指導的碩士研究生林楠、王姍、夏曉惠為我校讀書稿，與他們在一起，我時常感受到年輕人的朝氣與活力。

　　由於時間倉促，兩天後就是 2016 年的春節了，校園裏已經很難見到行人，但我還在辦公室裏整理書稿，加上自己水平有限，其中的錯漏、謬誤肯定不少，希望讀到這本小書的師友批評指正。

蔣登科

2016 年 2 月 5 日，在重慶之北